TRACY WOLFF

A TOUCH OF *Snow*

TRACY WOLFF

A TOUCH OF Snow

ROMAN

Deutsch von Anita Nirschl

blanvalet

Die Originalausgabe erschien 2014 unter dem Titel »Shredded« bei Flirt,
an imprint of Random House, a division of Random House LLC,
a Penguin Random House Company, New York.

MIX
Papier | Fördert
gute Waldnutzung
FSC® C104608
FSC
www.fsc.org

Penguin Random House Verlagsgruppe FSC® N001967

1. Auflage 2024

This edition published by arrangement with Ballantine Books,
an imprint of Random House, a division of Penguin Random House LLC.

Redaktion: Angela Kuepper
Umschlaggestaltung und -motiv: © www.buerosued.de
SH · Herstellung: DiMo
Satz: satz-bau Leingärtner, Nabburg
Druck und Bindung: Nørhaven A/S, Viborg
Printed in Denmark
ISBN 978-3-7341-1410-6

www.blanvalet.de

*Liebe Leser*innen,*
dieses Buch enthält potenziell triggernde Inhalte.
Deshalb findet sich am Ende des Buchs eine Triggerwarnung.
Achtung: Diese enthält Spoiler für das gesamte Buch.
Wir wünschen allen das bestmögliche Leseerlebnis.

Kapitel 1

Z

Ich bin auf halbem Weg mit dem Skilift den Berg hinauf, als mir auffällt, dass es bereits dunkel ist. Richtig dunkel, nicht einfach nur dämmrig. Was nervt, denn das bedeutet, dass ich fertig bin. Das war der letzte Run. Kein Snowboarden mehr heute Abend, da alle guten Pisten geschlossen werden, sobald es ganz dunkel ist.

Normalerweise ist das kein Problem – ich bin schon seit sieben Stunden hier draußen, und mein Körper könnte eine Pause gebrauchen, vor allem, weil meine Zehen seit über einer Stunde taub sind.

Aber heute Abend bin ich noch nicht bereit, Schluss zu machen. Nicht jetzt, da meine Haut kribbelt und sich zu eng anfühlt und mir der Kopf schwirrt von dem Bedürfnis, zu vergessen …

Ich schneide den Gedanken ab, als ich oben auf dem Berg aus dem Lift steige.

Stattdessen konzentriere ich mich darauf, mein Board abzuschnallen und die Schrauben an der Unterseite zu überprüfen, um sicherzugehen, dass es nicht beschädigt ist. Beim letzten Run habe ich alles gegeben – was der totale Dope war –, aber die paar Rails davor habe ich ziemlich hart gecarvt. Mein Board hat den größten Teil des Aufpralls abbekommen, und ich will sichergehen, dass es noch stabil ist.

Wie sich herausstellt, ist es das, und ich schiebe es gerade in den Ständer rechts neben dem Lift, als Cam hinter mir aussteigt. Sie ist total aufgedreht. »Alter, der letzte Run war der Wahnsinn! Ich habe noch nie gesehen, dass du einen Inverted Triple Cork gemacht hast.«

»Das liegt daran, dass es hier zu viele Touris gibt, die einem in die Quere kommen können.« Das Letzte, was ich brauche, ist ein Tourist, der nicht weiß, was er tut – dann kann das Ganze nämlich schnell ziemlich hässlich werden. Aber heute habe ich mich nicht zurückhalten können. Seit ich am Morgen aufgewacht bin, hat sich in mir dieser Drang aufgebaut, der auf meine Brust drückt, bis ich das Gefühl habe zu ertrinken. An solchen Tagen muss ich mich am Powder abreagieren, um durchatmen zu können.

Aber die Piste schließt – Cam ist die Letzte, die raufgekommen ist –, und das Gefühl ist wieder da, schlimmer als vorher. Ich stehe hier, der Wind frischt auf, eisige Luft überall um mich herum, und trotzdem ersticke ich.

Neben mir stellt Cam ihre Sachen neben meinen ab und geht dann zu der Bank, auf der wir normalerweise darauf warten, dass Lucas und Ash in der Halfpipe fertig werden. Ich folge ihr, aber in dem Moment, in dem ich mich neben sie setze, wird das Kribbeln schlimmer. Genauso wie das Pochen in meinem Nacken.

Nein, hier im Dunkeln zu sitzen und zu warten, wird mir heute Abend nicht helfen. Vielleicht, wenn ich etwas Gras mitgebracht hätte, um runterzukommen, aber mein Vorrat ist zu Hause. Als ich aus dem Haus gegangen bin, habe ich mir gesagt, dass ich damit klarkommen würde. Dass es ein ganz normaler Tag wäre.

Was für ein verdammter Witz das ist! Ich habe das Gefühl, gleich zu explodieren.

Gerade will ich wieder aufstehen und auf und ab marschieren, um die Energie loszuwerden, die von innen auf mich eindrischt, doch Cam hält mich mit einer Hand am Arm auf. »Ich mein's ernst. Dieser Trick war der absolute Wahnsinn. Wie lange hast du den schon trainiert?«

»Ich weiß nicht.«

»Du hast wahrscheinlich gestern damit angefangen.« Sie schüttelt den Kopf und sieht dabei genervt aus. »Ich versuche seit Monaten, einen 900 zu schaffen – irgendeinen 900 –, und wir wissen beide, wie das läuft.«

Ich beiße mir auf die Zunge, um nicht darauf hinzuweisen, dass sie ein Mädchen ist – dass, egal, wie stark sie ist, und egal, wie oft sie trainiert, ich in der Lage sein werde, Dinge zu tun, die sie nicht kann. Nicht weil ich ein besserer Boarder bin, denn das bin ich nicht. Sie ist total sick auf dem Snowboard. Aber mit dem Testosteron ist es so eine Sache. Ich bin körperlich stärker als sie, also kann ich höhere Sprünge und kompliziertere Tricks machen.

»Ich meine es ernst«, fährt sie fort. »Eines Tages werde ich herausfinden, wie man diesen Move macht.«

»Zweifellos.«

»Hey.« Sie boxt mich gegen die Schulter. »Tu nicht so gönnerhaft.«

»Sehe ich so aus, als wäre ich in der Stimmung, gönnerhaft zu sein?« Im Moment ist der Druck so groß, dass ich kaum sprechen, kaum atmen kann.

»Geht's dir gut?«, fragt sie und legt eine Hand auf meinen Arm.

»Ja, klar. Alles bestens.« Ich schüttle ihre Hand ab und stehe jetzt tatsächlich auf. Tue so, als wäre ich fasziniert davon, den Mitarbeitenden des Skigebiets bei all den Routineaufgaben zuzusehen, die mit der Schließung einer der schwarzen Pisten einhergehen.

Aber Cam kauft mir das nicht ab. Sie steht wieder neben mir, ihr Gesicht zu mir geneigt, ihre großen braunen Augen erfüllt von einer Sorge, die ich einfach nicht will. Oder brauche. Und von etwas anderem. Etwas, was ich in letzter Zeit immer öfter bei ihr sehe. Normalerweise vermeide ich es – schließlich ist sie eine meiner besten Freundinnen, ganz zu schweigen davon, dass Luc praktisch schon ewig in sie verliebt ist –, aber für eine Sekunde, nur eine Sekunde, denke ich darüber nach, ihre Einladung anzunehmen.

Bevor ich weiß, was ich tue, senke ich den Kopf. Lehne mich vor. Unsere Lippen sind nur noch wenige Zentimeter voneinander entfernt, und ihre Augen weiten sich, der Atem stockt ihr in der Kehle. Ich kann fast spüren, wie sie sich anspannt, ich kann fast hören, wie ihr Herz schneller schlägt.

Es wäre so einfach, sie zu küssen.

So einfach, mit zu ihr nach Hause zu gehen und sie zu ficken, wie ich es mit Hunderten von anderen Mädchen getan habe.

So einfach, mir einzureden, es wäre nicht sie, und mich in einem anderen Körper zu verlieren.

Aber was dann? Es fällt mir auch so schon schwer genug, in den Spiegel zu gucken. Wenn ich sie so verarsche – Luc verarsche – für eine Stunde Sex, der mir nichts bedeutet, sobald er vorbei ist, dann bin ich ein noch größerer Mistkerl, als ich dachte.

Das kann ich ihnen nicht antun. Weder ihr noch Luc.

Es gibt genug Mädchen da draußen, die nicht mehr wollen als ich. Und mit denen ich mich am Morgen danach nicht auseinandersetzen muss.

In letzter Sekunde ziehe ich mich zurück und nicke in Richtung der Skihütte. »Na komm, lass uns reingehen.«

Sie starrt mich lange an, aber dieses Mal ist alles, was ich in ihren Augen sehe, purer Ärger. Es ist ein Blick, mit dem ich ziemlich vertraut bin, und Erleichterung durchströmt mich, als ich ihn bemerke. Schließlich ist es tausendmal besser, wenn Cam wütend auf mich ist, als wenn sie mich mit dieser ganzen Sorge und anderem Mist ansieht.

Aber sie stellt mich nicht zur Rede, und da der Wind jetzt wirklich auffrischt – so stark, dass der ganze Berggipfel wie eine Schneekugel in den Händen eines aufgedrehten Kleinkinds aussieht –, protestiert sie auch nicht. Zumindest nicht, bis wir durch die großen Glastüren der Lost Canyon Lodge treten. Wir sind keine paar Sekunden drin, als eine Gruppe ungestümer Knirpse direkt in uns hineinpflügt und Cam umrempelt, sodass sie auf ihrem Hintern landet. Die Kinder rennen davon, bevor einer von uns mehr tun kann, als den kleinen Monstern hinterherzustarren.

Ich reiche ihr die Hand, um ihr aufzuhelfen, und sie nimmt sie, aber ihre blauen Augen blitzen noch immer verärgert.

»Was genau machen wir hier, Z?«, fragt sie, während sie wieder auf die Beine kommt. »Du weißt, dass ich es hasse, hier zu sein.«

»Keine Sorge, Mike ist heute Abend nicht hier. Und selbst wenn, würde ich ihn nicht in deine Nähe lassen.«

Bei der Erwähnung dieses Arschlochs von Ex-Freund versteift sie sich. »Er ist nicht derjenige, um den ich mir Sorgen mache.«

»Ach ja? Wer ist es denn, der dich nervt?« Ich schaue mich um. Ich hätte nichts dagegen, etwas von dieser Anspannung loszuwerden, indem ich die Scheiße aus einem Kerl rausprügle, der sie belästigt.

»Es geht um dich, Z. Ich mache mir Sorgen wegen *dir*.«

Fuck! Ich bin ihr direkt in die Falle gelaufen. Cam, Luc, Ash und ich sind schon Freunde, seit wir ungefähr fünf Jahre alt waren. Was toll ist, wenn man versteht, dass wir uns praktisch füreinander vor ein Auto werfen würden, aber nicht so toll, wenn es darum geht, dass wir übereinander alles wissen, was es zu wissen gibt – auch die beschissenen Dinge.

»Musst du nicht«, sage ich ihr, entschlossen, konzentriert bei der Sache zu sein. »Ich habe dir schon gesagt, dass es mir gut geht.«

»Ja, klar.« Sie nimmt ihre Skimütze ab, und ihre verrückten roten Locken plustern sich in alle Richtungen auf. Mit all diesen Haaren und ihrem türkisfarbenen Snowboardanzug sieht sie ein bisschen wie ein Muppet aus. Ein süßer Muppet, aber trotzdem ein Muppet. Um sie zu ärgern – und vielleicht auch, um sie abzulenken –, strecke ich eine Hand aus und zerzause ihre Locken.

Sie schlägt nach mir, aber sie lacht, also mache ich es noch ein bisschen mehr. Die Anspannung von dieser Katastrophe eines Beinahe-Kusses lässt nach, und Erleichterung durchzuckt mich. Ich habe in meinem Leben schon genug Scheiße gebaut. Meine Freundschaft mit ihr und auch mit Luc zu ruinieren, kommt nicht infrage.

Sie duckt sich unter meiner Hand weg, bevor ihr knochiger Ellbogen direkt in meinem Magen landet. Ich zucke nicht zusammen, aber nur, weil es für mich so eine Art Religion ist, keine Schwäche zu zeigen – nicht einmal gegenüber einer meiner engsten Freundinnen. Ich ziehe noch ein zusätzliches Mal an ihren Locken, bevor ich außer Reichweite husche, nur um ihr klarzumachen, dass der Ellbogen nicht wehgetan hat.

»Komm, suchen wir uns einen Tisch.«

»Warum können wir nicht draußen warten, wie wir es sonst tun?« Jetzt jammert sie fast, und jedes andere Mal würde ich nachgeben. Aber nicht heute Abend.

Denn wenn ich nicht boarden, nicht rauchen und nicht kämpfen kann, bleibt nur noch eine einzige Möglichkeit. Und wir hatten bereits einen gefährlich knappen Beinaheunfall. »Es ist kalt da draußen, falls du es noch nicht bemerkt hast.«

Sie mustert mich von oben bis unten. »Du trägst erstklassige Snowboardausrüstung im Wert von dreitausend Dollar und machst dir Sorgen, weil es ein bisschen kalt ist?«

»Ein *bisschen* kalt? Nein.« Ich zeige zu den Türen, durch die wir gerade gekommen sind. In den letzten Minuten hat der Wind noch mehr aufgefrischt, und der Schnee fliegt in alle Richtungen. »Es ist *arsch*kalt da draußen. Ich hatte schon Sorge, dass ich mir Frostbeulen an den Eiern hole.«

Sie verdreht die Augen und gibt ein angewidertes Geräusch von sich. »Wie nett, Z.«

»Hey, du hast gefragt«, entgegne ich, während ich meine Jacke ausziehe. Draußen mögen sich die Bedingungen zwar einem Schneesturm nähern, aber im Innern des Skiresorts läuft die Heizung auf Hochtouren. Es fühlt sich gut an nach einem halben Tag auf dem Berg, aber das Letzte, was ich will, ist zu schwitzen, nicht wenn wir in wenigen Minuten wieder in der Kälte sein werden. »Außerdem sind deine Lippen schon vor ungefähr einer Stunde blau angelaufen. Ich dachte, du würdest die Gelegenheit zu schätzen wissen, etwas aufzutauen.«

»Ja, *deswegen* sind wir hier drin«, sagt sie und steigt endlich darauf ein, indem sie den einzigen freien Tisch in der Kaffeebar ansteuert. »Weil du dir Sorgen um den Zustand meiner Lippen machst.«

Ich ignoriere sie, während wir uns durch ein Gewirr von Menschen und Schneeausrüstung schlängeln. Der Laden ist überfüllt, aber das ist um diese Jahreszeit nichts Neues. Jeder, vom ernsthaften Hobby-Skifahrer bis hin zum Anfänger und allem dazwischen, schlägt auf den Pisten von Park City auf, sobald der Winter Einzug hält, und hofft auf eine rasante Zeit. Natürlich haben etliche der Touristen keine Ahnung, was zur Hölle sie da machen – einer der vielen Gründe, warum ich, wie die meisten Einheimischen, die Hotels hier normalerweise meide wie die Pest. Man verletzt sich bei einem Run viel leichter, wenn die Hälfte der Leute, die mit einem unterwegs sind, nicht weiß, was sie tut.

Wenn es nach mir ginge, würde ich eigentlich jeden Tag in Backcountry boarden und nicht nur an den Wochenenden. Aber sobald Lost Canyon anfing, Luc und Ash dafür zu bezahlen, dass sie hier trainieren, wenn sie in der Stadt sind, schließe ich mich ihnen an, statt in die Gebiete zu fahren, die nicht zu den Resorts gehören. Denn auch wenn ich mein Leben damit verbringe, verrückten Mist zu bauen, bin ich doch nicht verrückt genug, um allein ins Backcountry zu gehen. Meistens jedenfalls.

Cam rutscht auf die Bank, dann sieht sie mich erwartungsvoll an. »Ich hätte gerne ein Power O«, sagt sie zu mir. Das ist das Spezialgetränk für Snowboarder hier im Lost Canyon, ein speziell gemixter Energydrink, der dir einen Schuss pures Adrenalin reinjagt. Es ist ihr Lieblingsgetränk, aber mir hat es noch nie viel gebracht. Ich bevorzuge mein Adrenalin direkt.

»Ich dachte, du wärst an der Reihe, was zu holen.«

Sie schnaubt und versucht, hart zu wirken. »Alter, hör auf, dich zu verstellen. Wir wissen beide, warum wir hier drin sind.«

»Ach ja?«, frage ich mit hochgezogener Braue. »Und warum?«

Sie entscheidet sich für Option Nummer vier, und wir tun beide so, als wäre der abfällige Blick, den sie mir zuwirft, nicht böse gemeint. »Wegen der Blonden mit den großen Brüsten und der ›Leg dich nicht mit mir an‹-Haltung, die gerade hinter dem Tresen Bestellungen annimmt. Du hältst nach ihr Ausschau, seit du sie letzte Woche auf der Piste gesehen hast. Ich bin nur überrascht, dass es so lange gedauert hat, bis du deinen nächsten Zug machst.«

Um ehrlich zu sein, ich auch. Sie ist mir bereits am ersten Tag aufgefallen, als sie in ihrer engen Jeans und ihrer viel zu dünnen Jacke rausgestolpert kam, um dem Liftangestellten eine Nachricht zu überbringen. Ich hätte mich ihr damals fast vorgestellt, aber als ich oben ankam, ging sie schon wieder weg.

Seitdem schwirrt sie mir immer wieder im Kopf herum. Als Ash gestern also erwähnte, dass eine heiße neue Blondine in der Kaffeebar auf dem Berggipfel arbeitet, habe ich eins und eins zusammengezählt und die Information für die Zukunft abgespeichert.

Sieht so aus, als wäre die Zukunft heute Abend. Ich denke, ich werde rübergehen und sie anquatschen, während Cam und ich auf die anderen warten. Ihren Namen herausfinden. Und mal sehen, wie lange es dauert, sie zu überreden, eine Pause zu machen, damit ich sie an die Wand des nächstgelegenen Umkleideraums pressen kann.

Das wird gleich zwei Probleme für mich lösen: Ich werde dieses Kribbeln los, das einfach nicht verschwinden will, *und* ich sorge dafür, dass Cam versteht, wie wenig mir dieser Beinahekuss da draußen bedeutet.

Als ich nicht sofort auf ihre Sticheleien reagiere, sieht Cam mich mit schmalen Augen an. »Was denn? Hast du Angst, dass du es nicht mehr draufhast oder so?«

Jetzt bin ich an der Reihe zu schnauben. »Als ob das jemals passiert wäre!«

»Ich weiß nicht. Es gibt für alles ein erstes Mal.«

»Nicht dafür«, sage ich mit Nachdruck.

»Na, dann geh und hol mir mein Getränk.« Ihr Handy piept, und sie blickt drauf und liest die Nachricht. »Und bring auch was für Luc und Ash mit. Sie werden in etwa zehn Minuten hier sein.«

»Klein oder groß?«

Sie sieht mich mit hochgezogenen Brauen an. »Bist du dir sicher, dass du mit dieser Frage jetzt um dich werfen willst? Schließlich warst *du* doch derjenige, der sich Sorgen wegen Frostbeulen gemacht hat.«

Ich zeige ihr den Mittelfinger, und sie erwidert die Geste, während ich weggehe. Aber ich achte nicht mehr drauf.

Stattdessen ist meine ganze Aufmerksamkeit auf das Mädchen hinter der Kasse gerichtet. Sie unterhält sich mit einem Kunden – einem älteren Mann, der in jeder Hand eine Tasse Kaffee hält – und grinst über das, was immer er ihr gerade erzählt. Sie hat ein tolles Lächeln, und ich frage mich unwillkürlich, warum mir das beim letzten Mal nicht aufgefallen ist. Es ist nicht so toll wie ihr Körper, der *verdammt* heiß ist, aber es ist immer noch ziemlich beeindruckend.

Das gilt auch für ihre Augen, die einen intensiven Grünton haben. Sie sind irgendwie groß und sexy, besonders wenn sie einen Blick aus den Augenwinkeln wirft, wie sie es in den letzten Minuten ein paarmal getan hat. Sie hat auch einen schönen Mund, und einen Moment lang bin ich so in Gedanken vertieft, wie er sich wohl um meinen Schwanz anfühlen würde, dass ich gar nicht bemerke, wie sich Lila mir direkt in den Weg stellt.

Sie hält sich an mir fest, schlingt die Arme um meine Taille und presst ihren schlanken, süßen Körper an meinen. Ich versuche, an ihr vorbeizukommen, aber sie hat einen festen Griff und lässt mich nicht los. Außer sie abzuschütteln – was selbst für mich ein mieser

Zug ist –, bleibt mir nicht viel anderes übrig, als zu grinsen und es über mich ergehen zu lassen.

»Hey, Z!« Ihre Worte klingen gehauchter als sonst, und sie klimpert so heftig mit den Wimpern, dass ich Angst habe, eine ihrer farbigen Kontaktlinsen könnte herausfallen. »Du siehst gut aus heute Abend.«

»Danke, du auch.« Ich greife um sie herum und befreie mich langsam aus ihrem Krakengriff. Aber sie hält meine Hände mit ihren beiden fest.

»Findest du?«

Nicht wirklich. »Ja, natürlich.« Ich mustere sie, um etwas Nettes zu finden, das ich sagen kann. »Der Pulli steht dir gut.«

Sie reckt sich stolz, und erneut will ich an ihr vorbeigehen, aber sie lässt meine rechte Hand einfach nicht los.

Stattdessen fährt sie mit den Fingerspitzen über meine Knöchel, bevor sie meine Finger aus der Faust löst, die ich unbewusst gemacht habe. Dann schaut sie auf meine Handfläche. »Oh, du hast eine wirklich tiefe Liebeslinie«, sagt sie, während sie mit einem langen rosafarbenen Nagel über die kettenähnliche Falte streicht. »Weißt du, was das bedeutet?«

»Keine Ahnung.« Mein Tonfall deutet an, dass es mich auch nicht interessiert, aber sie hört nicht zu. Sie ist zu sehr in die große Verführung vertieft, die sie sich in ihrem Kopf zurechtgelegt hat, und ich lehne mich auf die Fersen zurück und erwarte schicksalsergeben das Schlimmste, was sie zu bieten hat. Nur ein mindestens fünfköpfiges Befreiungsteam kann mich hier rausholen, bevor Lila bereit ist loszulassen.

Sie kommt noch näher, so nah, dass ihr Mund sich meinem Ohr nähert und ihre Titten sich an meinen Arm pressen, als sie flüstert: »Das bedeutet, dass du *sehr* gut im Bett bist.«

Nennt mich verrückt, aber ... »Ich hätte nicht gedacht, dass du mir aus der Hand lesen musst, um das zu wissen.«

Sie kichert wieder, und für mich klingt es, als würden Nägel über eine Tafel kratzen. »Das muss ich auch nicht, Dummerchen. Ich erinnere mich an jede Minute unserer gemeinsamen Nacht.«

Interessant, denn ich kann mich an nichts davon erinnern, und dabei war ich nicht einmal betrunken. Oder zumindest glaube ich, dass ich es nicht war. All die Partys – und die Mädchen – verschwimmen allmählich miteinander.

Wieder sage ich nicht, was ich denke. Stattdessen versuche ich, ihre Hand von meiner zu lösen. Endlich gelingt mir die Flucht, aber ich komme nur ein paar Schritte weit, bevor sie sich mir erneut in den Weg stellt.

»Wohin willst du denn so schnell? Warum setzt du dich nicht zu meinen Freundinnen und mir?« Sie nickt in Richtung eines Tisches mit vier anderen Mädchen, die mich alle anstarren, als wäre ich der Nachtisch. Normalerweise würde ich dieser Einladung sofort nachkommen, aber im Moment könnte sie nicht weniger verlockend klingen. Vor allem, weil das neue Mädchen gerade den Kopf zurückwirft und über etwas lacht, was der alte Kerl in der Schlange zu ihr sagt.

Ich mag den Klang. Wie bimmelnde Glöckchen. Ich fühle mich wie ein totales Weichei, weil ich es bemerke, aber andererseits gibt es inzwischen nicht mehr viel an ihr, was ich noch nicht bemerkt habe.

»Also, Z, was meinst du? Willst du heute Abend mit uns abhängen?«

Da es völlig offensichtlich wird, dass die einzige Möglichkeit, ihr zu entkommen, darin besteht, sie k.o. zu schlagen, reiße ich den Blick von dem neuen Mädchen los und richte ihn auf Lila. Sie kichert ein wenig, und das Wimperngeklimper wird schlimmer. »Tut mir leid«, sage ich zu ihr. »Ich hab schon was vor.«

»Mit ihr?« Sie wirft einen boshaften Blick rüber zu dem Tisch, an dem Cam sitzt und an ihrem Handy herumfummelt. »Bitte. Du kannst was Besseres kriegen als diese Loserin. Ich meine, steht sie überhaupt auf Jungs? Servier sie ab, und ich verspreche dir, dass es sich für dich lohnen wird.«

In diesem Moment lässt mich das bisschen Geduld, das ich noch aufbringen konnte, im Stich. Niemand redet schlecht über meine Freunde. Niemand.

Ich schüttle Lila ab, und diesmal gebe ich mir keine Mühe, nett zu sein. »Ich würde nicht mal einen One-Night-Stand für dich abservieren, geschweige denn meine beste Freundin.« Ich mustere sie von oben bis unten, und diesmal achte ich darauf, dass ich nichts als Verachtung zeige. »Oh, richtig. Du *warst* ein One-Night-Stand.«

Darauf hat sie nichts zu erwidern. Ich gehe an ihr vorbei und versuche zu ignorieren, wie blass sie ist und wie ihre Augen plötzlich vor Tränen schimmern. Sie greift nach meinem Arm, aber ich schüttle sie ab. Es ist ihre eigene Schuld. Ich habe versucht, nett zu sein – ich hasse Kerle, die sich Mädchen gegenüber wie Arschlöcher verhalten, nur weil sie es können –, aber ich lasse niemanden damit davonkommen, Cam in meiner Gegenwart zu beleidigen. Das Mädchen hat schon zu viel durchgemacht. Sie hat es nicht nötig – oder verdient –, sich von anderen beschimpfen zu lassen, vor allem nicht nach dem, was ich heute Abend abgezogen habe.

Trotzdem gefällt es mir nicht, ein Mädchen zum Weinen zu bringen. Das erinnert mich zu sehr an April, und daran darf ich nicht denken.

Ich *werde* nicht daran denken.

Als ich am Tresen ankomme, hat die Anspannung in mir kritische Werte erreicht. Ein Teil von mir rechnet damit, dass meine Haut jeden Moment unter dem Druck aufplatzt.

Der alte Kerl ist Gott sei Dank weitergezogen, aber jetzt steht eine kleine Schlange von Leuten zwischen mir und der Neuen. Ich konzentriere mich ausschließlich auf sie, nutze die Gelegenheit, sie zu mustern, um den Rest meines verkackten Lebens auszublenden.

Sie sieht gut aus der Nähe aus, und obwohl sie Jeans und einen

Rollkragenpullover trägt, ist beides eng genug, um zu ahnen, wie heiß ihr Körper wirklich ist. Schade, dass wir im Schnee leben, denn dieses Mädchen sollte niemals eine Jacke anziehen.

Ich vertreibe mir die Zeit damit, mir vorzustellen, was ich mit ihr machen werde, wenn ich mit ihr allein bin.

Wo ich sie berühren möchte.

Welche Stellen ich gern küssen würde. Lecken. *Beißen.*

Bei ihr sind es so viele, dass ich gar nicht weiß, wo ich anfangen soll. Im Nacken, genau unter der Stelle, an der sie ihr Haar zu diesem unordentlichen Dutt zusammengebunden hat? Bei dem Muttermal direkt unter ihrem Kinn auf der rechten Seite ihres Halses? Oder an dem winzig kleinen Grübchen, das auf ihrer linken Wange aufblitzt, wenn sie einen Kunden anlächelt?

Wo auch immer ich anfange, ich weiß genau, wo ich aufhören will. Aber jetzt quäle ich mich nur selbst, und als ich an der Bar ankomme, bin ich dankbar, dass ich noch meine dicke Snowboardhose anhabe. Sonst wäre mein Interesse für jeden in diesem verdammten Raum offensichtlich.

»Was darf's sein?«, fragt sie mit über der Kasse schwebenden Fingern. Zum ersten Mal bemerke ich, dass ihre Nägel in einem funkelnden Grün lackiert sind, das fast genau zu ihren Augen passt – nicht das, was ich von ihr erwartet hätte, bei all diesen »Tough girl«-Vibes, die sie ausstrahlt. Aber mir gefällt die Farbe fast so sehr wie die Erkenntnis, dass mehr in ihr steckt, als ich dachte.

Nicht, dass das wirklich wichtig wäre, erinnere ich mich. Ich will sie ficken, nicht all ihre Ecken und Kanten kennenlernen.

»Ich weiß nicht.« Ich lasse meine Stimme ein wenig heiserer klingen als sonst und schenke ihr dieses halbe Lächeln, mit dem ich normalerweise alles bekomme, was ich will. »Was ist denn gut?«

»Das kommt darauf an, was du magst.« Sie ahmt meinen Tonfall genau nach, aber als ich ihr ins Gesicht sehe, ist da nichts als höfliches, professionelles Interesse. Das ist mein zweiter Hinweis darauf, dass ich mich hier womöglich auf mehr gefasst machen muss, als ich erwartet habe.

Trotz meiner alles andere als ehrenhaften Absichten lehne ich mich interessiert an den Tresen und sinniere über meine Wahlmöglichkeiten nach. Die Antwort, die ich ihr geben möchte, hat nichts mit Kaffee zu tun und alles mit dem, worüber ich in den letzten fünf Minuten fantasiert habe. Aber irgendetwas sagt mir, dass diese Art der Herangehensweise bei ihr nicht funktionieren wird, nicht bei diesem Mädchen mit dem bewusst ausdruckslosen Gesicht, der tollen Stimme und – ich schaue auf die Hände hinunter, die sie immer noch über der Kasse hält – zitternden grün lackierten Fingernägeln.

Ich kann mir ein Grinsen kaum verkneifen. Wie es aussieht, mache ich sie also doch nervös. Das ist die beste Nachricht, die ich heute bekommen habe. »Ich mag so ziemlich alles«, sage ich schließlich zu ihr.

»Ja, das habe ich schon über dich gehört«, antwortet sie trocken und klingt nicht gerade beeindruckt.

»Ach, wirklich? Und was genau hast du gehört …?« Ich werfe einen Blick hinunter auf das schwarz-silberne Namensschild, das an ihr Shirt geheftet ist. »… Ophelia?«

Sie verdreht die Augen. »Ich denke, du hast eine ziemlich gute Vorstellung davon, was die Leute über dich sagen, Z. Willst du jetzt den ganzen Abend dastehen und mir schöne Augen machen, oder willst du tatsächlich etwas für deinen Harem bestellen?«

»Meinen *Harem*?«

Sie nickt zu Lila und ihren Freundinnen hinüber, und dieses Mal lässt mich ihr Gesichtsausdruck wissen, wie gänzlich unbeeindruckt sie ist. Verdammt! Sieht so aus, als wäre mein Ruf mir wirklich vorausgeeilt. Oder der von Lila. Sie ist einer der Winter-Stammgäste, die mehr Geld als Verstand haben. Irgendwie bezweifle ich, dass sie die Intelligenz – oder guten Manieren – hat, um nett zur Barista zu sein. Was bedeutet, dass ich hier wirklich aufgeschmissen sein könnte.

Das macht mir mehr aus, als es sollte. Normalerweise ist es mir scheißegal, was die Leute über mich sagen – und sie sagen eine Menge, vor allem seit Luc, Ash und ich Profis geworden sind. Aber die Art, wie Ophelia mich ansieht, bringt meine Handflächen zum Schwitzen. Das ist neu für mich, und ich bin nicht besonders glücklich darüber.

»Ich kenne diese Mädchen kaum.«

»Soll mich das vielleicht beeindrucken?«

»Ich weiß es nicht.« Das ist das Ehrlichste, was ich den ganzen Tag gesagt habe. »Was *würde* dich denn beeindrucken?«

Sie mustert mich verächtlich. »Einiges mehr als das, was du zu bieten hast.«

So viel zum Thema Ehrlichkeit. Das ist der Grund, warum ich mich so bemühe, nicht aus mir herauszugehen – es rächt sich jedes Mal. Entschlossen, die Situation unter Kontrolle zu bekommen, stütze ich die Hände auf den Tresen und lehne mich zu ihr hin. Dann knipse ich ihn an, den Blick, mit dem ich jedes Mädchen erobert habe, seit ich mit dreizehn Jahren meine Jungfräulichkeit verlor.

Ophelias Augen weiten sich, und die Tasse, nach der sie vor Sekunden gegriffen hat, fängt an zu wackeln. Ich versuche nicht mal, mein Lächeln zu verbergen.

»Warum gibst du mir nicht etwas Süßes«, schlage ich vor, nachdem sie mich einige Sekunden lang angestarrt hat.

»Etwas ... Süßes?« Ihre Stimme klingt erstickt.

»Ja.« Ein paar Haarsträhnen haben sich aus ihrem Dutt gelöst, und ich strecke die Hand aus, um eine verirrte Locke zu streicheln, bevor ich sie um meinen Finger wickle. »Und Heißes. Es ist ziemlich kalt draußen.«

»Du willst ...« Ihre Stimme bricht. Sie ist jetzt atemlos, und ich weiß, das war's. Ich habe sie.

Ich spüre einen kleinen Stich tief im Innern – den ich als Enttäuschung bezeichnen würde, wenn ich mir jemals etwas erhofft hätte –, aber ich ignoriere ihn. Das hier ist schließlich genau das, was ich wollte. »Du willst etwas Süßes und Heißes?«

»So mag ich meinen Kaffee.« *Und andere Dinge*, sagt ihr mein Blick. Nicht, dass ich so kitschig wäre, so einen Mist auszusprechen. Aber ich kann verdammt gute Andeutungen machen.

Ophelias Blick ist jetzt ein wenig verhangen, aber sie nickt ruckartig. Dann, bevor ich noch irgendetwas sagen kann, geht sie zu den Espressomaschinen und fummelt ein oder zwei Minuten lang daran herum. Sie guckt kein einziges Mal zu mir, und als sie zurückkommt, hat sie ein großes Glas Eiskaffee in der Hand.

Verwirrt schaue ich zwischen ihr und dem Getränk hin und her. »Das sieht nicht sehr warm aus«, sage ich schließlich.

»Ja nun, ich habe eine Entscheidung getroffen. Es sah so aus, als bräuchtest du etwas, womit du dich abkühlen kannst.« Und dann ist sie es, die sich über den Tresen lehnt. Eine knappe Sekunde lang verfluche ich den Rollkragenpullover – ich wüsste wirklich gerne, wie die Titten dieses Mädchens aussehen –, bevor sie mir den Kaffee mitten über die Vorderseite meiner Hose kippt.

Kapitel 2

OPHELIA

Er reagiert nicht sofort. Und als er es tut, ist es ganz anders, als ich erwarte.

Vielleicht liegt es an der isolierten Snowboardhose oder vielleicht an seiner zu coolen Einstellung, aber Z kreischt oder schreit nicht und flucht auch nicht. Er sieht mich einfach nur an, sein Gesicht, das schöner ist, als für ihn oder irgendjemanden gut ist, ist starr vor Überraschung. Ob deswegen, weil ich das Getränk über ihn ausgekippt habe oder weil er endlich begriffen hat, dass ich ihn ausgetrickst habe, weiß ich nicht, und es ist mir auch egal. Wichtig ist nur, dass er die Botschaft kapiert und mich verdammt noch mal in Ruhe lässt.

Dennoch, irgendein Instinkt tief in mir flüstert mir zu, dass ihn nicht viel überraschen kann. Die Tatsache, dass es mir gelungen ist, macht mich glücklicher, als es sollte.

Und dann lächelt er, und ich weiß, dass ich recht habe. Denn es ist nicht dieses »Komm, setz dich bei dem großen bösen Wolf auf den Schoß und lass ihn ein bisschen von dir abbeißen«-Lächeln, das er vor ein paar Minuten auf mich gerichtet hat. Ein Lächeln, das mir die Knie hat weich werden und meine Gehirnzellen zusammen mit denen aller anderen Frauen in der Nähe fast hat dahinschmelzen lassen. Nein, das hier ist ein echtes Lächeln. Ein aufrichtiges Grinsen voller Belustigung, Mutmaßung und etwas anderem, das ich nicht einmal ansatzweise identifizieren kann.

Aber was auch immer diese unbekannte Sache ist, ich habe genug Erfahrung, um zu wissen, dass ich in Schwierigkeiten stecke. Dass diese Begegnung wahrscheinlich nicht gut für uns ausgehen wird. Zumindest nicht für mich.

Trotzdem, was hätte ich tun sollen? Mit klopfendem Herzen und schlotternden Knien dastehen wie eine Jungfrau in Nöten, die reif ist, gepflückt zu werden?

Mich ihm an den Hals werfen wie jedes andere Mädchen im Umkreis von hundert Meilen?

Ihn glauben lassen, dass ich nur eine weitere Kerbe auf seinem Snowboard sein werde?

Das denke ich nicht.

Ich habe getan, was getan werden musste, und seine völlig unpersönliche Anmache im Keim erstickt, bevor sie völlig außer Kontrolle geraten konnte. Ich glaube nicht, dass ich Gefahr laufe, mich in ihn zu verlieben – bei reichen, hübschen Jungs wie Z bekomme ich Ausschlag, besonders wenn sie Adrenalinjunkies sind. Aber trotzdem gehe ich kein Risiko ein.

Nicht nach dem, was in New Orleans passiert ist.

Schon allein bei dem Gedanken an Louisiana, an Remi, dreht sich mir der Magen um, und meine Brust schmerzt. Dabei lief es gerade so gut bei mir.

Ich war dabei, mich um meinen eigenen Kram zu kümmern.

Mein Leben wieder in Ordnung zu bringen.

Kurse am Community College zu belegen, damit ich nicht für immer in diesem Sackgassenjob – diesem Sackgassenleben – feststecke.

Zumindest bis Mr. Meine-Eier-sind-noch-dicker-als-mein-Bankkonto hier auftaucht und beschließt, sich mit mir anzulegen, nur weil er es kann. Der Gedanke macht mich wütend, und ich starre Z an. Plötzlich juckt es mich in den Fingern, eine weitere Tasse Kaffee über ihn zu kippen. Eine, die diesmal nicht eiskalt ist. Aber ich brauche diesen Job, und die Leute zeigen schon auf mich und starren mich an. Wenn meine Tante oder mein Onkel vorbeikommen und die ganze Aufregung sehen, bin ich einen *weiteren* Job los. Und da ich in den zwölf Tagen, die ich hier bin, bereits aus dem Souvenirladen *und* einem der Restaurants verbannt wurde, gehen mir allmählich die Möglichkeiten aus.

Verärgert, aber okay damit, irgendeine Art von Schadensbegrenzung zu betreiben, ziehe ich einen sauberen Lappen unter dem Tresen hervor und schiebe ihn zu ihm rüber. »Hier. Damit kannst du dich sauber machen.«

»Danke, nicht nötig.« Sein Grinsen wird breiter, und es macht mich wütend, dass mein Zorn ihn amüsiert. Zumindest so lange, bis er nach dem hinteren Ausschnitt seines Hemdes greift und es sich mit einer einzigen geschmeidigen Bewegung über den Kopf zieht. Als er anfängt, seine schwarze Hose damit abzutupfen, gehört meine Wut der Vergangenheit an. Und meine Gehirnzellen auch.

Ich kann nicht anders. Ich versuche, wütend zu bleiben, aber es ist schwer, einen Gedanken zu fassen – irgendeinen Gedanken –, wenn ich mit einem halb nackten Z konfrontiert bin.

Ich meine, der Typ ist ein Alien. Das muss er sein, denn Menschen sehen einfach nicht so aus. Zumindest nicht außerhalb von Hochglanzmagazinen und Hollywoodfilmen. Und vielleicht nicht einmal da.

Trotz des Winterwetters hat seine Haut einen goldenen Bronzeton, der davon zeugt, wie viel Zeit er ohne Hemd im Freien verbringt – trotz des Schnees. Seine Arme sind kräftig, die Schultern gut definiert. Und seine Bauchmuskeln. Oh mein Gott, seine Bauchmuskeln sind ein Kunstwerk. Vergesst Sixpacks. Dieser Kerl hat ein Acht-fast-Zehn-Pack, und für eine Sekunde – nur eine Sekunde – fange ich fast an zu schielen, als ich mir vorstelle, wie es wäre, eine Spur direkt von seinem Schlüsselbein zu seinem Bauchnabel zu lecken.

Er bewegt sich ein wenig unter meinem Blick, und zum ersten Mal fallen mir die Narben auf, die er hat – auf seinem Arm, der Brust, über den Rippen, an der Seite seines Bauches. Viel zu viele Narben für einen normalen Typen. Aber er ist kein normaler Typ, ermahne ich mich. Er ist ein Snowboarder, der dafür bekannt ist, verrückte Risiken einzugehen und wirklich wilde Stunts zu machen. Ist es da ein Wunder, dass sein Körper so zerschunden ist?

Nicht, dass ihn die Narben schlecht aussehen lassen. Ganz im Gegenteil. Irgendwie verstärken sie nur die Schönheit all der harten Muskeln und der goldenen Haut. Genauso wie seine Tattoos. Ich versuche wegzusehen, aber ich kann es nicht. Ich bin fasziniert von der Tätowierung, die die gesamte rechte Hälfte seines Oberkörpers bedeckt.

Es ist eine Wand aus Flammen in Schwarz- und Grautönen, die irgendwo unterhalb seiner Taille beginnen und bis zu seiner Schulter empor, über seinen Brustkorb und seinen rechten Arm hinunterlecken. Sie ist wunderschön, wirklich gut gestaltet und verdammt sexy. Auf seiner linken Seite ist ein weiteres Tattoo, diesmal eine Reihe von Wörtern in einer ausgefallenen schwarzen Schrift, die zu lesen ich zu weit weg bin. Aber ich will es. Plötzlich will ich unbedingt wissen, welche Worte so wichtig sind, dass ein Typ wie Z sich mit ihnen brandmarkt.

Irgendetwas kitzelt an meinem Kinn, und irgendwie habe ich die beschämende Befürchtung, dass es meine eigene Spucke ist. Dass ich buchstäblich hier stehe und sabbernd dieses Kunstwerk anstarre, das Z Michaels ist. Vorsichtshalber wische ich mir mit der Hand übers Kinn. Wie sich herausstellt, habe ich die Kontrolle über meine Speicheldrüsen nicht verloren – es ist nur eine Haarsträhne, die sich aus meinem Dutt gelöst hat.

Diese Erkenntnis setzt mein Gehirn wieder in Gang. Ein paar Sekunden zu spät, aber ich bin ein großer Fan von »besser spät als nie«. Oder zumindest bin ich es jetzt.

»Weißt du, wir haben hier in der Lost-Canyon-Kaffeebar eine Regel«, erkläre ich ihm mit einem kleinen Wedeln meiner Finger. »Kein Hemd, keine Schuhe, keine Bedienung. Du solltest dich wahrscheinlich woanders darum kümmern.«

Die dunklen Augen, die er auf mich richtet, sind erfüllt von Ungläubigkeit und vielleicht, nur vielleicht, einem Hauch von Respekt. Ich habe tagelang beobachtet, wie die weibliche Bevölkerung hier auf diesen Kerl reagiert, und ich bin mir ziemlich sicher, dass ich seit seiner Pubertät die Erste bin, die ihn wegen dieses Mists zur Rede stellt. Womöglich sogar schon vorher.

Man braucht sich nur das Mädchen anzusehen, mit dem er reingekommen ist. Als sie die Hütte betreten haben, war er total dick mit ihr, genau wie jedes Mal, wenn ich in den letzten Tagen einen Blick auf ihn erhascht habe. Nicht, dass ich nach ihm Ausschau gehalten hätte oder so. Aber trotzdem. Dann, innerhalb von fünf Minuten, hängt er mit einer anderen ab – der billig aussehenden Tussi, die sich ihm in den Weg gestellt hat wie ein Pilot auf einer Kamikaze-Mission.

Obwohl, um ehrlich zu sein, kann man ihm das zweite Mädchen kaum zum Vorwurf machen. Wer auch immer sie ist, der Blick, den sie ihm zugeworfen hat, hat Z laut und deutlich gesagt, dass es ihr nichts ausmachen würde, mitten in der Kaffeebar von ihm bestiegen zu werden. Ich bin bloß überrascht, dass er das Angebot der kleinen Miss Kann-die-Beine-nicht-schnell-genug-Breitmachen ausgeschlagen hat.

Nicht, dass es mich etwas anginge – zumindest nicht, bis er an den Tresen gekommen ist und mich angemacht hat. Es ist mir egal, ob jedes andere Mädchen in der Stadt mit jedem noch so kleinen Stück Z zufrieden ist, in das es seine Krallen schlagen kann. So läuft das bei mir nicht, selbst wenn ich an einem Typen interessiert bin. Was ich in diesem Fall definitiv nicht bin. Nach dem, was mit Remi passiert ist, würde ich diesen Kerl nicht mal mit einer fünfzehn Meter langen Stange anfassen.

»Moment mal«, fragt er, als er endlich seinen schlaffen Kiefer wieder in Gang bekommt. »Du weigerst dich, mich zu bedienen, obwohl es ganz allein deine Schuld ist, dass ich ohne Hemd bin?«

»Zunächst einmal habe ich dir was zum Abwischen angeboten. Du bist derjenige, der beschlossen hat, das Hemd auszuziehen. Zweitens bin ich großzügig und berechne dir nichts für den verschütteten Kaffee. Und drittens: Ich mache die Regeln nicht. Ich befolge sie nur.« Wieder wedle ich mit den Fingern in seine Richtung, als wäre er eine besonders lästige Mücke. »Also geh endlich, bevor dich noch jemand von der Geschäftsleitung sieht und aus dem Gebäude entfernen lässt.«

Er schnaubt, als wäre schon allein diese Möglichkeit zu weit hergeholt, um sie in Betracht zu ziehen. Was sie wahrscheinlich auch ist. Meine Tante und mein Onkel finden es wunderbar, dass er hierherkommt, um mit seinen Freunden zu trainieren. Neulich beim Abendessen sprachen sie darüber, wie sie ihn davon überzeugen könnten, bei ihnen unter Vertrag zu sein, so wie seine Freunde. Bisher haben sie ihm alles angeboten, außer einer Teilhaberschaft an der Lodge, doch er hat abgelehnt.

Muss schön sein, so viel Geld durch Werbeverträge, Sponsoren und Familie zu verdienen, dass man einen Riesenhaufen davon völlig grundlos einfach wegwerfen kann.

»Die Hoteldirektion wird *mich* aus dem Gebäude entfernen?«, fragt er ungläubig. »Du bist doch diejenige, die mir gerade einen Kaffee in die Hose gekippt hat.«

Ich habe das Bedürfnis, das klarzustellen. »*Auf* deine Hose, nicht in die Hose.«

»Mir war nicht bewusst, dass da so ein großer Unterschied ist.«

»Ja, ich wette, das sagst du zu allen Mädchen.«

»Nur zu den süßen«, erwidert er mit einem Schmunzeln, das ihn irgendwie noch sexyer aussehen lässt, eine Tatsache, die mich unglaublich ärgert. »Und nur fürs Protokoll: Wenn du mich das nächste Mal nackt sehen willst, brauchst du nur zu fragen. Nicht nötig, Kaffee zu verschütten.«

Mein Blut beginnt zu kochen. Kennt seine Arroganz eigentlich keine Grenzen? Wen kümmert es, ob er der heißeste Typ ist, den ich je gesehen habe, wenn er jedes Mal, sobald er den Mund aufmacht, wie ein totaler Arsch klingt?

»Alter, wenn ich dich nackt sehen wollte, würde ich dir nicht etwas Kaltes in den Schritt kippen, um das zu erreichen.« Entschlossen, ihn in die Schranken zu weisen, werfe ich einen Blick auf die fragliche Stelle, wobei ich darauf achte, dass mein Gesichtsausdruck alles andere als beeindruckt ist. »Das verfehlt irgendwie den Zweck.«

»Es braucht mehr als ein kaltes Getränk, um *diesen* Zweck zu verfehlen. Aber wenn du mir nicht glaubst ...« Er zieht eindeutig herausfordernd eine Augenbraue hoch, während seine Hände zum Bund seiner Hose wandern.

Er beginnt, sie zu öffnen, aber ich weiß, dass er blufft, dass er nur versucht, eine Reaktion von mir zu bekommen. Also stehe ich da, mit schmalen Augen und vor der Brust verschränkten Armen, während ich darauf warte, dass er einen Rückzieher macht. Denn er wird sich auf keinen Fall mitten in diesem Café ausziehen. Nicht jetzt, nicht vor all diesen Leuten.

Außer ...

»Hey, hör auf damit!« Ich springe fast über den Tresen auf ihn, und diesmal bin ich es, die seinen Hosenbund packt. Allerdings ziehe ich ihm die Hose wieder hoch, während ich mein Bestes gebe, zu ignorieren, wo meine Hände sind.

Sein Schmunzeln hat sich zu einem ausgewachsenen, überheblichen Grinsen entwickelt. »Also, was hältst du davon, wenn wir das an einen etwas privateren Ort verlegen?«, neckt er mich. Er legt die Hände leicht auf meine, und obwohl er ein eingebildeter Arsch ist, muss ich dem Drang widerstehen, mir Luft zuzufächeln. Z mit voll aufgedrehter Wattzahl ist etwas, was man ernst nehmen muss.

Nicht, dass ich ihn das merken lassen werde.

»Zum Beispiel eine Arrestzelle? Öffentliche Nacktheit ist gegen die Regeln *und* das Gesetz.«

»Ich dachte eher an dein Zimmer, aber wenn du eine Vorliebe für Exhibitionismus hast, wer bin ich, dir zu widersprechen?«

»Das reicht. Du musst gehen.« Ich ziehe meine Hände weg und greife nach dem Handdesinfektionsmittel, das neben der Kasse auf dem Tresen steht. Gott allein weiß, was ich mir holen könnte, wenn ich meine Finger in der Nähe der Hose dieses Kerls habe.

»Du hast mir immer noch nicht mein Getränk gebracht. Außerdem brauche ich drei Power Os.«

Ich seufze. »Muss ich die ganze Sache mit dem T-Shirt wirklich noch einmal durchkauen?« Ich schaue mich im Raum um und bete, dass jemand – irgendjemand – an den Tresen kommt, damit ich meine Aufmerksamkeit von Z abwenden und mich einem echten Kunden zuwenden kann. Aber entweder ist niemand durstig, oder sie haben viel zu viel Spaß an der Show, um sie zu unterbrechen.

»Das meinst du doch nicht wirklich ernst, oder?«

»Ich meine es immer ernst.«

Er sieht aus, als wollte er etwas dazu sagen, aber bevor er die Worte aussprechen kann, wird er von dem Mädchen von vorhin und zwei anderen Jungs in Beschlag genommen. Sie kommen mir irgendwie bekannt vor, und nachdem ich sie eine Minute lang wie eine Idiotin angestarrt habe, wird mir klar, dass das daran liegt, dass meine Tante sie mir an meinem ersten Tag hier vorgestellt hat. Sie gehören zu der Gruppe von Snowboardern und Skifahrern, die von Lost Canyon teilweise gesponsert werden.

Es ist keine Überraschung, dass ich eine Minute brauche, um sie zuzuordnen. Ich fühlte mich an jenem Tag so, als wäre ich in ein anderes Universum gefallen, in dem mein ganzes Leben auf den Kopf gestellt worden war. Wie hätte es auch anders sein sollen, nachdem sich die Dinge so schnell verändert hatten? Wenn das, was ich am meisten wollte, was ich am meisten brauchte, innerhalb eines Wimpernschlags aufgehört hatte zu existieren?

»Alter, was machst du denn?«, will der große blonde Kerl wissen und unterbricht damit meine Selbstmitleidsorgie. »Zieh dich wieder an, bevor du die Neue noch vergraulst.«

»Ja, Mann«, stimmt der Dunkelhaarige zu. »Wenn du lange genug so herumläufst, werden einige der Schnee-Cougars anfangen, dir Dollarscheine in die Hose zu stecken.«

Z zeigt ihnen den Mittelfinger, aber als einer von ihnen ihm ein T-Shirt reicht, nimmt er es und schlüpft hinein. Ich spüre einen Moment des Bedauerns. Obwohl ich ihn wegen seines nackten Oberkörpers schikaniert habe, ist es fast schade, dass all diese schöne Haut wieder bedeckt wird. Fast.

»Hey! Ich bin Cam.« Das Mädchen winkt mit der Hand vor meinem Gesicht, und sofort reiße ich den Blick zu ihr hinüber. Es ist mir peinlich, dass ich dabei erwischt wurde, wie ich Z anglotze, aber sie scheint nicht sauer zu sein. Genau genommen sieht sie amüsiert aus, als sie mir die Hand entgegenstreckt.

Ich schüttle sie automatisch. »Ich bin Ophelia.«

»Cooler Name.«

Nicht wirklich. »Danke.«

»Das ist Ash.« Sie zeigt auf den großen Blonden mit dem rausgewachsenen Haarschopf. »Und das ist Lucas. Und Z hast du ja schon kennengelernt. Wir fahren alle zusammen.«

»Schön, euch kennenzulernen.«

»Dich auch. Es ist schwer, ein Mädchen nicht zu mögen, das sich von Z nichts gefallen lässt.«

»Hey! Auf wessen Seite stehst du eigentlich?«, will Z wissen.

Sie ignoriert ihn und sieht mich neugierig an. »Also, woher kommst du?«

»New Orleans.«

»Das gibt's doch nicht! Ich liebe diese Stadt!«, sagt Lucas zu mir. »Wie kommt es, dass du keinen Akzent hast?«

»Wer sagt, dass ich keinen habe?«, erwidere ich und lasse dabei das Südstaatenmädchen raushängen.

»Viel besser«, meint er mit einem Nicken. »Ich wollte schon immer mal zum Mardi Gras, aber das ist mitten in der Wettkampfsaison.«

»Was ist mit dir?«, meldet sich Z zum ersten Mal zu Wort, seit seine Freunde hier sind. Ich drehe mich zu ihm um und schaue dann schnell weg. Es gefällt mir nicht, wie er mich anstarrt, so intensiv und raubtierhaft wie eine Dschungelkatze, die mit ihrer Beute spielt, bevor sie sie verschlingt. »Du feierst wahrscheinlich schon seit Jahren beim Mardi Gras.«

»Nö. Das ist nicht wirklich mein Ding.« Die Lüge bleibt mir fast im Hals stecken, denn jahrelang hat niemand die zwei Wochen vor dem Faschingsdienstag mehr geliebt als ich. Die Umzüge, die Menschenmassen, die Musik, die Perlenketten, den Alkohol. Was gibt es daran nicht zu mögen? Alles, wie sich herausstellte.

»Was?« Jetzt sehen sie mich an, als wäre ich verrückt. »Wer wohnt denn im verdammten New Orleans und geht nicht zum Mardi Gras?«, will Z wissen.

Inzwischen überfluten mich die Erinnerungen, und meine Muskeln sind so angespannt, dass sie bei der kleinsten plötzlichen Bewegung vom Knochen abreißen könnten. Aber ich versuche, ruhig zu bleiben. Es kommt nichts Gutes dabei raus, in der Vergangenheit zu wühlen. Oder sie merken zu lassen, wie sehr mich dieses Thema stresst. Genervt von mir selbst, von ihm, von der ganzen verdammten Situation, hebe ich den Kopf und werfe ihm meinen besten »Entschuldige, lästige kleine Mücke, hast du was zu sagen«-Blick zu. »Ich. Ist das okay für dich?«

»Nein.« Er sieht verwirrt aus. »Eigentlich nicht.«

Darauf habe ich keine Antwort, also sage ich nichts und die

anderen auch nicht. Unangenehmes Schweigen senkt sich herab. Wieder sehe ich mich verzweifelt nach Kunden um, aber es ist immer noch niemand da. Also warte ich einfach ab und tue so, als ob ich unangenehmes Schweigen nicht hassen würde. Als ob ich wüsste, warum Z und seine Freunde herumstehen und mich beobachten.

Schließlich sagt Lucas: »Wir gehen heute Abend auf eine Party. Willst du mitkommen?«

Ich bin mir nicht sicher, wer von der Einladung überraschter ist, ich oder Z. Aber ich schätze, das ist egal, weil ich nicht hingehen werde. Ich muss arbeiten. Außerdem habe ich keine Lust, den ganzen Abend in einem Raum voller Fremder zu sitzen und zuzusehen, wie jedes Mädchen in der Nähe Z anbaggert, als wäre er eine Art Sexgott auf Parade. Lieber würde ich einen Käfer essen – oder auch zwölf.

»Danke«, sage ich ihm. »Aber ich muss arbeiten.«

»Du kannst später nachkommen, wenn du willst.« Er holt sein Handy heraus. »Gib mir deine Nummer, und ich schicke dir die Adresse.«

»Ich ... äh ...« Hilfesuchend blicke ich zu Z, doch der grinst mich nur an. Als wüsste er, dass die verklemmte kleine Ophelia niemals einem Snowboarder ihre Nummer geben würde, geschweige denn, sich mit ihm auf irgendeiner Party treffen.

Bevor ich es mir anders überlegen kann, rattere ich meine neue Nummer herunter. Luc gibt sie in sein Handy ein, und Sekunden später klingelt mein eigenes Handy, um mir mitzuteilen, dass ich eine Nachricht erhalten habe. Ich blicke zu Z, und diesmal ist das Schmunzeln aus seinem Gesicht verschwunden. Stattdessen sieht er sauer aus, und ich kann mir nicht erklären, warum, es sei denn, er will mich nicht auf der Party haben.

Was in Ordnung ist. Ich habe sowieso nicht vor, hinzugehen. Ich ignoriere den kleinen schmerzhaften Stich, den zu empfinden ich absolut keinen Grund habe. Es ist ja nicht so, dass ich dachte, er würde mich anbaggern, weil er mich wirklich mag oder so. Eher, weil ich weiblich bin und atme. Wahrscheinlich kennt er keine andere Weise, mit Frauen zu reden.

Ich lasse meine Antwort unverbindlich klingen. »Danke. Vielleicht sehen wir uns dort.«

»Du solltest kommen«, sagt Ash zu mir. »Wir werden uns um dich kümmern.« Der finstere Blick von Z vertieft sich.

Die Antwort bleibt mir erspart, als – endlich – eine Frau mit zwei kleinen Kindern an den Tresen kommt. »Machen Sie auch heiße Schokolade?«, fragt sie und starrt auf die Speisekarte über meinem Kopf.

Ich wende mich ihr zu wie der Rettungsleine, die sie ist. Ich bin mehr als bereit, dass Z und seine Freunde mich in Ruhe lassen. Eigentlich will ich nur noch diese Schicht beenden und zurück in mein Zimmer gehen. Ich muss recherchieren. Sicher, das hat keine Eile, da ich noch ein paar Monate Zeit habe, bevor die Anträge für einen Wechsel des Colleges eingereicht werden müssen, aber trotzdem. Je eher ich damit anfange, desto eher werde ich es wieder warm haben. Ich könnte es vielleicht nicht verkraften, nach New Orleans zurückzugehen, aber es gibt nichts, was mich von Arizona abhält. Oder New Mexico. Oder Hawaii, was das betrifft. Ich bin nicht wählerisch. Solange es irgendwo warm ist und es eine Menge finanzieller Unterstützung gibt, bin ich für so ziemlich jede Schule zu haben. Vor allem, wenn das bedeutet, dass ich nie wieder einen Milchkaffee machen oder einen Fußboden wischen muss.

Ich ignoriere die kleine Stimme in mir, die mich einen Feigling nennt, weil ich die Party sausen lasse, und sehe die Dame mit meinem professionellsten Blick an. Nach dem, was vorhin passiert ist, kann ich es mir nicht leisten, einen Fehler zu machen. Es sei denn, ich will mir die Chance vermasseln, Geld zu sparen, indem ich während der Hauptsaison im Lost Canyon Resort arbeiten und mietfrei wohnen kann. »Ja. Normal, Pfefferminz und Karamell.«

Der kleine Junge zu ihren Füßen fängt an, vor Aufregung zu hüpfen. »Ich will Karamell. Mit ganz viel Schlagsahne.«

Ich kann nicht anders, als ihn anzugrinsen. »Ganz viel Schlagsahne kann ich machen. Und Schokoraspel obendrauf, wenn du magst.«

»Ooh, das mag ich. Das mag ich!«

Ich schaue auf und sehe, dass Cam mir zum Abschied zuwinkt. Lucas deutet auf sein Handy und formt lautlos mit den Lippen: »Schreib mir«, während die vier zurück zu ihrem Tisch gehen. Sie lachen und scherzen rum, so völlig vertraut miteinander, wie es nur wahre Freunde sein können. Es macht mich ein wenig traurig, lässt mich an Remi denken und daran, wie die Dinge mit ihm früher waren. Mit uns.

Ich verfluche mich innerlich, während ich die restliche Bestellung der Frau aufnehme und dann mit dem Zubereiten der Getränke anfange. Ich versuche, nicht an ihn zu denken, daran, wie es früher einmal war. Darüber, wie es hätte sein sollen. Es zählt nicht, was hätte sein sollen, sondern nur, was ist.

Rasch verdränge ich die Vergangenheit aus meinem Kopf oder zumindest in den Hinterkopf, wo ich nicht jede Sekunde daran denken muss, und fülle die drei Tassen heiße Schokolade mit extraviel Schlagsahne und Schokoladenraspeln auf, genau wie ich es versprochen habe. Während ich sie über den Tresen schiebe, beobachte ich, wie Z und seine Freunde ihre Sachen zusammensuchen und zur Tür gehen, ohne einen Blick zurückzuwerfen.

Und genau so sollte es auch sein, rufe ich mir energisch in Erinnerung. Ich bin nicht hier, um Freunde zu finden, auf Partys zu gehen oder mit heißen Typen abzuhängen. Ich soll heilen, mein Leben einigermaßen in Ordnung bringen und Pläne für eine ganz neue Zukunft machen. Das ist das Vernünftige. Das *Richtige*. Irgendetwas sagt mir, dass Z und die anderen nicht die geringste Ahnung von der Verzweiflung haben, die mich plagt. Ein Grund mehr für mich, mich von ihnen fernzuhalten.

Ich greife in meine Hosentasche nach meinem Handy und lösche die Nachricht, die Luc mir mit der Adresse der Party geschickt hat, damit ich nicht in Versuchung komme, nach meiner Schicht irgendwo anders hinzugehen als zurück in mein Zimmer. Und dennoch, als ich zusehe, wie die vier lachend in den Schnee hinausstolpern, ist da ein kleiner Teil von mir, der sich wünscht, ich könnte mitgehen. Der sich wünscht, ich könnte so sein wie alle anderen hier oben.

Aber das bin ich nicht, und ich fürchte, ich werde es auch nie wieder sein. Es ist meine eigene Schuld, und trotzdem beschäftigt es mich. Nicht, dass ich die Party verpasse, weil ich dort sowieso niemanden zum Reden hätte. Sondern die Erkenntnis, dass es immer noch einen Teil von mir gibt, dem es etwas ausmacht, der hofft, der normal sein will. Ich dachte, ich hätte dieses Mädchen in New Orleans zurückgelassen, und die Erkenntnis, dass ich das nicht getan habe …

Ja, die Erkenntnis, dass ich das nicht getan habe, ist absolut beschissen.

Kapitel 3

Z

Ich kann nicht schlafen.

Das sollte ich eigentlich. Ich habe heute – gestern Abend, heute Morgen, wann auch immer – genug getrunken, dass ich wie die anderen komplett weggetreten sein sollte. Aber mein Rausch hat irgendwann in den letzten paar Stunden nachgelassen, und ohne ihn habe ich keine Chance, einschlafen zu können. Zumindest nicht in nächster Zeit.

Ich raffe mich von der Couch auf und bahne mir einen Weg zwischen Luc, Cam, Ash und irgendeinem Mädchen hindurch, das Ash nach der Party mitgebracht hat. Normalerweise bin ich derjenige mit den unverbindlichen One-Night-Stands, aber heute Abend war ich an nichts anderem interessiert als daran, mich richtig volllaufen zu lassen.

Da ich nicht weiß, was ich tun soll, mir aber klar ist, dass ich ausflippe, wenn ich noch länger hier drinbleibe, trete ich raus in den Vorraum. Ziehe mir eine Boarding-Hose und eine Skijacke an, bevor ich in die Garage gehe und eines meiner Lieblingsboards von der Wand nehme. Ich sollte warten, bis jemand wach ist, um auf mich aufzupassen – alleine zu boarden, ist ein Selbstmordkommando, vor allem, wenn die Auswirkungen des Saufgelages der letzten Nacht den Kopf immer noch ein wenig benebelt machen. Aber boarden, während ich leicht betrunken bin, ist nichts, was ich nicht schon einmal getan habe, und außerdem habe ich einfach nicht die Kraft zu warten. Nicht jetzt. Nicht heute.

Ganz zu schweigen von der Tatsache, dass, wenn ich auf Cam oder einen der anderen warte, sie nur über gewisse Dinge reden wollen, und dazu bin ich definitiv nicht in der Verfassung. Bei gefühlsduseligem Mist bekomme ich Ausschlag.

Nachdem ich in meine Stiefel geschlüpft bin, mache ich mich auf den Weg zur Seite des Hauses, wo ich eine Halfpipe habe bauen lassen, sobald der Schnee liegen blieb. Das ist vom Level her weit entfernt vom Boarden im Backcountry, aber für den Moment reicht es. Wenn ich genug Runs mache, kann ich vielleicht endlich schlafen.

Da keiner da ist, der zusieht, setze ich keinen Übungshelm auf. Überprüfe mein Brett nicht, um sicherzugehen, dass es stabil ist, bevor ich es anschnalle. Tue nichts von den Dingen, von denen ich weiß, dass ich sie tun sollte, wenn ich einen neuen Trick ausprobieren will. Stattdessen steige ich rauf auf die Pipe und lasse die Bindung einrasten.

Ein Teil von mir will sofort Vollgas geben, einfach loslegen und sehen, was geht, aber die Tricks – und die Big Airs – werden leichter fallen, wenn ich mich erst mal aufwärme. Also tue ich das. Ich lege ein paar faule Runs hin, nicht viel mehr, als die Pipe auf- und abzucarven, mit ein paar 360s und 540s, damit mir nicht zu langweilig wird. Nicht ideal, um den Kopf frei zu kriegen, aber gut genug, um das Blut in Schwung zu bringen, was für den Moment reicht.

Nach meinem vierten Run bleibe ich oben auf der Halfpipe stehen und schaue zum Himmel hinauf. Er ist nachtschwarz, mit lila und grauen Streifen durchzogen; selbst der Gedanke an die Morgendämmerung ist noch eine gute Stunde entfernt. Es sind Sterne am Himmel – nicht allzu viele, die nicht von den Wolken verdeckt oder von den Lichtern über der Halfpipe überstrahlt werden, aber ich kann ein paar sehen. Sie sind wunderschön. Hell. Und klar, so klar. Als hätten sie nichts Trübes oder Nebliges oder Verkacktes an sich.

Ich weiß nicht, warum, aber wenn ich sie ansehe, muss ich an Ophelia denken. Was dumm ist, weil sie vieles ist – heiß und tough und offensichtlich klug –, aber sie ist weit davon entfernt, klar zu sein. Genau genommen signalisiert mir irgendetwas, dass sie genauso verkorkst ist wie ich. Sie hat nichts gesagt oder getan, um mich auf diese Idee zu bringen, außer dass sie ein Getränk über mich ausgekippt hat, aber ihre Haltung und der Ausdruck in ihren Augen verraten mir, dass an ihr viel mehr dran ist, als sie nach außen hin erkennen lässt.

Was der Grund ist, warum ich verdammt noch mal die Finger von ihr lassen werde, und zwar schnell. Ich habe nicht die Energie, Mühe in sie zu investieren, nicht, wenn es eine Million anderer Mädchen da draußen gibt, mit denen man sich nicht in dem Maße zu beschäftigen braucht und die viel leichter zu vergessen sind. Ich habe mehr als genug eigenen Mist in meinem Leben, mit dem ich fertigwerden muss, ohne mich auch noch darum zu kümmern, was bei ihr los ist.

Das macht mich wahrscheinlich zu einem Mistkerl, aber um ehrlich zu sein, ist mir das scheißegal. Es ist nun mal, wie es ist. Wie es sein muss.

Als ich mich diesmal abstoße, beschließe ich, aufs Ganze zu gehen. Auf einen Big Air aus, gebe ich alles und schaffe ihn beim zweiten Mal, als ich den oberen Teil der Halfpipe erreiche. Ich nutze den Schwung, um die Pipe runter noch mehr Speed zu kriegen, und als ich das nächste Mal oben ankomme, haue ich einen Cab Double Cork 1260 raus. Ich werde ihn unmöglich landen können – keine Chance – und wappne mich für den Aufprall. Für den Schmerz, der genauso ein Teil von mir ist wie die Schuldgefühle.

Er kommt nicht.

Stattdessen lande ich den Trick – das erste Mal, dass mir das je gelungen ist – und fahre weiter. Die Pipe hoch in einen schnellen Frontflip 720 und dann wieder runter. Diesmal, als ich oben bin, mache ich einen Triple Back Rodeo. Das ist Irrsinn, vor allem ohne Spotter und im Dunkeln, aber das ist mir scheißegal. Denn diese Momente, wenn ich spinne – wenn ich fliege –, sind alles andere wert.

Ich schaffe es, die Drehung zu vollenden, aber ich komme schnell und hart runter. Wieder mache ich mich auf den Schmerz gefasst, erwarte ihn. Wieder spüre ich ihn nicht. Ich komme hart auf, schaffe es aber, auf den Beinen zu bleiben, und fahre rückwärts zum Ende der Halfpipe.

Ein gedämpfter Schrei erklingt hinter mir, und als ich mich umdrehe, steht Ash da, der mir zusieht und die Faust in die Luft reckt. Dann rennt er auf mich zu, und ich bücke mich, um die Bindung aufzumachen. Um so zu tun, als wäre ich beschäftigt, damit ich keinen Blickkontakt mit ihm aufnehmen muss.

»Heilige Scheiße, Mann! Das war der absolute Wahnsinn.«

Ich zucke mit den Schultern, während ich mein Board umdrehe. Den Check mache, den ich vor vierzig Minuten hätte machen sollen. Alles ist in Ordnung, aber ich wünschte irgendwie, es wäre nicht so. Dann hätte ich etwas mit meinen Händen zu tun, mit mir selbst, als er mir eine Hand auf den Rücken schlägt.

»Ernsthaft! What the fuck? Cam hat mir erzählt, dass du gestern einen Inverted Double Cork rausgehauen hast, aber sie hat nichts von einem Triple Back Rodeo gesagt. Wann zum Teufel hast du gelernt, wie man den macht? Und wie zur Hölle hast du in der Halfpipe so einen Big Air hingekriegt?«

»Das war das erste Mal, dass ich den je geschafft habe.« Auch das erste Mal, dass ich ihn je probiert habe, aber das werde ich Ash nicht verraten. Wenn ich das tue, wird er mich tierisch löchern und wissen wollen, warum ich so einen Mist hier draußen veranstalte und das auch noch ganz allein. Und ihm zu sagen, dass ich erwartet habe – es nicht drauf angelegt, nur erwartet habe –, den Trick zu verkacken und meiner ohnehin schon beeindruckenden Sammlung ein paar weitere Narben hinzuzufügen, kommt nicht infrage. Er würde es Cam und Luc erzählen, und dann würde ich nie wieder eine Sekunde für mich allein haben können.

»Na, das war krass. Meinst du, du schaffst ihn noch mal?«

»Ich weiß es nicht. Ich bin mir gar nicht sicher, wie ich ihn dieses Mal hingekriegt habe, um ehrlich zu sein. Ich dachte, ich hätte überdreht.«

»Das hast du auch. Ich war mir sicher, du legst dich auf den Arsch. Aber irgendwie schaffst du es immer, auf den Füßen zu landen, wenn ich es am wenigsten erwarte.«

Er fängt an, die Halfpipe raufzuhiken, wobei sein Mund keine Sekunde stillsteht. Eine Sekunde lang denke ich darüber nach, einfach hier stehen zu bleiben und zu warten, bis er sich beruhigt hat. Ash ist ein toller Kerl und der beste Snowboarder, den ich kenne. Klug, engagiert und wahnsinnig talentiert. Er denkt immer an die nächste Fahrt, den nächsten Trick, den nächsten Schritt, um ganz oben aufs olympische Podium zu kommen. Wohingegen die Olympischen Spiele der letzte Ort sind, an dem ich sein möchte. Die X-Games vielleicht. Aber die Olympischen Spiele? Gar nicht meine Szene. Und es ist ja auch nicht so, dass ein Typ wie ich dort auf ein Podium gehört.

»Kommst du?«, ruft er zu mir herunter. Schließlich nicke ich und mache mich auf den Weg zurück zum oberen Ende der Halfpipe. Er redet immer noch über meinen Triple, aber um einen klaren Kopf zu behalten, höre ich nur halb zu. Ash neigt dazu, diesen ganzen Mist zu ernst zu nehmen, und er ist gerade ziemlich aufgedreht. Ich kann von Glück reden, wenn nicht jeder Boarder in Nordamerika noch vor dem Frühstück weiß, dass ich diesen Trick geschafft habe. Gut, dass er keine Kamera dabeihat.

Wir fahren stundenlang. Ash legt ein paar Switch 1080s hin und verbringt dann den Rest der Zeit damit, verschiedene Positionen auszuprobieren, um möglichst viel Air aus der Pipe rauszuholen. Ich dagegen lasse es ruhiger angehen, mache ein paar 360s oder 720s. Ein paar Back Rodeos, aber nichts wie das, was ich vorhin versucht habe. Wenn ich so was mache, dann nie für ein Publikum.

Schließlich kommen Cam und Luc heraus, um sich zu uns zu gesellen. Sie sehen beide ein bisschen angeschlagen aus, aber keiner von ihnen verträgt Alkohol so gut wie Ash und ich, also ist das ziemlich normal. Wir wechseln uns in der Pipe ab, wobei Cam und Ash total methodisch vorgehen und an jeder Kleinigkeit arbeiten, während Luc und ich rumalbern. Irgendwann kommt das Mädchen raus, das Ash mit nach Hause gebracht hat, und jammert, dass ihr langweilig ist. Ich ignoriere sie – sie ist Ashs Problem. Nur ist er zu sehr mit Boarden beschäftigt, um ihr irgendwelche Aufmerksamkeit zu schenken. Schließlich kapiert sie es und verzieht sich.

Dann sind es nur noch wir vier, genau so, wie es immer war. Genau so, wie ich es mag. Mir ist nicht vieles wichtig – meine Familie ist mittlerweile praktisch ein Witz, und seit ich dieses Jahr in den Genuss meiner Treuhandfonds gekommen bin, ist das Boarden mehr Hobby als alles andere, trotz meiner zahlreichen Sponsoren –, aber für diese drei Menschen würde ich alles tun. Und ich weiß, dass sie alles für mich tun würden, auch wenn ich es nicht verdiene.

Ich hänge gerade mit Luc am Fuß der Pipe ab und schaue zu, wie Ash den langweiligsten Run aller Zeiten absolviert, als Luc zu mir herübersieht.

»Also, bei diesem Mädchen gestern Abend hast du ja ganz schön auf Granit gebissen.«

Gegen meinen Willen blitzen Ophelias dunkelgrüne Augen in meinem Kopf auf – zusammen mit ihrem wirklich fantastischen Vorbau. Ich schiebe die Bilder sofort wieder weg. »Wie du meinst.«

»Nein, wirklich. Ich habe noch nie gesehen, dass ein Mädchen so auf dich reagiert hat. Genau genommen riechst du immer noch ein bisschen nach Kaffee.«

Jetzt lacht er, und als Ash neben uns zum Stehen kommt, fragt er: »Was ist so lustig?«

Luc zuckt mit den Schultern. »Ich hab nur an das Gesicht von Z gestern Abend gedacht, als diese Kleine den Kaffee auf ihn geschüttet hat.«

Ash fängt ebenfalls an zu lachen, gerade als sich Cam zu ihrem

Run abstößt. Sie legt auf Anhieb einen netten Double Cork hin, aber ich kann mich nicht darauf konzentrieren, wenn meine beiden besten Freunde mit ihrem Wiehern jedem Pferd Konkurrenz machen.

»Ja, genau, oder?«, stimmt Ash ihm zu und klappt den Mund auf und zu wie ein Fisch auf dem Trockenen.

»So habe ich nicht ausgesehen.«

»Und ob du so ausgesehen hast! Es war echt witzig.« Lucs Grinsen ist so breit, dass sein Gesicht tatsächlich auseinanderplatzen könnte. Als ich nicht antworte, stichelt er: »Du hast es wohl nicht mehr drauf. Normalerweise können es die Mädchen in deiner Nähe doch kaum erwarten, ihre Höschen fallen zu lassen.«

»Stimmt«, pflichtet Ash ihm bei. »Erst die Sache mit Ophelia, und dann kommt er tatsächlich allein nach Hause. Vielleicht sollten wir nachsehen und uns vergewissern, dass ihn die Körperfresser nicht erwischt haben.« Er tut so, als würde er nach einem Chip in meinem Nacken suchen.

Ich schüttle ihn ab und wünschte, ich könnte seine Worte ebenso leicht abschütteln. Aber das ist schon das zweite Mal in den letzten vierundzwanzig Stunden, dass mir jemand sagt, ich hätte es womöglich nicht mehr drauf. Das nervt, weil es nicht stimmt. Und überhaupt ... wenn ich den Sex nicht mehr habe, um mich darin zu verlieren, was zum Teufel *habe* ich dann noch?

»Ophelia ist nicht wichtig«, sage ich zu ihnen. »Sie ist durchgeknallt.«

Aus irgendeinem Grund grinst Luc nur noch breiter. »Du hast dir ihren Namen gemerkt.«

»Ophelia halt. Irgendwie schwer, Hamlets verrückte Freundin zu vergessen.« Aber erneut taucht ein Bild von ihr, tough, klug und sexy, vor meinem geistigen Auge auf. Erneut versuche ich, es zu ignorieren, es loszuwerden. Aber es gelingt mir nicht ganz, vor allem, weil Luc und Ash mich so heftig ihretwegen aufziehen.

»Du schaffst es ziemlich leicht, alle anderen zu vergessen«, spottet Luc. »Schätze, so was passiert wohl, wenn dir ein Mädchen vor allen Leuten den Arsch aufreißt.«

»Sie hat mir nicht den Arsch aufgerissen.«

»Sah für mich aber ganz danach aus«, sagt Ash.

»Für mich auch«, stimmt Luc ein. »Gib es zu. Die hat's dir ganz schön gezeigt.«

Cam beendet ihren Run und kommt zu uns. »Wollt ihr Jungs die ganze Zeit nur rumstehen und tratschen, oder lassen wir es krachen?«, fragt sie.

»Wir lassen es krachen.« Ich hebe mein Board auf und mache mich auf den Weg zurück auf die Halfpipe.

»Tja, nun, wie's aussieht, ist das alles, wo du es in nächster Zeit krachen lassen wirst«, kräht Luc. »Da Ophelia dich sofort durchschaut hat.«

Diese Formulierung ist es, die mir zusetzt, der Gedanke, dass Ophelia irgendetwas anderes gesehen haben könnte als das, was ich sie sehen lassen wollte. Ich drehe mich wieder um und starre Luc finster an. »Du spinnst doch. Ich kann das Mädchen ins Bett kriegen, wann immer ich will.«

»Klar kannst du das«, sagt Luc zu mir.

»Ja, kann ich«, beharre ich. Sie mag mich vielleicht in die Schranken gewiesen haben, aber ich habe die Hitze zwischen uns gespürt. So etwas geht nicht einfach weg, wenn man es ignoriert. Es wird größer, wilder. Heißer. Bis die einzige Möglichkeit, die Flammen zu löschen, darin besteht, dem Drang nachzugeben. »Ich kann sie haben, wann immer ich will.«

Luc schnaubt. »Alter, du klingst ja wie ein Vergewaltiger.«

Die Worte treffen mich wie ein Schlag, und bevor ich versuchen kann, so zu tun, als wären sie unbedeutend, stößt Cam ihm den Ellbogen in die Seite. Hart. »Willst du mich verarschen?«, flüstert sie. »Was ist los mit dir?«

Ich weiß, sie will nicht, dass ich es höre, aber ich höre es, und das macht alles nur noch unangenehmer. Das Einzige, was schlimmer ist, als mit diesem ganzen Mist mit meiner Schwester zu leben, ist, dass meine Freunde auf Zehenspitzen darum herumschleichen. Als wäre ich eine Art Weichei, das nicht damit umgehen kann.

Vielleicht kann ich es aber auch wirklich nicht, weil ich dieses Thema auf keinen Fall anschneiden werde. Nicht jetzt, da ich mich zusammenreißen muss, mich nicht von der verdammten Halfpipe zu stürzen.

»Ja, klar«, eilt Ash zur Rettung, wie er es immer tut. Normalerweise lasse ich es mir nicht gefallen, aber heute sage ich nichts, als er fortfährt: »Wann hat Z je mehr tun müssen, als nur mit dem Finger zu schnippen, um ein Mädchen dazu zu bringen, sich die Klamotten vom Leib zu reißen?«

»Ich glaube, ihr habt alle Wahnvorstellungen«, knurrt Cam. »Z kann nicht wirklich jedes Mädchen kriegen, das er will.« Ich merke, dass sie an diese Momente oben auf der Halfpipe denkt, als ich sie beinahe geküsst habe, sie beinahe benutzt habe, einfach nur, weil sie da war. Und verfügbar. Und willig.

Aber das bewirkt nur, dass ich mich noch schlechter fühle. Diese Unterhaltung – dieser ganze Morgen – wird allmählich viel zu ernst. Zeit, die Dinge etwas aufzulockern und sie daran zu erinnern, dass ich *sehr wohl* damit umgehen kann.

»Vielleicht nicht«, sage ich mit einem betonten Schmunzeln, »aber Ophelia kann ich haben.«

Ich klinge wie ein totaler Wichser, aber besser das als ein Weichei.

Außer dass Luc mich darauf festnagelt. »Ach ja? Bist du dir da so sicher?«

»Absolut.« Jetzt gibt es keinen Rückzieher mehr. Ein Mann kann nur eine begrenzte Menge Mitleid ertragen, bevor er den Verstand verliert. »Gebt mir eine Woche, und ich beweise es euch.«

»Willst du ernsthaft darauf wetten, ob du ein Mädchen vögeln kannst oder nicht?«, fragt Cam mit empörtem Blick. »Wo sind wir hier, in der Highschool?«

»Nein, nicht in der Highschool. Die Einsätze sind höher«, erwidere ich, während ich mich für die Idee erwärme. Sie sieht sauer aus, was nicht schlecht ist. Denn wenn Cam mich für ein Arschloch hält, wird sie sich mir nicht mehr an den Hals werfen, und ich muss mir keine Sorgen machen, dass ich Mist baue und nehme, was sie mir anbietet. »Ich wette mein Burton gegen Lucs Flow, dass ich Ophelia noch vor dem Wettkampf nächstes Wochenende aus ihrem Höschen kriegen kann.«

Luc johlt. »Die Wette gilt!«

»Alter?« Jetzt ist Ash an der Reihe, Luc den Ellbogen in die Seite zu stoßen. »Bist du sicher, dass du diese Wette eingehen willst?«

»Und ob! Ich will das Brett schon in die Finger bekommen, seit er es gekauft hat.«

»Von wegen! Wir wissen doch beide, dass ich in den nächsten sieben Tagen dein Flow in meine Sammlung aufnehmen werde.«

»Wie auch immer«, schießt er zurück. »Ich habe gesehen, wie sie dich angeschaut hat. Aber träum ruhig weiter.«

Cam unterbricht den Sprücheklopfer-Wettbewerb mit einem angewiderten Schnauben. »Ihr Jungs seid ekelhaft. Ich kann nicht glauben, dass ich mit euch befreundet bin.« Dann stürmt sie los, hinauf zur Spitze der Halfpipe, obwohl jetzt eigentlich total ich an der Reihe wäre.

Luc guckt ihr nach, und obwohl er versucht, es zu verbergen, können Ash und ich beide sehen, was er für sie empfindet. Gott sei Dank muss ich mir nie Sorgen machen, so um den Finger gewickelt zu werden.

Cam shreddet ihren Run, dabei schafft sie einige hohe Sprünge und steht ein paar Tricks, mit denen sie immer Probleme hatte. Wenn sie sauer ist, macht sie das zu einer besseren Boarderin.

Sobald sie die Pipe frei gemacht hat, bin ich an der Reihe. Ich habe vor, es ruhig angehen zu lassen – ich bin schon seit Stunden dabei und habe ein paar ziemlich anstrengende Sachen gemacht –, aber gerade als ich mich abstoße, blitzt Aprils Gesicht in meinem Kopf auf.

Ich erlaube mir nicht oft, an sie zu denken. Es tut zu sehr weh. Aber in dieser Zeit des Jahres, in dieser Woche, ist es schwer, an irgendetwas anderes zu denken, vor allem, wenn meine Freunde so viel Wert darauf legen, überhaupt nicht über sie zu sprechen.

Also schließe ich die Augen und denke daran, wie sie aussah, als ich sie das letzte Mal sah. Ihr dunkles Haar zu zwei langen Zöpfen gebunden. Ihre lila Jacke, die sich lebhaft vom Schnee abhob. Ihr …

Ich schneide den Gedanken ab, bevor er entstehen kann.

Stoße mich ab, bevor ich zu tief in den Erinnerungen versinken kann.

Ich gehe den ersten Trick hart an, aber das reicht nicht. Ich brauche mehr. Mehr Herausforderung. Mehr Kick.

Mehr …

Ich werfe mich in einen 1440, um den Mist aus meinem Kopf verschwinden zu lassen. Aber es ist zu früh, und das weiß ich schon, als mein Board die Pipe verlässt. Und trotzdem pushe ich weiter, trotzdem versuche ich die zusätzliche Drehung.

Ich schaffe sie, aber ich bin zu tief. Ich komme zu schnell runter, schlage viel zu hart auf. Ashs Schrei vermischt sich mit dem von Luc und Cam, und das Letzte, was ich höre, bevor ich ohnmächtig werde, sind die Schritte der beiden, die auf mich zurennen.

Kapitel 4

Ophelia

Ich streife das Krankenhaushemd ab, dabei versuche ich zu ignorieren, wie verdammt kalt es in dieser blöden Klinik ist. Wie verdammt kalt es überall in dieser gottverlassenen Stadt ist. Es ist, als ob niemand in Park City wüsste, was Wärme ist oder so. Oder vielleicht ist mein Blut einfach zu dünn von all den Jahren, in denen ich an einem Ort gelebt habe, an dem die Durchschnittstemperatur bei sechsundzwanzig Grad und die durchschnittliche Luftfeuchtigkeit bei ungefähr tausend Prozent liegt.

Wie auch immer, ich friere. Ich greife nach meinem Rollkragenpullover und ziehe ihn an, dann folgen Jeans, Pullover, Jacke und Schal. Keine der Schichten scheint zu helfen. Ich bin immer noch ein Grad davon entfernt, dass meine Zähne klappern und meine Finger blau werden.

Es klopft an der Tür, und ich drehe mich um und sehe die Krankenschwester von vorhin vor mir stehen. Sie hat dieses Ich-bin-so-glücklich-ich-muss-auf-wirklich-guten-Drogen-sein-Lächeln im Gesicht, das so viele Leute in dieser Stadt ständig zu tragen scheinen. »Die Röntgenbilder sind alle in Ordnung, Ophelia. Du kannst gehen.«

Gott sei Dank! Ich stecke meine Füße in die dicken Socken und Uggs, für die ich gerade zu viel von meinem ersten Gehaltsscheck ausgegeben habe, und schnappe mir meine Handtasche vom Besucherstuhl. Dieser Ort macht mir eine Gänsehaut.

Die Augen der Krankenschwester weiten sich, als ich regelrecht auf die Tür zustürme, und sie tritt schnell zur Seite, um nicht umgerannt zu werden. Kluge Frau. Ich habe nicht die Absicht, anzuhalten, bevor ich nicht von diesem verdammten Ort verschwunden bin – selbst der Schnee draußen sieht im Vergleich dazu gut aus.

Um ehrlich zu sein, ist an der Klinik an sich nichts auszusetzen. Nur an den Erinnerungen, die der Aufenthalt hier hervorruft. Aber wenn die Röntgenbilder zeigen, was der Arzt glaubt, nämlich dass die Schrauben von der letzten Operation genau so heilen, wie sie sollten, dann muss ich für lange Zeit nicht mehr hierher zurückkommen. Das ist immerhin etwas.

»Der Arzt wird dich im Lauf des Tages oder morgen anrufen, um dir die Ergebnisse der Röntgenaufnahmen mitzuteilen«, ruft mir die Krankenschwester nach.

Ich hebe die Hand und winke, um ihr zu zeigen, dass ich sie gehört habe, aber ich bleibe nicht stehen. Der Kloß aus Nervosität, der sich in mir zusammenballt, seit ich heute Morgen aus dem Bus gestiegen bin, hat epische Ausmaße angenommen. Mir ist übel und schwindlig, und ich will unbedingt flüchten, sowohl vor meiner Vergangenheit als auch aus dieser verdammten Klinik.

Ich biege falsch ab und renne schließlich einen langen Gang entlang. An seinem Ende angekommen, biege ich noch einmal ab und dann noch einmal und werde dabei immer panischer, flippe immer mehr aus. Ich fühle mich dumm, schwach, lächerlich, aber ich schwöre, wenn ich hier nicht rauskomme, werde ich völlig durchdrehen.

Das Schild am Ende des Ganges sagt, dass der Ausgang rechts ist, also biege ich noch einmal ab und pralle mit voller Geschwindigkeit gegen etwas, was sich wie eine Backsteinmauer anfühlt.

Ich stolpere und wäre wahrscheinlich hingefallen – wie ein Vollidiot –, aber die Backsteinmauer streckt die Hände aus und packt mich an den Schultern. »Hey du! Bist du okay?«

Mein Magen krampft sich noch mehr zusammen, falls das überhaupt möglich ist. Ich kenne diese Stimme. Ich blicke von einer in ein enges schwarzes T-Shirt gehüllten Brust hoch in blaue Augen, die es irgendwie schaffen, sowohl schalkhaft als auch besorgt auszusehen.

»Was machst du denn hier?«, will ich wissen. Die Worte platzen aus meinem Mund, bevor ich es mir anders überlegen kann.

Aber Z ist nicht beleidigt. Er schenkt mir bloß sein »Ja, ich kann dich nur mit einem Blick dazu bringen, dein Höschen fallen zu lassen«-Grinsen, während er sich vergewissert, dass ich stabil bin. Als offensichtlich ist, dass ich das bin – oder zumindest so stabil wie möglich –, nimmt er die Hände weg. Aber nicht, bevor er mit den Fingern sanft meine Arme rauf und runter streicht.

Zwischen seinen Händen und meiner Haut liegen drei dicke Lagen Stoff, und doch schwöre ich, dass ich die Wärme seiner Berührung spüren kann. Es ist verrückt, aber es ist wahr. Meine Arme brennen immer noch dort, wo er mich berührt hat. Ich versuche, es abzuschütteln, so zu tun, als ob ich es nicht spüre, aber ich war noch nie gut im Lügen. Nicht einmal mir selbst gegenüber.

Z zeigt auf seine Stirn und den weißen Verband an der linken Seite seines Kopfes. »Berufsrisiko eines Snowboarders.«

Etwas an seiner Stimme und seinem Auftreten – beruhigend, solide, sexy – beruhigt mich. Die Panik verschwindet, und meine Gehirnzellen beginnen wieder zu arbeiten, keinen Moment zu früh.

»Was? Wirklich hässliche Verbände tragen zu müssen? Oder Mädchen aufzufangen, die sich dir regelrecht an den Hals werfen?«

Er lacht. »Ein bisschen von beidem eigentlich.«

»Ja, darauf wette ich.« Ich atme tief ein und trete einen Schritt zurück. Dann bereue ich beides. Das Einatmen, weil er wirklich gut riecht – nach Kiefernnadeln und Zimt und zufällig auch nach

Orangen –, und den Schritt zurück, weil ich jetzt weit genug weg bin, dass seine Augen über mich wandern können. Was sie auch tun. Nicht auf eine unhöfliche Art und Weise, als würde er versuchen, einen Blick auf meinen Körper zu bekommen, sondern auf eine Hey-was-führt-dich-in-ein-Krankenhaus-Art-und-Weise. Und da es das Letzte ist, worüber ich sprechen möchte, verkrampfe ich mich wieder, während ich auf die unvermeidlichen Fragen warte.

Am Ende stellt er sie jedoch nicht. Stattdessen zeigt er den Flur hinunter auf ein rot-weißes Ausgangsschild. »Ist es das, was du suchst?«

Die Tatsache, dass er mich so leicht durchschaut, ärgert mich. »Woher willst du wissen, dass ich etwas suche?«

»Glaub mir, ich kenne diesen Blick. Du willst genauso verzweifelt von hier weg wie ich.«

Normalerweise bin ich stolz auf meine Fähigkeit, meine Gefühle verbergen zu können. Dass es mir ihm gegenüber nicht gelingt, finde ich unerträglich. »Vielleicht habe ich nur die Toilette gesucht«, sage ich genervt.

Seine indigoblauen Augen verengen sich misstrauisch. »Hast du das?«

»Nein.« Ich weiß nicht, warum ich es zugebe. Zumindest nicht, bis er die Mundwinkel verzieht und das verdammte Lächeln sein ganzes perfektes Gesicht aufleuchten lässt. Zum ersten Mal verstehe ich tatsächlich, warum die Frauen Schlange stehen, um sich ihm an den Hals zu werfen. Die Erkenntnis macht mich nur noch vorsichtiger, und ich trete einen weiteren Schritt zurück.

»Also«, sagt er mit hochgezogenen Augenbrauen. »Bereit, von hier zu verschwinden?«

Ich will ihn abweisen, mir etwas ausdenken, um ihn loszuwerden, aber Tatsache ist, dass mir trotz der Kälte der Schweiß ausbricht. Wenn ich nicht bald hier wegkomme, werden sie mich aus der Klinik tragen müssen – nachdem sie mich in einen medikamentösen

Dämmerschlaf versetzt haben. »Mehr als bereit«, gebe ich schließlich zu.

»Ich auch.« Z legt eine Hand auf meinen unteren Rücken, um mich zur Tür zu führen. Ich schüttle ihn ab und werfe ihm einen finsteren Blick zu, aber er grinst nur. »Ich musste es versuchen.«

»Ja nun, lass es.«

Wir stoßen die Tür auf und gehen in den Warteraum. Bevor ich auch nur mehr als einen Schritt vorwärts machen kann, sind wir schon umzingelt.

»Was hat der Arzt gemeint?«, will Cam wissen, während sie seine Stirn betastet. Z zuckt zusammen, lässt ihre Besorgnis ansonsten aber über sich ergehen.

»Sag mir, dass du keine Gehirnerschütterung hast, Mann. Du wirst für Wochen außer Gefecht sein.« Ash sieht schon bei dem Gedanken daran unglücklich aus.

»Mir geht's gut«, antwortet Z. »Nur eine kleine Beule.«

»Eine kleine Beule? Du warst drei oder vier Minuten lang bewusstlos!«

»Es geht mir gut, Cam.« Er streckt die Hand aus und tätschelt ihren Kopf. »Das schwöre ich.«

»Ausgezeichnet! Die Einladungen zu den X-Games gehen bald raus, und da nächsten Monat die Ausscheidungswettkämpfe für die Olympischen Spiele anstehen, wäre es total blöd, wenn du nicht antreten dürftest«, sagt Luc zu ihm, dann sieht er mich neugierig an. »Was machst du denn hier, Ophelia?«

»Ich hatte einen Arzttermin. Z hat mir nur den Weg nach draußen gezeigt.« Ich ziehe mein Handy heraus und schaue auf die Uhr. Ich habe noch fünfzehn Minuten Zeit, bis der nächste Bus zum Resort fährt, was bedeutet, dass ich mich beeilen muss, wenn ich rechtzeitig an der Haltestelle sein will. »Danke«, sage ich zu ihm, bevor ich mich auf den Weg zur Tür mache. »Ich schätze, man sieht sich.«

»Hey, warte!«, sagt Luc und trabt hinter mir her.

Ich bleibe nicht stehen, bis ich die Glasschiebetüren am Eingang der Klinik erreiche. Kaum bin ich nach draußen getreten, fällt die Anspannung jäh von mir ab. Ich atme ein paarmal tief durch, bevor ich mich umdrehe und Luc ansehe, der mich neugierig beobachtet.

»Was gibt's?«, frage ich.

»Wo willst du denn so schnell hin?«

»Zurück zur Lodge. Ich habe noch was zu erledigen.«

»Arbeitest du heute?«

Ich zögere einen Moment, denke über meine Antwort nach. Aber da ich in den letzten fünf Minuten keine bessere Lügnerin geworden bin, entscheide ich mich für die Wahrheit. »Nein.«

»Toll. Dann kannst du ja mit uns mitkommen. Da Z okay ist, gehen wir was essen und ins Kino.«

»Ich denke nicht ...«

»Denk nicht lange nach«, erwidert er. »Komm einfach mit. Das wird lustig.«

Ich weiß, ich sollte Nein sagen, aber ich war seit Monaten nicht mehr im Kino. Habe seit Monaten nichts Lustiges gemacht, wenn ich ehrlich bin. Und seine Freunde scheinen ganz nett zu sein, auch wenn Z selbst ein totaler Aufreißer ist.

»Welchen Film?«, frage ich, während ich ihn mit schmalen Augen mustere.

Er nennt einen Thriller, den ich unbedingt sehen will, und mein Widerstand sinkt weiter. Trotzdem lasse ich mich nicht so leicht umstimmen. »Was ist für dich dabei drin?«

»Was meinst du?« Er guckt, als könnte er kein Wässerchen trüben.

Ich verschränke die Arme vor der Brust und weigere mich, auch nur einen Zentimeter nachzugeben. »Du weißt genau, was ich meine.«

Jetzt ist er an der Reihe, mich zu mustern. Schließlich sagt er: »Es ist mir egal, was er sagt. Z hat heute einen ziemlich harten Sturz hingelegt. Wenn wir ihn nicht ablenken, wird er gleich wieder in die Halfpipe gehen, und ehrlich gesagt glaube ich nicht, dass er dazu in der Verfassung ist.«

»Was habe ich damit zu tun?«

»Er ist an dir interessiert. Wenn du mitkommst, wird er es nicht so eilig haben, gleich wieder loszurennen und zu versuchen, sich umzubringen.«

Seine Worte klingen locker, aber sie haben etwas unterschwellig Grimmiges in sich, das mir sagt, dass hier mehr vor sich geht, als auf den ersten Blick ersichtlich ist. »Dann bin ich also ein Köder?«

»So ziemlich, ja.« Er grinst einnehmend, und gegen meinen Willen lasse ich mich davon einwickeln.

»Na gut, ich werde mitkommen. Aber nur, weil ich den Film sehen will. Nicht, um Zeit mit Z zu verbringen.«

»Natürlich nicht.«

»Ich mein's ernst. Ich werde nicht mit ihm vögeln, um ihn von der Piste fernzuhalten. Also wenn du das denkst ...«

»Das denke ich nicht. Das schwöre ich. Genau genommen zähle ich sogar darauf, dass du nicht mit ihm vögelst. Ich ...«

»Hey, seid ihr zwei bald fertig mit eurer kleinen geheimen Plauderei?«, fragt Z, als er zu uns kommt, dicht gefolgt von Cam und Ash.

»Nichts Geheimes«, sagt Luc zu ihm. »Ich habe Ophelia nur gerade überredet, mit uns zum Essen und ins Kino zu gehen.«

Seine Augenbrauen berühren fast seinen Haaransatz, als Z sich zu mir wendet. »Ach ja?«

Es gefällt mir, dass er überrascht ist, obwohl ich keine Ahnung habe, warum. »Ja.«

Er sieht mich sekundenlang an, dabei starren seine kühlen blauen Augen so intensiv, dass es mich jedes Quäntchen Willenskraft kostet, seinem Blick standzuhalten. Aber wenn ich in den Jahren, in denen ich auf der Straße rumgehangen habe, etwas gelernt habe, dann, dass Typen wie er keine Mädchen respektieren, die kneifen. Also tue ich es nicht. Vielmehr hebe ich das Kinn und warte darauf, dass er zuerst spricht.

Ich rechne mit einer sexuellen Anspielung, vielleicht einem Anmachversuch. Stattdessen sagt er, als er endlich spricht, einfach nur: »Cool.« Dann schiebt er sich an mir vorbei und geht zum Parkplatz, ohne einen Blick zurückzuwerfen.

Ich sehe ihm nach.

So viel zum Abwehren von Anmachversuchen. Sieht aus, als hätte er die Botschaft gestern doch kapiert. Ich atme erleichtert auf – oder zumindest rede ich mir das ein –, während ich ihm und den anderen zum Auto folge.

* * *

Ich bin gerade auf der Toilette des Kinos und wasche mir die Hände, nachdem ich viel zu viel Popcorn gegessen habe, als Cam hereinkommt und dabei die Toilettentür so heftig aufstößt, dass sie gegen die Wand schlägt.

»Hey«, sage ich und lächle sie im Spiegel an.

Sie lächelt nicht zurück.

Genau genommen ignoriert sie mich völlig – genauso wie sie die Kabinen an der hinteren Wand der Toilette ignoriert. Stattdessen geht sie zum Waschbecken neben meinem und beginnt, sich die Hände zu waschen, während ich mich umdrehe, um meine abzutrocknen.

Schweigen hallt von den kühlen Kachelwänden wider, und obwohl ich mich dabei unwohl fühle, werde ich nicht diejenige sein, die es bricht. Das habe ich bereits versucht – sowohl hier drin als auch am Tisch, an dem sie die meiste Zeit des Abends damit verbracht hat, Ich-kann-Ophelia-weder-sehen-noch-hören zu spielen – und ich habe es satt. Sicher, es wäre schön, hier in Sibirien eine Freundin zu haben, und gestern Abend dachte ich, dass sie diese Freundin sein könnte, aber hey, was soll's. Juckt mich nicht, wenn sie diese ganze Ich-bin-eine-Bitch-die-dich-ohne-Grund-hasst-Nummer durchziehen will. Sie ist nicht die Erste, die mir damit kommt, und wird wahrscheinlich auch nicht die Letzte sein.

Ich werfe das Papierhandtuch in den Mülleimer und gehe zum Ausgang, ohne ein weiteres Wort zu ihr zu sagen. Aber gerade als ich die Hand um die Türklinke lege, meint sie: »Du bedeutest ihm nichts. Das weißt du doch, oder?«

Einen Moment lang denke ich darüber nach, einfach weiterzulaufen. Aber wenn ich das tue, wird sich diese Sache gewaltig aufblasen. Sie wird denken, dass ich *wirklich* an Z interessiert bin, was nur zu noch mehr Drama führen wird. Und wenn es eines gibt, wovon ich in meinem Leben nichts gebrauchen kann, dann ist es Drama. Das letzte Jahr hat mir genug davon beschert, vielen Dank auch.

»Warum sollte mich das interessieren?«, sage ich schließlich und drehe mich zu ihr um. »Er bedeutet *mir* nichts.«

Sie schnaubt. »Ja, klar. Das höre ich nicht zum ersten Mal.«

»Das glaube ich gern. Aber deshalb ist es nicht weniger wahr, wenn ich es sage. Ich bin nicht an Z interessiert.«

»Bist du dir da sicher?«

»Ja, ziemlich sicher. Er ist nicht gerade mein Typ.«

Darüber lacht Cam. »Wenn es etwas gibt, was mir das Zusammensein mit Z im Laufe der Jahre bewiesen hat, dann, dass er der Typ von jeder Frau ist.«

»Sogar deiner?«

Sie versteift sich, schaut weg. »Nein. Nicht meiner. Wir sind nur Freunde.«

»Bist du dir da sicher?«, wiederhole ich absichtlich die Frage, die sie mir gerade gestellt hat.

»Ja, ziemlich sicher. Mein Typ ist er auch nicht.« Als sie mich dieses Mal ansieht, ist ihr finsterer Blick einem echten Lächeln gewichen. »Ich glaube, ich könnte tatsächlich anfangen, dich zu mögen.«

Mit hochgezogenen Augenbrauen sehe ich sie an. »Ist das so ein Schock?«

»Eigentlich schon, irgendwie.« Sie greift rüber und zieht die Tür auf. »Ich verbringe so viel Zeit mit Jungs – mit diesen Idioten da draußen und meinen vier Brüdern –, dass ich kaum noch weiß, wie ich mich verhalten soll, wenn ich mit einem anderen Mädchen zusammen bin.«

»Ja nun, sie nicht so anzusehen, als ob du ihr den Kopf abreißen willst, wäre schon mal ein guter Anfang.«

Sie lacht, während sie mir durch die Tür folgt. »Ich werd's mir merken.«

»Gut.«

Wir sind fast in der Eingangshalle, wo die Jungs warten, als Cam meinen Arm ergreift. Ich drehe mich um und sehe sie fragend an, und zum ersten Mal, seit ich sie kenne, wirkt sie unsicher. »Normalerweise verpetze ich meine Freunde nicht, aber ich denke, du solltest es wissen. Z hat mit Luc gewettet, dass er dich vor Ende nächster Woche flachlegen wird.«

Zuerst denke ich, dass sie scherzt, aber ihr Gesichtsausdruck ist völlig ernst. »Er hat *gewettet*?«, frage ich überrumpelt, obwohl ich nicht weiß, warum. Z ist doch genau der Typ, der so etwas machen würde. Und trotzdem bin ich überrascht und angewidert und vielleicht sogar ... verletzt?

Argh. Jetzt bin ich einfach nur dumm. Ich kann die Vorstellung nicht ertragen, dass ich von so einem Trottel verletzt werden könnte – kann die Vorstellung nicht ertragen, dass ich überhaupt verletzt werden könnte, wenn ich ehrlich bin –, also dränge ich sogar den Gedanken daran ganz weit in meinen Hinterkopf. Stattdessen konzentriere ich mich auf die schiere Lächerlichkeit dessen, was Cam mir da gerade erzählt.

»Ich weiß, ich weiß. Das lässt ihn wie einen totalen Vollidioten klingen ...«

»Oh, nur ein bisschen«, erwidere ich sarkastisch.

»Glaub mir, ich will ihn nicht verteidigen. Oder Luc. Aber es gibt eine Menge Gründe, warum Z so ist, wie er ist. Trotzdem, ich dachte, du verdienst es, das zu wissen. Er kann ziemlich charmant sein, wenn er will.«

»Wirklich? Das habe ich noch gar nicht gemerkt.«

Cam lacht, ein herzhaftes »Ich glaub nicht dass du das gesagt hast aber ich bin so froh darüber«-Lachen, und irgendwie ertappe ich mich dabei, dass ich mit ihr lache, trotz der Tatsache, dass Z ein noch größerer Fiesling ist, als ich dachte.

»Also, wie viel hat er gewettet?«, frage ich, als wir uns endlich beruhigt haben.

Ich denke an zwanzig Dollar oder ein Abendessen oder einfach nur das Recht, damit anzugeben, daher bin ich völlig überrascht, als Cam antwortet: »Sein Lieblingssnowboard.«

Eine Sekunde lang weiß ich nicht, was ich sagen, was ich fühlen soll. Was sind das für Leute, die etwas, was sechs-, sieben- oder gar achthundert Dollar kostet, so leichtfertig verwetten können? Ich bin nicht auf der Straße aufgewachsen oder so, aber am Monatsende war das Geld bei uns immer knapp. Und wo ich herkomme, sind sieben- oder achthundert Dollar eine Menge Geld. Das wegzuwerfen, nur weil er seinen Stolz hat oder was auch immer ihn zu dieser Wette veranlasst hat, wirkt absurd. Ganz zu schweigen von verdammt arrogant.

»Wow!«, sage ich schließlich. »Er muss ziemlich zuversichtlich sein, dass er mich flachlegen wird.«

Eine Sekunde lang sieht Cam gequält aus, als wollte sie noch etwas anderes, noch mehr sagen. Aber dann zuckt sie nur mit den Schultern. »Er hat ja auch allen Grund dazu. Ich glaube nicht, dass er es irgendwie böse gemeint hat, aber trotzdem dachte ich halt, du hast ein Recht darauf, es zu wissen.«

Mir liegen eine Million Erwiderungen auf der Zunge, aber Cam ist seine Freundin. Sie ist Z gegenüber loyal. Und sie hat diese Loyalität bereits überstrapaziert, indem sie mir von der Wette erzählt hat.

Nicht nötig, dass sie sich noch unbehaglicher fühlt, als sie es ohnehin schon tut.

»Kein großes Ding«, zwinge ich mich zu sagen. »Aber danke für die Vorwarnung. Ich weiß es zu schätzen.«

Sie mustert mein Gesicht ein paar Sekunden lang, und ich vergewissere mich, dass ich meine Maske fest aufgesetzt habe. Gut, dass ich im letzten Jahr viel Übung darin hatte, denn es scheint sie zu täuschen.

Aber bevor sie noch etwas sagen kann, entdecken uns die Jungs und kommen herüber. »Bereit für ein Eis?«, fragt Luc und legt lässig einen Arm um Cams Schultern.

Sie lehnt sich grinsend an ihn. »Wenn du zahlst?«

»Ich zahle«, antwortet Z. »Ich denke, das schulde ich euch, nachdem ich euch heute Nachmittag stundenlang in dieser verdammten Klinik habe warten lassen.«

»Mich hast du nicht warten lassen«, sage ich zu ihm.

Er grinst mich an. »Ja, aber du bist neu in Park City. Betrachte es als ein Willkommen-in-Utah-Geschenk.«

Eher ein Ich-will-dich-flachlegen-Geschenk. Von wegen! Ich habe seit Remi mit niemandem mehr geschlafen, und ich werde es ganz sicher nicht mit irgendeinem miesen Snowboarder tun, der sich für ein Geschenk Gottes hält. Ich mustere ihn von oben bis unten. »Komisch, du siehst nicht aus wie das Willkommens-Komitee.«

»Oh, aber das ist er«, sagt Ash lachend. »Das kannst du mir glauben.«

»Ja«, fügt Luc hinzu. »Z hat eine ganze Menge Willkommen in sich.«

»Das habe ich gehört«, antworte ich mit einem Grinsen.

Cam verschluckt sich an ihrer eigenen Spucke, dann starrt sie mich an, während Luc ihr auf den Rücken klopft. Ich lächle nur gutmütig. Schließlich kann ich diese Spielchen genauso gut spielen, und es wird höchste Zeit, dass er das weiß.

Kapitel 5

Z

Ophelia mag Eis wirklich sehr. Ich meine, sie mag es *wirklich* sehr.

Entweder das, oder sie will mich einfach nur zu Tode quälen, was ich ihr auf jeden Fall zutrauen würde. Aber ich bin nicht der Einzige, dem auffällt, wie sie ihre verdammte Eistüte isst – mit einem langsamen, genüsslichen Lecken nach dem anderen. Ash ist praktisch wie gebannt von ihrer kleinen rosa Zunge und den verrückten, verruchten Dingen, die sie damit macht, während Luc alles tut, um sie nicht anzustarren, wodurch nur noch offensichtlicher wird, dass er weiß, was vor sich geht.

Ein Teil von mir möchte meine Freunde für das, was sie denken, verprügeln – aber wie kann ich das, wenn ich so ziemlich genau das Gleiche denke? Vor allem, wenn ich derjenige bin, der gewettet hat, dass ich sie bis zum nächsten Wochenende ins Bett kriegen werde.

Zu dem Zeitpunkt war es reiner Selbsterhaltungstrieb – während die drei mich ansahen, konnte ich auf keinen Fall weiter so dastehen, als wäre ich einen einzigen Schritt davon entfernt, in der Klapsmühle zu landen – aber trotzdem, darauf zu wetten, dass ich Ophelia vögeln könnte? Das ist mies, selbst für mich.

Andererseits ist das, was sie jetzt tut, genauso mies, wenn man bedenkt, dass sie nicht die Absicht hat, heute Nacht mit mir zu schlafen.

Seit sie mich in der Klinik getroffen hat, strahlt sie »Hände weg«-Vibes aus. Was die Tatsache, dass sie dieser verdammten Eistüte fast einen verdammten Blowjob gibt, nur noch schlimmer macht. Denn obwohl ich weiß, dass ich heute Nacht keine Action bekommen werde, zumindest nicht mit ihr, kann mein Schwanz nicht anders, als auf jede Bewegung ihrer Zunge zu reagieren.

Ich habe ihr den ganzen Abend Freiraum gelassen, zum Teil, weil ich mich wegen dieser dummen Wette schuldig fühle, zum Teil aber auch, weil ich immer noch vorhabe, diese zu gewinnen. Und das nicht nur, weil ich nicht beabsichtige, mein verdammtes Burton zu verlieren, sondern weil ich Ophelia, nachdem ich die letzten Stunden mit ihr verbracht habe, mehr will denn je.

Zuerst war sie nichts weiter als eine Ablenkung. Dann war sie eine Herausforderung. Jetzt ... jetzt ist sie immer noch eine Herausforderung, aber sie ist auch etwas anderes. Mehr. Der Gedanke lässt mich unbehaglich auf meinem Stuhl herumrutschen. Mehr ist nicht mein Ding. Ich *will* überhaupt nicht mehr. Es ist verrückt zu denken, dass sich irgendetwas daran ändern könnte, nur weil mir ein hübsches Mädchen mit einem Akzent wie Pfirsich mit Sahne einen verdammten Kaffee über die Hose gekippt hat.

»Können wir jetzt gehen?«, frage ich schroffer und lauter, als wahrscheinlich nötig gewesen wäre. Aber ich kann nicht anders. Wenn ich noch eine Sekunde länger hier sitzen und Ophelia dabei zusehen muss, wie sie obszöne Dinge mit dieser Kugel Schoko-Kirsch-Eis tut, werde ich »Scheiß drauf« sagen und ihren sexy Hintern auf meinen Schoß zerren, damit ich selbst ein paar obszöne Dinge tun kann.

»Ja, klar.« Ash schiebt seinen Stuhl vom Tisch zurück, als ob er nur nach einem Grund gesucht hätte, um schnellstmöglich zu verschwinden. Nicht, dass ich es ihm verdenken könnte. Die letzte halbe Stunde kann nicht gerade ein Vergnügen für ihn gewesen sein. Nicht, nachdem Luc Cam verliebt anhimmelt, die wiederum immer wieder mich unter ihren Wimpern hervor anschaut, während ich Ophelia anschmachte, die eine verdammt gute Imitation davon abgibt, einer Eistüte einen Blowjob zu verpassen. Ash fühlt sich wahrscheinlich, als wäre er in ein verdammtes Kaninchenloch gefallen – eines von der pornografischen Sorte.

»Aber ich bin noch nicht fertig mit meinem Eis«, beschwert sich Ophelia.

»Doch, das bist du.« Ich reiße ihr die Tüte aus der Hand und werfe sie in den nächsten Mülleimer.

Es ist eine Sache, wenn sie das Ding hier drin isst, wo wir die einzigen Kunden sind. Aber auf keinen Fall nehme ich sie damit auf die Straße, wo jedes Arschloch von Tourist in Park City sich genau vorstellen kann, worüber ich die letzten dreißig Minuten nachgedacht habe.

»So viel zum Willkommenskomitee«, murmelt Luc, aber Ophelia protestiert nicht wegen der verlorenen Eistüte. Stattdessen sieht sie mich nur an, und dabei blicken ihre großen grünen Augen so unschuldig, dass ich weiß – ich *weiß* es –, sie verarscht mich. Sie spielt mit mir, seit sie heute Abend von der Toilette zurückgekommen ist, und bringt mich völlig durcheinander, nur weil sie es kann.

Was mich irgendwie noch heißer macht.

Nicht, dass ich die Absicht hätte, sie das wissen zu lassen.

Ich sehne mich seit zwei Tagen verzweifelt nach einer Ablenkung. Nach etwas, irgendetwas, um den ganzen Mist, der in mir herumschwirrt, zu verdrängen. Bis jetzt hat die Begegnung mit Ophelia das ganz gut hinbekommen. Was bedeutet, dass es an der Zeit ist, die Dinge auf die nächste Stufe zu heben. Zeit zu …

Aus den Augenwinkeln sehe ich eine Mutter und ein kleines Mädchen durch die Tür der Eisdiele hereinkommen und erstarre, während ich gerade vom Tisch aufstehe. Das Mädchen, vielleicht sechs oder sieben Jahre alt, hat lange schwarze Haare, große blaue Augen und rosige Wangen von der Kälte. Eine ihrer Hände umklammert die ihrer Mutter, während die andere ein zerlumptes Stoffkaninchen hält, das definitiv schon bessere Tage gesehen hat.

Oh Scheiße! Oh Scheiße! Sie sieht genauso aus wie April. Ihre Haare, ihre Augen, ihr Lächeln. Sogar ihre verdammte lila Jacke sieht genauso aus.

Ich wende mich ab, gerade noch rechtzeitig, um zu bemerken, dass Cam das Mädchen ebenfalls gesehen hat. Ich erkenne es daran, wie sich ihre Augen weiten und zwischen dem Mädchen und mir hin- und herzucken. Daran, wie sie Luc packt und ihn auf die Beine reißt. Daran, wie ihre Stimme völlig falsch klingt, als sie sagt: »Zeit, zu gehen.«

Aber vielleicht liegt das auch nur an meinen Ohren und nicht an ihrer Stimme. Gott weiß, dass sich alles in mir falsch anfühlt, während sich der Druck dort aufbaut, wo ihn niemand sehen kann. Genau wie letzte Nacht, nur schlimmer. So viel schlimmer. Denn heute Abend breche ich zitternd auseinander, reiße an den Nähten auf, bis das Durcheinander in mir noch chaotischer ist. Ich bin wieder völlig zerrissen.

Und weswegen? Wegen eines morbiden Jahrestags, an den ich mich nicht erinnern sollte, und eines kleinen Mädchens mit einem verdammten Plüschkaninchen.

Es ist lächerlich. Demütigend. Und im Moment könnte mir das nicht gleichgültiger sein.

Ich renne beinahe auf meinem Weg zur Tür und dränge mich an dem Mädchen und seiner Mutter vorbei, ohne auch nur »Entschuldigung« oder »Leckt mich« zu sagen. Ich bin mir sicher, dass ich für alle wie eine totale Pussy aussehe – Z, der unter dem Druck zusammenbricht –, aber das ist im Moment nicht wichtig. Nichts ist wichtig, außer hier rauszukommen.

Ich trete hinaus auf die fast menschenleere Straße und marschiere los, wobei ich kaum mitbekomme, dass die anderen mir auf dem Gehweg folgen. Ich bin wütend – auf das Leben, auf das Universum, auf das verdammte kleine Mädchen, auch wenn nichts von alledem seine Schuld ist.

Es ist meine Schuld. Es war schon immer meine Schuld. Zu versuchen, jemand anderem die Schuld zu geben, wird nichts daran ändern.

Der Gedanke lässt mich langsam genug werden, dass die anderen mich einholen können. Ash rempelt meine linke Schulter mit seiner an, während Cam mich auf der rechten Seite am Ellbogen nimmt. Ich weiß, dass sie besorgt sind, dass sie nur helfen wollen, aber im Moment ist Mitgefühl das Letzte, was ich brauche – vor allem, wenn es Mitgefühl ist, das ich nicht verdiene.

Ich möchte sie abschütteln, ihnen sagen, sie sollen mich in Ruhe lassen, aber es ist auch nicht ihre Schuld. Also erwidere ich letztendlich nur Ashs Schubser, während ich einen Arm um Cams Schultern lege. Dann drehe ich mich um und grinse Luc an, der direkt hinter mir geht, einen besorgten Ausdruck auf dem Gesicht, von dem ich weiß, dass ich dafür verantwortlich bin. Sogar Ophelia sieht unbehaglich aus, als ob ihr bewusst wäre, dass sie etwas Wichtiges verpasst hat, und nicht recht wüsste, wie sie sich angesichts dieser ganzen Anspannung verhalten soll.

Zeit, das zu ändern, und zwar schnell.

»Also, wer hat Lust auf eine Party?«, frage ich, während ich nach meinem Handy greife, das in meiner Gesäßtasche steckt. »Ich habe vorhin ein paar Nachrichten bekommen, dass eine bei Mandy steigt und eine bei …«

»Ernsthaft?«, unterbricht Luc mich. »Das ist alles, was du sagst?«

Verdammt richtig. »Ich wollte auch noch fragen, ob ihr bei Danny vorbeischauen wollt, um etwas Gras zu besorgen, aber …«

»Du bist ein Arsch. Weißt du das, Z?« Cam sieht wütend aus.

»Ich habe nie behauptet, dass ich keiner bin«, erwidere ich mit einem Grinsen.

Ich schaue Ash an, in der Erwartung, dass er etwas sagt, um mich zu unterstützen, aber er sieht einfach nur krank aus.

Gottverdammt! Schlimm genug, dass ich heute schon in der Notaufnahme war, aber jetzt ziehe ich sie auch noch mit altem Ballast runter, dem keiner von uns entkommen kann.

»Du musst dich bei uns nicht verstellen, Mann«, sagt Luc. »Wir verstehen das …«

»Nein, tut ihr nicht.« Die Worte sprudeln heraus, bevor ich überhaupt weiß, dass ich sie sage. Aber ich werde das nicht machen. Nicht hier. Nicht jetzt. Und ganz sicher nicht vor Ophelia. »Es geht mir gut.«

Ash knirscht tatsächlich mit den Zähnen. Es ist offensichtlich, dass er etwas sagen will, aber im Gegensatz zu Luc und Cam ist er sich der Tatsache bewusst, dass Ophelia bei uns ist. Ich warte darauf, dass seine Frustration die Oberhand gewinnt, aber das tut sie nicht, und am Ende hält er den Mund.

Das heißt aber nicht, dass Luc und Cam das auch tun werden. Und ich habe es satt, der Pflegefall der Woche zu sein. Bevor ich wirklich weiß, was ich tue, drehe ich mich um und sprinte in Richtung des kleinen öffentlichen Parks am Ende der Straße. Ich kann sie hinter mir hören, das Knirschen ihrer Stiefel auf der frischen Schneedecke, die den Boden um uns herum überzieht.

Ich bücke mich und nehme eine Handvoll Schnee, während ich darauf warte, dass sie mich einholen. Dann, nachdem ich ihn zu einem perfekten Ball geformt habe, schleudere ich ihn direkt in Cams Gesicht.

Endlose Sekunden lang bewegt sich niemand. Sogar Cam steht nur mit offenem Mund da, während der Schnee von ihren Wimpern und über ihre Wangen tropft.

»Was zur Hölle …?«, will Luc wissen und sieht erneut stinksauer aus. Aber bevor er noch etwas anderes sagen kann, trifft ihn ein Schneeball mitten auf der Brust.

Ich schaue rüber zu Ophelia, die vor Stolz grinst. »Cool«, sagt sie. »Das ist meine erste Schneeballschlacht.«

Da ist etwas in ihren Augen, das mir sagt, dass sie vielleicht versteht, was mit mir los ist, obwohl ich keine Ahnung habe, wie sie das verstehen könnte. Ich verstehe mich ja selbst kaum. Trotzdem werde ich die Gelegenheit, die sie mir gerade gegeben hat, nicht verstreichen lassen.

»Deine erste Schneeballschlacht?«, frage ich, während ich noch mehr Schnee aufhäufe. »Wie kann das sein?«

»Es gibt nicht viel Schnee in New Orleans«, antwortet sie trocken.

»Du kommst also von dort?«, frage ich, plötzlich neugierig darauf, mehr über sie zu erfahren.

»Dort geboren und aufgewachsen.«

»Also, was führt dich nach Utah?« Der Ort hier scheint eine seltsame Wahl für ein Mädchen aus dem Süden zu sein, das noch nie genug Schnee hatte, um ein paar Schneebälle zu werfen.

Anstatt zu antworten, schleudert sie einen zweiten Schneeball direkt auf mich zu. Er trifft mich genau zwischen den Augen und brennt sogar ein bisschen. Das Mädchen lernt schnell.

Ich bücke mich und fange an, etwas Schnee zusammenzuschaufeln, und sie rennt durch den Park davon. Sie ist nicht an Schnee gewöhnt, weiß nicht, wie man darauf läuft, also kommt sie nicht sehr schnell vorwärts. Ich könnte sie einholen, ohne mich auch nur anzustrengen, aber stattdessen lasse ich ihr ein wenig Vorsprung. Wiege sie in einem falschen Gefühl von Sicherheit.

Und tatsächlich, nachdem sie etwa zwanzig Meter vor mir ist, dreht sie sich um und schaut über die Schulter. Und das ist der Moment, in dem ich es ihr gebe. In hohem Bogen schleudere ich ihr einen Schneeball entgegen und sehe dann mit Genugtuung zu, wie er direkt gegen ihr Kinn knallt.

Manche Mädchen würden wahrscheinlich wütend werden – so

wie Cam –, aber Ophelia lacht nur ihr glockenhelles Lachen, ein reiner, satter Klang, der durch den leeren Park hallt. Es berührt mich, lässt mir einen Schauer über den Rücken laufen, auch wenn mein Schwanz ein wenig zuckt. Vor allem, als sie noch mehr Schnee zusammenrafft und einen riesigen Schneeball formt. Ein Mädchen, das weiß, wie man spielt, hat etwas an sich, was verdammt sexy ist.

Ich mache mir nicht die Mühe, mich umzudrehen, denke nicht einmal daran, auszuweichen oder wegzulaufen. Ich bin zu fasziniert von dem Lachen, das sie nicht zu verbergen versucht, und dem Funkeln in ihren sonst so nüchternen Augen. Ich mache mich auf den Aufprall gefasst, aber dieses Mädchen ist wieder einmal voller Überraschungen. Sie wirbelt in letzter Sekunde herum und schleudert ihren Schneeball direkt auf Luc.

Als ihm bewusst wird, dass er gleich getroffen wird, ist es schon zu spät für ihn, um irgendetwas anderes zu tun, als zur Seite zu springen. Der Schneeball trifft ihn am Arm und explodiert beim Aufprall in eine Million Schneeklumpen.

Und dann, schlicht und ergreifend, geht es ab.

Die Regeln sind simpel: Es gibt keine Regeln. Und auch wenn es für manche brutal wirken mag, ist dieses schonungslose Spiel ohne Regeln genau das, was ich brauche.

Da wir zu fünft sind, kämpft anfangs so ziemlich jeder für sich allein. Trotzdem bleibe ich in der Nähe von Ophelia, falls sie in Schwierigkeiten geraten sollte. Das Laufen im Schnee kann tückisch sein, und das Letzte, was ich will, ist, dass sie ausrutscht und sich gleich in ihrem ersten Monat in der Stadt ein Bein bricht. Vor allem, wenn es hier um Spaß und nicht um Schmerz gehen soll.

Am Ende rennen wir zwanzig- oder dreißigmal durch den ganzen Park, dabei sind uns Ash und Luc die ganze Zeit über dicht auf den Fersen. Überall liegt Schnee, also haben wir kein Problem damit, Schneebälle zu formen und sie auf die beiden Jungs zu werfen, wann immer sie uns zu nahe kommen, aber wir konzentrieren uns so sehr auf sie, dass wir vergessen, nach Cam Ausschau zu halten. Was dumm von mir ist, denn ein Versteck zu finden und dann einen Munitionsvorrat anzulegen, ist total ihre Vorgehensweise. Das macht sie schon, seit wir Kinder waren.

Und tatsächlich, wir drehen gerade eine weitere Runde durch den Park und versuchen, die Schutzmauer in der hinteren Ecke zu erreichen, damit wir uns verteidigen können, ohne befürchten zu müssen, dass sich jemand von hinten an uns anschleicht, als eine Salve von Schneebällen auf unsere Köpfe niederprasselt. Cam hat sich hinter der Mauer einer der Spiellandschaften postiert, sodass sie perfekt geschützt ist, während sie Schneebälle in unsere Richtung schleudert. Einen nach dem anderen, wieder und wieder und wieder, bis wir jeden Versuch des Kämpfens aufgeben und uns stattdessen nach einem Versteck umsehen.

Ophelia versucht, sich hinter eine Wippe zu ducken, aber die bietet zu wenig Schutz. Sobald wir unsere Aufmerksamkeit auf Cam richten, sind wir leichte Beute für Luc und Ash, die uns bereits einkreisen.

Ich packe Ophelias Hand, ziehe sie hinter einen großen Baum und drücke sie mit meinem Körper dagegen. Sie versteift sich, aber als die Schneebälle zu fliegen beginnen, begreift sie schnell, dass ich sie beschützen will.

»Runter!«, rufe ich, als sie schneller auf uns einprasseln. Ash und Luc haben offensichtlich Blut geleckt, und sie werden uns vernichten, wenn wir nicht bald etwas unternehmen. »Fang an, Schnee zusammenzuschaufeln.«

»Was soll das bringen?«, fragt sie, während sie mit ihren behandschuhten Händen den Schnee zu sich schaufelt. »Sie haben uns.«

Das haben sie. Ich weiß es. Aber ich bin noch nicht bereit, aufzugeben. Das ist Ophelias erste Schneeballschlacht, und ich habe sie angefangen. Das Mindeste, was ich tun kann, ist, sie zu beschützen, wenn ich ihr schon nicht helfen kann zu gewinnen.

Ich bücke mich, wobei ich darauf achte, dass sie geschützt bleibt, während ich ebenfalls Schnee aufhäufe.

»Mach so viele, wie du kannst«, sage ich ihr, »aber wirf sie nicht. Noch nicht.«

Sie dreht den Kopf und späht über meine Schulter. »Du wirst bombardiert.«

»Egal.« Es ist ja nicht so, dass ich nicht den größten Teil eines jeden Tages damit verbringe, von Schnee umgeben zu sein oder in Schnee zu fallen. Außerdem zittert Ophelia bereits. Wenn ich mich wegbewege und sie von einem wahren Sperrfeuer aus Schnee getroffen wird, bekommt sie am Ende noch eine Unterkühlung oder so einen Mist.

Die Schneebälle fliegen jetzt schnell und heftig, einer nach dem anderen und aus zwei verschiedenen Richtungen. Cam, die hinter der Mauer hervorgetreten ist, trifft uns von rechts, während Ash und Luc uns von links angreifen.

Was genau dort ist, wo ich sie haben will.

»Wie viele Schneebälle haben wir fertig?«, zische ich Ophelia zu, während ich mich hinunterbeuge, um unseren Haufen zu betrachten.

»Zwanzig oder so«, antwortet sie, während sie weiter Schnee zusammenschaufelt.

Nicht genug, aber sie kommen immer näher. Innerhalb von Sekunden werden wir festgenagelt sein, und dann gibt es wirklich kein Entkommen mehr. Zumindest nicht ohne eine Ladung Schnee im Gesicht.

»Mach dich bereit«, sage ich und hebe mehrere Handvoll Schneebälle auf.

Sie nickt und tut dasselbe.

»Bei drei schleuderst du alles, was wir haben, auf Luc und Ash. Verstanden?«

»Ja.« Sie bewegt sich von den Knien auf die Füße, bleibt aber in der Hocke, damit ich ihr immer noch Deckung geben kann. Es gefällt mir, dass sie das tut, obwohl ich nicht weiß, warum das wichtig ist.

Ich fange an zu zählen, und bei drei stürzen wir uns beide in die Schlacht und werfen einen Schneeball nach dem anderen auf meine beiden besten Freunde. Wie sich herausstellt, hat Ophelia einen verdammt guten Wurfarm, denn sie trifft beide ins Gesicht, wieder und wieder.

Als die Jungs mit Eis und Schnee bedeckt und damit beschäftigt sind, sich das Gesicht abzuwischen, statt uns zu beachten, werfe ich zwei letzte Schneebälle direkt auf sie, dann nehme ich Ophelias Hand und schlüpfe auf die andere Seite des Baumes. Schreie hallen wider, als Cams Schneebälle plötzlich Ash und Luc treffen, jetzt, da wir nicht mehr im Weg sind.

Wir rennen quer durch den Park, weichen springend und Haken schlagend Schneebällen und Flüchen aus und lachen so heftig, dass wir zweimal fast hinfallen. Ash und Luc können nicht mithalten, und bald schon nähern wir uns der Sicherheitszone, die wir vier vor Jahren eingerichtet haben, als wir noch Kinder waren.

Wir sind fast am Ziel, so nah, dass ich den Sieg schon schmecken kann, als Ophelia plötzlich auf eine glatte Stelle im Schnee tritt und die Füße unter ihr wegrutschen. Ich versuche, ihr Halt zu geben, aber unsere Beine verheddern sich ineinander, und am Ende gehen wir beide hart zu Boden. Ich drehe sie so, dass ich unter ihr bin und die größte Wucht des Sturzes auffange, während sie ausgestreckt auf mir landet.

»Das war … das war …« Sie lacht zu sehr, um zu Ende zu sprechen, und ihr langer, kurviger Körper presst sich an meinen, während sie sich vor Vergnügen schüttelt.

Ihre grünen Augen starren in die meinen, und ich weiß, sie erwartet, dass ich mit ihr lache, aber das Gefühl ihres Körpers an meinem löst eine ganze Reihe von Alarmen aus, die nichts mit Lachen und alles mit Sex zu tun haben. Sie fühlt sich gut an, wirklich gut, und als sie zappelt, um sich aufzusetzen, werde ich hart.

Es ist unpassend und verrückt und irgendwie unerwartet, wenn man bedenkt, dass wir gerade wie ein paar Kinder zusammen herumgerannt sind, aber ich kann nicht anders. Sie ist genau da, ihr Geschlecht brennend heiß, wo es meinen Schwanz berührt. So heiß, dass ich es durch ihre Jeans und die Schneehose hindurch spüren kann, die ich anhabe, seit ich vor Stunden in der Halfpipe auf den Kopf geknallt bin. Luc und Cam hatten keine Lust, mir Zeit zum Umziehen zu geben, bevor wir ins Krankenhaus fuhren, und da mein Kopf sich anfühlte, als wäre er in zwei Hälften gespalten worden, hatte ich keine Lust, zu widersprechen.

Jetzt allerdings verfluche ich sie. Wenn ich Jeans anhätte, könnte ich sie viel besser spüren. Ihre Hitze. Ihre Feuchte. Mein Schwanz zuckt tatsächlich beim Gedanken daran, und Ophelia bleibt der Atem im Hals stecken.

Aber sie zieht sich nicht zurück, wie ich es von ihr erwartet hätte. Sie schlägt mir nicht ins Gesicht, steht nicht auf, tut nichts von dem, was ich denke, dass sie es tut. Stattdessen setzt sie sich auf und reibt sich langsam, behutsam, entschlossen an meinem Schwanz. Und so peinlich es auch ist, ich schwöre, dass ich schon allein bei dieser Berührung beinahe komme. Was verrückt ist, außer – zu meiner Verteidigung – dass das Mädchen einen verdammt guten Hüftschwung hat.

Wie von selbst wandern meine Hände zu ihren Hüften, und ich halte sie eine Sekunde lang fest, dann zwei. Jeder Drang, den ich habe, sagt mir, dass ich in diese Hitze stoßen soll. Ich bin sexuell aktiv, seit ich dreizehn Jahre alt war, und ich habe in den letzten acht Jahren eine Menge gelernt. Es braucht nicht viel, um sie über die Klippe zu schicken, gleich hier. Gleich jetzt.

Außer dass Luc, Ash und Cam direkt auf uns zulaufen, und obwohl ich normalerweise nichts gegen ein bisschen öffentliche Zärtlichkeiten habe, sagt mir etwas, dass ich nicht mehr damit aufhören will, sobald ich erst einmal anfange, Ophelia zu vögeln. Zumindest nicht für etwas so Langweiliges, wie meinen Freunden zuzuhören, wie sie sich über ihren verdammten Schneeballschlacht-Sieg freuen.

Weshalb ich Ophelia vorsichtig von mir herunterhebe, auch wenn es mich jedes Quäntchen Willenskraft kostet. Sie blinzelt ein wenig, als ich sie neben mir auf den Boden setze, und plötzlich verschwindet die Lust in ihren Augen, wird zu etwas anderem. Sofort krabbelt sie rückwärts, weg von mir, und springt dann auf die Füße. Diesmal tragen sie ihre Beine, aber ich glaube, das ist mehr Wunder als tatsächliches Geschick.

»Ophelia.« Ich setze mich auf und greife nach ihrer Hand. Ich weiß nicht, was ich sagen will, aber ich weiß, dass ich sie nicht so zurücklassen kann. Mit ihren wilden Augen und den Armen um die Taille geschlungen, sieht sie völlig verängstigt aus. Schlimmer noch, sie sieht leer aus. Ich habe genug Erfahrung mit diesem Gefühl, um es bei ihr zu erkennen.

Doch bevor ich etwas anderes tun kann, als noch einmal ihren Namen zu sagen und aufzustehen, sind die anderen schon bei uns.

»Alles okay?«, fragt Luc sie, während er tröstend einen Arm um ihre Taille legt. »Das war ein verdammt harter Sturz.«

»Es geht mir gut«, sagt sie, und obwohl ihr Körper immer noch steif ist, bemerke ich, dass sie sich nicht aus seinem Griff losreißt. Stattdessen steht sie da, sinkt ein wenig an ihn und scheint sich völlig wohlzufühlen. Viel wohler, als sie sich zu fühlen schien, als wir zusammen waren.

Das macht mich wütend. Dann werde ich wütend, weil ich wütend bin. Luc ist mein bester Freund, und Ophelia ist bloß irgendein Mädchen, eine Wette. Und dennoch kann ich es nicht ertragen, wie er sie anfasst, wie er den Kopf senkt und etwas murmelt, was nur die beiden hören können. Selbst wenn es nichts ist, selbst wenn er nur nach ihr sieht, gefällt es mir nicht.

Ich springe auf und schiebe die Hände in die Taschen. Konzentriere mich auf die Tatsache, dass dieser jüngste Sturz all die Schmerzen verschlimmert hat, die ich von meinem vorherigen Hechtsprung in der Halfpipe hatte. Mein Bein hat wieder angefangen wehzutun, und die blauen Flecken über meinen Rippen pochen im Takt meines Herzschlags.

Das Krankenhaus hat mir ein Rezept für Schmerzmittel angeboten, aber ich wollte es nicht. Ich weiß, dass die Krankenschwester dachte, ich sei verrückt – oder ein trockener Junkie –, aber die Wahrheit ist, dass der Schmerz mit ein Grund ist, warum ich die Dinge tue, die ich tue. Er erdet mich auf eine Weise, wie es nichts anderes kann.

»Bei dir alles in Ordnung, Z?« Cam legt mir sanft eine Hand auf den Arm. »Du hast dir nicht wieder den Kopf gestoßen?«

»Es geht mir gut«, sage ich, ihre Berührung abschüttelnd. Es fühlt sich an, als böte sie mir mit diesem Griff so viel mehr als nur Freundschaft an, und das ist etwas, womit ich nichts zu tun haben will. Mit niemandem eigentlich, aber ganz sicher nicht mit ihr.

»Also, wie geht es weiter?«, frage ich. »Eine von diesen Partys oder …«

»Ich gehe nach Hause«, sagt Ophelia.

Ich schaue auf meine Uhr. »Aber es ist noch nicht mal zehn Uhr!«

Sie zuckt mit den Schultern. »Ich muss morgen früh arbeiten.«

»Wir auch, aber du siehst keinen von uns um die Zeit schon schlappmachen!«

»Schätze, ich bin einfach nicht so cool wie du, Z. Aber wer ist das schon, hm?«

Ash hustet heftig, um ein Lachen zu vertuschen, also schubse ich ihn und zeige ihm dann den Mittelfinger. Auf wessen Seite steht er eigentlich?

»Wenn du wirklich gehen willst, bringe ich dich zu deinem Auto.« Es ist dunkel im Park, aber ich kann ihre Augen immer noch sehen. Sie sind groß und ein wenig erschrocken, und ich beschließe, sie nicht weiter zu drängen.

»Oh, das ist nicht nötig«, antwortet Ophelia. »Es sind nur ein paar Blocks in diese Richtung, oder?« Sie gestikuliert zum Parkeingang.

»Eigentlich geht es zum Parkplatz der Klinik da lang.« Ich zeige genau in die entgegengesetzte Richtung. »Etwa drei Blocks.«

»Stimmt. Cool.« Sie wirft das Haar zurück und versucht, so zu tun, als wäre sie überhaupt nicht durcheinander. Aber ich merke, dass sie verängstigt ist. Im Moment tut sie bloß knallhart, aber in ihrem Innern ist sie alles andere als das. »Danke, dass ich heute Abend mit euch abhängen durfte. Das hat Spaß gemacht.«

Mit einem kleinen Winken macht sie sich auf den Weg zur anderen Seite des Parks. Ich schließe mich ihr an und laufe neben ihr her, während Cam, Ash und Luc die Nachhut bilden. Jetzt, da sie wissen, dass es uns gut geht, prahlen sie wieder damit, wie sie uns bei der Schneeballschlacht fertiggemacht haben.

Wir hätten es geschafft, wenn Ophelia nicht ausgerutscht wäre, aber ich mache mir nicht die Mühe, sie zu korrigieren. Ich bin zu sehr damit beschäftigt, ihren Geruch zu ignorieren – süß und warm wie Pfirsiche im Sommer. Es ist ein guter Geruch, der nicht dazu beiträgt, meinen Schwanz schlaff werden zu lassen, obwohl es offensichtlich ist, dass ich heute Nacht nicht mehr zum Zug kommen werde.

»Du brauchst mich nicht zu begleiten«, sagt sie und klingt gereizt. »Ich finde schon zur Klinik zurück, weißt du?«

»Zweifellos. Aber es ist dunkel, und auch wenn die meisten Touristen in ihren Hotels in ihren Betten liegen, weiß man nicht, wer sich auf den Straßen herumtreibt. Es ist sicherer, wenn wir mit dir gehen.«

»Ich brauche keinen Beschützer, Z.«

»Das hat auch niemand behauptet.« Ich schaue sie an. »Außerdem, sieht es so aus, als würde ich mich für den Job bewerben?« Mit meinen Tätowierungen und Piercings und meiner komplett schwarzen Garderobe sieht niemand weniger wie ein weißer Ritter aus als ich, und glaubt mir, ich weiß das.

Sie mustert mich von Kopf bis Fuß, und einen Moment lang sieht es so aus, als würde sie noch etwas sagen, aber dann schüttelt sie nur den Kopf und läuft weiter.

Den Rest der drei Blocks legen wir schweigend zurück, nur das Knirschen unserer Stiefel im Schnee und das Lachen meiner idiotischen besten Freunde, die immer noch hinter uns sind, ist zu hören. Ich überlege, was ich sagen kann, aber zum ersten Mal überhaupt fehlen mir die Worte. Ich habe keine Ahnung, wie ich mit diesem Mädchen reden soll.

Als wir auf dem Parkplatz ankommen, sagt Ophelia: »Mein Auto steht gleich da drüben.« Sie zeigt vage nach links. »Danke, dass ihr mich herbegleitet habt.«

»Kein Próblem«, sagt Ash zu ihr.

»Ist es okay für dich, allein zur Lodge zurückzufahren?«, frage ich plötzlich. Es hat etwas geschneit, seit wir unterwegs sind, und die Straßen sind glatt und leicht vereist. Kein großes Ding für mich, aber Ophelia ist ein Mädchen aus dem Süden. Vereiste Straßen sind für sie eine völlig neue Situation.

Meine Freunde drehen sich um und starren mich an – ich schätze, sie sind es nicht gewohnt, dass ich mich für irgendjemand anderen als sie interessiere –, aber ich ignoriere sie. Ich mag ein Verlierer und ein Versager sein, aber ich bin kein totaler Arsch. Oder zumindest glaube ich, dass ich das nicht bin.

Sie verdreht die Augen. »Ich komme schon klar, Z.« Sie gibt mir einen kleinen Schubs. »Geht euer Auto am Kino holen und fahrt zu dieser Party oder was auch immer. Man sieht sich.«

Dann, nachdem sie den anderen zugewinkt hat, geht sie mit langen, sicheren Schritten über den geräumten und gestreuten Parkplatz.

Ich sehe ihr nach, wie sie mit ihrem selbstsicheren Gang die

Strecke zwischen ihr und dem dunkelblauen Honda zurücklegt, der unter einer der großen Parkplatzlaternen in der ersten Reihe steht. Sie schaut kein einziges Mal zurück, aber trotzdem warte ich, bis sie das Auto erreicht hat und ihre Schlüssel aus der Handtasche fummelt, bevor ich mich abwende und den Weg zurücknehme, den wir gekommen sind.

»Also«, sagt Luc, als wir zu meinem Auto gehen. »Was war das mit diesem ganzen Herumrollen auf dem Boden mit Ophelia?«

»Halt die Klappe«, schnauzt Cam ihn an und klingt dabei völlig genervt. »Sie sind hingefallen.«

Ash schnaubt. »Ja, klar. Das hat total nach einem Sturz ausgesehen. Wenn, na ja, Sturz ein anderes Wort für Vorspiel ist. Du fängst besser an, dich nach einem anderen Board umzusehen, Luc. Ich glaube, du wirst dich von deinem Flow verabschieden müssen.«

»Da bin ich mir nicht so sicher. Es ist vierundzwanzig Stunden her, seit sie sich kennengelernt haben, und Ophelia fährt selbst zur Lodge zurück, ohne Z einzuladen, ihr zu folgen. Das muss eine Premiere sein.«

Er hat recht, das ist es, und ich bin mir nicht sicher, was ich davon halten soll. Ein Teil von mir will sie einfach nur flachlegen und es hinter sich bringen, aber ein anderer Teil interessiert sich mit jedem Mal, wenn wir uns treffen, ein bisschen mehr für sie, dafür, wer sie wirklich ist. Ophelia erzählt nie viel über sich selbst, aber ich kann sehen, dass mehr an ihr dran ist als das toughe Mädchen, das sie uns vorspielt, und die markigen Retourkutschen. Ich wünschte nur, ich wüsste, was es ist – und ob es mich noch mehr fertigmachen wird, als ich ohnehin schon bin, wenn ich das herausfinde.

Ich sage nichts weiter, als wir zu meinem Range Rover zurückgehen. Aber als wir an einem dieser elektronischen Schilder vorbeikommen, auf denen das Datum und die Uhrzeit zusammen mit den Tagesangeboten des Ladens angezeigt werden, erstarrt ein Teil von mir. Ich sehe das heutige Datum in leuchtend roter Schrift vor mir. 18. November 2013. 18. November. 18. November. 18. November.

Die Erkenntnis explodiert in mir, reißt mich fast in Stücke. Nicht das Datum, nicht einmal das, wofür das Datum steht – wofür es immer stehen wird. Nein, das ist es nicht, was mich völlig zerfetzt. Es ist die Tatsache, dass ich es in den letzten paar Stunden, während ich Eis gegessen und die Mutter aller Schneeballschlachten gehabt habe, vergessen habe. Vergessen habe, was mit ihnen passierte. Und meine eigene Schuld daran vergessen habe.

Als ob ich das Recht dazu hätte.

Ich stolpere, gehe fast in die Knie, als alles wieder über mich hereinbricht. Das Schuldgefühl und der Schmerz und der Druck. Die Vorwürfe und die Qualen, die so schwer sind, dass ich mich nur durch jahrelange Übung – jahrelanges Unterdrücken dieser Scheiße ganz tief in mir – auf den Beinen halten und weiter vorwärtsgehen kann.

Als wir mein Auto erreichen, schlägt Ash vor, auf eine der Partys zu gehen, die ich vorhin erwähnt habe, aber ich schüttle nur den Kopf. Ich habe die Partys nur vorgeschlagen, weil ich mehr Zeit mit Ophelia verbringen wollte, und jetzt macht mich schon allein der Gedanke verrückt, mich in eines dieser überfüllten, verqualmten Häuser zu quetschen. Der Druck ist so groß, dass ich kaum denken, kaum atmen kann. Das Letzte, was ich brauche, ist, inmitten von Menschenmassen gefangen zu sein.

Schließlich setze ich Cam, Luc und Ash jeweils bei ihnen zu Hause ab und fahre dann zum Haus meines Vaters. Eigentlich meinem Haus, nachdem das große Technikgenie seit dreieinhalb Jahren nicht mehr hier war. Seit meinem Highschool-Abschluss nicht mehr, und selbst da war es nur eine einzige Übernachtung. Ein kurzer Abstecher, um an der Feier teilzunehmen und mir zu sagen, dass er stolz auf mich ist. Ich hätte ihm vielleicht sogar geglaubt – wenn er mir in die Augen hätte sehen können, als er es sagte.

Im Radio läuft ein alter Song der Red Hot Chili Peppers, und ich drehe ihn auf, bis der Beat so laut ist, dass ich nicht mehr denken kann. Dann fahre ich einfach dahin, jeder Teil von mir auf Autopilot, während ich mir einen Weg durch den sanft fallenden Schnee bahne, ohne andere Pläne, als nach Hause zu kommen und high zu werden.

Zumindest, bis ich in die Red Maple Street in Richtung Park abbiege. Denn dort, eingemummelt in eine knallrote Jacke auf einer Bank an der Bushaltestelle am Straßenrand, sitzt das Mädchen, das ich vor fast einer Stunde zu seinem Auto begleitet habe.

Kapitel 6

Ophelia

Diesmal mache ich mir nicht die Mühe, aufzublicken, als das Auto vor mir zum Stehen kommt. Ich sitze hier jetzt seit fünfzehn Minuten und warte auf meinen Anschlussbus, und das ist schon das vierte Auto, das anhält. Ich glaube nicht, dass ich wie eine Nutte aussehe, wenn ich hier so dick eingemummelt sitze – es ist ja schließlich eine Bushaltestelle –, aber angesichts der vielen idiotischen Typen, die mir eine Mitfahrgelegenheit anbieten, könnte man meinen, ich trage ein Schild mit der Aufschrift »Keiner wird abgewiesen«.

Was *so was* von nicht der Fall ist!

»Hey!«, ruft mir einer der Schwachköpfe in diesem neuesten Auto zu, aber ich drehe nicht einmal den Kopf. Wenn ich sie völlig ignoriere, verschwinden diese Idioten, die ihr Glück suchen, vielleicht endlich.

»Ophelia!«

Bei dem dringenden Tonfall und dem Klang meines Namens drehe ich mich doch um. Scheiße! Also kein Fremder, sondern Z, der verwirrt und mehr als nur ein bisschen sauer aussieht.

Ich winke ihm zu, dann kehre ich wieder zu dem zurück, was ich getan habe, bevor er aufgetaucht ist. Was eigentlich nicht viel ist. Nur auf die Straße starren und versuchen, nicht mit den Zähnen zu klappern.

Ich höre ihn fluchen, dann höre ich, wie der Motor des Range Rovers ausgestellt wird und eine Autotür zuschlägt. Was bedeutet, dass ich ihn nicht so leicht loswerde, wie ich gehofft habe.

»Was machst du hier?«, fragt er und kommt um die Vorderseite des Autos herum, um vor mir in die Hocke zu gehen. »Ich dachte, du hättest ein Auto.«

»Hab ich auch.« Aber es ist nicht der blaue Honda vor der Klinik. Nein, mein Auto steht sicher auf dem Parkplatz vor der Mitarbeiterunterkunft, die von der Lodge zur Verfügung gestellt wird – auf demselben Platz, auf dem es seit meiner Ankunft vor zwölf Tagen steht.

»Warum fährst du es dann nicht?« Er sieht mich an, als ob ich verrückt wäre. Und vielleicht bin ich das auch. Wie auch immer, das geht ihn nichts an.

Weshalb ich mit den Schultern zucke. »Ich bin noch neu in Park City und kenne mich nicht so gut aus. Ich hab heute den Bus genommen, weil ich Angst hatte, mich zu verfahren und zu spät zu meinem Termin zu kommen.«

Keine Lüge, rede ich mir ein. Aber auch nicht die ganze Wahrheit.

Doch Z sieht nicht so aus, als würde er mir das abkaufen. Was für eine Überraschung! Schließlich muss man ein Schwindler sein, um einen anderen zu erkennen.

»Gibt es dafür nicht Navis?«, fragt er.

»Was ist eigentlich so schlimm daran?«, gehe ich in die Offensive, weil die Defensive anscheinend nicht funktioniert. »Was spielt es für eine Rolle, wenn ich heute nicht fahren wollte?«

»Es spielt keine Rolle. Außer dass du mich angelogen hast. Und jetzt sitzt du hier draußen an der Bushaltestelle, allein, im Dunkeln und in der Kälte, und wartest auf einen Bus, der nicht so aussieht, als würde er bald kommen.«

»Er kommt schon. Er wird in sieben Minuten hier sein.«

»Toll. Wenn du Glück hast, bist du bis dahin vielleicht kein Eiszapfen. Oder ein Vergewaltigungsopfer.« Er steht auf und greift nach meiner Hand. »Na komm, lass uns gehen.«

Ich reiße meine Hand zurück und starre ihn an. »Sag mir nicht, was ich tun soll. Ich gehe mit dir nirgendwohin.«

Er verdreht die Augen. »Entspann dich, Prinzessin. Du warst die ganze Nacht bei mir in Sicherheit. Ich werde nicht plötzlich über dich herfallen. Ich will dich nur zurück zur Lodge bringen.«

»Nicht nötig. Der Bus ist fast da.«

»Ja, das kann ich sehen.« Er gestikuliert in Richtung der fast leeren Straße. Im Moment steht das einzige Auto außer seinem ein paar Meter entfernt an der Ampel. Die beiden Jungs auf den Vordersitzen sehen ungefähr so alt aus wie wir, vielleicht ein bisschen älter, und scheinen sich sehr für das zu interessieren, was zwischen uns vor sich geht. »Du glaubst doch nicht wirklich, dass ich dich hier allein lasse, oder? Mit solchen Arschlöchern in der Nähe? Es ist praktisch mitten in der Nacht.«

»Es ist noch nicht mal elf Uhr.«

»Trotzdem. Komm schon, steig ins Auto, und ich fahr dich nach Hause. Was ist daran so schlimm?«

»Das Schlimme ist, dass du deine Zeit verschwendest. Ich werde nicht mit dir schlafen.«

Seine Augenbrauen schnellen empor. »Wer hat dich darum gebeten?«

Fast platze ich damit heraus, dass ich von der Wette weiß, aber ich will nicht, dass er sauer auf Cam wird, weil sie es mir verraten hat. »Ach bitte! Ich weiß, wann ein Typ mit mir schlafen will.«

»Na, sind wir da nicht ein bisschen eingebildet?« Er nimmt meine Hand und zieht mich auf die Füße. Diesmal wehre ich mich nicht gegen ihn, obwohl ich nicht weiß, warum. »Sicher, dass du nicht projizierst?«

»Was bedeutet?«

»Was bedeutet, dass vielleicht *du* diejenige bist, die mit *mir* schlafen will.«

Seine Hand liegt jetzt auf meinem Rücken, und er führt mich zu seinem Range Rover. Ich sollte ihn aufhalten, ich weiß, dass ich es sollte. Aber seine Hand – warm und fest und beständig – fühlt sich so gut an, dass es mir schwerfällt, nicht einfach gegen ihn zu sinken. Meine Zähne haben bereits aufgehört zu klappern, als seine Wärme langsam durch die Schichten meiner Kleidung in mich hineinsickert.

»Von wegen!«

»Das war schwach«, erwidert er mit einem Schnauben. »Dir fällt doch sicher etwas Besseres ein als das.«

»Wahrscheinlich schon, wenn meine Gehirnzellen nicht alle eingefroren wären. Ich schwöre, ich habe keine Ahnung, wie irgendjemand an diesem Ort hier leben kann.«

Er reißt die Autotür auf und macht Anstalten, mir ins Auto zu helfen, als wäre er eine Art Gentleman und kein viel zu eingebildeter Snowboarder, der sich für einen Playboy hält. »Ich komme schon klar«, sage ich noch einmal zu ihm, während ich über das glatte Leder rutsche. »Du musst das nicht tun.«

»Doch.«

»Nein. Du …« Er schlägt mitten im Satz die Tür zu und schneidet mir damit effektiv das Wort ab.

Ich erwarte, dass er zur Fahrerseite herumeilt, aber stattdessen steht er nur eine Minute lang da und sieht mich durch die Scheibe des Beifahrerfensters an.

Ich will wegsehen – das Letzte, was sein Ego braucht, ist, dass ich ihn wie gebannt anstarre –, aber ich kann es nicht. Da ist etwas in seinem Gesicht, in seinen Augen, das meinen Blick festhält. Es kommt mir bekannt vor, als hätte ich es schon eine Million Mal gesehen, und im ersten Moment denke ich, dass es der Charmeur in ihm sein muss. Gewandt und lächelnd und ich-weiß-dass-du-mich-willst.

Remi war auch so, und ich denke, dass es das sein muss, dass etwas von meinem alten Freund in ihm steckt. Nur … Nur dass er mit einem Mal blinzelt und die Maske, von der ich nicht einmal wusste, dass er sie trägt, wieder zurück an ihren Platz rutscht. Dann wird mir klar, dass es nicht Remi war, an den mich dieser Blick erinnerte. Sondern an mich selbst. Es ist das, was ich jeden Morgen sehe, wenn ich in den Spiegel schaue, bevor ich mein Make-up auflege. Bevor ich meine Maske aufsetze und versuche, die Welt – und mich selbst – davon zu überzeugen, dass es mir wirklich gut geht.

Als ich jetzt zu zittern anfange, hat das nichts mit der Kälte zu tun, sondern rein mit der Erkenntnis, dass Z tief im Innern genauso zerrissen ist wie ich. Der Charme und die Überheblichkeit sind nicht einfach nur das Ergebnis davon, dass er zu heiß und zu talentiert ist. Sie sind die Tarnung für etwas anderes. Etwas Dunkles, Gefährliches und Verzweifeltes.

Ein Teil von mir fragt sich, was es ist, während der andere Teil einfach die Finger davon lassen möchte. Von *ihm*.

Trotzdem hebt sich meine Hand wie von selbst und legt sich an das eiskalte Fenster. Z sieht es nicht, Gott sei Dank! Er wendet sich bereits ab und nimmt den langen Weg um den SUV herum zur Fahrertür. Als er schließlich einsteigt, ist diese Verletzlichkeit in seinem Blick längst verschwunden. An seine Stelle ist der Z getreten, den ich mittlerweile kenne und toleriere, vor Sexualität und besserwisserischen Bemerkungen triefend. Verstohlen lege ich meine Hand zurück auf den Schoß.

Ich sollte erleichtert sein, dass er wieder normal ist. Schließlich ist mit diesem Z so viel einfacher umzugehen. So viel einfacher, ein Getränk über ihn zu kippen und es einfach zu vergessen.

Oder zumindest sollte es das sein.

Aber während er fährt und seine starken, langgliedrigen Finger den Geländewagen gekonnt über die vereisten Straßen lenken, muss ich unwillkürlich an den Moment in der Eisdiele denken, in dem mir klar wurde, dass etwas nicht stimmt.

Oder diese wenigen Minuten im Park, als er mir zur Seite kam und sich so anstrengte, mich zu beschützen, obwohl es viel einfacher für ihn gewesen wäre, mich einfach zurückzulassen.

Oder wie er anhielt, als er mich an der Bushaltestelle sah, und mich beinahe zwang, in sein Auto zu steigen.

Er hätte mich zurücklassen können. Er hätte einfach vorbeifahren und so tun können, als würde er mich nicht sehen. Ich hätte es nie erfahren. Niemand hätte es erfahren. Aber er tat es nicht. Er hielt für mich an. Bestand darauf, dass ich ins Auto steige. Und jetzt macht er sich die Umstände, dafür zu sorgen, dass ich sicher nach Hause komme.

Wieder werde ich an Remi erinnert. Nur ist die Erinnerung dieses Mal eine leere, schmerzende Wunde in mir, eine, die mich aufreißt und bluten lässt. Ein Kollateralschaden des Wracks, das viel zu lange sein Leben war.

Wir schweigen während des Großteils der Fahrt, was gut und schlecht zugleich ist. Ich könnte es gebrauchen, meinen Sparringspartner zurückzuhaben. Im Moment hätte ich gern etwas – jemanden –, an dem ich meine Krallen schärfen kann. Aber wie Z ach so freundlich betont hat, bin ich mit meinen Retourkutschen gerade nicht ganz auf der Höhe. Ich schätze, das passiert, wenn man das Gefühl hat, dass das ganze Leben kurz davor ist, zum zweiten Mal zu implodieren.

Im Radio wird ein alter Nirvana-Song angespielt, »All Apologies«, und Z greift rüber, um es auszuschalten.

»Nein.« Ich lege eine Hand auf seinen Arm, um ihn aufzuhalten. »Nicht.«

Sein Gesicht ist grimmig, als er zu mir hochschaut. »Magst du das Lied?«

»Ja.«

Er nickt, schluckt, dann lehnt er sich zurück, als Kurt Cobains raue, emotionsgeladene Stimme das Auto erfüllt.

Das ist nicht wahr. Ich mag dieses Lied nicht. Ich mochte es mal, vor langer Zeit. Ich habe es mir immer und immer wieder angehört, nur um die subtilen Veränderungen und Nuancen in Cobains Stimme zu hören. Aber jetzt ...

Jetzt höre ich es aus einem ganz anderen Grund. Ich höre es, weil es wehtut. Ich höre es, weil ich es hasse. Ich höre es, weil es in meiner verdrehten, verzerrten Denkweise eine Buße ist, die ich leisten muss, eine Schuld, die ich niemals begleichen werde.

Alles ist meine Schuld. Ich schließe für einen Moment die Augen, höre zu, wie Cobain über Schuld singt, über Scham singt. Tränen drängen sich hinter meinen Lidern, aber ich drücke sie weg. Weinen ist etwas für Weicheier, für Schwächlinge, und ich kann es mir nicht leisten, so jemand zu sein. Außerdem ändern Tränen nichts. Wenn sie es täten ... Wenn sie das täten, würde ich wirklich einen ganzen Fluss weinen. Vielleicht sogar ein oder zwei Meere.

Ich schlucke den Kloß in meinem Hals hinunter und hoffe, dass Z so sehr mit der Fahrt über die kurvenreichen Straßen zur Lodge beschäftigt ist, dass er meinen kleinen Nervenzusammenbruch nicht bemerkt. Aber ein kurzer Blick auf ihn, als wir unter einer Straßenlaterne vorbeifahren, zeigt, dass er die Kiefer fest genug zusammenbeißt, um Zähne zu zerbrechen, und dass seine Hände das Lenkrad mit einem tödlichen Griff umklammern.

Sein steifer Daumen trommelt die Melodie, und sein linkes Bein wippt, aber nicht zu dem langsamen, melodiösen Takt, sondern zu etwas anderem. Etwas in seinem Kopf, das nur er hören kann.

Ich reiße den Arm hoch und schalte das Radio mit einem einzigen kräftigen Knopfdruck aus. Es ist eine Sache, mich selbst zu quälen, aber Z ebenfalls zu quälen – oder ihm dabei zuzusehen, wie er sich quält –, ist etwas völlig anderes.

»Hast du deine Meinung geändert?«, fragt er, während er mir einen überraschten Blick zuwirft.

»Ja. Nirvana ist gut in New Orleans, wo es die meiste Zeit warm und sonnig ist. Aber hier, wo es nass und grau und kalt ist, sind sie viel zu deprimierend.«

Er lacht, wie es meine Absicht war, und wir sind uns nah genug, dass ich das subtile Entspannen seiner Muskeln wahrnehmen kann, auch wenn es eine Minute dauert. Gut. Was ich fühle, würde ich niemand anderem wünschen.

»Also«, sage ich wenig später, als sich das Schweigen zwischen uns so straff spannt wie eine Geigensaite. »Was für einen idiotischen Trick hast du heute versucht, durch den du in der Notaufnahme der Klinik gelandet bist?«

»Wie kommst du darauf, dass ich etwas Idiotisches getan habe?«

»Verzeihung, hast du dich schon kennengelernt?«

Er lacht schnaubend. »Was soll das denn heißen?«

»Ich glaube, du weißt genau, was das heißen soll. Soweit ich weiß, sind Snowboarder in erster Linie totale Adrenalinjunkies. Und du, du bist der Schlimmste von denen. Das sagen alle.«

»Ach, wirklich?«

»Ja.«

»Und woher willst du das wissen? Hast du dich über mich erkundigt?«

»Was? Auf gar keinen Fall!«

»Mmm-hmm.« Er grinst. »Die Dame, wie mich dünkt, gelobt zu viel.«

»Die Dame gelobt überhaupt nicht. Und lass die kitschigen Shakespeare-Zitate. Nur weil meine Mutter eine Idiotin ist und mich Ophelia genannt hat …«

»Ich mag deinen Namen. Er passt zu dir.«

»Ernsthaft?« Ich starre ihn ungläubig an. »Mir zu sagen, der Name einer von Shakespeares am meisten missbrauchten, verrücktesten Figuren würde zu mir passen, ist so *gar nicht* der Weg, um an mein Höschen zu kommen.«

»Da, schon wieder denkst du, dass sich alles um Sex dreht.«

»Und du tust schon wieder so, als wäre es nicht so.«

»Nichts für ungut, Ophelia, aber du scheinst furchtbar besessen von der Idee zu sein, dass ich den Beischlaf will.«

»Beischlaf?«, spotte ich. »Sind wir jetzt *tatsächlich* im sechzehnten Jahrhundert angelangt?«

»Wäre es dir lieber, dass ich sage, ich will dich ficken?«

Seine Worte treffen mich mit der Wucht einer Abrissbirne, und plötzlich ist mir heiß. Richtig heiß, trotz der Kälte in der Luft und des Reifs, der an den Rändern der Windschutzscheibe entlangkriecht. Es ist schon so lange her, dass ich mit jemandem zusammen war, so lange, dass ich gehalten und berührt und geküsst wurde. Deshalb habe ich vorhin im Park den Verstand verloren, als ich auf ihm lag, und deshalb bin ich jetzt kurz davor, ihn wieder zu verlieren.

Einen Moment lang kann ich es mir fast vorstellen. Sein Mund auf meiner Haut, seine Hände auf meinen Schenkeln, sein Körper an meinen gepresst. Seine indigoblauen Augen, die tief in meine blicken, während er langsam in mich gleitet.

Ich rutsche auf meinem Sitz herum und versuche, meine Atmung zu kontrollieren, die plötzlich flach und unregelmäßig geworden ist. Weil ich es nicht lassen kann, sehe ich Z aus den Augenwinkeln an. Sein Gesichtsausdruck und die Anspannung in seinem Körper – ganz anders als die Steifheit von vorhin – verraten mir, dass er meine Reaktion bemerkt hat. Scheiße!

Ich warte darauf, dass er etwas sagt, dass er seinen Vorteil ausspielt. Aber er tut es nicht. Stattdessen räuspert er sich und sagt: »Ich habe einen Inverted 1440 probiert.« Seine Stimme ist heiserer als zuvor, belegter, was mich nur noch heißer macht. Genauso wie die Erkenntnis, dass er versucht, die Temperatur hier drinnen wieder auf ein normales Maß zurückzubringen, indem er das Thema aufs Snowboarden lenkt.

»Einen Inverted 1440? Was zum Teufel ist das? Davon habe ich noch nie gehört.«

»Ach so? Hörst du denn viel übers Snowboarden da unten in Louisiana?«

»Nein. Aber ich bin jetzt seit fast zwei Wochen in der Lodge. Jetzt, da die X-Games und die Olympischen Spiele vor der Tür stehen, reden alle über nichts anderes mehr. Vor allem, wenn ihr hier im Resort boardet.«

»Hast du deshalb beschlossen, mit uns abzuhängen? Weil du glaubst, dass Ash bei den Olympischen Spielen eine Goldmedaille gewinnen wird?«

Ich will gerade entrüstet reagieren, aber dann wird mir klar, dass er genau das will. »Vielleicht glaube ich, dass *du* eine Goldmedaille gewinnen wirst.«

Dieses Mal ist sein Lachen voller Spott. »Ja. Das wird nicht passieren.«

»Bist du dir da sicher? Die Leute reden darüber.«

»Die Leute reden über viele Dinge. Aber nein, dieses Jahr geht es nur um Ash.«

»Ist das okay für dich?«

Zum ersten Mal, seit ich ins Auto gestiegen bin, sieht er sauer aus. Richtig sauer. »Er ist mein bester Freund. Das ist mehr als okay für mich. Ich bin verdammt begeistert darüber. Er sollte besser bis an die Spitze kommen. Schließlich ist er zurzeit der verdammt beste Boarder im ganzen Land. Definitiv einer der besten der Welt.«

»Du auch. Zumindest sagen die Leute das.«

»Wer zum Teufel sind eigentlich all diese Leute, von denen du ständig redest? Die scheinen eine ganze Menge über mich zu wissen. Wie kommt es, dass ich nichts über sie weiß?« Er fährt sich verärgert mit der Hand durch die Haare, und ich glaube, er will noch mehr sagen, aber dann gerät der Geländewagen aufs Glatteis und beginnt zu schleudern.

Ich flippe aus, als das Heck des Range Rovers ausbricht, und klammere mich am Sitz fest, während ich mir so fest auf die Lippen beiße, dass sie bluten. *Oh Gott. Oh Gott. Oh Gott. Bitte, nicht schon wieder. Bitte, nicht …*

Z bleibt die ganze Zeit über völlig gelassen, lenkt dagegen und hält das Auto ruhig, als wäre es nichts. Innerhalb von Sekunden hat er den Wagen wieder unter Kontrolle.

Ich sacke in meinem Sitz zusammen, während wir weiter den Berg hinauffahren. Mein Herz klopft wie verrückt, und ich glaube nicht, dass ich meine Hände wieder von diesem Sitz loseisen kann, bevor wir im Resort ankommen. Ich hoffe nur, dass ich keine Nagelspuren in dem weichen Leder hinterlassen habe.

»Hey, bist du okay?« Z blickt mich besorgt an.

»Es geht mir gut.« Die Heiserkeit macht meine Lüge zunichte.

»Das war keine große Sache, Ophelia. Ehrlich. Ich fahre schon auf eisglatten Straßen, seit ich vierzehn war. Ich weiß, was ich tue. Bei mir bist du sicher.«

Die Besorgnis in seiner Stimme ist neu, und sie macht mich auf eine Art und Weise fertig, wie nichts anderes es hätte tun können.

Nicht die Fahrt nach Hause.

Nicht die Unterhaltung, die mich zum Lächeln gebracht hat, obwohl ich es nicht gewollt habe.

Nicht die plötzliche Sehnsucht nach Sex, nachdem ich monatelang nichts gespürt habe.

Nicht einmal seine totale Bescheidenheit, als es um seinen Ruhm und sein Talent ging.

Nein, es ist nichts von diesen Dingen, was zu mir durchdringt. Ich habe Schutzmechanismen gegen alles. Oder zumindest dachte ich das. Aber die Sanftheit in seiner Stimme, die Art, wie er mich mit solcher Sorge und Aufrichtigkeit ansieht, während er verspricht, dass ich bei ihm sicher bin, verursacht ein paar tiefe Risse in der harten Schale, die ich im letzten Jahr um mich herum aufgebaut habe.

Der Gedanke macht mir Angst. Versetzt mich auf allen möglichen Ebenen in Panik. So sehr, dass ich mich nur mit Mühe zusammenreißen kann, nicht die Tür aufzustoßen und mich aus dem Geländewagen auf die vereiste Straße zu stürzen.

Ich will nichts fühlen … überhaupt nichts. Ganz sicher will ich nichts für den charmantesten Aufreißer in Park City, Utah, empfinden, der offensichtlich mehr als nur eine Handvoll eigener Probleme hat.

Was das Mich-sicher-Fühlen angeht? Ich habe mich schon so lange nicht mehr sicher gefühlt, dass ich nicht einmal sagen kann, ob ich dieses Gefühl jemals wiedererkennen würde.

»Ophelia?« Er berührt mich nicht – er behält beide Hände am Lenkrad, während er die tückische Straße entlangfährt –, aber ich merke, dass er es will. Nicht weil er mich ficken will, wie er es vorhin so eloquent ausgedrückt hat. Sondern weil er mich beruhigen will. Weil er will, dass ich mich sicher fühle.

»Es geht mir gut, Z. Ich habe mich nur erschrocken, das ist alles.«

»Bist du sicher?« Er klingt zögerlich, als ob er mir nicht glaubt, aber nicht riskieren will, mich noch mehr zu verärgern als ohnehin schon.

»Ja. Kein großes Ding. Ist ja nicht so, als wäre etwas passiert, oder?«

»Stimmt.«

Er entspannt sich ein wenig, und ich drehe mich zur Seite und schaue aus dem Fenster. Ich erkenne diesen Straßenabschnitt wieder, weiß, dass wir nur ein paar Kilometer von der Mitarbeiterunterkunft entfernt sind, in der ich zurzeit wohne. Was gut ist. Meiner Meinung nach können wir gar nicht schnell genug dort ankommen.

Die nächsten Minuten vergehen in einem Schweigen von der unangenehmen Sorte. Als wir uns der Abzweigung nähern, setze ich an, Z zu sagen, wo sie sich befindet – sie ist ein bisschen schwer zu erkennen, sogar tagsüber –, aber er scheint genau zu wissen, wo sie ist.

Natürlich weiß er das. Er hat wahrscheinlich jedes weibliche

Wesen gevögelt, das in diesem Haus wohnt. Gott allein weiß, wie oft er mitten in der Nacht hier abgebogen ist.

Als wir am Bordstein vor dem Gebäude halten, springe ich fast aus dem Auto. Ich will »Danke fürs Herbringen« über die Schulter rufen, aber Z stellt den Motor ab, bevor ich überhaupt den Mund öffnen kann.

Er geht vorne ums Auto herum und greift nach meinem Ellbogen. Ich bin so schockiert, dass ich mich von ihm festhalten lasse, und dann führt er mich den Bürgersteig hinauf zur Eingangstür des Gebäudes und passt auf, dass ich auf dem Eis, das sich angesammelt hat, nicht ausrutsche.

Wieder geht mir seine Besorgnis nahe. Wieder schlage ich sie fort, spachtle die Risse in meiner Rüstung beinahe ebenso schnell zu, wie sie sich bilden. Ich werde das nicht tun. Ich werde niemanden an mich heranlassen und schon gar nicht Z.

Er wartet mit mir, während ich nach meinen Schlüsseln krame und die Haustür aufschließe. Sobald ich sie geöffnet habe, drehe ich mich mit einem Lächeln zu ihm um, das ich bei Weitem nicht empfinde, und sage: »Danke fürs Herbringen. Das weiß ich zu schätzen.«

»Wo ist dein Zimmer?«, fragt er und schaut den Flur entlang.

»Im zweiten Stock.« Ich deute auf die Treppe und trete von der Tür zurück, damit sie sich schließt.

Seine Hand schnellt vor und verhindert, dass ihm die Tür vor der Nase zuschlägt. »Ich bringe dich noch hoch.«

»Z …«

Mit einer erhobenen Hand unterbricht er mich: »Sobald die Touristensaison anfängt, gibt es hier alle möglichen Widerlinge. Lass mich dich bis zu deiner Tür bringen, um sicherzugehen, dass du wohlbehalten reinkommst, und dann verschwinde ich. Das schwöre ich.«

Er sieht aufrichtig aus, was mich nur noch mehr berührt. Der für Selbstschutz verantwortliche Teil meines Gehirns schreit mich an, ihn so schnell wie möglich rauszuschmeißen, ihn aus dem Gebäude und aus meinem Leben zu verbannen. Aber irgendwie ertappe ich mich dabei, dass ich nicke und mich von ihm die zwei Stockwerke zu meinem Zimmer hochbegleiten lasse.

»Hier wohne ich«, sage ich und bleibe vor der zweiten Tür den Flur entlang stehen.

Z runzelt die Stirn. »Es gefällt mir nicht, dass du so nah am Treppenhaus bist. Das scheint mir nicht sicher zu sein.«

»Na, dann ist es ja gut, dass es dich nichts angeht, oder?«

»Wow! Ein bisschen kratzbürstig bist du schon, oder?«

»Du hast mich noch nicht wirklich kratzbürstig erlebt.«

»Hmm. Das ist wirklich besorgniserregend, wenn man bedenkt, dass du gestern eine fünfhundert Dollar teure Snowboardhose ruiniert hast, als du noch *nicht* kratzbürstig warst.«

Ich verschlucke fast meine Zunge. Seine Hose hat *fünfhundert Dollar* gekostet? Und er trägt heute noch so eine? Mein Gott, seine Kleidung für zwei Tage ist ungefähr genauso viel wert wie meine ganze verdammte Garderobe. Nicht zu fassen!

»Ist sie wirklich ruiniert?«, frage ich mit einem flauen Gefühl im Magen. Da dieser Job Unterkunft und Verpflegung mit einschließt, sind fünfhundert Dollar fast zwei Wochengehälter für mich. Wenn ich ihm das Geld zurückzahlen muss, muss ich sofort anfangen zu sparen …

Meine Besorgnis scheint mir ins Gesicht geschrieben zu stehen, denn er lacht. »Sie ist in Ordnung, Ophelia. Ich habe dich nur verarscht.«

Erleichterung durchströmt mich. »Gott sei Dank! Bei dem Versuch, sie zu ersetzen, wäre ich wohl bankrottgegangen.«

»Das würde ich nie von dir verlangen. Es war sowieso meine eigene Schuld.«

Meine Augenbrauen schnellen in die Höhe. »Ich hätte nicht gedacht, dass ich jemals hören würde, dass du das zugibst.«

»Ich mag vielleicht ein Arschloch sein, aber ich bin kein totaler

Drecksack«, sagt er. »Zumindest normalerweise nicht. Ich weiß, wann ich Mist baue.«

Dieses Eingeständnis würde ich nicht mal mit einer Feuerzange anfassen. Nicht, wenn es ihn so ... menschlich wirken lässt.

»In diesem Sinne, danke fürs Herfahren.« Ich schiebe ihn regelrecht in Richtung Treppe. »Schätze, wir sehen uns.«

»Du könntest mir deine Nummer geben. So kannst du sicher sein, dass wir uns sehen.«

Einige Sekunden lang wollen seine Worte keinen Sinn ergeben. »Du willst meine *Nummer*?« Z will nie die Nummer eines Mädchens. Normalerweise laufen sie ihm über den Weg, er geht mit ihnen aus, macht sie klar und trollt sich dann. Zumindest sagen das alle über ihn. Und das ist auch der Vibe, den ich an jenem ersten Abend von ihm bekommen hatte.

»Ja?« Zum ersten Mal klingt er unsicher, als ob er mit dieser Routine absolut nicht vertraut wäre. »So kann ich dich anrufen. Fragen, ob du irgendwann mal essen gehen oder vielleicht noch einen Film ansehen willst.«

Ein weiterer Riss zeigt sich in meiner Schale, und ich weiß, dass es die Unsicherheit ist, auf die ich reagiere, und nicht die Bitte um ein zweites Date. Zu sehen, wie der völlig selbstsichere Z ein wenig verloren wirkt, hat einfach etwas an sich, was mir gewaltig zu schaffen macht. Auf eine *schlechte* Weise.

»Ich ... äh ... glaube nicht, dass das eine gute Idee ist. Ich meine ...«

»Du willst nicht, dass ich dich anrufe?« Er klingt ungläubig.

Das will ich nicht, nein. Aus so vielen Gründen, auf die ich nicht eingehen möchte. »Das ist nicht so einfach.«

»Natürlich ist es das. Du gibst mir deine Nummer. Ich rufe dich an. Wir gehen aus und haben Spaß. Sehen, wohin es führt.«

»Warum drängst du so darauf?«

»Was meinst du?«

»Du weißt, was ich meine. Warum bist du so entschlossen, meine

Nummer zu bekommen? Es gibt Hunderte von Mädchen im Resort, die sich für eine Chance, mit dir auszugehen, splitternackt in den Schnee legen würden. Warum stehst du hier und versuchst, mich zu überreden?«

Er sieht unbehaglich aus, und plötzlich fällt mir wieder ein, was Cam mir erzählt hat. Die Wette. Natürlich. Bei dem Ganzen geht es um seine Wette, dass er mit mir schlafen würde.

Einerseits beruhigt mich diese Erkenntnis. Auf der anderen Seite macht sie mir Todesangst. Denn ich war nur eine Nacht in seiner Nähe – eine einzige Nacht –, und schon setzt er mir zu. Ich weiß nicht, wie das möglich ist, aber es ist so.

Was soll ich tun, wenn er immer wieder auftaucht und versucht, meine Zuneigung zu gewinnen? Selbst wenn es nichts Ernstes ist, selbst wenn es nur um diese dumme Wette geht, bin ich mir nicht sicher, ob ich stark genug wäre, ihm zu widerstehen. Nicht dem Sex, denn das ist der unwichtigste Teil der ganzen Gleichung. Aber der Verletzlichkeit, die ich in ihm sehe, wenn er denkt, dass niemand hinschaut. Dem Schmerz, der so leicht eine Verbindung zu meinem eigenen herstellt.

»Vielleicht mag ich dich«, sagt er.

Ja. Das ist es, wovor ich Angst habe. Oder besser gesagt, ich habe Angst, dass er *mich* dazu bringt, *ihn zu* mögen, wenn ich ihm nur halbwegs eine Chance gebe. Und dazu bin ich einfach nicht bereit. Nicht jetzt. Vielleicht niemals.

»Gute Nacht, Z.« Ich mache einen weiteren Schritt in mein Zimmer und will die Tür schließen.

Wieder hält er sie auf, diesmal, indem er einen Fuß dazwischen stellt. »Na schön. Wenn du mir deine Nummer nicht geben willst, dann lass mich dir wenigstens meine geben. Oder sag mir, wann du morgen arbeitest. Dann komme ich vorbei. Wir werden uns unterhalten. Ich lasse dich sogar wieder Kaffee über mich kippen.«

»Ich will nicht wieder Kaffee über dich kippen.«

»Vielleicht jetzt noch nicht. Aber gib mir zehn Minuten. Ich werde sicher etwas sagen, was dich wieder wütend macht.«

Das Komische daran ist, dass er das wahrscheinlich wirklich tun wird. Aber selbst das ist ein Problem, denn wenn ich wütend bin, empfinde ich etwas. Und sobald ich diese Tür in mir öffne, wer weiß, was dann noch hindurchdringt. Schaut nur, wo ich jetzt schon bin, nur vierundzwanzig Stunden nachdem ich Z kennengelernt habe.

Ich will ihm sagen, dass er verschwinden soll, dass er mich in Ruhe lassen soll, aber er schenkt mir wieder dieses charmante Grinsen. Das, was er mir gestern geschenkt hat und was er mir heute immer wieder geschenkt hat, wenn ich ihn angesehen habe.

Und in diesem Moment wird es mir klar. Er wird nicht aufgeben. Nicht Z, der Weltklassesportler und Ausnahme-Olympia-Anwärter. Er ist nicht dorthin gekommen, wo er jetzt ist, weil er jemand ist, der kneift, der vergisst, was er will. Der aufgibt. Wenn er eine Wette laufen hat, dann wird er die ganze nächste Woche an mir kleben, um zu versuchen, mich ins Bett zu kriegen. Um zu versuchen, die Wette zu gewinnen. Was ich normalerweise – bei jedem anderen Kerl – einfach ignorieren würde.

Aber Z ist nicht leicht zu ignorieren. Vor allem jetzt, da ich weiß, dass viel mehr an ihm dran ist, als ich zuerst dachte. Je länger ich mit ihm zusammen bin, desto größer ist das Risiko, das ich eingehe. Nicht, dass ich mich in ihn verliebe, denn das wird nicht passieren, aber ich fange bereits an, einzuknicken. Ich lasse ihn ein Stück weit an mich heran, obwohl ich mir geschworen habe, das nie wieder zu tun. Nie wieder jemanden nah genug an mich heranzulassen, dass er mich so verletzen könnte, wie Remi es getan hat.

Aber ich kann Spuren von seinem Schmerz erkennen, weiß, dass da so viel mehr ist, als man an der Oberfläche sieht. Und ich habe Angst, dass all die Qual, die ich in Z spüre, irgendwie hinter meine letzte Verteidigungslinie schlüpft und ich da lande, wo ich vor einem Jahr war: total am Ende.

Dahin möchte ich nicht wieder zurück. Weder jetzt noch irgendwann. Ich bin hierhergekommen, um einen Neuanfang zu machen. Ich habe mir geschworen, nicht zurückzublicken, nicht an die Vergangenheit zu denken. Das ist ein guter Plan, von dem ich mich durch Z nicht abbringen lassen darf, nicht jetzt, da ich endlich ein wenig durchatmen kann.

Weshalb ich, noch während ich mir sage, dass ich die Tür schließen soll, genau das Gegenteil tue. Ich trete einen Schritt zurück und frage: »Warum kommst du nicht für eine Weile herein, um was zu trinken?«

Kapitel 7

Z

Ich weiß nicht, wer von dieser Einladung schockierter ist, Ophelia oder ich. Wahrscheinlich ich, denn sie hat sich bereits umgedreht und ist tiefer in ihr Zimmer hineingegangen, während ich noch immer mit den Händen in den Hosentaschen und weit offenem Mund im Flur stehe. Was für ein totaler Loser!

Ein Teil meines Gehirns sagt mir, dass ich abhauen soll, dass jedes Mädchen, das eine solche Hundertachtzig-Grad-Wendung hinlegt, offensichtlich Probleme hat, mit denen ich nicht umgehen kann. Und trotzdem, noch während ich mir sage, dass ich verschwinden soll, mache ich einen Schritt in ihre kleine Einzimmerwohnung. Dann noch einen und noch einen, bis ich in der Mitte des Raumes stehe. Was zwar nur eineinhalb Meter von der Eingangstür entfernt ist, aber trotzdem.

»Also, was willst du trinken?«, fragt sie. »Ich habe Dr. Pepper, heiße Schokolade, Kaffee und Wasser.«

Ich blicke mich um, betrachte das Einzelbett, das auch als Sofa dient, das kleine, mit Büchern überladene Regal, die winzige Küchenzeile. Sonst gibt es nicht viel zu sehen. Keine Fotos. Keine Poster. Nichts außer ein paar Büchern, um mir einen Hinweis darauf zu geben, wer Ophelia wirklich ist.

»Ich nehme ein Dr. Pepper.«

»Gute Wahl.« Sie geht zum Kühlschrank und holt zwei der altmodischen Glasflaschen heraus, dann nimmt sie einen Flaschenöffner, um die Kronkorken zu entfernen.

»Hast du mich wirklich nur reingebeten, um was zu trinken?«, frage ich, während sie mir den Softdrink reicht.

Sie hält inne, ihre Hand immer noch an der Flasche, direkt neben meiner. »Bist du wirklich nur reingekommen, um was zu trinken?«

»Was denkst du?« Ich beobachte ihr Gesicht aufmerksam, während ich die Flasche neben mir auf den Tresen stelle, ohne einen Schluck zu nehmen.

Ophelia folgt der Bewegung mit ihrem Blick. »Ich denke, du magst kein Dr. Pepper.«

»Du denkst richtig.« Ich habe das Zeug noch nie leiden können.

»Also, warum hast du es dann genommen?«

Ich lege die Hände um ihre Taille, ziehe sie näher an mich heran, bis ihr Unterkörper an meinen gepresst ist.

»Was denkst du, warum ich es genommen habe?« Ich kann nicht anders. Einem Teil von mir gefällt es, Katz und Maus mit ihr zu spielen.

»Ich weiß nicht.« Sie hält den Blick fest auf mich gerichtet. »Du bist heute Abend wirklich voller Fragen.«

»Das bin ich. Wie kommt es, dass du nicht voller Antworten bist?«

»Weil Antworten immer schwieriger sind als Fragen. Weißt du das nicht?«

Ich denke an die etwa eine Million Fragen, die ich zu April habe. Zu meiner Mutter. Zu allem, was in dieser Zeit in meinem Leben passiert ist. Eine Million Fragen und fast keine Antworten. Außer die wirklich schlimmen. »Ich schätze, ich weiß es.«

Sie nimmt einen langen Schluck aus ihrer Flasche, und ich kann nicht anders, als zu beobachten, wie sich ihr Mund an den Flaschenrand legt, wie sich ihre Kehle beim Schlucken bewegt. Ich weiß nicht, ob sie es dieses Mal mit Absicht macht, aber mein Gott, ich werde hart.

Ich verändere leicht meine Haltung, damit mein Ständer nicht so verdammt offensichtlich ist. Aber das ist fast unmöglich, wenn sie die Hälfte der verdammten Flasche in einem Schluck austrinkt und ich mich auf nichts anderes konzentrieren kann als auf ihre glänzenden rosa Lippen und wie es sich anfühlen würde, wenn sie sich um meinen Schwanz legen würden.

Endlich – endlich – stellt sie das Getränk neben meinem ab, dann neigt sie ihr Gesicht, sodass sie mir in die Augen sieht. »Trotzdem, ich denke, ich habe eine ziemlich gute Antwort darauf, was du hier machst«, sagt sie zu mir.

»Ach ja?« Wer ist dieses Mädchen, und was hat sie mit Ophelia gemacht?

Ich weiß, dass ich besorgt sein sollte, aber ihr Gesicht ist jetzt nur noch wenige Zentimeter von meinem entfernt, und wenn ich den Kopf neige, kann ich sie küssen, wie ich es vom ersten Moment an tun wollte, als ich sie sah. Ich setze dazu an, meine Lippen auf ihre zu pressen, aber ihr plötzlicher Stimmungswechsel hält mich zurück, sagt mir, dass ich es langsam angehen soll. Irgendetwas ist mit ihr los, und ich weiß nicht, was es ist. Die Erkenntnis beunruhigt mich mehr, als sie sollte.

Ich meine, all die Anzeichen sind da.

Ihre vollen Lippen sind zu einem verführerischen Lächeln verzogen.

Ihr süßer Körper schmiegt sich an meinen.

Sogar ihre Hände haben sich auf meinen Armen niedergelassen, ihre Finger krümmen sich um meinen Bizeps, als wollten sie mich festhalten.

Ja, sie gibt mir all die richtigen Signale, und ich sollte sie absolut ausnutzen, sie ausziehen, damit ich jeden Zentimeter ihres wunderschönen Körpers sehen, berühren und küssen kann.

Trotzdem zögere ich. Irgendetwas fühlt sich ... eigenartig an, obwohl ich nicht weiß, was es ist.

Andererseits scheint Ophelia nicht dieselbe Sorge zu haben, denn sie hebt den Kopf und antwortet »Ja« auf meine Frage von vorhin, unmittelbar bevor sie den Schritt macht, den ich schon sehnlichst machen möchte, seit ich sie zum ersten Mal gesehen habe. Sie schlingt die Arme um meine Schultern und presst ihre wunderschönen, perfekten Lippen auf meine.

Gott sei Dank!

Es ist nur eine sanfte Berührung, ihre Lippen streifen über meine in einem Kuss, so leicht wie eine frühe Schneeflocke im Winter. Einmal, zweimal, dann immer wieder, bis ich das Gefühl habe, verrückt zu werden, wenn ich sie nicht berühren kann. Wenn ich ihren Kopf nicht nach hinten neigen und meine Zunge nicht tief in ihren Mund schieben kann. Wenn ich sie nicht an mich ziehen und ihre feuchte Hitze an meinem Schwanz spüren kann.

Obwohl es mich fast umbringt, lasse ich die Hände fest geballt an den Seiten und meine Lippen sanft auf ihren.

Sie hat damit angefangen. Es ist nur fair, sie für ein paar Minuten die Führung übernehmen zu lassen, damit ich herausfinden kann, wo sie mit dieser Sache hinwill.

Das ist ein guter Plan, und er hätte wahrscheinlich auch funktioniert, wenn sie nicht beim siebten oder achten Mal, als ihr Mund den meinen streift, einen tiefen, sehnsuchtsvollen Laut tief in ihrer Kehle machen würde. Es ist das Sinnlichste, was ich je gehört habe, und es zerschmettert den Würgegriff, mit dem ich mich unter Kontrolle halte, seit sie mich hereingebeten hat.

Meine Hände bewegen sich von selbst, meine Finger vergraben sich in ihrem langen, seidigen Haar, als ich ihren Kopf zur Seite neige, um sie besser zu erreichen. Jetzt bin ich an der Reihe, die Kontrolle über den Kuss zu übernehmen. An der Reihe, ihr alles zu zeigen, was ich mit ihr machen will.

Ich fahre mit der Zunge am Saum ihrer Lippen entlang, sanft leckend, zärtlich, spiele mit dem perfekten Bogen ihrer Oberlippe, bis sie aufkeucht und sich mir öffnet. Ich knabbere an ihrer Unterlippe und ziehe sanft mit den Zähnen daran. Sie stöhnt ein wenig, ihre Hand kommt hoch, um sich in mein Shirt zu winden, und dann gleite ich in sie hinein. Meine Zunge schlüpft zwischen ihre Lippen und Zähne, um mit ihrem Lippenbändchen zu spielen, dem empfindlichen Stück Haut, das ihre Oberlippe mit ihrem Zahnfleisch verbindet.

Sie stöhnt wieder, und dieses Mal schießt der Ton direkt durch mich hindurch. Mein ohnehin schon harter Schwanz beginnt im Takt mit dem Blut, das mir in den Ohren rauscht, zu pochen. Jede Zelle in meinem Körper schreit danach, sie nackt auszuziehen, sie gegen die nächste Wand zu drücken und sie zu vögeln, bis wir beide vor Lust besinnungslos sind.

Aber Ophelia ist nicht so ein Mädchen. Von dem Moment an, als sie den Drink über mich kippte, wusste ich, dass sie anders ist. Dass sie mehr verlangen würde als mein übliches Vögeln und Abhauen. Deshalb bin ich an diesem ersten Abend von ihr fortgegangen. Und deshalb bin ich diese blöde Wette eingegangen, damit ich eine Ausrede habe, sie wiederzusehen, obwohl mich jeder meiner Instinkte anschreit, dass ich mich so weit wie möglich von ihr fernhalten soll.

Aber daraus wird nichts. Nicht heute Nacht, wenn sie nach Pfirsichen, Vanille und süßer, köstlicher Sahne schmeckt.

Nicht heute Nacht, wenn sie sich so verdammt süß anbietet.

Und definitiv nicht heute Nacht, wenn sie sich an mich klammert, als würde sie fallen, wenn ich nicht da wäre, um sie zu stützen.

Ich neige ihren Kopf noch mehr zurück und tauche tief in sie ein. Ich streiche mit meiner Zunge über die Rückseite ihrer Zähne, an ihrem Gaumen entlang, bevor ich sie gegen, über und unter ihre eigene Zunge gleiten lasse. Sie schmeckt so gut, *fühlt* sich so gut an, dass ich das stundenlang tun könnte, selbst wenn ich dafür den schlimmsten Fall von blauen Eiern in der Geschichte erleiden müsste.

Aber Ophelia hat andere Vorstellungen. Ihre Hände gleiten über meine Brust zu meinem Bauch, und dann zerrt sie an meinem Shirt und unterbricht unseren Kuss gerade lange genug, um mir das Teil über den Kopf zu ziehen. Sie schleudert es quer durch den Raum, während sie sich an mich lehnt und mit ihrem Mund genau da weitermacht, wo wir aufgehört haben. Nur diesmal sind ihre Augen offen, und ich kann nicht anders, als in ihre grünen Tiefen zu starren. Jetzt sind sie waldgrün wie die Nadeln der Kiefern, die so viel von der Landschaft hier ausmachen. Sie sind dunkel und geheimnisvoll und verdammt sexy, und ich möchte die ganze Nacht damit verbringen, tief in sie zu blicken, während ich mit ihr Liebe mache und beobachte, wie sich ihre Farbe verändert, während ich sie küsse und lecke und berühre.

Weil Ophelia diese Art von Augen hat. Ich habe die letzten Stunden damit verbracht, zu bemerken, wie sie ihre Gefühle widerspiegeln, mit einem unterschiedlichen Grünton für jede Emotion, die sie durchlebt.

Wenn sie wütend ist, sind ihre Augen leuchtend smaragdgrün. Wenn sie glücklich ist, haben sie ein sanfteres Moosgrün. Wenn sie erregt ist, haben sie dieses sexy Waldgrün.

Ich will unbedingt – unbedingt – wissen, welche Farbe sie haben werden, wenn sie kommt.

Mit diesem Gedanken im Hinterkopf löse ich widerwillig meinen Griff aus ihrem Haar und bewege meine Hände dorthin, wo sie mehr Gutes bewirken können. Sie hat immer noch ihre dicke Jacke an, also öffne ich den Reißverschluss und streife sie ihr über die Arme, bevor ich sie auf den Küchentresen hinter ihr werfe. Dann ziehe ich ihr den Pullover aus und mache mit ihm dasselbe. Sie hat noch eine weitere Schicht an, ein dickes Rollkragenshirt, das sich an ihre vollen Brüste schmiegt und ihre wahnsinnig sündige Figur optimal zur Geltung bringt.

Ich trete einen Schritt zurück, um sie besser sehen zu können, und ich schwöre, dass mir bei ihrem Anblick fast das Wasser im Mund zusammenläuft. »Du bist so verdammt schön«, sage ich zu ihr, und obwohl es nicht das ausgefallenste Kompliment ist, das ich je einem Mädchen gemacht habe, ist es definitiv das aufrichtigste.

Nur dass das Lächeln so schnell aus Ophelias Gesicht verschwindet, wie es gekommen ist. »Das musst du nicht sagen.«

»Ich muss gar nichts tun«, erwidere ich, während ich einen Finger in den Ausschnitt ihres Rollkragens hake und ihn nach unten ziehe, damit ich ihren anmutigen Hals küssen kann. »Aber es gibt eine Million Dinge, die ich tun möchte, unter anderem dir sagen, dass du wunderschön bist.«

Ich hauche eine Reihe von Küssen an ihrem Hals entlang zu ihrem Schlüsselbein, aber der verdammte Rollkragen ist immer wieder im Weg, also bin nun ich an der Reihe, ihr das Oberteil auszuziehen und es wegzuwerfen. Sie trägt immer noch einen BH, ein schwarzes Spitzending, passend zum Rollkragen, das auf ihrer blassen Haut verdammt sexy aussieht. Das Licht hier drin ist wirklich schwach, aber wenn ich genau hinsehe, kann ich den harten Abdruck ihrer Brustwarzen gegen den zarten Spitzenstoff erkennen.

Ich will sie berühren, *muss* sie berühren, also beuge ich mich vor und ziehe mit meiner Zunge eine Linie über ihre Brüste, genau dort, wo der BH aufhört und sie beginnt. Ophelia erschauert, ihre Hände klammern sich an mein Haar, während ihr Unterkörper sich an meinem reibt.

Scheiße! Fuck! Gottverdammt! Sie reibt sich an meinem Schwanz, und wenn ich sie nicht bald aufhalte, werde ich noch kommen, bevor wir überhaupt richtig angefangen haben. Das ist mir nicht mehr passiert, seit ich mit dreizehn meine Jungfräulichkeit auf dem Rücksitz des Autos von Becky Martins Eltern verloren habe, und ich habe nicht die Absicht, es jetzt geschehen zu lassen, egal, wie heiß Ophelia mich macht.

Und sie macht mich heiß. So heiß, dass ich nicht mehr ohne Schmerzen atmen kann, genau so, wie ich mir nicht vorstellen kann, mich hiervon – von ihr – abzuwenden, bevor ich nicht genug habe.

Ich lege die Hände auf ihre Hüften und hebe sie hoch, bis sie auf dem Tresen sitzt, ihre schönen Brüste nur Zentimeter von meinem Mund entfernt. Ich weiß, dass ich mir die Zeit nehmen sollte, ihr den BH auszuziehen, aber ich kann nicht warten. Nicht jetzt, da ihre harten kleinen Brustwarzen mich dazu verleiten, sie zu berühren und zu schmecken.

Ich beuge mich runter und drücke einen heißen Kuss auf ihre rechte Brustwarze, bevor ich sie – samt Spitzen-BH und allem Drum und Dran – in den Mund nehme und zu saugen anfange.

»Z«, ruft sie meinen Namen, während sie den Rücken durchdrückt und ihre Brust noch stärker an meinen Mund presst.

Und das ist der Moment, in dem ich völlig den Verstand verliere. Ich schiebe ihren BH nach unten, ohne mir auch nur die Mühe zu machen, ihn auszuziehen, während ich ihre Brustwarze wieder in meinen Mund sauge. Auch hier schmeckt sie süß, und ich kann nicht genug von ihr bekommen.

Ich beiße sanft zu, genieße es, wie sich ihre Hände in meinem Haar verkrampfen, während sie meinen Namen wimmert. Ihre Hüften bewegen sich wild, während sie auf dem Tresen sitzt, und ich weiß, dass eine einzige Berührung von mir sie über die Klippe wirbeln lassen wird. Ich fange an, es ihr zu geben, den Handballen dorthin zu drücken, wo sie es am meisten braucht, aber zum ersten Mal in meinem Leben habe ich es nicht eilig, den Preis zu gewinnen.

Ja, ich will in sie hineingleiten. Ja, ich will spüren, wie sie um mich herum kommt. Ja, ich möchte mich in dem süßen Vergessen verlieren, das nur mit Sex einhergeht. Aber gleichzeitig gibt es so viel, was ich mit ihr machen möchte, dass ich noch nicht bereit bin, zum großen Finale zu springen. Zumindest jetzt noch nicht.

Anstatt sie also zum Orgasmus zu reiben, ziehe ich mich zurück. Nehme mir eine Sekunde Zeit, um durchzuatmen, mich zu beruhigen. Dabei greife ich hinter sie, um ihren BH zu öffnen, und lasse ihn langsam an ihren Armen heruntergleiten.

Sie stöhnt ein wenig auf, drängt sich zuckend an mich, und ich streichle an ihrem Rücken auf und ab, um ihre hektischen Bewegungen zu beruhigen. Das ist schwer, denn ein Teil von mir will nichts anderes, als sich in ihre Süße fallen zu lassen und zu nehmen und zu nehmen und zu nehmen.

»Z?« Sie hebt den Kopf und sieht mich fragend an.

»Leg die Beine um meine Hüften.« Ich drücke ihr einen sanften Kuss auf den Mund, als sie gehorcht, dann schiebe ich meine Hände unter ihre Hüften und trage sie zum Bett.

»Ich will dich sehen«, sage ich und greife nach der Lampe neben dem Bett, nachdem ich Ophelia auf dem Bett abgelegt habe. Das kleine Licht, das sie eingeschaltet hat, als wir reinkamen, ist nicht annähernd hell genug, um mein Bedürfnis zu befriedigen, jeden Zentimeter von ihr zu erkunden.

»Nein«, sagt sie, und ihre Stimme hat plötzlich nichts mehr von der Heiserkeit, die ich eben noch in ihr gehört habe. Sie legt eine Hand auf meine und hält mich davon ab, die Lampe anzumachen.

Ich erstarre bei der Dringlichkeit in ihrer Stimme, dann drehe ich mich wieder zu ihr um. »Was meinst du? Was ist los?«

»Nichts.« Sie knöpft ihre Jeans auf und schiebt sie über die Beine nach unten. »Können wir es nicht einfach so tun?«

Überall tauchen rote Warnflaggen auf, aber gleichzeitig haben sich Ophelias Finger unter den Bund meiner Schneehose geschoben, und sie hat meinen Schwanz in ihrer kleinen weichen Hand.

Ich weiß, dass ich nachdenken muss, dass ich hier etwas Wichtiges verpasse, aber es ist verdammt schwer, sich zu konzentrieren, wenn sie mir einen runterholt.

»Ophelia. Warte.« Es kostet mich übermenschliche Anstrengung, aber ich lege meine Hand auf ihre und versuche, sie zum Aufhören zu bewegen, nur für einen Moment. Nur damit ich herausfinden kann, was los ist.

Aber sie will von Warten nichts wissen. Stattdessen zerrt sie mir die Hose und die Unterhose bis zu den Waden runter und sieht dann ungeduldig zu, während ich beides abstreife, nachdem ich meine Stiefel ausgezogen habe. Ich greife nach ihr, um sie an mich zu ziehen, damit ich sie küssen und streicheln und all die Stellen berühren kann, die ich unbedingt erforschen will, aber sie gleitet zwischen meinen Händen hindurch auf die Knie – direkt zwischen meine Beine.

Ich fange beinahe an zu schielen, als sie mit dem Daumen über meine Eichel reibt, und dann, bevor ich mich auch nur ansatzweise davon erholen kann, beugt sie sich vor und nimmt mich in den Mund.

»Fuck!« Erneut vergraben sich meine Hände in ihren Haaren, aber diesmal geht es mehr darum, etwas zum Festhalten zu finden, als darum, ihren Mund dahin zu bringen, wo ich ihn haben will. Denn wenn ich ehrlich bin, braucht Ophelia keine Hilfe. Sie weiß genau, was sie tut, als sie mit ihrer Zunge an der Unterseite meines Schwanzes entlanggleitet. Als sie tief in ihrer Kehle summt. Als sie mit ihrer Zungenspitze die Spitze meines Schwanzes poliert.

»Ophelia, Baby.« Ich kann nicht glauben, wie kurz davor ich bin oder wie schnell sie mich dorthin gebracht hat. Ich ziehe an ihren Haaren, versuche, sie zum Zuhören zu bewegen, damit ich sie warnen kann, dass …

Eine Sekunde lang begegnen ihre Augen meinen, und ich erstarre angesichts der Kontrolle in ihnen. Verschwunden ist das dunkle Waldgrün ihrer Erregung, und an seine Stelle ist ein hartes Malachit getreten, das ganz Berechnung, kühle Vernunft und Entschlossenheit ist.

Das ergibt keinen Sinn. Als wir in der Küche waren, war sie voll bei der Sache. Ich *weiß*, dass sie voll bei der Sache war. Ich konnte es an der Art und Weise spüren, wie sich ihr Körper an meinem bewegte, konnte es an den verzweifelten kleinen Lauten hören, die sie tief in ihrer Kehle machte. Verdammt, ich konnte es an dem rasenden Pulsschlag an ihrem Hals sehen.

Also, was zum Teufel ist passiert? Wie ist sie von absolut erregt zu einfach nur mechanisch übergegangen? Und, noch wichtiger, warum?

Sie bläst mir immer noch einen, und obwohl es sich gut anfühlt – offensichtlich –, ist die verzweifelte Hitze meiner eigenen Erregung genauso schnell erloschen wie ihre. Ich weiß, dass es einigen Kerlen scheißegal ist, ob die Mädchen, die sie vögeln, einen Orgasmus haben, aber ich war nie einer von denen. Ich mag es mit vielen Mädchen treiben, und vielleicht rufe ich hinterher nicht an, aber ich sorge immer, immer dafür, dass sie etwas davon haben.

Ansonsten könnte ich auch einfach meine Hand benutzen.

»Ophelia, stopp.«

Sie hört nicht zu. Sie saugt mich tief in ihre Kehle, umkreist meinen Schwanz mit ihrer Zunge. Trotz meiner besten Absichten hebe ich die Hüften und schiebe meinen Schwanz tiefer in ihren Mund, während ein elektrischer Strom von Empfindungen meine Wirbelsäule hinunterschießt.

Sie gibt einen ermutigenden Laut von sich, und die Vibrationen setzen alle meine Nervenenden in Brand. Meine Sicht verschwimmt, und das drängende Verlangen nach Erlösung ist wie ein mächtiger Trommelwirbel in meinem Innern. Sie ist gut darin – wirklich gut –, und ein Teil von mir möchte einfach sagen: Scheiß drauf und mach mit. Sie hat offensichtlich kein Problem damit, dass es passiert.

Nur als ich mich zwinge, mich zu konzentrieren – als ich die betäubende, schwindlig machende Lust verdränge und sie einfach nur ansehe –, bemerke ich, wie ihre Hände zittern. Mir wird klar, wie angespannt sie ist. Und bevor sie den Blick senkt, kann ich den glasigen Schimmer von Tränen in ihren Augen sehen.

Das war's. Ich bin fertig. »Ophelia, stopp.«

Wieder hört sie nicht auf mich, aber diesmal ziehe ich an ihren Haaren, bis sie die Botschaft versteht und mich langsam aus ihrem Mund gleiten lässt.

»Was ist los?«, fragt sie mit einer Stimme, die heiser und rau davon ist, wie tief sie mich gerade in sich aufgenommen hat. »Willst du nicht kommen?«

»Was ich will«, sage ich, während ich neben ihr auf den Boden rutsche, »ist zu wissen, was zum Teufel hier los ist.«

Kapitel 8

Ophelia

Ich erstarre bei dieser Aufforderung, die unglaublich unwiderstehlich klingt, wenn sie mit dieser sexy Ja-ich-habe-meine-Seele-dem-Teufel-verkauft-Stimme von Z ausgesprochen wird. Ich will ihm nicht antworten, will überhaupt nichts zu ihm sagen, aber er ist nicht gerade in der Stimmung, ein Nein als Antwort zu akzeptieren.

Seine Hand legt sich unter mein Kinn, und dann drückt er es nach oben, was mich zwingt, ihm in die Augen zu sehen, ob ich will oder nicht.

»Was ist los, Ophelia? Bist du okay?«

»Es geht mir gut.« Es ist eine reflexartige Reaktion, die Antwort, die ich immer auf diese Frage gebe, auch wenn sie nicht stimmt.

So wie jetzt. Mir ging es selten in meinem Leben weniger gut, und die Wahrheit ist, ich weiß nicht einmal, warum. Es ist schließlich nur ein Blowjob. Nur Sex. Irgendwann muss es wieder passieren, mit irgendjemandem. Warum also nicht jetzt? Warum nicht mit Z? Es ist nicht so, als wäre er wichtig. Es ist nicht so, als wäre irgendetwas davon wichtig.

»Wirklich?« Er zieht eine Augenbraue hoch. »Weil du nicht so aussiehst, als ob es dir gut geht, und ich verstehe das einfach nicht. Es hat dir Spaß gemacht. Ich weiß, dass es dir Spaß gemacht hat. Und dann … dann ist es einfach nicht mehr so gewesen.«

Es *hat* mir Spaß gemacht. Ich habe nicht damit gerechnet, aber es war schwer, nicht erregt zu werden, so wie Z mich berührte und küsste, die Art, wie er auf *jede einzelne verrückte* Sache achtete, die mein Körper machte. Als ob er nach einer Landkarte suchte, um sicherzugehen, dass ich es genauso genoss wie er. Und ich habe es genossen – sehr sogar. Zumindest bis ich mich an Remi erinnerte. Und an die Wette. Und an all die Gründe, warum ich das, was hier vor sich ging, nicht mögen sollte.

»Was kümmert dich das?« Die Worte rutschen mir heraus, bevor ich überhaupt ahne, dass ich sie sagen werde. »Solange du Sex bekommst, solange du diese blöde Wette gewinnst, was zum Teufel kümmert es dich da überhaupt, was in meinem Kopf vorgeht?«

Er taumelt auf seine Fersen zurück, das Gesicht leer vor Schock – und etwas anderem, was ich nicht einordnen kann. »Du weißt von der Wette?«

»Verdammt richtig, das tue ich.«

»Und du hättest trotzdem mit mir geschlafen?«

Ich versuche, den Blick abzuwenden, aber er hat mein Kinn immer noch fest im Griff. Es macht mich irgendwie wütend, dass er meint, das Recht zu haben, mich so besitzergreifend zu berühren, und ein Teil von mir möchte um sich schlagen. Ihm in den Hintern treten. Aber der vernünftigere Teil erkennt an, dass ich tatsächlich gerade seinen Schwanz in meinem Mund gehabt habe, also denkt er wahrscheinlich, dass ihm das gewisse Rechte über mich gibt.

Von wegen!

»Ophelia?«, bohrt er nach, als ich nichts sage.

»Ja, das hätte ich. Na und?« Diesmal drücke ich gegen seine Hand, bis er mich loslässt. Ich ertrage es nicht, ihm so nahe zu sein, ertrage es nicht, in diese Augen zu schauen, die so dunkel geworden sind, dass ich die Pupillen kaum noch von der Iris unterscheiden kann.

Ich stehe auf, schnappe meine Jeans und ziehe sie mir die Beine hoch. Diese Diskussion zu führen, ist schon schlimm genug. Sie zu führen, wenn ich fast nackt bin, macht es irgendwie noch tausendmal schlimmer.

Nachdem ich mein Rollkragenshirt gefunden habe – das an einer meiner Lampen hängt, um Himmels willen – und es anziehe, drehe ich mich um und sehe, dass Z seine eigene Hose hochzieht. Ich schnappe mir sein Shirt, das ich ihm in der Küche ausgezogen habe, und werfe es ihm zu. Jetzt, da die Dinge hässlich geworden sind, kann ich ihn nicht schnell genug hier rausschaffen.

Nur scheint Z es nicht eilig zu haben zu gehen, selbst nachdem er sich das Shirt über den Kopf gezogen hat. Stattdessen kommt er zu mir herüber und lehnt sich an das winzige Stückchen Küchenzeile, das ich hier drin habe. Ich versuche, ihn nicht anzusehen. Das Letzte, was ich als Erinnerung gebrauchen kann, ist Z, der sich in meiner Küche entspannt zurücklehnt, Arme und Beine in einer Pose verschränkt, die schreit: *Ja, ich bin der König des verdammten Berges, und ich weiß, dass ich verdammt sexy bin.*

Lange Sekunden sagt er nichts und ich auch nicht. Andererseits gibt es nun mal nicht viel zu sagen, oder? Er hat gewettet, dass er mich flachlegen kann, und ich war bereit, ihn diese Wette gewinnen zu lassen, weil ich wusste, dass es nichts bedeuten würde. Das sagt nicht viel Gutes über uns beide aus, oder?

Als er schließlich spricht, ist es nur ein einziges Wort. Und obwohl ich damit hätte rechnen sollen, habe ich es nicht getan, und ich habe keine Antwort – zumindest keine, die ich mit ihm teilen möchte.

»Warum?«

Ich antworte nicht.

»Ophelia?«

Schulterzuckend weigere ich mich immer noch, ihn anzusehen. Ich denke mir, irgendwann wird er es gut sein lassen und einfach gehen. Dafür ist er schließlich bekannt. Es ist ganz sicher das, was ich an seiner Stelle tun würde.

Aber wie sich herausstellt, hat Z mehr Durchhaltevermögen, als die meisten Leute ihm zutrauen, denn er rührt sich nicht vom Fleck. Praktisch hat er, als ich ihn aus den Augenwinkeln beobachte, Wurzeln geschlagen.

»Ich weiß es nicht, okay?«, sage ich schließlich zu ihm. »In dem Moment schien es eine gute Idee zu sein.«

»Blödsinn.« Er spuckt das Wort regelrecht aus.

»Wie bitte?« Jetzt drehe ich mich tatsächlich um und sehe ihn an.

»Das ist Blödsinn. Du bist eine kluge Frau mit gesundem Menschenverstand, Ophelia. Ich kenne dich erst seit etwas mehr als vierundzwanzig Stunden, und ich habe bereits herausgefunden, dass du nichts ohne einen Grund tust.«

»Vielleicht wollte ich einfach nur mit dir schlafen.«

»Ja. Weil wir beide gesehen haben, wie gut das gelaufen ist«, sagt er mit einem Schnauben. »Warum sagst du mir nicht einfach die Wahrheit?«

»Warum lässt du es nicht einfach gut sein?«

»Weil ich nie etwas gut sein lasse.« Er stößt sich von der Küchenzeile ab, verringert langsam den Abstand zwischen uns. »Und weil ich sehen kann, dass das, was in deinem Kopf vorgeht, an dir nagt.«

Ich will es mit einem Lachen abtun, ihm sagen, wie lächerlich das ist, doch er nutzt diesen Moment, um mit seinen Fingern sanft über mein Gesicht zu streichen.

Ich zucke bei der Liebkosung zusammen, ziehe mich zurück. Er folgt mir, die Augen von einem Mitgefühl erfüllt, das ich nie von ihm erwartet hätte. Es trifft mich wie ein Schlag, stürzt mich in einen Strudel aus Emotionen und Aufruhr, von dem ich nicht weiß, wie ich mich davon wieder erholen soll. Mit Spott kann ich umgehen. Mit Hass. Mit Wut. Sogar mit Gleichgültigkeit. Aber mit Mitgefühl? Von jemandem, der so kaputt ist wie Z? Ich habe keine Ahnung, wie ich *damit* umgehen soll.

Also tue ich das Einzige, was ich tun kann. Ich schlage um mich und benutze die Wahrheit dabei wie einen Knüppel. »Du willst wirklich wissen, warum ich mit dir geschlafen hätte?«, frage ich ihn, dabei ist meine Stimme eine besonders hässliche Mischung aus Bitch-trifft-Arschloch.

Man muss es Z anrechnen, dass er nicht zurückweicht, sich nicht abwendet, auch wenn es jetzt offensichtlich ist, dass ihm die Antwort nicht gefallen wird. »Ja, das will ich.«

»Na schön. Wie du meinst. Die Wahrheit ist: Ich habe dich hereingebeten, ich habe beschlossen, mit dir zu schlafen, weil ich wusste, dass du nicht aufgeben würdest. Ich wusste, du würdest die ganze nächste Woche immer wieder vorbeikommen und mich nerven, und diesen Mist konnte ich mir einfach nicht geben. Also entschied ich, scheiß drauf. Die beste Weise, dafür zu sorgen, dass ich dich nie wiedersehe, ist, dich zu vögeln. Sobald du bekommst, was du willst, bist du so schnell aus der Tür, dass du Abriebspuren auf dem Linoleum hinterlässt.«

Lange Sekunden bewegt er sich nicht, blinzelt nicht. Ich glaube, er atmet nicht einmal. Dann, gerade als ich denke, dass ich es nicht mehr aushalte – als sich die Stille zwischen uns ausdehnt wie ein Stück Stacheldraht –, sagt er: »Du wolltest Sex mit mir haben, um mich loszuwerden.«

Ich werfe das Haar zurück und sehe ihm direkt in die Augen. »Dein Ruf eilt dir voraus.«

»Ja. Ich schätze, das tut er, nicht wahr?«

Er sagt nichts weiter. Stattdessen bückt er sich, hebt seine Stiefel auf, die er vorhin bei unserem wilden Ausflug ins Nacktsein weggekickt hat, und geht ohne ein weiteres Wort zur Tür hinaus. Kein *Fick dich.* Kein *Fahr zur Hölle.* Kein *Schönes Leben noch.* Nichts als das Geräusch der Tür, die sich hinter ihm schließt, als er Richtung Treppenhaus geht.

Es ist genau das, was ich von ihm wollte, was ich von ihm *brauchte.* Weshalb es keinen Sinn ergibt, als ich zum ersten Mal seit elf langen, höllischen Monaten auf den Boden sinke und weine.

Kapitel 9

Z

»Hast du vor, bald mal aufzustehen?« Die Frage wird zusammen mit einem Tritt gegen mein Bett gestellt, der hart genug ist, um das Ding fünfzehn Zentimeter über den Boden rutschen zu lassen.

Ich ignoriere beides, in der Annahme, dass Luc einfach verschwinden wird, wenn ich mich lange genug tot stelle. Das hat gestern sowohl bei Cam als auch bei Ash funktioniert, also sehe ich keinen Grund, jetzt etwas daran zu ändern.

Nur dass Luc der Hartnäckige von uns ist – das war er schon immer. Aus diesem Grund ist er ein hochrangiger Snowboarder, obwohl es bei seinem Fahrstil immer mehr darum ging, nicht aufzugeben, als um sein natürliches Talent. Deshalb bin ich auch nicht überrascht, als er eine Hand ausstreckt und mich grob schüttelt. Einmal, zweimal, dann ein drittes Mal, so fest, dass meine Zähne aufeinanderschlagen.

Schmerz explodiert hinter meinen Augen, und ich möchte ihm sagen, dass er verdammt noch mal abhauen soll. Aber jede Art von Interaktion würde ihn nur ermutigen – wir haben diesen Weg schon oft genug beschritten, dass ich die Regeln kenne –, also beiße ich die Zähne zusammen und stelle mir vor, was ich ihm antun werde, falls ich es je schaffe, mich aus diesem Bett zu schleppen. Was ich in absehbarer Zeit nicht vorhabe, aber trotzdem. Es vertreibt die Zeit.

Nach einer gefühlten Ewigkeit höre ich Schritte, die sich vom

Bett entfernen, und ich kann mich endlich entspannen, wenigstens ein bisschen. Drei geschafft, bleiben noch null. Es sollte mindestens einen Tag dauern, bis einer von ihnen zurückkommt und versucht, mich wieder aus dem Bett zu zerren. Das bedeutet, ich habe den ganzen Tag Zeit, mich in ein alkoholbedingtes Koma zu saufen.

Mit dem Gedanken, dass ich wohl damit anfangen sollte, öffne ich die Augen einen Spalt – gerade rechtzeitig, um zu sehen, wie Luc die Vorhänge an der Wand gegenüber meinem Bett aufreißt. Licht durchflutet den riesigen Raum, blendet mich und lässt den Schmerz in meinem Kopf um eine Million Grad ansteigen.

»Luc, du verdammtes Arschloch! Mach die Scheißvorhänge zu!« Ich packe ein Kissen und feuere es quer durch den Raum auf ihn, was ich sofort bereue, denn jetzt habe ich nichts mehr, worunter ich meinen Kopf verstecken kann.

»Dann lebst du also *doch* noch. Wir haben schon angefangen, uns zu fragen …«

Verzweifelt verkrieche ich mich tiefer unter der Decke, um sie mir über den Kopf ziehen zu können. Aber nicht, bevor ich ihm den Mittelfinger zeige.

»Nett«, sagt er, unmittelbar bevor er anfängt, gegen die Glastür zu trommeln, als wäre sie ein verdammtes Schlagzeug.

Ich werfe die Decke zurück, um aus dem Bett zu klettern. Der Schmerz ist es wert, wenn ich dafür diesen Wichser erwürgen kann …

»Stopp, stopp. Bitte!«

Luc und ich erstarren beide bei dem unerwarteten Klang einer weiblichen Stimme, die aus meinem Bett kommt. Bevor ich mehr tun kann, als zurück ins Bett zu sinken, lugt ein Kopf mit langen roten Locken unter der Bettdecke hervor.

»Du Mistkerl!« Luc stürzt sich auf mich, und ich bin so entsetzt, dass ich nicht einmal versuche, mich zu wehren.

Lass mich letzte Nacht nicht mit Cam geschlafen haben.

Lass mich letzte Nacht nicht mit Cam geschlafen haben.

Bitte, bitte, bitte, bei allem, was heilig ist, bitte lass mich letzte Nacht nicht mit Cam geschlafen haben.

»Gott, seid ihr Jungs laut! Darf man hier denn nicht ausschlafen?« Als ihr ganzes Gesicht es endlich unter der Bettdecke hervor schafft – was ihre Stimme viel weniger gedämpft klingen lässt als zuvor –, breche ich vor Erleichterung fast zusammen.

Nicht Cam. Irgendein Mädchen, dessen Namen ich nicht kenne und an das ich mich überhaupt nicht erinnere. Aber nicht Cam. Im Moment bin ich geneigt, für kleine Gnaden dankbar zu sein.

Luc muss es zur selben Zeit wie ich gemerkt haben, denn er kommt nur wenige Schritte von meinem Bett entfernt zum Stehen.

»Wer ist das?«, fragt er, als er auf die Rothaarige hinunterschaut, die zugegebenermaßen ziemlich süß wäre, wenn sie nicht so viel verschmierte Wimperntusche unter den Augen hätte, dass sie wie ein Waschbär aussieht.

»Ich habe keine Ahnung.«

»Nett«, sagt er noch mal gedehnt. »Wie viel Gras hast du gestern Abend eigentlich geraucht?«

»Eine Menge«, sagt das Mädchen neben mir. Sie schiebt sich die Haare aus den Augen, während sie sich aufsetzt. Was sie nicht tut, ist, das Laken um sich herum festzuhalten, und da sie nackt ist, können Luc und ich einen Blick auf ein ziemlich spektakuläres Pfauentattoo werfen – ganz zu schweigen von einem ziemlich schönen Paar Brüste. »Ich bin Stacy. Z und ich haben uns gestern Abend bei Brewer's getroffen. Er hat mir gezeigt, wie man Body Shots macht.«

»Darauf wette ich.«

Ich schließe die Augen und kämpfe gegen den Drang an, den Kopf in den Händen zu vergraben. Ich habe keine Ahnung, wer diese Kleine ist oder wie sie in mein Bett gekommen ist, obwohl es sich so anhört, als ob ein Haufen Tequila-Shots für beides verantwortlich sein könnte.

Gottverdammt!

»Hey«, sagt sie und blinzelt zu Luc hoch. »Bist du nicht Lucas Bradford?«

»Ja.« Er mustert sie misstrauisch.

»Wahnsinn! Ich treffe Z Michaels und Lucas Bradford innerhalb von vierundzwanzig Stunden. Wie cool ist das denn?«

»Ziemlich cool«, murmelt Luc.

»Ja, genau, oder?«

Okay, also ist das Mädchen entweder immer noch betrunken oder unglaublich dumm, denn sie bekommt nichts von Lucs Spott in ihre Richtung mit. Was irgendwie amüsant ist, weil er nicht gerade subtil ist. Es wäre wahrscheinlich urkomisch, wenn mein Kopf sich nicht so anfühlte, als würde er mir langsam und qualvoll vom Körper gerissen.

»Meinst du, wir können die verdammten Vorhänge schließen?«, frage ich zum zweiten Mal.

»Das kommt darauf an«, antwortet Luc.

»Willst du reinkommen?«, fragt Stacy, schlägt die Bettdecke zur Seite und rutscht näher zu mir, sodass Luc neben ihr ins Bett steigen könnte. »Ich wollte schon immer mal einen Dreier machen.«

»Also gut.« Ich rolle mich auf der anderen Seite aus dem Bett. »Tut mir leid, Stacy, aber ich glaube, es wird Zeit, dass du gehst.«

»Schon?« Sie schmollt auf eine Art und Weise, die sie sicher für attraktiv hält.

»Ja, schon.« Ich greife nach meiner Jeans und suche in den Taschen nach meiner Brieftasche. Als ich sie finde, ziehe ich vierzig Dollar heraus und gebe sie ihr. »Ruf dir ein Taxi, das dich abholt.«

»Aber wir haben es doch noch gar nicht getan! Als wir gestern Abend hierher zurückkamen, hattest du einfach keine Lust mehr, also hast du versprochen, dass wir es heute Morgen tun können.«

Oh, Gott sei Dank. Ich schließe die Augen gegen die Sonne und die Erleichterung, die mich überflutet. Ich weiß nicht, warum es so eine große Sache zu sein scheint, wenn ich es schon Hunderte Male getan habe, aber ich bin plötzlich sehr dankbar, dass ich die letzte Nacht nicht damit verbracht habe, dieses Mädchen zu vögeln, das ich bei Tageslicht eigentlich nicht ausstehen kann.

»Daraus wird nichts«, sage ich ihr nach einer Sekunde. »Du solltest das Geld nehmen.« Zuerst sieht es nicht so aus, als würde sie das tun, aber nachdem Luc ihr Angebot auf einen Quickie ablehnt, schnappt sie sich die Scheine und greift nach ihrem Handy.

Ich mache mich auf den Weg ins Bad, mit dem vagen Plan, mich heftig und ekelhaft auszukotzen.

»Hey! Wo gehst du hin?«, will Luc wissen und stellt sich mir in den Weg. »Das ist dein Schlamassel.«

»Ich muss kotzen. Du kannst mir gerne Gesellschaft leisten, wenn du willst.«

Er knurrt angewidert, aber er lässt mich vorbei, während er zum Bett geht, um Stacy bei der Suche nach einem Taxiunternehmen zu helfen.

Das ist nur ein weiterer Grund, warum er seit dem Kindergarten mein bester Freund ist.

* * *

Nach einer Dusche, die dafür sorgt, dass ich mich wenigstens halbwegs menschlich fühle, schleppe ich mich aus dem Bad, um festzustellen, dass alle Spuren von Stacys Existenz aus meinem Schlafzimmer getilgt worden sind. Ihre Kleider sind weg, ebenso wie ihre Schuhe, ihre Handtasche, alles – sie selbst eingeschlossen.

Ich stoße einen vorsichtigen Seufzer der Erleichterung aus. Ich weiß zwar nicht genau, ob sie wirklich weg ist, aber mit etwas Glück hat sie das Grundstück irgendwann während meiner zwanzigminütigen Kotzorgie oder meiner halbstündigen Dusche verlassen.

Auf dem Nachttisch neben dem Bett stehen eine Tasse schwarzer Kaffee und zwei Schmerztabletten. Ich nehme beides, weil ich die Erleichterung so dringend nötig habe, dass es mir sogar egal ist, mir wahrscheinlich für immer den Hals verbrüht zu haben.

Ich ziehe meine Jeans an und denke darüber nach, nach unten zu gehen und vielleicht zu frühstücken. Aber schon allein der Gedanke daran übersteigt meine Kräfte, also lege ich mich wieder ins Bett und starre an die Decke. Nur dass ich jetzt, da ich wach und weitgehend nüchtern bin, das Mädchen in meinen Laken riechen kann, eine Mischung aus Tequila, Gras, Jasmin und etwas anderem, das mir erneut den Magen umdreht.

Plötzlich kann ich es keine Sekunde länger aushalten. Ich springe auf und reiße die schwarzen Laken von meinem Bett. Ich ziehe die Kissenbezüge ab, die Bettdecke, alles, und werfe es neben der Tür auf einen Haufen. Dann lasse ich mich wieder auf die Bettkante sinken und sitze einfach nur da, den Kopf in den Händen.

So findet mich Luc ein paar Minuten später. »Harter Morgen?«, fragt er mit einer Stimme, die nicht gerade mitfühlend ist.

»Du hast ja keine Ahnung!«

»Oh, da könntest du überrascht sein. Na komm, ich habe Frühstück gemacht.« Er dreht sich um und geht wieder zur Tür hinaus, und ich überlege einige Sekunden lang, ihm nicht zu folgen. Einfach zu bleiben, wo ich bin.

Aber was zum Teufel soll das bringen? Die Vorhänge sind offen, die Bettwäsche ist weg, und ich bin hellwach und nüchtern – was, wenn ich ehrlich bin, total beschissen ist.

Als ich die Treppe runterkomme, stehen zwei große Schüsseln mit Müsli auf dem Tisch, dazu eine Riesenpackung Milch. Frühstück, richtig.

»Ist Stacy weg?«, frage ich, während ich zur Kaffeekanne gehe und mir eine weitere Tasse einschenke. Es entwickelt sich zu einem Fünf-Tassen-Morgen.

»Ja, aber nicht dank dir. Die Tussi war wie eine verdammte Krake.« Er schiebt sich einen Bissen Cheerios in den Mund. »Jedes Mal, wenn ich dachte, ich hätte sie unter Kontrolle, ist ihr ein weiterer Arm gewachsen, und sie hat mich woanders begrabscht. Ich bin mir ziemlich sicher, dass sie mich auf eine Weise missbraucht hat, die in siebenundzwanzig verschiedenen Ländern illegal ist, bis ich sie hier rausgeschafft habe.«

»Sorry deswegen«, sage ich und zucke zusammen. Jetzt, da ich darüber nachdenke, fühle ich mich selbst verdammt missbraucht. Was habe ich mir bloß dabei gedacht, mich so zu betrinken, dass ich irgendeine Frau mit nach Hause gebracht habe, die ich nicht einmal wiedererkenne? Mit einer Fremden zu schlafen, ist eine Sache. Es zu tun, wenn ich zu besoffen bin, um überhaupt zu wissen, was ich tue, ist eine ganz andere. Und sie mit nach Hause zu nehmen – sie die Nacht mit mir im Bett verbringen zu lassen, obwohl ich eigentlich nie mit jemandem tatsächlich *schlafe* –, ist total verrückt.

Schon allein die Vorstellung von ihr im Bett mit mir macht mich ein bisschen verrückt, was den Druck in meinem Innern nur noch verstärkt. So wie er sich verdammt noch mal aufgebaut hat, seit ich Ophelias Wohnung verlassen habe und …

Scheiße! Ich breche den Gedanken ab, bevor er überhaupt entstehen kann. Ich kenne die Kleine kaum vierundzwanzig Stunden. Sie ist nur ein weiteres Mädchen, nur ein weiteres Resort-Häschen, das eine Saison lang hier ist und dann wieder geht.

Es gibt keinen Grund, sie in meinen Kopf und mich von ihr so durcheinanderbringen zu lassen. Keinen Grund, ihr Aufmerksamkeit zu schenken. Keinen Grund, irgendetwas, was sie sagt, ernst zu nehmen.

Nur dass sie es ernst gemeint hat, als sie diesen ganzen Mist zu mir sagte. Als sie mir sagte, dass sie bereit gewesen sei, mich zu vögeln, nur um mich loszuwerden. Sie war nicht grausam, sie kam mir nicht mit diesem Mist, um mich zu verletzen. Sie sagte mir die Wahrheit. Sie war tatsächlich bereit, Sex mit mir zu haben, nur um mich loszuwerden.

Das nenne ich Hingabe, Mann. Ich meine, Scheiße. Ich weiß seit Jahren, wie verdammt abstoßend ich bin, aber trotzdem, das ist ein neues Niveau. Sogar für mich.

Plötzlich will ich so dringend ein weiteres Glas Tequila, dass meine Hände verdammt noch mal zittern. Normalerweise würde ich das Verlangen ignorieren, aber es war schon jetzt eine verdammt harte Woche, und es ist erst Sonntag. Ein paar Gläser mehr werden niemandem schaden.

Doch als ich zur Bar gehe, um den Herradura zu holen, legt mir Luc eine Hand auf die Schulter.

»Alter, was machst du denn?«

»Mir einen Drink holen.« Ich halte die Flasche hoch. »Willst du einen?«

»Es ist zehn Uhr morgens, verdammt!«

»Dann fange ich spät an. Ich sollte wahrscheinlich zwei trinken.«

»Ernsthaft?«, fragt er und reißt mir die Flasche Tequila aus der Hand. »Willst du wirklich, dass es so abläuft?«

»Nein, ich will, dass es mit dieser Flasche Tequila in meiner Hand abläuft und nicht in deiner. Gib sie mir zurück.«

»Scheiße, nein.« Er geht zum Spülbecken der Bar und leert die ganze Flasche Selección Suprema hinein.

»Das ist Tequila im Wert von dreihundert Dollar, den du gerade in den Abfluss gekippt hast, weißt du das?«

»Ja nun, du bist drauf und dran, fünf Millionen Dollar an Talent und Werbeverträgen wegzuwerfen, also was soll's. Auf dreihundert Dollar kommt es nicht wirklich an, oder?«

»Eigentlich nicht, nein.« Ich greife unter die Bar und hole eine der Ersatzflaschen hervor, die ich zu dieser Jahreszeit für den Fall einer solchen Intervention vorrätig habe.

Luc sieht angewidert zu, wie ich den Mist aufmache und einen langen Schluck direkt aus der Flasche nehme. Er brennt den ganzen Weg hinunter, aber das ist okay. Das ist nur der Beweis dafür, dass ich noch etwas fühlen kann.

»Du führst dich auf wie ein totaler Loser, das weißt du, oder?«

»Ich führe mich nicht auf. Das ist nur die reine Wahrheit, mein

Freund.« Ich proste ihm mit der Flasche zu, bevor ich noch einen Schluck nehme.

»Gottverdammt!« Er reißt mir die Flasche Herradura aus der Hand und wirft sie gegen die Wand. Nur schafft sie es nicht bis dorthin. Stattdessen reißt sie eine Skulptur auf der anderen Seite des Raumes um, und ich beobachte mit so etwas wie Ehrfurcht, wie beide auf den Boden krachen und zerschellen.

Einige Sekunden lang sagt keiner von uns etwas. Es scheint nichts zu sagen zu *geben*.

Außer …

»Mein Dad mochte diese Skulptur.«

»Dein Dad war seit drei Jahren nicht mehr hier«, sagt Luc zu mir, während der stechende Geruch von Tequila die Luft erfüllt. »Er wird gar nicht merken, dass sie weg ist.«

»Oh, richtig. Das hatte ich ganz vergessen.«

Unsicher, was wir jetzt tun sollen, starre ich die Zerstörung mit leerem Blick an. Die ganze Interventionssache ist schon ein paarmal vorgekommen – Luc, Ash und Cam veranstalten um diese Zeit schon seit Jahren eine. Aber diese ganze Aktion mit dem Flaschenwerfen und dem Zertrümmern von Skulpturen ist neu, und ich weiß nicht, wie ich darauf reagieren soll. Wir machen das ganze Trara jetzt so lange, dass etwas Neues alles durcheinanderbringt.

Nur scheint Luc nicht mitzuspielen. Nicht diesmal. Als er auf mich zukommt, zeigt sich keine Reue in seinem Gesicht. Kein »Lasst uns Mitleid mit Z haben, weil er Schlimmes durchgemacht hat«-Blick. Tatsächlich ist das Einzige, was ich in seinem Gesicht erkennen kann, pure, unverfälschte Wut. Das ist irgendwie interessant, und ein Teil von mir möchte sehen, was als Nächstes passiert. Der Rest von mir aber möchte einfach nur wieder nach oben gehen und schlafen, bis diese ganze Woche, dieser ganze Monat, vorbei ist.

»Was ist los mit dir?«, schreit er, und sein Gesicht ist plötzlich nur noch Zentimeter von meinem entfernt. »Was verdammt ist los mit dir?«

»Hey, Alter, du bist derjenige, der gerade einen Wutanfall hat.« Ich hebe die Hände in der universellen »Gib nicht mir die Schuld«-Geste. »Vielleicht solltest du dir selbst diese Frage stellen.«

»Du bist erbärmlich, weißt du das?«

»Offensichtlich.« Ich sehe ihn mit einer hochgezogenen Augenbraue an. »Wenn du versuchst, mich wütend zu machen, musst du dich schon mehr anstrengen.«

»Was zum Teufel ..., Z?« Er tritt zurück und fährt sich frustriert mit der Hand durch die Haare. »Wir spielen diese Szene jetzt seit Jahren durch, und ich habe es satt. Satt, immer wieder das Gleiche zu tun und ein anderes Ergebnis zu erwarten. Satt, hierherzukommen und zu versuchen, die Scherben aufzusammeln, nachdem du dich verdammt noch mal selbst in Stücke gerissen hast ...«

»Hey, ich habe dich nie darum gebeten, die Scherben wieder zusammenzusetzen. Ich habe dich nie um irgendetwas gebeten.«

»Weil du ein verdammter Feigling bist. Jeder denkt, dass du so scheißmutig bist, bei all diesen Stunts, die du abziehst. So verdammt edel, dass du dich der ›Tragödie‹ deiner Vergangenheit stellst und trotzdem dein Leben nach deinen Vorstellungen lebst.« Er breitet weit die Arme aus. »Aber guck dich um, Arschloch. Es gibt nichts Nobles an dir. Es ist nichts Nobles daran, dich in Tequila zu ertränken. Nichts Nobles daran, Mädchen zu ficken, an deren Namen du dich nicht mehr erinnerst, während sie noch in deinem verdammten Bett liegen. Und es ist nichts Nobles daran, dein Leben wegzuschmeißen, weil deine Schwester ihres verloren hat.«

»Sprich nicht über sie.« Bis jetzt habe ich mich zurückgehalten, vor allem, weil Luc nichts gesagt hat, was ich nicht schon weiß. Aber in der Sekunde, in der er von April spricht, ist es wie ein verdammter Adrenalinstoß mitten ins Herz. »Sprich verdammt noch mal nicht von ihr.«

»Warum nicht? Weil es dich sonst aufregt? Weil es den armen kleinen Z zum Weinen bringt?«

»Fick dich, Mann!« Meine Hände haben in der Sekunde zu zittern angefangen, in der er sie zur Sprache gebracht hat, und ich stecke sie in die Hosentaschen, in der Hoffnung, dass er es nicht bemerkt.

»Wow, tolle Retourkutsche«, spottet Luc. »Hast du den ganzen Tag gebraucht, um dir das auszudenken?«

»Was zum Teufel ist dein Problem?«

»Du weißt genau, was mein Problem ist. Du bist nur nicht Manns genug, dich ihm zu stellen.«

»Weißt du, was? Ich muss nicht hier stehen und mir das gefallen lassen. Du bist in meinem Haus, nicht andersherum. Also, warum gehst du nicht, bevor noch einer etwas sagt, was sich nicht mehr zurücknehmen lässt?«

»Dafür ist es zu spät, meinst du nicht? Und wir sind nicht in deinem Haus. Wir sind im Haus deines Daddys. In der Villa deines Daddys. Armer kleiner reicher Junge …«

Ich stürze mich auf ihn, bevor es mir überhaupt selbst bewusst ist, und ramme meine Faust in seinen Kiefer.

»Was zum Teufel weißt du überhaupt davon? Was zum Teufel weißt du überhaupt über irgendwas?«

»Ich weiß mehr als du.« Er schubst mich so hart, dass ich fast auf den Hintern falle. »Sieh dich um, Z. Du hast alles, *alles,* und du wirfst es einfach weg.«

»Was habe ich denn? Hm, Luc?« Jetzt bin ich an der Reihe, die Arme weit auszubreiten und mich mitten in diesem verdammten Mausoleum umzudrehen, das ich hasse, auch wenn ich immer noch nicht die Kraft aufbringen kann, es zu verlassen. »Ich habe ein verdammt großes Haus, das niemand sonst haben will. Echt verdammt große Sache.«

»Blödsinn! Du hast alles direkt vor dir. Du hast nur zu viel Angst, es dir zu nehmen.«

»Warum sagst du das immer wieder?«

»Weil es wahr ist.« Er zeigt gestikulierend auf mich. »Sieh dich doch mal an. Es sind noch drei Wochen bis zu den verdammten Auswahlwettkämpfen für die Olympischen Spiele, Mann, und was tust du? Deinen Körper ruinieren? Dein Leben ruinieren?«

»Die Olympischen Spiele sind mir scheißegal.«

»Oh, als ob ich das nicht wüsste. Du hast echt gut dafür gesorgt, dass wir es alle wissen, nicht wahr? Du verdammtes Arschloch.«

»Raus hier.« Ich drehe mich um und gehe auf die Treppe zu. »Das muss ich mir nicht anhören.«

Luc stellt sich mir rasch in den Weg. Weigert sich, mich vorbeizulassen. »Das ist *genau* das, was du dir anhören musst.«

»Geh mir aus dem Weg, Mann.«

»Erst wenn ich gesagt habe, weswegen ich hergekommen bin.«

»Ich denke, ich habe mehr als genug gehört.«

»Du hast gar nichts gehört. Das tust du nie. Du bist zu sehr in deinem eigenen Kopf gefangen, zu sehr damit beschäftigt, selbstsüchtig und gequält und kaputt zu sein, um zu hören, was du hören musst.«

Meine Hände ballen sich zu Fäusten. »Geh mir verdammt noch mal aus dem Weg.«

»Was hast du vor? Mich noch mal zu schlagen?«

»Ja, gottverdammt, das ist genau das, was ich tun werde, wenn du mich nicht in Ruhe lässt.«

»Nur zu.« Er breitet die Arme weit aus. »Du bist wütend auf die verdammte Welt. Wütend auf dich selbst. Wütend auf deine Mutter. Wütend auf deine Schwester. Da kannst du ebenso gut auch auf mich wütend sein.«

Ich schwinge ihm die Faust in den Magen und verpasse ihm einen Kinnhaken, der ihn zu Boden wirft. »Ist es das, was du willst?«, schreie ich ihn an. »Ist es das, was du verdammt noch mal willst?«

Er steht vorsichtig auf und tastet mit den Fingern nach dem Bluterguss, der sich bereits an seinem Kiefer bildet. »Was ich will, ist, dass du dich zusammenreißt. Hör auf, so ein Weichei zu sein, und krieg deinen Mist auf die Reihe. Du bist reich …«

»Ist es das? Geht es hier nur um das verdammte Geld?«

»Es ging nie um das verdammte Geld, und das weißt du.« Er geht zum Kühlschrank der Bar, holt ein paar Eiswürfel heraus und wickelt sie in ein Handtuch. »Du bist der talentierteste Snowboarder, den ich kenne …«

»Ash ist …«

»Nein, nicht Ash. Du. Wir boarden seit über zehn Jahren miteinander. Sind seit vier Jahren zusammen Profis. Du machst Sachen, an die kein anderer auch nur annähernd rankommt, und das, ohne dich überhaupt anzustrengen.«

»Das ist nicht wahr.«

»Wirklich? Was ist mit diesem Inverted 1440, den du einfach so hingelegt hast? Hat das irgendein anderer schon mal gemacht, jemals?«

»Wahrscheinlich.«

»Blödsinn! Wenn es so wäre, hätten wir davon gehört.« Er seufzt, presst das Eis auf seinen verletzten Kiefer, und ich fühle mich wie ein noch größeres Arschloch als sonst. »Jeder weiß, dass du zurzeit der talentierteste Snowboarder der Welt bist. Du könntest bei den Auswahlwettkämpfen den ersten Platz belegen. Bei den X-Games. Fuck, du hast eine Chance – eine gute Chance –, in Mailand die Goldmedaille zu holen, aber statt an deinem verdammten Snowboarden zu arbeiten, säufst du dich ins Koma.«

Dieser letzte Satz trifft ein bisschen zu sehr ins Schwarze, wenn man bedenkt, was ich erst vor anderthalb Stunden gedacht habe. Nicht, dass ich Luc das merken lassen werde. »Es gibt mehr im Leben als Snowboarden, Mann.«

»Wirklich?« Er sieht sich um. »Was?«

»Wie bitte?«

»Was hast du denn sonst in deinem Leben außer Snowboarden?«

»Was meinst du?«

»Das ist doch ziemlich selbst erklärend. Was zur Hölle hast du noch außer dem Snowboarden?«

Ich sage nichts, aber das erwartet er auch nicht von mir. Niemand weiß besser als Luc, wie verkorkst mein Leben ist, wie verkorkst ich bin. Wir sind zusammen aufgewachsen. Er war dabei, als April starb. Als meine Mom sich verdammt noch mal umbrachte. Als mein Vater mir sagte, was ich bereits wusste – dass es meine Schuld war. Dass alles, wirklich alles, meine verdammte Schuld war.

»Oh, richtig. Du hast nichts sonst.«

»Das ist nicht wahr.«

»Wirklich?« Er fängt an, Dinge an seinen Fingern abzuzählen. »Dein Vater ist ein Mistkerl, der nichts mit dir zu tun haben will.«

»Weil er mir die Schuld gibt für ...«

»Nein, nicht deswegen. Weil er ein totaler Mistkerl ist und dich nicht verdient hat.«

»Wow, Mann! Das ist tiefsinnig. Sollen wir uns jetzt an den Händen halten und ›Kumbaya‹ singen?«

Er zeigt mir den Mittelfinger, hört aber nicht mit der Aufzählung auf. »Du hast Cam, ein wirklich schönes Mädchen, das in dich verliebt ist, aber du bist zu sehr damit beschäftigt, alles zu vögeln, was sich bewegt, um sie zu schätzen zu wissen.«

»Alter, ich würde *nie* mit Cam rummachen.«

»Das lässt du auch besser, sonst reiße ich dir den Schwanz ab. Trotzdem, wenn sie dich liebt, dann besteht die Chance, dass es eines Tages auch irgendeine andere tut. Aber du wirst sie nie finden, wenn du dein Leben damit verbringst, dich volllaufen zu lassen und jede Nacht ein anderes Skihäschen aufzureißen. Und ich würde ja auch nichts dazu sagen, nur denke ich, dass du es nicht mal gerne tust. Jedenfalls schienst du heute Morgen ganz sicher nichts von Stacy zu wollen.«

Aus irgendeinem Grund blitzt Ophelias Gesicht in meinem Kopf auf, aber ich unterdrücke diesen Mist schnell wieder. Sie hat ihre Gefühle am Freitagabend überdeutlich zum Ausdruck gebracht. Und es ist auch nicht so, als würde das eine Rolle spielen. Als würde ich mich einen Dreck um sie scheren oder so.

»Was noch?«, fragt Luc. »Ach ja? Dank deiner Eltern und ein paar Treuhandfonds – ganz zu schweigen von ein paar richtig guten Sponsorenverträgen – hast du mehr Geld, als du überhaupt ausgeben kannst, aber das ist dir auch scheißegal. Zumindest, solange du genug in der Tasche hast, um ein Dutzend Flaschen sauteuren Tequila zu kaufen. Und du hast uns. Ash, Cam und mich. Nur verbringst du seit einer Weile so viel Zeit damit, uns wegzustoßen, uns auf Abstand zu halten, dass ich langsam glaube, wir sind dir auch scheißegal. Also sag mir, Z. Was, zur Hölle, hast du in deinem Leben, das wichtiger ist, als deinen Arsch da raus in diese Halfpipe zu bewegen und dich auf die verdammten olympischen Auswahlwettkämpfe vorzubereiten? Denn was auch immer es ist, ich sehe es einfach nicht.«

Kapitel 10

Ophelia

Aus dem Augenwinkel erhasche ich einen Blick auf dunkles Haar, und obwohl ich mir sage, dass ich nicht hinsehen soll, dass er es nicht ist, kann ich nicht anders, als den Kopf zu drehen, um nachzusehen. Nur um sicherzugehen.

Es ist drei Tage her, dass Z meine Wohnung verlassen hat, und ich habe ihn seitdem nicht mehr gesehen. Weder hier im Café noch beim Betreten oder Verlassen der Umkleidekabine auf der anderen Seite der Lobby. Nicht einmal auf den Pisten, wenn ich zur Arbeit oder nach Hause gehe. Nicht, dass ich nach ihm Ausschau gehalten hätte oder so. Es ist nur so, dass ich ihn vor Freitagabend ein paarmal gesehen habe und es mir seltsam erscheint, dass er einfach verschwunden ist.

Ich schwöre, wenn ich nicht ab und zu hören würde, wie die Leute über ihn reden, wie sie über seine Chancen spekulieren, ins olympische Team zu kommen oder die diesjährigen X-Games zu gewinnen, würde ich denken, dass es ihn gar nicht gibt. Oder dass ich mir diese ganze Nacht bloß eingebildet habe.

Das Kino. Die Schneeballschlacht. Die Verletzlichkeit, die ich in seinem Gesicht zu sehen glaubte, als er mich nach Hause fuhr.

Es ist diese Verletzlichkeit, die mich jetzt verfolgt, dieser Ich-werde-nicht-zulassen-dass-es-mich-verletzt-obwohl-es-das-offensichtlich-tut-Blick, der dafür sorgt, dass ich mich beschissen fühle, obwohl er mich genauso oder noch mehr benutzt hat als ich ihn. Denn wenn es wahr war, wenn es nicht alles nur gespielt war, um mich ins Bett zu bekommen, dann kann ich nicht anders, als mich wie ein totales Miststück zu fühlen.

Ja, er hat gewettet, dass er mich vögeln würde – aber das war, bevor er mich überhaupt kannte. Alles, was er zu dem Zeitpunkt wusste, war, dass ich ein Hitzkopf bin und mit einem Eiskaffee sehr gut zielen kann. Gibt es irgendeinen Zweifel daran, dass er sauer war, als er diese Wette abschloss?

Nicht, dass ich ihn entschuldigen will, denn das tue ich nicht. Ich meine, egal wie man es betrachtet, es ist ... ekelhaft. Ganz zu schweigen von dem ganzen Ich-bin-Gottes-Geschenk-an-Frauen-und-ich-weiß-es.

Aber gleichzeitig hat mich Mr. Ich-bin-so-arrogant-ich-kann-jede-Frau-kriegen-die-ich-will mitten im Blowjob gestoppt, weil er wusste, dass ich nicht bei der Sache war. *Er* hat *mich* aufgehalten. Wie viele Männer kenne ich, die das tun würden? Selbst Remi, der mich liebte, hätte nur mit Mühe aufhören können, sobald ich vor ihm auf den Knien war.

Aber Z hat es getan. Und dann hat er gefragt, was los wäre, warum ich so aufgebracht wäre. Obwohl ich nicht dumm genug bin, zu glauben, dass er sich für ein Mädchen interessiert, das er gerade erst kennengelernt hat, kann ich nicht anders, als mich daran zu erinnern, wie sich seine Hand anfühlte, als sie über mein Gesicht glitt. Wie verhangen und dunkel seine Augen waren, als sie in meine blickten.

Scheiße! Ich reibe mir mit der Hand über das Gesicht und versuche, nicht das dumme, verrückte Mädchen zu sein, das sich in den Bad Boy verliebt und sich dann wundert, warum ihr Leben total verkorkst ist. Ich bin hergekommen, um mein Leben in den Griff zu kriegen, und im Moment fühle ich mich so verloren wie noch nie, außer direkt nach dem Unfall. Und ich verstehe nicht, warum.

Er ist einfach nur ein Kerl. Nicht einmal ein besonders netter Kerl. Nur ein Kerl, und dennoch verbringe ich viel zu viel Zeit damit, über ihn nachzudenken, seit er mit leerem Gesicht und steifem Körper aus meiner Wohnung ging. Er war sauer, das weiß ich, aber er hat sich nicht einmal die Mühe gemacht, die Tür hinter sich zuzuschlagen.

Ich glaube, das ist es, was mich am meisten beunruhigt. Ein Mann mit dieser Art von Selbstbeherrschung … Es muss viel mehr in ihm stecken, als er die Leute sehen lässt.

»Hey, Ophelia. Kann ich einen großen Kaffee bekommen?«

Ich schüttele den Kopf, um meine Gedanken zu klären, und drehe mich lächelnd zu Harvey um. Er ist Tellerwäscher in der Küche des Hauptgebäudes und schwer koffeinsüchtig. Mindestens zweimal am Tag kommt er her und bestellt die größte Tasse Kaffee, die wir haben. Sein Zimmer im Angestelltenwohnheim liegt außerdem zufällig drei Türen von meinem entfernt.

»Klar«, sage ich und fülle eine Tasse mit seiner üblichen Regenwald-Mischung auf, lasse aber noch Platz für den Eimer Kaffeesahne, den er gerne dazugibt. »Willst du einen Keks oder etwas anderes dazu?«

»Nein, danke.« Er bezahlt das Getränk und wirft ein paar zusätzliche Dollar in die Trinkgeldkasse, obwohl ich ihm wiederholt gesagt habe, dass er das nicht tun muss.

»Was liest du heute?«, frage ich, während er den Inhalt eines halben Dutzends Zuckerpäckchen in seinen Kaffee kippt.

Er zieht ein abgenutztes Exemplar von *Hymne* von Ayn Rand aus seiner Tasche. »Das hat mir ein Freund empfohlen.«

»Das ist gut. Eine der ursprünglichen Dystopien, damals, als sie gerade populär wurden.«

»Dann hast du es schon gelesen?«

»Ja.« Ich habe eine Menge gelesen. So was passiert, wenn man wochenlang rumsitzt, während man sich von einem Drag-Racing-Unfall erholt.

»Cool. Dann können wir uns vielleicht mal darüber unterhalten, wenn ich damit fertig bin.«

»Klar. Das würde ich gern. Es gibt nicht viele Leute, mit denen ich über Bücher reden kann.«

»Ich weiß, nicht wahr?«, sagt er grinsend. Er scheint noch etwas sagen zu wollen, aber da kommt ein anderer Kunde an den Tresen.

Ich lächle ihn entschuldigend an, dann drehe ich mich um und nehme die Bestellung auf. Harvey lächelt zurück und winkt mir kurz zu, bevor er sich mit seinem Kaffee und seinem Buch auf einen Platz am Fenster setzt. Er verbringt die nächsten fünfzehn Minuten in das Buch vertieft und sieht erst wieder hoch, als seine Pause vorbei ist. Dann steht er auf und erwidert meinen Blick, bevor er mir zuwinkt.

Ich winke zurück. Er ist ein netter Kerl, und ich glaube, wir sind auf dem Weg, Freunde zu werden. Ich muss zugeben, dass sich das ziemlich gut anfühlt, vor allem, weil ich schon eine Weile keine Freunde mehr hatte.

Ich habe nur noch etwa eine Stunde bis zum Ende meiner Schicht, und die Zeit vergeht ziemlich schnell, da es draußen richtig zu schneien begonnen hat und ein Haufen Leute beschlossen haben, früher in der Lodge aufzuschlagen. Tatsächlich arbeite ich noch eine halbe Stunde über mein Schichtende hinaus, weil es so viel zu tun gibt.

Als endlich Verstärkung in Gestalt einiger Mitarbeiter des Küchenpersonals eintrifft, lege ich dankbar meine Schürze ab. Es war ein langer Tag, und er ist noch nicht zu Ende. Ich bin heute Abend bei meiner Tante und meinem Onkel zum Essen eingeladen, und je eher ich dort bin, desto eher ist es vorbei.

Es ist nicht so, dass ich sie nicht mag, denn das tue ich. Sie haben mir diesen Job verschafft und sind ziemlich cool zu mir gewesen – vor allem, da ich bei den ersten beiden Stellen, die sie mir gaben, Mist baute. Anfangs kapierte ich nicht, dass es praktisch zum Job gehört, mich von den alten Knackern anflirten zu lassen. Als nun also ein paar wandelnde Midlifekrisen mit falscher Bräune und fiesen Frisuren versuchten, mich anzumachen, erklärte ich ihnen, dass ich nicht interessiert sei. Leider war ich ein bisschen zu energisch mit meiner Zurückweisung, und es wurden Beschwerden eingereicht.

Nach dem zweiten Vorfall dachte ich, ich würde gefeuert werden, aber Tante Penny hat mich im Café untergebracht, in der Hoffnung, dass es beim dritten Mal klappen würde. Und abgesehen von dem kleinen Zwischenfall mit Z neulich Abend hat es keine Probleme gegeben. Wie sich herausstellt, läuft alles ziemlich reibungslos, solange ich einen Tresen zwischen mir und den lüsternen Losern habe.

Und obwohl ich die Kälte hasse, bin ich doch froh, dass meine Tante mir die Chance gegeben hat, mich einzuleben, anstatt mich in der ersten Woche wieder wegzuschicken – wozu sie wahrscheinlich jedes Recht gehabt hätte. Schließlich stehen wir uns nicht gerade nahe. Sie ist die Schwester meines Vaters, und da er meine Mutter verließ, als ich sechs Monate alt war, hatte ich nicht viel Gelegenheit, seine Familie kennenzulernen.

Penny hat sich jedoch immer bemüht, mit mir in Kontakt zu bleiben – Geburtstagskarten, Weihnachtsgeschenke, ein paar Briefe oder Anrufe über das Jahr verteilt, nur um sich zu vergewissern, dass es mir gut geht. Aber das war auch schon alles. Zumindest bis der Unfall passierte und meine Mutter meinte, es wäre besser für meine »Genesung«, wenn ich eine Zeit lang die Stadt verließe.

Und das war es wohl auch, wenn man bedenkt, dass ich vor drei Tagen fast Sex mit Z hatte. So etwas hätte ich mir zu Hause nie vorstellen können, wo die Erinnerungen an Remi an jeder Ecke lauern – auf jeder Straße, die ich entlangfahre, und in jedem Geschäft, das ich betrete.

Obwohl ich versuche, nicht an ihn zu denken, taucht ein Bild von Z in meinem Kopf auf. Erneut verdränge ich es sofort wieder. Wir haben uns alles gesagt, was wir uns zu sagen hatten, bevor er meine Wohnung verlassen hat. Es gibt keinen Grund, das jetzt zu bereuen.

Keinen Grund, mich wegen der Art und Weise schuldig zu fühlen, wie ich die Dinge gehandhabt habe. Gott weiß, dass ich täglich genug Schuldgefühle mit mir herumschleppe. Das Letzte, was ich brauche, ist, mir noch mehr aufzuladen.

Der Aufzug klingelt im fünften Stock, und ich steige aus. Meine Tante und mein Onkel haben ein kleines, aber luxuriöses Apartment auf dieser Etage – einer der Vorteile, die damit einhergehen, diesen Laden zu leiten –, und sie haben beschlossen, dass wir heute Abend hier essen werden anstatt in einem der Restaurants des Resorts. Ich glaube, meine Tante will dieses ganze Hausmannskost-Ding durchziehen für den Fall, dass ich New Orleans vermisse, aber meine Mutter war schon immer eher Expertin für Tiefkühlkost aus der Mikrowelle. Wie dem auch sei, ich weiß die Geste zu schätzen.

Pennys Mann Alex öffnet die Tür, als ich klopfe. »Hey, Kleine«, sagt er und zerzaust meine Haare, als wäre ich fünf Jahre alt. »Komm rein. Du siehst geschafft aus.«

»Ich fühle mich auch geschafft. Die letzten anderthalb Stunden waren *irre.*«

»Ja. Das ist immer so, wenn das Wetter schlecht wird.« Er deutet auf ein Plüschsofa. »Setz dich und entspann dich ein paar Minuten. Penny ist fast fertig mit dem Abendessen.«

»Ich gehe nur mal kurz zu ihr, um Hallo zu sagen und nachzusehen, ob sie Hilfe braucht.« Bei uns zu Hause endeten die wenigen Male, in denen meine Mutter tatsächlich zu kochen versuchte, in der Regel mit einem Besuch der Feuerwehr oder einem Ausflug in die Notaufnahme – nur einer der Gründe, warum ich kochen gelernt habe, noch bevor ich zehn war. Totaler Selbsterhaltungstrieb.

Aber als ich in die Küche komme, sieht es so aus, als hätte meine Tante alles unter Kontrolle. Die Hühnerbrüste köcheln auf dem Herd, während Penny in einem anderen Topf eine schnelle Nudelsoße zaubert.

»Kann ich dir bei irgendetwas helfen?«

»Oh, hallo, Süße.« Sie beugt sich rüber und drückt mich mit einer warmen, nach braunem Zucker duftenden Umarmung. »Wie war dein Tag?«

»Gut. Viel zu tun, aber gut.«

»Meiner auch. Aber so gehen die Stunden wenigstens schnell vorbei.« Sie nickt zu dem Salat, der auf der kleinen Kücheninsel in der Mitte des Raumes steht. »Du kannst den anrichten, wenn du willst. Das Dressing ist in der Schüssel gleich daneben.«

»Was gibt es zum Abendessen?«

»Hühnchen Marsala. Das ist eines von Alex' Lieblingsgerichten.« Sie blickt mich an. »Hast du es schon mal probiert?«

»Nö.« Mein Kochrepertoire eignet sich eher für Pastasoßen aus dem Glas als für in Wein geschmortes Huhn. »Aber es riecht fantastisch.«

»Danke. Ich hoffe, es schmeckt dir.«

»Da bin ich sicher.«

Dann geht mir im Großen und Ganzen der Gesprächsstoff aus, und ich rechne damit, dass die Sache schnell unangenehm wird. Aber meine Tante ist eine geborene Plaudertasche, und bis wir uns zum Essen hinsetzen, habe ich mich durch ihr ständiges Reden schon fast vollständig entspannt.

Die ersten Minuten des Abendessens werden damit verbracht, die internen Abläufe der Lodge zu besprechen – nicht gerade die aufregendste Sache der Welt –, aber es dauert nicht lange, bis das Gespräch auf die Skifahrer und Snowboarder kommt, die von der Lodge gesponsert werden. Trotz meiner besten Absichten ertappe ich mich dabei, auf die Erwähnung eines bestimmten Snowboarders zu lauschen.

»Dieser Ash ist wirklich was Besonderes«, sagt Alex zwischen zwei Bissen Huhn. »Merkt euch meine Worte, Ladys. Im Januar wird er Amerikas Hauptanwärter auf olympisches Gold sein.«

»Wirklich?«, erwidert meine Tante. »Ich finde, Luc Bradford hat eine Menge Flair.«

»Stimmt«, pflichtet mein Onkel ihr bei. »Deshalb wollte ich ihn sponsern. Er ist ein Publikumsliebling. Aber der Junge ist viel Schein und nicht so viel Substanz, wenn du weißt, was ich meine. Ein bisschen wie Kevin Byerle. Also, das ist einer, der das Publikum mit seinen Tricks auf die Beine bringen kann. Aber wenn es um grundlegendes Skitalent geht, hat er es einfach nicht drauf. Nicht so wie einige der anderen Skifahrer.«

»Oh, ich weiß nicht. Lucs Snowboarden scheint mir ziemlich solide zu sein«, widerspricht meine Tante.

»Das liegt daran, dass du mit dem Snowboard kaum die Babypiste runterkommst«, sagt er. »Obwohl du dich für eine absolute Kanone hältst.«

Sie funkelt ihn finster an, aber ich merke, dass sie versucht, sich das Lachen zu verkneifen. »Du könntest mir wenigstens meine Illusionen lassen, weißt du?«

»Könnte ich.« Er prostet ihr mit seinem Weinglas zu. »Aber wo bliebe da der Spaß dabei?«

Sie lachen, und ich merke, dass die Unterhaltung kurz davor ist abzuschweifen, aber ich bin noch nicht bereit, das Thema zu wechseln. Es scheint, als hätten sie über jeden gesprochen, nur nicht über die Person, von der ich am meisten hören möchte.

»Was ist mit Z Michaels?«, frage ich, wobei ich mein Bestes gebe, nur schwach interessiert zu klingen.

»Z?« Der Blick meines Onkels wird sofort schärfer. »Warum fragst du nach Z?«

»Äh, nur aus Neugier, denke ich. Ich meine, ich habe die Leute über ihn reden hören …«

»Was glaubst du denn, warum sie nach ihm fragt, Alex?«, wirft meine Tante ein. »Weil er umwerfend attraktiv und talentiert und ein klein bisschen eine gequälte Seele ist. Ist es da ein Wunder, dass die Mädchen dahinschmelzen, wann immer er in der Nähe ist?«

»Ich schmelze nicht dahin«, protestiere ich. »Ich war nur neugierig.«

»Ja, sind sie das nicht alle?«, murmelt mein Onkel. »Sieh mal, Ophelia, Z ist ein ganz netter Kerl. Klug, witzig, sehr talentiert. Aber er ist nicht die Art von Junge, mit dem du dich einlassen solltest.«

»Ich lasse mich nicht mit ihm ein! Ich kenne ihn ja kaum. Ich habe mich nur gewundert, weil ich ihn auf der Piste gesehen habe und er wirklich talentiert zu sein scheint. Aber du hast nichts davon gesagt, dass er es zu den Olympischen Spielen schaffen wird.« Ich spüre, wie meine Wangen rot werden, auch wenn ein Teil von mir zurücktritt und sich fragt, ob wir dieses Gespräch gerade ernsthaft führen. Ich habe mein ganzes Leben ohne viel elterliche Aufsicht verbracht – mein Vater war nicht anwesend, und meine Mutter war meistens zu sehr damit beschäftigt, uns ein Dach über dem Kopf zu geben, als dass sie sich darum gekümmert hätte, mit welchem Jungen ich mich treffe (sonst hätte sie mich auf keinen Fall mit Remi ausgehen lassen). Deshalb fühlt es sich seltsam an, dass mein Onkel so interessiert und überbehütend ist.

»Gut, belass es dabei. Der Typ macht nur Ärger.«

»Du bist nur verbittert, weil er nicht wollte, dass wir ihn sponsern«, sagt Tante Penny zu ihm.

»Du musst zugeben, dass das seltsam ist. Welcher Typ lehnt ein Sponsoring von einem der besten Resorts in Park City ab?«

»Der Typ, der sich nicht festlegen will? Du weißt, dass er gerne im Backcountry fährt. Und außerdem braucht er das Geld nicht. Er hat eine Menge anderer Sponsoren und das Familienvermögen, warum sollte er also hier fahren?«

»Er fährt doch hier. Das meine ich ja damit. Warum sollte er es ablehnen, dafür bezahlt zu werden?«

Ich merke, dass das ein altes Streitthema ist. Und obwohl es irgendwie Spaß macht, die Dynamik der Beziehung zwischen meiner Tante und meinem Onkel zu beobachten, verrät es mir nichts über

Z, was ich nicht schon weiß. Weshalb ich, als mein Onkel eine Pause macht, um einen weiteren Bissen Huhn zu essen, die Gelegenheit nutze, mich wieder in das Gespräch einzubringen.

»Dann denkst du also, dass er gut genug ist, um ihn zu sponsern, aber du denkst nicht, dass er gut genug ist, um es zu den Olympischen Spielen zu schaffen.«

Mein Onkel hört auf zu essen, legt sogar Messer und Gabel weg. Dann sieht er mir direkt in die Augen. »Das ist keine Frage des Talents, Ophelia. Jeder weiß, dass der Junge mehr Talent hat, als wahrscheinlich gut für ihn ist. Aber er ist eine absolute Katastrophe, und du solltest dich so weit wie möglich von ihm fernhalten.«

»Du musst mit ihm etwas nachsichtig sein«, sagt meine Tante. »Er hat es schwer gehabt mit seiner Mutter und seiner Schwester. Was mit ihnen passiert ist …«

»Er *hat* es schwer gehabt. Das bestreite ich nicht. Und jeder, dem es so schlecht ergangen ist wie ihm, kommt da nicht raus, ohne verdammt verkorkst zu sein. Jeder weiß, dass der Junge Todessehnsucht hat, und früher oder später wird sie sich erfüllen. Willst du Ophelia wirklich in seiner Nähe haben, wenn es so weit ist? Hat sie nicht schon genug durchgemacht?«

Meine Tante hat dazu nichts zu sagen und ich auch nicht, also lenkt mein Onkel, nachdem er mich noch einmal streng ermahnt, mich von Z fernzuhalten, das Gespräch auf andere Dinge. Irgendwie schaffe ich es, meinen Teil dazu beizutragen, obwohl ich mit meinen Gedanken meilenweit entfernt bin. Ich denke über Z nach und frage mich, was seiner Familie passiert sein könnte, das ihn »verkorkst« hat, wie mein Onkel es bezeichnet. Und trotz meiner besten Absichten denke ich auch an Remi. An sein sorgloses Lächeln und seine Vollgas-Einstellung zum Leben.

Er verbrachte sein ganzes Leben damit, schneller zu werden, heller zu brennen und verrückter zu sein als alle anderen. Und als wir zusammen waren, liebte ich jede Sekunde davon. Er war so sprunghaft, so brillant, so wild, dass jede Minute, die ich mit ihm zusammen war, einer Achterbahnfahrt über Kopf glich. Einer, für die ich mich gerne anschnallte.

Erst jetzt, da ich auf der anderen Seite stehe, wird mir klar, wie verkorkst die Fahrt wirklich war.

Und wenn Z so ist … wenn er so verkorkst und verrückt ist, wie mein Onkel sagt, dann sollte ich mich wirklich so weit wie möglich von ihm fernhalten.

Was okay ist. Ich kenne den Kerl kaum, und es ist ja nicht so, als wären unsere ersten Begegnungen besonders reibungslos verlaufen. Ich werde wahrscheinlich nie wieder die Gelegenheit haben, mit ihm zu sprechen.

Dennoch, während ich meinem Onkel beim Abwasch helfe, bevor ich mich auf den Weg zu meiner Wohnung mache, kann ich nicht anders, als an den Ausdruck in seinen Augen zu denken, kurz bevor Z neulich Abend gegangen ist. Und mich dafür zu hassen, diesen Ausdruck verursacht zu haben.

Kapitel 11

Z

»Hey, Mann«, sagt Ash und klopft mir auf die Schulter, als ich vom Schneemobil absteige. »Schön, dass du wieder da bist.«

»Schön, wieder hier zu sein«, antworte ich ihm, obwohl ich nicht sicher bin, ob ich es ernst meine. Aber was zum Teufel soll ich sonst tun, nachdem Luc mir einen Arschtritt verpasst hat, den ich so schnell nicht vergessen werde? Nach meiner dreitägigen Sauftour haben Alkohol und Gras im Moment keinen Reiz, und jedes Mal, wenn ich daran denke, auszugehen und Sex zu haben, hält mich etwas zurück.

Vielleicht liegt das an Lucs Worten darüber, wie verdammt leer mein Leben ist.

Vielleicht liegt es daran, dass ich aufgewacht bin und Stacy in meinem Bett vorfand, ohne mich daran zu erinnern, wie sie dorthin kam.

Oder vielleicht liegt es an allem, was mit Ophel…

Oh nein, auf gar keinen Fall. Ich breche diesen Gedanken ab, bevor er überhaupt entstehen kann. Ich habe schon genug Irrsinn in meinem Leben. Das Letzte, was ich brauche, ist, meine Zeit mit Gedanken an irgendeine Kleine zu verschwenden, die definitiv nicht an mich denkt. Und die offensichtlich einen Haufen eigener Probleme hat, mit denen sie fertigwerden muss.

»Dann filmen wir heute?«, frage ich mit einem Nicken zu der GoPro, die Ash gerade vorne an seinem Snowboard montiert. Er hat sie an einem alten Skistock befestigt, damit er einen besseren Blickwinkel hat als von unten an seinem Board, aber das bedeutet, dass er haufenweise Klebeband benutzen muss, wenn er nicht will, dass das Ding während der Abfahrt wegfliegt. Wir haben in dieser Saison schon zwei Kameras verloren, und der Schnee liegt erst seit ein paar Wochen.

»Ja. Ich muss die Website aktualisieren. Die Fans fragen ständig nach neuen Videos.« Er hält mir einen Brustgurt hin, der bereits mit einer Kamera ausgestattet ist. »Hier. Zieh das an, ja? Ich bin sicher, dass niemand etwas von deinen epischen Dummheiten verpassen will.«

Ich verdrehe die Augen, während ich die Kamera nehme. »Du weißt, dass du ihnen nicht alles geben musst, was sie verlangen, oder?«

»Ja, das weiß ich. Aber das Filmmaterial wird normalerweise total krass, also warum nicht? Außerdem warst du schon ein paar Tage nicht mehr draußen. Ich dachte mir, wenn ich Glück habe, erwische ich dich dabei, wie du irgendeinen verrückten Scheiß machst.«

»Da bin ich mir nicht so sicher. Ich glaube, ich werde es heute langsam angehen lassen.«

Zum ersten Mal, seit ich hier bin, meldet sich Cam zu Wort: »Ja, klar. Das glauben wir erst, wenn wir es sehen.«

»Ich schätze, das werdet ihr.« Ich will sie gerade wegen ihrer neuen Jacke aufziehen – das Ding ist neonorange und lässt sie wie ein Verkehrshütchen aussehen –, aber irgendetwas an der Art, wie sie mich ansieht, bringt mich dazu, den Mund zu halten und ein paar Schritte zurückzutreten.

An den meisten Tagen habe ich das Gefühl, dass Cam meinen Mist durchschaut, aber im Moment sagt der Ausdruck in ihren Augen, dass sie noch viel mehr sehen kann. Dass sie tatsächlich *mich* sehen kann, und das ist etwas, womit ich absolut nicht einverstanden bin. Ich habe mich den größten Teil meines Lebens hart angestrengt, nicht zu sehen, was in mir vorgeht, und nach dem gestrigen Angriff von Luc brauche ich ganz sicher niemand sonst, der in mir herumstochert, um zu sehen, was los ist. Ich fühle mich auch so schon, als ob ich kurz davor wäre zu implodieren. Wenn noch irgendwas passiert, will ich gar nicht daran denken, wie schlimm das werden wird.

Mit diesen fröhlichen Gedanken im Hinterkopf mache ich noch ein paar Schritte rückwärts. Gehe hinüber zum Rand des Berges, auf dem wir stehen, und betrachte die Aussicht. Es ist verdammt noch mal wunderschön hier oben. Absolut atemberaubend. Blauer Himmel, weiße Wolken, schneebedeckte Gipfel, so weit das Auge reicht, Kiefern, die sich unter der Schneelast biegen.

Manchmal denke ich darüber nach wegzuziehen, all das hinter mir zu lassen und woanders neu anzufangen. An einem neuen Ort, an dem mich die Vergangenheit nicht auf Schritt und Tritt verfolgt. Aber ich glaube nicht, dass ich diese Berge jemals verlassen könnte, jedenfalls nicht für längere Zeit. Wenn es mir tatsächlich ein Mindestmaß an Frieden bringen würde, könnte ich wahrscheinlich das Snowboarden und den damit verbundenen Adrenalinkick aufgeben. Vielleicht sogar meine Freunde aufgeben, wenn es sein müsste, obwohl allein der Gedanke daran höllisch wehtut. Aber diese Berge? Sie sind in meinem Blut, in meiner Seele, so sicher wie meine Erinnerungen an April.

Außerdem gibt es für mich keinen Frieden. Den gab es in den letzten zehn Jahren nicht, und es wird ihn auch in den nächsten zehn Jahren nicht geben. Es ist wahrscheinlich an der Zeit, nicht mehr so zu tun, als ob es anders sein könnte. Schließlich ist es nicht so, als hätte ich irgendetwas getan, um ihn zu verdienen.

Hinter mir arbeiten Luc und Ash immer noch daran, Ashs Kamera richtig zu platzieren. Luc hat auch eine, obwohl er sie am Helm statt am Brett oder an der Brust befestigt trägt. Ich vermute, er hat vor, direkt hinter Ash runterzufahren, um so viel wie möglich von seinem Run für die Website einzufangen. Wenn man die Tricks aus zwei Blickwinkeln aufnimmt und dann das Material zusammenschneidet, entstehen normalerweise richtig coole Videos.

Überrascht, dass Cam ihnen nicht hilft – sie ist eindeutig der Elektronik-Guru unseres kleinen verschworenen Haufens –, will ich gerade meine Dienste anbieten, bevor Luc die Kamera noch absichtlich den Berg runterwirft. Aber Cam stellt sich mir in den Weg, bevor ich auch nur einen Schritt in ihre Richtung machen kann.

Für lange Sekunden sagt sie nichts. Sie steht einfach nur da und starrt mich mit einem Blick an, den ich nicht zu deuten weiß. Ich lächle sie an und mache Anstalten, um sie herumzugehen, aber sie kommt näher und legt eine Hand auf meine Brust, um mich festzuhalten.

Gegen meinen Willen versteife ich mich, dann werfe ich einen Blick zu Luc, um zu sehen, ob er jetzt vorhat, *mich* den Berg runterzustürzen. Aber er ist im Moment zu sehr in das Kamera-Debakel vertieft, um darauf zu achten, wo Cam ist oder was sie tut.

»Was gibt's?«, frage ich sie, als sich das Schweigen zwischen uns unangenehm ausdehnt.

»Du weißt, dass du mit mir reden kannst, oder?«

»Ja, sicher.«

»Ich mein's ernst«

»Ich auch.« Ich werfe ihr einen verwirrten Blick zu. »Ich dachte, wir reden jetzt gerade.«

»Du weißt, was ich meine. Ich mache mir Sorgen um dich. Wir alle.«

Verdammt! Wird das jetzt eine Team-Intervention? Was zum Teufel muss man denn tun, um sich hier in aller Ruhe selbst zerstören zu können? »Es geht mir gut, Cam.«

»Das sagst du immer.«

»Weil es immer stimmt.« Mein Herz klopft, als hätte ich gerade einen krassen Run hinter mir, und ich kann nur mit Mühe still stehen bleiben. Ich warte noch ein paar Sekunden, in der Erwartung, dass sie einen Schritt zurück macht, in der Hoffnung, dass sie den Wink versteht und aufhört, mich zu berühren. Aber sie tut es nicht. Stattdessen kommt sie näher, schlingt den Arm um meine Taille und legt ihren Kopf auf meine Schulter. Ich kann es spüren – den Druck, der sich in mir aufbaut, bis ich wie der Korken in einer viel zu stark geschüttelten Champagnerflasche bin.

Als ich es nicht länger aushalte, trete ich weg.

Ziehe betont den Reißverschluss meiner Jacke zu.

Und ignoriere den verletzten Blick, der über ihr Gesicht zuckt.

Sofort sickert die Kälte wieder in mich ein, aber ich gehe nicht darauf ein. Cam beobachtet mich aufmerksam, sucht nach irgendeinem Schwachpunkt in meiner Rüstung, und ich weigere mich, ihn ihr zu zeigen. Weigere mich, sie noch näher an mich heranzulassen, als sie es ohnehin schon ist. Sie mag zwar meine Freundin sein, zusammen mit Ash und Luc, aber es gibt Dinge, die selbst beste Freunde nicht sehen sollten. Nicht wissen sollten.

Außer … »Ich weiß, das ist eine schlimme Woche für dich, Z. Du kannst davor weglaufen, so viel du willst, aber es wird nicht verschwinden.«

Als sie mir dieses Mal die Hand auf die Schulter legt, ist es purer Instinkt, sie wegzuschlagen. Reiner Selbsterhaltungstrieb. »Herrgott, Cam, würdest du es bitte einfach lassen, verdammt? Wenn ich einen auf Hippie-Kommune machen und über meinen Scheiß reden wollte, glaub mir, dann würde ich es tun.«

»Es ist nicht gesund …«

»Wirklich?«, schneide ich ihr das Wort ab. »Was an meinem Leben lässt dich glauben, dass ich mich auch nur einen Dreck um meine Gesundheit schere?«

»Hör schon auf, Z.«

»Hör du auf.« Ich lasse mein Board auf den Boden fallen und schnalle meinen rechten Fuß an.

Cam weiß, was passieren wird, und sie sieht mich mit schmalen

Augen an, auch wenn sie zurücktritt, um mir Platz zu machen. »Du kannst nicht ewig vor diesem Gespräch davonlaufen, weißt du?«

Der Adrenalinschub setzt bereits ein und übertönt ihre Stimme und all den anderen Mist, mit dem ich mich jetzt nicht beschäftigen will. Ich schaue zurück zu Luc und Ash, die endlich ihre Kameras montiert und zum Laufen gebracht haben, und überlege, ob ich mich ihnen bei ihrem Run anschließen soll, den sie gleich machen werden. Das ist es, was sie erwarten, und ich tue es beinahe. Stoße mich beinahe ab und gleite hinüber, damit wir den Trail zusammen nehmen können. Wir sind im Backcountry, also ist der Run ziemlich roh und unstrukturiert, aber um die Wahrheit zu sagen, ist es einfach nicht das, wofür ich gerade in Stimmung bin. Ich will etwas Hartes, etwas, was mir jedes Quäntchen Konzentration abverlangt. Vielleicht kann ich dann aufhören, über all die verschiedenen Arten nachzudenken, wie ich es verkackt habe.

Mit diesem Hintergedanken schnalle ich den linken Fuß an, und ohne den anderen eine Vorwarnung zu geben, stoße ich mich von dem kleinen Plateau ab, auf dem ich mich befinde.

Und dann fliege ich regelrecht.

Cam schreit, als ich über die Kante droppe, aber das Geräusch wird vom Adrenalinrausch übertönt, als ich geradewegs die Seite dieses verdammten Berges hinunterrase. Da ist kein richtiger Trail, kein Weg, dem ich folgen könnte, nichts als ein schmaler Spalt mit steilen Felswänden auf beiden Seiten.

Eine falsche Bewegung, und ich bin geliefert – ich kann gegen eine der zerklüfteten Wände knallen, gegen einen der riesigen Felsen, die alle paar Meter auftauchen, oder einfach die Kontrolle verlieren und kopfüber stürzen. Aber ich habe nicht vor, irgendeines der gerade genannten Dinge zu tun. Zumindest nicht jetzt. Das hier ist eine unberührte Backcountry-Rinne, und ich ride diese Bitch bis ganz nach unten.

Vor mir ist eine Senke, und ich weiß, wenn ich sie mit genau der richtigen Geschwindigkeit und dem richtigen Winkel treffe, werde ich etwa sechs Meter in die Luft katapultiert, also wappne ich mich, mache mich bereit …

Holy fuck! Ich fliege wirklich. Ich mache einen Trick, einen krassen 1080 Inverted Cab, dann beuge ich die Knie und wappne mich für die erste Landung. Ich komme hart auf, behalte aber die Kontrolle, während ich die nun fast senkrechte Rinne hinunterschieße.

Ich habe einen kurzen Heilige-Scheiße-Moment, den Bruchteil einer Sekunde, in dem ich mir sage, dass das vielleicht doch keine gute Idee ist. Aber es ist verdammt noch mal zu spät, um sich übers Sterben Gedanken zu machen. Alles, was ich jetzt tun kann, ist fahren.

Also tue ich das, drehe und wende mich, um den Felsformationen, Bäumen und verdammten Felsbrocken auszuweichen, die aus dem Nichts aufzutauchen scheinen. Ich nehme ein paar weitere Lips, hole einige krasse Airs raus und schaffe es, noch mehr Tricks rauszuhauen. Ich schaffe einen weiteren 1440 und einen geilen Double Backside Rodeo 1080, aber die meiste Zeit genieße ich einfach nur den besten Ride meines Lebens.

Mitten in der Aufregung beginnt mein Satellitentelefon zu klingeln. Ich weiß, dass es Ash oder Cam oder Luc sind, die anrufen, um mich zur Sau zu machen, aber es ist nicht so, als könnte ich gerade wirklich drangehen. Ich bin zu sehr damit beschäftigt, nicht draufzugehen.

Ich komme zu einer weiteren Lip, die so riesig ist, dass ich schwören würde, es ist eine künstliche Rampe, wenn ich es nicht besser wüsste. Ich mache mich bereit und tue alles, was ich kann, um Speed aufzunehmen, denn das Einzige, was noch schlimmer ist, als schnell von so einem Ding wegzukommen, ist, langsam wegzukommen.

Ich schaffe es die Rampe hinauf, schieße in die Luft und habe meinen zweiten – und größten – Oh-Scheiße-Moment des Rides. Denn da ist nichts, verdammt! Ich bin im freien Fall … fünfzehn, dreißig, sechzig Meter, vielleicht mehr. Ich kann es in diesem Moment nicht sagen. Es ist absolut lächerlich. Der größte Air meines Lebens, und ich bin zu konzentriert darauf, den Boden zu finden, um überhaupt einen Trick zu machen.

Endlich – endlich! – rast er auf mich zu. Ich drehe mich hin und her, um zu versuchen, einen guten Blick darauf zu kriegen, womit ich es zu tun haben werde, wenn ich runterkomme. Die Neigung ist nicht schlecht, und der Powder sieht aus, als wäre er in diesem Bereich ziemlich kompakt, also entspanne ich mich bewusst und lockere meine Gliedmaßen, damit ich mir bei der Landung nichts überdehne.

Ich lande besser, als es mir zusteht, auf einem Abhang, der viel sanfter ist als der, von dem ich gerade gekommen bin. Ich denke, dass ich schon ziemlich weit unten bin, dass der Ride fast vorbei sein muss, also gebe ich alles, was ich habe, baue meinen Speed auf für das, was vermutlich der letzte Sprung sein wird. Dieser ganze Ride war verdammt sick, also was soll's. Ich mache den Trick, an dem ich heimlich gearbeitet habe, den Trick, den niemand kennt und den ich noch nie jemanden habe landen sehen.

Den Triple McTwist 1440.

Shaun White hat den Double McTwist 1260 erfunden und auf der ganzen Welt berühmt gemacht. Aber mit genug Air weiß ich, dass ich einen zusätzlichen Twist und eine weitere halbe Drehung hinbekomme, und ich kann mir keinen besseren Zeitpunkt vorstellen, es zu versuchen. Ich nehme den Hang genau richtig, bekomme eine Menge Air und riskiere es einfach.

Ich schaffe ihn.

Ich schaffe ihn verdammt noch mal, unmittelbar bevor ich mitten in der schlimmsten Baumgruppe lande, die ich je gesehen habe. Dann rase ich den letzten Abschnitt des Berges hinunter, schlängle mich dabei zwischen den Bäumen hindurch und bete, dass ich nicht mit achtzig Sachen gegen einen davon knalle.

Irgendwie, irgendwie schaffe ich es, ihnen allen auszuweichen, und komme am Fuß des Berges zu einem abrupten – und etwas enttäuschenden Halt.

Ich drehe mich um und blicke so weit den Berg hinauf, wie ich gucken kann, und entscheide, dass sechzig Meter eine wirklich konservative Schätzung für diesen Drop in der Mitte des Runs war. Von hier aus sieht es eher wie knapp achtzig aus.

Ich bücke mich, um mein Board abzuschnallen, aber mein Telefon klingelt schon zum dritten oder vierten Mal, und ich denke mir, ich sollte meine Freunde von ihrem Leid erlösen, bevor einer von ihnen noch einen verdammten Schlaganfall bekommt. Ich reiße den Klettverschluss meiner Hosentasche auf, ziehe das Telefon heraus und gehe dran, bevor es auf die Mailbox geht.

»Hey, Cam.«

»Oh mein Gott. Oh mein Gott. Ohmeingott. Ohmeingooooooott!« Zum Schluss kreischt sie, dann wird ihre Stimme für eine Sekunde gedämpft, als sie schreit: »Er ist drangegangen! Er ist drangegangen!« Im nächsten Moment redet sie wieder mit mir: »Wie konntest du nur? Wir dachten, du wärst tot. Wir dachten, du hättest dich verdammt noch mal umgebracht. Wir dachten …« Sie beginnt zu schluchzen.

Scheiße! Schuldgefühle überrollen mich und killen die Endorphine des Runs. Ich wusste, dass sie sich Sorgen machen würden, aber ich hätte nie gedacht …

»Gib mir das Handy«, höre ich Ash im Hintergrund sagen. Dann ist er in der Leitung. »Z? Bist du verletzt? Wo bist du?«

»Ich bin okay. Völlig in Sicherheit. Ich bin am Fuß des Berges.«

Lange Pause. »Du bist am … Du bist am Fuß des Berges?«

»So ziemlich.«

»Du bist den ganzen verdammten Berg runtergefahren? Den. Ganzen. Verdammten. Berg?«

»So viel davon, wie ich konnte. Ich meine, ich bin nicht ganz am Fuß, aber ich bin ziemlich weit unten. Zu meiner Verteidigung, es ist ein ziemlich kleiner Berg.« Ich höre Luc im Hintergrund fluchen, und Cam scheint endlich ihr Schluchzen unter Kontrolle zu haben. »Es geht mir gut«, sage ich noch mal. »Kein Problem.«

»Du bist ein Idiot, das weißt du, oder? Ein total verdammter Vollidiot.«

»Ich habe nie etwas anderes behauptet.«

Eine weitere lange Pause. Dann: »Also, war es geil?«

Ich entspanne mich bei dieser Frage und weiß, dass ich aus dem Schneider bin. »So verdammt geil, Mann. Du würdest es nicht mal glauben.«

»War die Kamera an?«

»Was? Nein. Ich hab sie nicht eingeschaltet.«

»Aber ich, direkt bevor ich sie dir gegeben habe.«

»Ernsthaft?« Ich sehe hinunter auf die Kamera, die immer noch an meiner Brust befestigt ist. Und tatsächlich, das kleine grüne Lämpchen leuchtet.

Ich starre es eine Sekunde lang an, während ich zu entscheiden versuche, was ich davon halte. Sicher, ein Teil von mir denkt, dass es toll wäre, wenn der Run aufgezeichnet worden wäre, aber ein anderer Teil möchte ihn für mich behalten. In gewisser Weise fühlt sich das, was auf dem Weg nach unten passiert ist, viel zu privat an, um es mit jemandem zu teilen.

Nur haben Luc, Ash und Cam es verdient zu sehen, was passiert ist. Nach allem, was sie sich in den letzten Minuten vorgestellt haben, denke ich, bin ich ihnen das schuldig. Es ihnen zu zeigen, bedeutet nicht, dass es auf der Website, TikTok oder YouTube veröffentlicht werden muss. Es könnte nur für uns sein.

»Ja, ich habe das Material.«

»Ausgezeichnet! Ich will jede Sekunde davon sehen.«

»Dachte ich mir.«

»Ich habe allerdings eine Frage.«

»Ja?«

»Wie zum Teufel willst du wieder hier raufkommen? Ich glaube nicht, dass es das Schneemobil den Weg runterschafft, den du genommen hast, und unser Trail führt nicht annähernd so weit den Berg hinunter.«

»Ja, daran habe ich auch gerade gedacht.«

»Und was hast du entschieden?«

Sobald ich auf dem Handy die örtliche GPS- und Wander-App aufgerufen habe, dauert es nur eine Minute, bis ich finde, wonach ich suche. »Ich bin nur etwa drei Stunden vom Lost Canyon Resort entfernt. Ihr könnt mich dort abholen, wenn ihr mit dem Boarden für heute fertig seid.«

»Ernsthaft? Du willst nach diesem Run drei Stunden lang durch die Berge wandern?«

Ich denke an all den Mist, der mir im Kopf herumschwirrt – April, meine Mom, die bevorstehenden Wettkämpfe, Ophelia. Ich will an nichts davon denken, ich will mich mit nichts davon auseinandersetzen. Und da ich nicht trinken und nicht vögeln kann, kann ich es genauso gut mit harter körperlicher Anstrengung versuchen. Wenn ich richtig erschöpft bin, schlafe ich vielleicht sogar später ein, ohne sturzbetrunken zu sein.

»Ich denke schon.«

»Also gut.« Er klingt skeptisch, aber er wird nicht widersprechen. »Ruf uns einfach an, sobald du die Lodge erreichst, damit wir nicht die Skipatrouille hinter dir herschicken müssen.«

»Ein Mal. Ein einziges verdammtes Mal, und du reibst es mir immer wieder unter die Nase.«

»Und das werde ich auch weiterhin tun.« Es folgt eine lange Pause, und ich will gerade auflegen, als er sagt: »Mach keine Dummheiten, okay?«

Ich versuche, es herunterzuspielen. »Ich? Keine Ahnung, wovon du redest.«

»Ja. Genau.« Er verstummt einen Moment lang, und ich höre,

wie er mit einem der anderen im Hintergrund spricht. Dann sagt er: »Ich soll dir von Cam ausrichten, dass du ein Arschloch bist.«

Jetzt bin ich an der Reihe, zu lachen. »Ich habe nie so getan, als wäre ich was anderes. Ihr seid diejenigen, die immer denken, dass da noch was sein muss.«

Kapitel 12

Ophelia

»Hey, Ophelia, fährst du zurück zur Unterkunft?«, fragt Harvey und rennt hinter mir her, als ich mich durch die schweren Eingangstüren des Hauptgebäudes der Lost Canyon Lodge schiebe.

»Ja.«

Es war ein langer, verrückter Tag, und ich bin erschöpft, auch wenn es erst vier Uhr nachmittags ist. Ich habe letzte Nacht nicht gut geschlafen, eigentlich seit der Sache mit Z nicht mehr, um ehrlich zu sein, und die Hektik im Café hat mich heute total ausgepowert. Das Letzte, was ich jetzt tun will, ist, die fünf Kilometer zurück zur Unterkunft zu laufen, aber das habe ich davon, dass ich mich weigere, mit dem Auto zu fahren.

»Was dagegen, wenn ich mitfahre? Mein Auto ist in der Werkstatt. Kaputte Lichtmaschine.«

»Oh, so ein Mist.« Ich habe mehr als genug Erfahrung im Umgang mit Autos gemacht, um mich damit auszukennen. »Die Dinger sind nicht billig.«

»Wem sagst du das.« Er sieht mich erwartungsvoll an. »Also, würdest du mich mitnehmen?«

»Würde ich gern, aber ich gehe selbst zu Fuß. Du kannst mir Gesellschaft leisten, wenn du willst. Wir können uns über *Hymne* unterhalten, wenn du es fertiggelesen hast.«

»Das habe ich in der Tat. Aber warum fährst du nicht? Ist mit deinem Auto auch etwas nicht in Ordnung?«

Nö. Mein Baby ist tipptopp in Schuss. Zumindest war es das, als ich es das letzte Mal angelassen habe. Was schon Wochen her ist, wenn ich so darüber nachdenke. An dem Tag, an dem ich hier angekommen bin und mich in der Unterkunft eingerichtet habe. Alles in allem könnte es jetzt eine Verdammt-was-hast-du-mir-angetan-Katastrophe sein. Schließlich hat es vorher sein ganzes Leben in New Orleans verbracht. Utah ist wahrscheinlich ein gewaltiger Schock für das arme Ding.

Harvey verrate ich allerdings nichts von alledem. Ich möchte ihm nicht erklären müssen, was ich selbst kaum verstehe. Stattdessen sage ich ihm einfach: »Mir war heute Morgen nach einem Spaziergang. Brauchte die Bewegung.«

Er sieht mich an, als wäre ich verrückt, aber er beschwert sich nicht, als wir vom Hauptweg auf den gewundenen Pfad abbiegen, der uns zu den Unterkünften führt. Ich bin den Weg in den letzten zwei Wochen jeden Tag zweimal gegangen, also bin ich ziemlich vertraut mit ihm. Aber trotzdem, an Tagen wie heute, wenn Wolken aufgezogen sind und den Himmel verdunkeln, kann ich nicht anders, als darüber zu erschrecken, wie unheimlich er sich anfühlt. Vor allem, weil er nicht sehr stark frequentiert wird.

»Aber es ist schön, Gesellschaft zu haben«, sage ich lächelnd zu ihm. »So vergeht die Zeit schneller.«

Wir verbringen die nächsten fünfzehn Minuten damit, über Ayn Rand und *Hymne* zu reden und darüber, wie bescheuert es ist, dass eine Frau, die ein Buch wie dieses geschrieben hat, auch an der antikommunistischen Hexenjagd der Fünfzigerjahre beteiligt war.

»Das ergibt einfach keinen Sinn«, sage ich zu ihm. »Wenn es ihr so wichtig war, dass Individualität und Ego das Einzige sind, was zählt, wie konnte sie dann an einer Kommission teilhaben, deren einziger Zweck es ist, Leute zu bestrafen, die anders denken? Ich verstehe das nicht.«

»Überrascht dich das wirklich? Ich dachte, Künstler seien dafür bekannt, keinen Sinn zu ergeben. Oder zumindest dafür, völlig heuchlerisch zu sein.«

»Nicht alle«, sage ich. »Manche meiner liebsten Menschen auf der Welt sind auf die eine oder andere Weise Künstler. Sie sind wirklich leidenschaftlich und irgendwie egozentrisch, aber ich würde sie nicht heuchlerisch nennen.«

Ich denke an Remi, der unglaublich gut zeichnen konnte. Er ließ nicht viele Leute diese Seite von sich sehen – ich weiß nicht, ob er Angst hatte, dass sie für das Viertel, in dem wir lebten, nicht tough genug war, oder ob er sein Talent einfach für sich behalten wollte –, aber er hatte weit über ein Dutzend Skizzenblöcke mit den schönsten Zeichnungen. Als er starb, schenkte mir seine Mutter alle bis auf einen.

Sie sind eines der wenigen Dinge, die ich tatsächlich aus New Orleans mitgebracht habe. Ich konnte sie noch nicht öffnen, konnte die dunklen Linien und breiten Striche, die so viel von Remis Skizzen ausmachen, noch nicht betrachten, aber ich kann sie auch nicht loslassen. Eines Tages, sage ich mir. Eines Tages vielleicht wird es nicht mehr wehtun, wenn ich versuche, sie zu öffnen.

»Vielleicht bin ich voreingenommen«, sagt Harvey. »Meine Mom war Sängerin. Sie hat uns verlassen, als ich klein war, weil sie ›ihrem Glück folgen musste‹. Ich glaube nicht, dass mein Dad je darüber hinweggekommen ist.«

»Mein Dad hat fast dasselbe getan.«

Er sieht mich von der Seite her an. »Das tut mir leid.«

»Nicht so schlimm. Ich war noch ein Baby, deshalb hatte ich nie die Gelegenheit, ihn kennenzulernen.« Ich strecke die Hand aus und lege sie auf seinen Arm. »Aber das mit deiner Mutter tut mir leid.«

Wir sind jetzt fast am Ende des Waldes, nur noch ein knapper

Kilometer liegt zwischen uns und der Wärme der Unterkunft, und ich kann es kaum erwarten, dort anzukommen. Meine Finger und Zehen sind völlig taub, und obwohl ich eine Mütze und einen Schal trage, fühlen sich meine Ohren und meine Nase an, als ob sie tatsächlich Frostbeulen bekämen.

Wie zum Teufel können die Menschen hier oben eigentlich leben? Sicher, es ist schön, aber es gibt viele schöne Orte auf der Welt, an denen nicht sechs Monate im Jahr Schnee liegt. Wie Tahiti. Oder Brasilien. Oder Äthiopien, verdammt! Ich komme langsam an den Punkt, an dem es mir egal ist, wohin ich gehe, solange es nur weit weg von hier ist.

Ich beschleunige mein Tempo – ich kann meinen Flanellpyjama und die flauschigen Hausschuhe fast schon spüren –, doch Harvey hält mich mit einer Hand an meinem Ellbogen auf.

»Was ist los?«, frage ich. Eine Sekunde lang zucken mir Bilder von Wölfen oder Rotluchsen durch den Kopf, oder was auch immer für wilde Tiere hier oben leben. Jedes Mal, wenn ich diesen blöden Weg gehe, stelle ich mir vor, wie ich von irgendeinem hungrigen Tier mit echt scharfen Zähnen und einer Vorliebe für Menschenfleisch in die Wildnis verschleppt werde. Übertrieben dramatisch, womöglich, aber ich bin ein Stadtkind und habe kein Problem damit, das zuzugeben.

»Nichts.« Harvey zieht einen seiner Handschuhe aus, dann streicht er mit eiskalten Fingern über mein Gesicht. »Deine Wangen sind wirklich rosig.«

In meinem Kopf beginnen die Alarmglocken zu schrillen. Trotzdem verdränge ich sie und versuche, mir einzureden, dass ich mich irre. Das Letzte, was ich gebrauchen kann, ist, dass Harvey sich an mich heranmacht – er ist so ziemlich der einzige Freund, den ich hier habe, und das will ich nicht kaputtmachen, indem ich ihn zurückweise.

»Das ist der Wind«, sage ich und mache ein paar Schritte rückwärts. »Ich glaube, der hat mir die obersten drei Hautschichten abgeschliffen.«

Er kapiert den Wink nicht. Stattdessen kommt er ein paar Schritte näher, streicht mit den Fingern über mein Haar.

»Ich muss los«, sage ich ihm. »Ich habe meiner Mom versprochen, dass ich sie um halb fünf anrufe, und es ist schon fast so spät.«

»Du bist wirklich hübsch. Das weißt du doch, oder?« Er schiebt seine Hände tiefer in mein Haar – fest genug, dass meine Mütze herunterfällt –, und seine Finger verflechten sich mit den Strähnen.

»Harvey.« Ich lege eine Hand auf seine Brust und versuche, ihn ein wenig zurückzudrängen. »Das ist keine gute Idee.«

»Hast du einen Freund?«

Aus irgendeinem verrückten, gottverlassenen Grund taucht bei dieser Frage das Gesicht von Z in meinem Kopf auf. Nicht Remi, sondern Z. Das erschrickt mich so sehr, dass ich Harvey wegstoße, kräftig – und dabei fast ein Büschel meiner Haare verliere.

»Au!« Meine Hand geht zu der wunden Stelle, wo er mich an den Haaren gezogen hat. »Was zum Teufel sollte das denn?«

»Warum hast du mich so weggestoßen?« Plötzlich ist er noch näher als vorher. Und diesmal wirkt die Nähe nicht mehr ganz so harmlos wie noch vor ein paar Minuten. »Ich wollte dir nicht wehtun.«

»Ich weiß. Es ist nur …« Ich setze an, ihm von Remi zu erzählen, aber ich rede nie über ihn. Niemals. Und ich werde jetzt nicht damit anfangen, nur damit sich ein Typ besser fühlt, der definitiv seine Grenzen überschritten hat.

»Was? Bin ich nicht gut genug für dich, weil ich ein Tellerwäscher bin?«

»Das habe ich nie behauptet«, sage ich, noch während ich weiter vor ihm zurückweiche. Die Alarmglocken haben sich in ausgewachsene Warnsirenen und Rundumleuchten verwandelt, zusammen mit der Warnung: »Hau so schnell wie möglich ab, Mädchen«, die ich nicht zu ignorieren gedenke. »Ich dachte, wir wären Freunde.«

»Und wenn ich nicht nur dein Freund sein will?« Er packt meine Arme und zieht mich näher an sich heran. »Was ist, wenn ich mehr sein will?«

Scheiße! Das wird nicht gut ausgehen. Das merke ich jetzt schon. Ich versuche, mich von ihm loszureißen, doch er verstärkt seinen Griff, bis sich seine Finger so fest in meine Arme graben, dass es wehtut.

»Lass mich los, Harvey.« Ich ziehe fester, reiße meine Arme aus seinem Griff, dann stolpere ich zurück und falle dank des Schnees fast auf meinen Hintern. »Ich muss zurück zu meinem Zimmer. Ich muss meine Mom anrufen.«

Er streckt die Hand aus, um mich zu stützen, aber ich will seine Hilfe nicht. Lieber falle ich auf den Hintern, als dass ich irgendetwas von einem Kerl annehme, der glaubt, es wäre ein wirksames Mittel der Kommunikation, mich grob zu behandeln.

»Hey, ganz ruhig, Ophelia. Ich werde dir nicht wehtun.«

Ja, das könnte ich glauben, wenn ich nicht immer noch den Abdruck seiner Finger auf meinem Oberarm spüren würde. So wie es schmerzt, bin ich mir ziemlich sicher, dass er blaue Flecken hinterlassen hat. »Also gut. Dann lass mich zurück zu meinem Zimmer gehen. Ich muss meine Mom anrufen.« Ich wiederhole die Information in der Hoffnung, dass sie in seinen Dickschädel dringt.

Wie bin ich nur in diese Situation geraten? Ich dachte, Harvey wäre ein netter, harmloser Kerl – wahrscheinlich, weil er mich an Remis besten Freund Max erinnert, der keiner Fliege etwas zuleide tun würde. Ich habe sogar die unheimliche Art, mit der er mich und einige der anderen Mädchen ansieht, als Nervosität abgetan, weil ich gedacht habe, es fehlt ihm an sozialer Kompetenz. Mir ist nie in den Sinn gekommen, dass etwas Unheilvolleres im Gange sein könnte. Aber das ist offensichtlich ein verdammter Fehler von mir gewesen. Wie sich herausstellt, sehen Harveys Pläne eine nachmittägliche Fickparty vor, von der ich plötzlich denke, dass es ihm nichts ausmachen wird, sie zu einer Vergewaltigungsparty zu machen, wenn ich nicht mitspiele.

Und ich werde definitiv nicht mitspielen. Aber ich werde auch keine Angst zeigen. Nicht vor diesem Arschloch, das sich einbildet, ein Playboy zu sein. Es mag meine eigene Dummheit sein, die mich in diesen Schlamassel gebracht hat – wann zum Teufel werde ich es lernen? –, aber ich habe es satt, nett zu sein. Das führt nur dazu, dass ich in Schwierigkeiten komme.

Als er nichts sagt, versuche ich, mich an ihm vorbeizubewegen, wobei ich geflissentlich darauf achte, ihn nicht zu berühren. Aber er bewegt sich mit mir. Versperrt mir den Weg. *Gottverdammt!* Er hat ein neckendes Lächeln auf dem Gesicht, als wäre das alles ein Spiel, doch ich will nicht spielen. Nicht jetzt. Nicht mit ihm.

»Komm schon, Harvey. Ich habe keine Zeit für so etwas.«

»Aber sicher doch. Du hast doch heute Abend nichts vor.«

Die ersten Stufen der Angst arbeiten sich durch meine Verärgerung. »Woher weißt du, welche Pläne ich habe?«

»Ich habe mich umgehört. Ich wollte sicher sein, dass du Zeit hast, mit mir was essen zu gehen.«

»Ist dein Auto überhaupt kaputt?«, frage ich, während sich in meinem Kopf alle Puzzleteile zusammenfügen.

Er blickt zu Boden und tut so, als wäre er verlegen. »Ich wollte nur einen Vorwand haben, um mit dir zu reden.«

Scheiße! All meine Nervenenden sträuben sich jetzt alarmiert. Ich schaue mich um, versuche, mein rasendes Herz und meine schwitzenden Handflächen zu ignorieren, aber es funktioniert nicht. Nicht, wenn die Panik in mir aufsteigt wie ein Ballon, der zu platzen droht. Es fällt mir immer schwerer zu atmen, zu denken. Ich war schon einmal an diesem Punkt, ich weiß, wo das enden wird, wenn ich ihn nicht auf Abstand kriege.

Ich will fortlaufen, aber ich bin immer noch ungeschickt im Schnee. Meistens falle ich hin, wenn ich versuche, zu schnell zu gehen, und das Letzte, was ich jetzt will, ist, mit Harvey über mir auf dem Boden zu liegen. »Dann lass uns in die Cafeteria gehen«, sage ich schließlich, in der Hoffnung, ihn zu besänftigen, indem ich irgendwie bei dem mitspiele, was er will. »Ich habe das Mittagessen ausfallen lassen, also könnte ich gut einen Snack oder so vertragen.«

Er lächelt triumphierend bei meinen Worten, als hätte er irgendetwas gewonnen. Das bringt mich zum Kochen, und eine Million Beleidigungen finden ihren Weg auf meine Zungenspitze. Aber ich spreche keine davon aus. Nicht hier draußen, wo mich niemand schreien hören kann. Nicht hier draußen, wo ich diesem riesigen Affen und seiner ekelhaften Libido ausgeliefert bin. Sobald ich wieder in der Angestelltenunterkunft bin, werde ich ihm die Meinung geigen und dann in mein Zimmer rennen. Und ich werde erst wieder rauskommen, wenn ich all die Selbstverteidigungstechniken geübt habe, die Remi mir beigebracht hat, als wir anfingen, miteinander auszugehen.

Das wird mir auf keinen Fall noch einmal passieren. Auf gar keinen Fall.

Ich setze ein zweites Mal an, um Harvey herumzugehen, und dieses Mal lässt er mich vorbei. Die Panik lässt nach, und ich atme ein wenig auf. Dabei frage ich mich, ob die ganze Scheiße mit den Freunden meiner Mom über die Jahre dazu geführt hat, dass ich auf etwas überreagiere, das nichts weiter als eine einfache Anmache ist.

Aber dann packt er mich von hinten, schlingt die Arme um meine Mitte und zieht mich mit dem Rücken eng an seine Vorderseite. Er beugt sich herunter und flüstert mir etwas ins Ohr, sein Atem heiß und ekelhaft an meiner Wange. Ich kann nicht hören, was er sagt, durch mein eigenes heftiges Atmen und die erstickten Schreie, die aus meiner Kehle kommen. »Hör auf!«, sage ich zu ihm, während ich mich mit aller Kraft gegen ihn wehre.

Er lacht nur und hält mich noch fester. In diesem Moment spüre ich es gegen meinen unteren Rücken stoßen. Er ist hart. Mir dreht sich der Magen um, und für eine Sekunde denke ich, dass ich mich wirklich übergeben muss. Aber das kann ich nicht, nicht jetzt. Er ist stark und fast zwanzig Zentimeter größer als ich, und ich brauche jedes Quäntchen Konzentration, das ich habe, wenn ich das hier überstehen will.

»Entspann dich«, sagt er, während er mich in einer obszönen Version einer dicken Umarmung von den Füßen hebt. »Ich spiele doch nur mit dir.«

»Dann lass mich los. Ich will nicht spielen.« Ich ramme ihm den Ellbogen rückwärts in die Rippen, aber es hat keine große Wirkung. »Bitte, lass mich los.«

»Sicher, natürlich.« Er stellt mich wieder auf den Boden und lockert seinen Griff gerade so weit, dass er eine Hand unter meine Jacke und meinen Pullover schieben kann. Seine raue Handfläche liegt jetzt auf meinem Bauch, auf meiner Haut, und die Angst ist ein tödlich scharfer Eiszapfen in meinem Innern. »Ich werde dir nicht wehtun, Ophelia. Ich will nur …«

Er fliegt durch die Luft, bevor er zu Ende sprechen kann. Ich rechne nicht damit und lehne mich so angestrengt in die andere Richtung, dass ich in der Sekunde, in der er mich loslässt, hart nach vorne stolpere. Ein starker Arm legt sich um meine Taille, kurz bevor ich zu Boden gehe, und bewahrt mich davor, mit dem Gesicht voran in den Schnee zu fallen. Ich weiß, dass es diesmal nicht Harvey ist, ich spüre den Unterschied an dem Arm, der mich hält, und dem würzigen Zimtduft des Mannes, zu dem er gehört, aber ich flippe trotzdem aus. Fange an zu schubsen und zu kratzen, um wegzukommen. Ich kann nicht denken, kann nicht atmen. Ich kann nicht …

Er lässt sofort los, macht ein paar Schritte von mir fort. »Hey, Ophelia, bist du okay?«

Ich drehe den Kopf und sehe Z dort stehen, die Hände vor sich in einer Geste erhoben, von der ich weiß, dass er sie unbedrohlich und beruhigend meint. Und das ist sie auch. Irgendwie weiß ich, dass die

Wut, die in seinen Augen brennt, nicht auf mich gerichtet ist. Dass er *mir* nicht wehtun wird.

Harvey dagegen ist eine ganz andere Sache. Z sieht ihn an, als wollte er ihn umbringen. Und vielleicht ist es falsch von mir, aber ich kann einfach nicht den Willen aufbringen, mich darum zu scheren. Nicht im Moment, da ich immer noch das Gefühl habe, Harveys Hand auf meinem Bauch zu spüren, seine Finger, die zu meinem BH kriechen.

Trotzdem, ich hasse es, wenn mich irgendjemand so verletzlich sieht. Ich fahre mir mit einem Handschuh übers Gesicht und wische die schwachen, nutzlosen Tränen weg, von denen ich nicht einmal wusste, dass ich sie weine. Aber sie sind an meinen Wangen festgefroren und rühren sich nicht von der Stelle. Nicht wirklich.

»Antworte mir, Ophelia.« Seine Stimme ist angespannt, besorgt. »Bist. Du. Okay?«

»Es geht mir gut.« Ich hole tief Luft und rede mir ein, dass es stimmt. »Es geht mir gut.«

Z sieht nicht überzeugt aus.

»Ich schwöre es«, versichere ich ihm und achte darauf, dass meine Stimme diesmal nicht zittert. »Ich bin okay.«

Es muss funktionieren, denn er nickt, bevor er seine Aufmerksamkeit auf Harvey richtet, der sich gerade vom Boden hochrappelt, wo Z ihn hingeschleudert hat. »Hey, Mann, wofür zum Teufel war das denn?«, beschwert er sich, während er seine Mütze aus dem Schnee klaubt.

Z antwortet nicht, sondern schlägt Harvey einfach mit der Faust mitten ins Gesicht. Harvey torkelt zurück, während Blut aus einer Platzwunde an seinem Wangenknochen zu sickern beginnt. Er fasst sich an die Wange, blickt hinunter auf seine blutverschmierten Handschuhe. Dann stürzt er sich mit einem wütenden Brüllen auf Z.

Er ist größer als Z – ein paar Zentimeter größer und wahrscheinlich fünfzig Pfund schwerer –, aber Z zuckt nicht einmal mit der Wimper. Er trifft ihn einfach frontal mit einer Faust in den Magen, so hart, dass Harvey nach Luft schnappt. Dann legt Z richtig los.

Es ist fast schon wieder vorbei, bevor es überhaupt angefangen hat. Ein paar Schläge, ein Aufwärtshaken und ein harter Schwinger in den Bauch, und Harvey liegt stöhnend im Schnee. Z steht über ihm, die Fäuste geballt, das Gesicht vor Wut verzerrt. »Was ist los, Arschloch? Gefällt es dir nur, Mädchen wehzutun? Komm schon, ich gebe dir einen Schlag frei. Damit du mal siehst, wie es sich anfühlt, einen Mann zu schlagen.«

Harvey bewegt sich nicht, also beugt sich Z hinunter, um ihn erneut zu schlagen. Ich gehe dazwischen, bevor seine Faust landen kann. Jemanden zu verteidigen, ist eine Sache, aber wenn Z noch mehr Schaden anrichtet, wird er im Gefängnis landen, und das hat er nicht verdient, nicht, wenn er nur versucht, mir zu helfen.

»Das reicht.« Ich lege meine Hand auf seinen Ellbogen. »Harvey hat genug.«

Z schüttelt mich ab. »Das ist nicht genug. Jemand muss dem Wichser beibringen, dass er nicht einfach so Hand an Frauen legen kann, nur weil ihm danach ist.« Er holt mit einem gestiefelten Fuß aus und tritt Harvey in die Rippen. Dann macht er es ein zweites und ein drittes Mal.

Harvey stöhnt auf und rollt sich zu einer Kugel zusammen, um den Tritten zu entkommen. »Z, hör auf!« Diesmal packe ich ihn und versuche, ihn wegzuziehen, aber wieder schüttelt er mich ab. Er scheint mich nicht zu hören. Alles, was er hört, alles, worauf er sich konzentrieren kann, ist Harvey.

»Jetzt siehst du nicht mehr so stark aus, Harvey. Wenn du dich auf dem Boden wälzt. Bettelst wie eine kleine Bitch. Wie fühlt es sich an, nicht der Stärkere zu sein, hm? Wie fühlt es sich an, nicht derjenige zu sein, der die Kontrolle hat?« Er tritt ihn wieder.

Scheiße! Wenn ich nichts unternehme, und zwar schnell, wird Z ihn umbringen. Das spürt man in jeder zornerfüllten Faser seines Körpers, in jedem wütenden Wort, das aus seinem Mund kommt.

Ich stürze mich von der Seite auf ihn und stoße ihn, so fest ich kann, als er gerade mit einem Bein ausholt, um Harvey erneut zu treten. Mein Angriff bringt ihn aus dem Gleichgewicht, und diesmal ist er an der Reihe, zu stolpern. Er fängt sich wieder und dreht sich dann mit einem verwirrten Gesichtsausdruck zu mir um. »Warum hast du das getan?«

»Sieh ihn dir doch an.« Ich zeige auf Harvey, der sich wimmernd zusammengerollt hat und darauf wartet, dass weitere Schläge auf ihn niederprasseln.

Aber es wird keine mehr geben. Mein Schubs war der Weckruf, den Z brauchte. Er ist fertig. Ich sehe es an seinem Blick, als wäre er gerade aus einem besonders realistischen Albtraum aufgewacht.

Als könnte er nicht glauben, was er getan hat.

Ich weiß nicht, warum, aber ich strecke die Hand nach ihm aus. Ich sollte erschrocken sein über seine Gewalttätigkeit, darüber, wie er sich in seinem eigenen Kopf verloren hat. Aber ich bin es nicht. Etwas an der Art, wie er mich berührte, wie er mir zu Hilfe kam, verrät mir, dass er mir nicht wehtun wird. Zumindest nicht mit seinen Fäusten. Außerdem, wenn er etwas von mir gewollt hätte, hätte er es schon vor ein paar Nächten haben können.

Es dauert nur wenige Sekunden, bis Harvey merkt, dass der Angriff aufgehört hat. Sobald er einen Blick auf Z wirft und feststellt, dass er nicht noch einmal geschlagen wird, rollt er sich auseinander und kommt mühsam auf die Beine. »Ich hatte nur ein bisschen Spaß, Mann«, sagt er mit einer weinerlichen, hohen Stimme, bei der ich mir wünsche, Z würde ihn doch wieder schlagen. »Ich hätte ihr nicht wehgetan.«

Ich denke an die blauen Flecken an meinen Armen, die Schmerzen in meinem Rücken und in den Schultern. Er hat bereits Schaden angerichtet und weiß es nicht einmal. Oder, wahrscheinlicher, es ist ihm egal.

»Geh mir aus den Augen, Arschloch.« Z starrt ihn wütend an und macht einen drohenden Schritt vorwärts. »Und wenn ich dich noch einmal in Ophelias Nähe erwische, bringe ich dich um.«

Eiskalt läuft es mir über den Rücken. Nicht wegen der Drohung, sondern wegen der tödlich sanften Entschlossenheit hinter diesen Worten. Ein Teil von mir glaubt, dass sie nicht nur gespielt sind, dass Z sie wirklich ernst meint.

Harvey muss das ebenfalls denken, denn er wird totenbleich, bevor er sich umdreht und so schnell in Richtung Lodge flieht, wie ihn sein verletzter Körper tragen kann.

Sobald er zwischen den Bäumen verschwunden ist, drehe ich mich zu Z um. »Bist du okay?« Er streckt die Hand aus, als würde sie wirklich wehtun. Was sie auch muss. Sie ist geprellt und geschwollen, die Knöchel sind von der Wucht, mit der seine Faust Harveys Gesicht getroffen hat, aufgeplatzt. Die Tatsache, dass er keine Handschuhe trug, dass seine Hände eiskalt sind, hat den Schaden nur noch verstärkt.

Er zittert auch, ich bin mir nicht sicher, ob vor Kälte oder als Reaktion. Aber ich kann ihn nicht hier draußen lassen. Nicht, wenn er mich gerade vor einem Schicksal bewahrt hat, an das ich nicht einmal denken will. Verdammt sei Harvey mit seiner »Hey, kann ich mitfahren«-Nummer Und verdammt sei ich dafür, dass ich dumm genug war, darauf hereinzufallen. Ich verwandle mich in eine dieser Heldinnen aus Horrorfilmen, die zu dumm zum Leben sind, und das gefällt mir ganz und gar nicht.

»Wo kommst du überhaupt her?«, frage ich, während ich mich umschaue. Bis wir zur Angestelltenunterkunft kommen, ist hier draußen nichts. Nur Schnee und Bäume und schroffe Felswände.

»Ich war wandern.« Er geht etwa fünfzehn Meter weg und hebt das Snowboard auf, das er offensichtlich in seiner Eile, mich zu retten, fallen gelassen hat.

»Mit einem Snowboard?«, frage ich ungläubig.

»Ist eine lange Geschichte.«

»Ja nun, sieht so aus, als hättest du Zeit, sie mir zu erzählen.« Ich nehme ihm das Board ab. »Na komm, lass uns zurück zu meinem Zimmer gehen, damit ich deine Wunden säubern kann.«

»Das musst du nicht tun.« Er bewegt sich nicht. »Ich will nur sicher sein, dass du okay bist.«

»Es geht mir gut. Du bist derjenige, der halb erfroren aussieht.« Ich werfe einen Blick auf seine Kleidung und stelle fest, dass sie nass und an vielen Stellen mit Eis überzogen ist. »Hey, was ist eigentlich mit dir passiert?«

Seine wilden saphirblauen Augen schnellen zu mir. »Was meinst du?«

»Ich meine, du bist klatschnass. Bist du gestürzt?«

Sein linker Mundwinkel hebt sich zu diesem schiefen Lächeln, dem ich einfach nicht widerstehen kann.

»So was Ähnliches.«

»Na, dann beeil dich. Du wirst hier draußen noch erfrieren.« Selbst die Snowboardhose kann ihn nicht vollständig vor all dem Eis schützen.

»Schon okay. Alles cool.«

»Was du nicht sagst! Deshalb klappern ja auch deine Zähne.«

Das schiefe Lächeln wird zu einem ausgewachsenen Grinsen. »Du hältst dich für ziemlich schlau, was, Ophelia?«

Ich denke an Harvey. An das Chaos, das ich zu Hause in New Orleans mit verursacht habe. An die Art und Weise, wie mir der Atem stockt, wenn ich zu nah bei Z stehe, obwohl ich es besser wissen sollte. »*Klug* ist nicht das erste Adjektiv, das mir in den Sinn kommt. Und jetzt lass uns gehen, bevor du dich in einen Eiszapfen verwandelst.«

Als er immer noch keine Anstalten macht, mir zu folgen, trete ich näher. Lege einen Arm um seine Taille.

Gott, er ist wirklich eiskalt.

»Bist du sicher, dass es dir gut geht?« Seine viel zu kalten Hände heben sich, um mein Gesicht in einer viel zu vertrauten Geste zu berühren. Nach der Art und Weise, wie wir uns am Freitagabend getrennt haben, sollte mich das eigentlich wütend machen – ich mag es schon im günstigsten Fall nicht, wenn man mich anfasst –, aber irgendwie tut es das nicht. Die Sorge, die ich in seinen Augen lesen kann, bewirkt, dass ich mich gut fühle. Sogar sicher, und so habe ich mich seit mehr Monaten, als ich zählen kann, nicht mehr gefühlt.

»Es geht mir gut«, sage ich noch einmal, und diesmal fühlt es sich wie die Wahrheit an. »Du warst hier, bevor er etwas anderes tun konnte, als mich zu belästigen.« Ich drücke gegen seine Taille, um ihn vorwärts zu schieben, und dieses Mal bewegt Z sich tatsächlich mit mir. »Übrigens, danke für die Rettung.«

»Ich würde es nicht gerade eine Rettung nennen.«

»Ach ja? Wie würdest du es denn nennen?«

»Eine helfende Hand. Du hast dich selbst verdammt gut geschlagen. Außerdem bin ich nicht gerade der Typ, der Jungfrauen in Not rettet.«

Da bin ich mir nicht so sicher.

Er hat für mich an der Bushaltestelle angehalten und ist dann den ganzen Umweg bis zur Mitarbeiterunterkunft gefahren, nur um sich zu vergewissern, dass ich in Sicherheit bin.

Er stoppte sich, als wir miteinander zugange waren, während kein anderer Kerl das getan hätte, nur weil er merkte, dass mir das Ganze nicht mehr gefiel.

Und jetzt das. Er hat Harvey von mir weggezogen. Er hat sich zwischen uns gestellt. Er hat sich vergewissert, dass es mir gut geht, bevor er sich Harvey zuwandte. Sosehr ich auch seiner Selbsteinschätzung zustimmen möchte, sosehr es die Dinge auch erleichtern würde, muss ich zugeben, dass er sich für mich ein wenig wie ein Held anfühlt. Was den ganzen Mist, der zwischen uns passiert ist, nur noch seltsamer wirken lässt.

Wir schweigen, bis wir zurück zur Unterkunft kommen. Ich weiß nicht, was ich sagen soll, und ich schätze, Z weiß es auch nicht. Nichts, was in unserer verkorksten Beziehung bisher passiert ist, hätte mich auf die Tatsache vorbereiten können, dass er derjenige sein würde, der mich vor einer Vergewaltigung bewahrt.

»Zieh deine Hose aus«, sage ich, als sich die Tür zu meinem Apartment hinter uns schließt.

Er dreht sich mit einem neckenden Blick zu mir um. »Willst du mich nicht wenigstens vorher zum Essen einladen? Ich bin nicht der Typ, der sich einfach so nackt auszieht.«

Ich verdrehe die Augen, während ich nach einer zusätzlichen Decke aus dem Schrank neben meinem Bett greife und sie ihm zuwerfe. »Du bist genau so ein Typ, wie der Freitagabend bewiesen hat. Und so reizvoll der Gedanke auch ist, dich nackt zu sehen, so habe ich doch eher daran gedacht, eine Unterkühlung zu verhindern, als mich an dir zu vergreifen.«

»Das sagst du, aber wir beide kennen die Wahrheit.« Er schüttelt die Decke ein paarmal, um sie zu entfalten. »Nicht, dass mich das stört.«

»Und da hatte ich schon Angst, deine zarten Gefühle zu verletzen.«

Er lacht laut und lang. Als er das tut, verschwindet der sensible, besorgte Typ von vorhin, nur um durch den großspurigen Mistkerl ersetzt zu werden, den die meisten Menschen sehen, wenn sie ihn angucken. Die Verwandlung sollte mich eigentlich ärgern, aber seltsamerweise tut sie das nicht. Nicht, als er mich anlächelt und sagt: »Du gefällst mir.«

»Du gefällst mir auch«, antworte ich schroff, fest entschlossen, ihm nicht zu zeigen, wie mich seine Nähe aus dem Gleichgewicht bringt. »Und jetzt zieh dich um.«

»Wenn du darauf bestehst.« Er greift nach dem Zugband am Bund seiner Hose und öffnet es.

»Stopp!«, schreie ich und wirble von ihm fort, sodass ich zur Wand blicke. »Was ist los mit dir, dass du ständig vor anderen Leuten deine Klamotten ausziehst? Da ist ein Badezimmer gleich hinter dieser Tür.« Ich zeige blindlings darauf.

Er lacht leise. »Was ist so schlimm daran? Das ist schließlich nichts, was du nicht schon gesehen hast. Außerdem ist es viel zu kalt, als dass ich keine Unterhose tragen würde.«

Ich antworte ihm nicht, sondern stöhne nur und halte mir die Augen zu. Jetzt, da ich nicht versuche, Sex mit ihm zu haben, um ihn loszuwerden, kann ich nicht glauben, dass er sich in meinem Zimmer auszieht. Direkt vor mir. Das habe ich davon, wenn ich versuche, mich für den Gefallen zu revanchieren, den er mir getan hat.

Einen halb nackten Z in meinem Schlafzimmer.

Mein Magen überschlägt sich bei dem Gedanken ein paar Hundert Mal, und anders als draußen bei Harvey ist das kein so schreckliches Gefühl. Was die Situation nur noch schlimmer macht. Remi ist noch kein ganzes Jahr tot, und schon denke ich an Z, nackt. Nicht nur daran, mit ihm aus Zweckdienlichkeit Sex zu haben, sondern ihn zu küssen, ihn zu berühren, mich von ihm berühren zu lassen.

Er ist alles, was ich an einem Mann nicht will, alles, wovon ich weiß, dass ich mich davon fernhalten sollte, und doch stehe ich hier und frage mich, was ich verpasse, wenn ich die Wand anstarre und nicht ihn.

Das zeigt nur, wie verdreht mein Urteilsvermögen wirklich ist.

»Du kannst jetzt gucken. Die nassen Sachen sind weg.«

Ich erkenne meinen Fehler, sobald ich mich umdrehe. Z hat mir nicht gesagt, dass er bedeckt ist, sondern nur, dass die nassen Sachen weg sind. Und das sind sie auch. Aber die Decke, die ich ihm gegeben habe, liegt zerknüllt zu seinen Füßen auf dem Boden, und er steht da und sieht mich an, nur mit schwarzen Boxershorts und grauen Socken bekleidet, die ein Loch über seinem rechten kleinen Zeh haben.

Endlose Sekunden lang kann ich nichts anderes tun, als ihn anzustarren. Eigentlich müsste er lächerlich aussehen, mit seinen heruntergerutschten Socken und dem Zeh, der herausragt, aber das tut er nicht. Stattdessen ist er umwerfend. Groß und schlank und gebräunt und muskulös. Und heiß. So verdammt heiß, dass ich spüre, wie mein ganzer Körper bei seinem Anblick Feuer fängt. Das Flattern in meinem Bauch wandert tiefer, und es kostet mich jedes Quäntchen Willenskraft, ihn nicht zu berühren. Oder, noch besser, ihn abzulecken.

Er hat heute Nachmittag seine Snakebites drin, und plötzlich will ich wissen, wie sich die kleinen silbernen Piercing-Kugeln an meinen Lippen anfühlen würden, wenn ich ihn küsse. *Falls* ich ihn küsse. Was ich nicht tun werde. Ich bin durch mit Adrenalinjunkies, die es regelrecht darauf anlegen draufzugehen. Und selbst wenn ich es nicht wäre, die flüchtigen Blicke, die ich auf ihn erhascht habe – die Narben auf seinem Körper und die, die unter seiner hübschen Fassade lauern –, jagen mir eine Heidenangst ein. Das war's also. Ich bin dankbar für das, was er getan hat, aber ich bin durch. Fertig. Ich werde seine Kleidung trocknen, und dann muss er gehen.

»Gib mir deine Sachen«, sage ich mit der besten »Ich bin überhaupt nicht beeindruckt von deinem schönen Körper«-Stimme, die ich zustande bringe. Natürlich wäre es wahrscheinlich überzeugender, wenn ich noch Luft bekommen würde. »Ich laufe runter und stecke alles in den Trockner.«

»Das musst du nicht tun.«

»Irgendwie schon. Es scheint ungnädig, dich erfrieren zu lassen, nachdem du mich davor bewahrt hast, eine weitere Statistik zu werden.«

»Hey! Dieses Arschloch hätte dir nicht wehgetan. Das hätte ich nicht zugelassen.«

»Ich weiß.«

Anstatt sich in die Decke zu wickeln, die ich ihm vorhin gegeben habe, greift er nach dem Gewirr aus Decken auf meinem ungemachten

Bett, zieht die oberste herunter und wickelt sie um sich. Dann vergräbt er sein Gesicht darin und atmet tief durch die Nase ein. Mein ganzer Körper wird heiß, als ich begreife, was er da tut. Er hat diese Decke genommen, damit er mich daran riechen kann, damit er von meinem Geruch eingehüllt ist.

Der Gedanke macht alle möglichen verrückten Dinge mit mir, gibt mir verschiedenste Gefühle, die ich einfach nicht will. Ich kann mich nur mit Mühe davon abhalten, sie ihm wieder vom Leib zu reißen. Aber dann stünde ich vor dieser Brust und diesen Bauchmuskeln und all diesen herrlichen Tattoos.

An diesem Punkt weiß ich nicht, was schlimmer wäre.

Das Schmunzeln auf seinem Gesicht verrät mir, dass er genau weiß, was ich denke. Natürlich weiß er das. Wie könnte er das auch nicht, wenn ihm die Mädchen auf Schritt und Tritt zu Füßen liegen?

Während ich meinen plötzlichen Anfall von Lust wieder dorthin zurückdränge, wo er hergekommen ist, nehme ich seine Kleider und ein paar Dollar in Münzen und laufe damit runter zur Angestelltenwaschküche.

Als ich zurückkomme, steht er vor meinem Bücherregal und hält mein ramponiertes Exemplar von *Der Fänger im Roggen* in den Händen.

Warum bin ich nicht überrascht? Natürlich ist er ein Fan von Holden Caulfield.

»Gefällt dir das Buch?«, fragt er, dabei klingt seine Stimme so beiläufig, dass ich weiß, er ist wirklich an der Antwort interessiert.

»Ja. Und dir?«

Er zuckt mit den Schultern. »Ich habe es nie gelesen.«

»Nicht mal in der elften Klasse?«, frage ich erstaunt. Ich dachte, reiche Jungs wie er gingen nur auf die besten Schulen.

»Ich war nie ein guter Schüler. Mit fünfzehn war ich schon von jeder größeren Privatschule in Park City und Salt Lake City geflogen.«

Also, das überrascht mich gar nicht. »Dann würde dir das Buch wahrscheinlich gefallen.«

Er wirft einen Blick auf das schlichte rot-weiße Cover. »Ach ja? Wieso denn?«

»Die Hauptfigur, Holden Caulfield, wird auch von einer Reihe von Schulen geworfen. Er ist so ziemlich einer der besten Antihelden, über die je geschrieben wurde.« Ich gehe in meine winzig kleine Küche, die eigentlich nur aus einem Minikühlschrank, einer Mikrowelle und dem Kaffee-Kapselautomaten besteht, den Remi mir letztes Jahr zu Weihnachten geschenkt hat.

»Willst du einen Kaffee oder eine heiße Schokolade oder so was?«

»Ja, gern.«

Ich deute auf das kleine Karussell, in dem ich die verschiedenen Kapseln aufbewahre, aber er ist zu sehr mit dem Klappentext auf der Rückseite des Buches beschäftigt, um es zu bemerken. »Du kannst es dir ausleihen, wenn du willst«, sage ich zu ihm.

Sofort legt er es weg. »Nein, das ist schon okay.«

»Bist du sicher? Es ist eine tolle Geschichte. Mit diesem Buch bewies Salinger – lange bevor die amerikanische Popkultur es herausfand –, dass Antihelden die besten Helden abgeben.«

Jetzt sieht er das Buch an, als wäre es eine Königskobra, die ihn im Visier hat. »Nein, danke. Ich hab noch nie viel gelesen.«

»Ich früher auch nicht.« Ich lege meine Lieblingssorte Kaffee in die Maschine und drücke dann auf »Brühen«. Wenn er die nicht mag, hätte er mir sagen sollen, was er will.

»Wirklich? Bei einem Namen wie Ophelia dachte ich, du wärst ein richtiger Bücherwurm.«

Da ich die Anspannung in ihm spüre, gehe ich auf seinen Themenwechsel ein. »Nö. Nicht wirklich.«

»Was hat sich denn geändert?«, fragt er. Auf meinen ausdruckslosen Blick hin fährt er fort: »Um dich zum Lesen zu bringen? Du hast hier eine Menge Bücher.«

Ich denke an die langen Wochen im Krankenhaus, an die noch längeren Wochen, in denen ich zu Hause auf dem Sofa lag und nur darauf wartete, wieder kräftiger zu werden. Nur darauf wartete, dass der Schmerz wegging. Er tat es nie.

»Das ist eine lange Geschichte.«

Sein sonst so überhebliches Lächeln ist verschwunden, und an seine Stelle ist eine Intensität getreten, die mir den Atem raubt.

»Davon haben wir beide anscheinend eine ganze Menge, oder?«

»Ich schätze, das haben wir.«

Er sieht mir in die Augen, hält meinen Blick für lange Sekunden fest. »Werden wir etwas dagegen unternehmen?«

Schon allein bei dem Gedanken daran bleibt mir die Luft weg. »Ich weiß es nicht. Ich … denke nicht.«

Er nickt, als hätte er genau diese Antwort von mir erwartet. Andererseits bin ich mir ziemlich sicher, dass er das auch sagen würde, wenn ich ihn nach seinen Geheimnissen fragen würde, also warum sollte er dasselbe nicht auch von mir erwarten?

»Dann erzähl mir etwas anderes.«

Misstrauisch sehe ich ihn an. »Was meinst du?«

»Ich weiß es nicht. Erzähl mir etwas, irgendetwas, über dich.«

»Warum sollte ich?«

»Weil, wenn du es tust, werde ich es auch tun.«

Ich kann mir ein Lächeln nicht verkneifen. »Ein kleines Ich-zeig-dir-meins-wenn-du-mir-deins-zeigst?«

Erst als er grinst, wird mir klar, was ich gesagt habe – und wie es sich anhört. Aber er spricht mich nicht darauf an. Stattdessen lächelt er unschuldig und sagt: »Ich bin ganz für Quid pro quo.«

Aber ich kann seine Augen sehen, kann sehen, wie sich seine Pupillen erweitert haben und seine Iris ein tiefes Mitternachtsblau angenommen haben. Das ist eine schlechte Idee.

Doch ich kann mich nicht daran hindern zurückzulächeln.

Genauso wenig, wie ich die Worte aufhalten kann, die aus meinem Mund purzeln.

»Ich hasse Rosenkohl, kaltes Wetter und Typen, die meinen, sie könnten alles haben, was sie wollen.«

Kapitel 13

Z

Sie spielt mit mir. Ophelia spielt mit mir, und ich weiß nicht, warum das so von Bedeutung ist – schließlich ist es nicht so, als hätte ich je sehr viel Wert auf Spielen gelegt –, aber das ist es. Das ist es wirklich.

Ich nehme meine Tasse Kaffee und trinke einen langen Schluck, während ich darüber nachdenke, wie ich auf das, was sie gesagt hat, reagieren soll. Dann, gerade als ihr das Lächeln vom Gesicht zu gleiten beginnt – als dächte sie, ich hätte nicht verstanden, was sie getan hat –, sage ich: »Ich mag Pfirsiche, frischen Powder und Mädchen, die sich von niemandem etwas gefallen lassen.«

Sie lacht. »Ich mag Pfirsiche auch.«

»Ich weiß.«

»Woher?« Sie hält mitten im Aufbrühen einer Tasse Kaffee für sich inne und sieht mich überrascht an.

»Weil du nach ihnen riechst. Nach ihnen schmeckst.« Ich halte die Decke ein wenig von mir weg, damit sie nicht sieht, dass mich schon allein der Gedanke, sie zu küssen, hart macht. »Als ich dir das erste Mal begegnet bin, dachte ich, du kämst aus Georgia.«

Lange Sekunden antwortet sie nicht. Als sie es schließlich tut, ist ihre Stimme leise. Heiser. Als wäre sie gerade aus dem Bett und in die Unterhaltung mit mir hineingestolpert. Ich mag den Klang. »Woher kommst du?«

»Park City, hier geboren und aufgewachsen.«

»Wirklich? Ich hätte nicht gedacht, dass irgendeiner der Snowboarder wirklich von hier ist. Ich dachte, ihr seid hergezogen, um zu trainieren.«

»Die meisten schon. Aber Ash, Cam, Luc und ich sind alle hier aufgewachsen. Wir sind praktisch schon Snowboard gefahren, bevor wir stehen konnten.«

»Wirklich?« Sie sieht fasziniert aus, also erzähle ich weiter.

»Ja, obwohl mich mein Vater zuerst auf Skier gestellt hat. Das ist so viel stilvoller als Snowboarden.«

»Trotzdem, er muss stolz auf dich sein, oder? Du bist einer der besten Snowboarder des Landes und stehst kurz davor, es bei den Olympischen Spielen zu versuchen.«

Scheiße! Ich hätte es besser wissen müssen, als meinen Vater zu erwähnen. Das tue ich nie, außer bei meinen Freunden, also schockiert mich die Tatsache irgendwie, dass er bei Ophelia so mühelos zur Sprache gekommen ist. Weil das so ist und weil ich das Gefühl habe, dass ich ein wenig Zeit brauche, um mich neu zu sammeln, nehme ich meinen Kaffee und gehe zurück zum Sofa-Bett.

Ophelia folgt mir, und obwohl sie sich ohne zu zögern neben mich setzt, sind wir uns des Knisterns zwischen uns bewusst, was meinen Schwanz nur noch härter werden lässt – ebenso wie meine Entschlossenheit, die Finger von ihr zu lassen.

»Jetzt bin ich an der Reihe, eine Frage zu stellen«, sage ich zu ihr, nachdem ich meine Aufmerksamkeit von ihren rosigen Lippen und noch rosigeren Wangen losgerissen habe.

»Nur zu.«

»Wenn du die Kälte hasst, was machst du dann hier? Denn es ist offensichtlich, dass du nicht wegen der Pisten hergekommen bist.«

»Ich brauchte einen Job, und da meine Tante und mein Onkel das Lost Canyon leiten, haben sie …«

»Alex und Penny sind deine Tante und dein Onkel?«

»Ja. Du siehst schockiert aus.«

»Nein, nicht schockiert, nur … Warum wohnst du nicht bei ihnen statt hier in der Mitarbeiterunterkunft?«

»Sie haben es mir angeboten, aber ich habe mich entschieden, hier zu wohnen. Sie sind meine Familie, aber wir stehen uns nicht nahe.«

»Warum nicht?«

»Dir ist schon klar, dass du drei Fragen gestellt hast, oder? Nicht nur eine?«

»Ja, aber du hast nur eine der Fragen beantwortet, also denke ich nicht, dass die Tatsache, dass ich drei Fragen gestellt habe, zählt.«

Sie sieht mich mit schmalen Augen an. »Ich denke doch.«

»Also gut. Dann stell du mir drei Fragen, und ich suche mir eine aus, die ich beantworte.«

»Genau genommen habe ich zwei beantwortet.«

»Ja, aber du hast die erste nicht fertig beantwortet …«

»Weil du mich unterbrochen hast!«

Ich zucke mit den Schultern und versuche, so unschuldig wie möglich auszusehen. »Regeln sind Regeln, weißt du?«

»Welche Regeln?«, will sie wissen. »Wir haben nie irgendwelche Regeln aufgestellt.«

»Das heißt nicht, dass es keine gibt. Ich denke sie mir spontan aus.«

»Ach, wirklich? Und warum darfst du dir die Regeln ausdenken?«

Ich tue so, als wäre ich schockiert, dass sie überhaupt fragen muss. »Weil es mein Spiel ist.«

Sie sieht mich kurz stirnrunzelnd an und sagt dann: »Du bist ein richtiger Idiot, weißt du das?«

»Weiß ich. Absolut. Habe nie was anderes behauptet.«

Sie verdreht die Augen und will mir dann einen gespielten Knuff verpassen, aber ich nehme ihre Faust in die Hand und öffne vorsichtig ihre Finger. Dann, weil ich mich nicht zurückhalten kann –

obwohl ich weiß, dass es eine schlechte Idee ist –, drücke ich ihr einen Kuss auf die Mitte ihrer Handfläche.

Ihr Blick springt zu meinen Augen, und für einen Moment denke ich, dass sie mich vielleicht rausschmeißt samt Decke und allem Drum und Dran.

Gott weiß, nach dem, was das letzte Mal passiert ist, als ich hier war, würde ich es ihr nicht verdenken, wenn sie es täte. Aber sie hebt die Hand zu meinem Gesicht, streicht mit dem Zeigefinger über meine Oberlippe und dann über meine Unterlippe. Und ich weiß, dass ich nirgendwo hingehen werde.

»Wie kommt es, dass dein Zimmer so kahl ist?«, frage ich. »Hier gibt es überhaupt nichts Persönliches.«

»Das sind vier Fragen, und ich habe noch nicht mal meine gestellt!«

»Das ist keine Antwort.«

»Weil du keine Antwort *verdienst.*«

Sie will sich zurückziehen, aber ich greife ihr Handgelenk und halte sie fest. Dann öffne ich den Mund und sauge ihren Finger sanft hinein. Ihre Atmung wird unregelmäßig, und ihre Augen richten sich waldgrün auf mich.

Gott sei Dank! Obwohl es erst ein paar Minuten sind, fühlt es sich an, als würde ich schon stundenlang hier sitzen – erregt –, während sie einfach weiterredet, ohne es zu bemerken. Das ist eine Situation, die ich nicht gewohnt bin.

Bevor ich irgendetwas anderes tun – oder fragen – kann, legt sich ihre andere Hand an meine Wange, und für lange Sekunden sitzen wir einfach nur da und sehen uns tief in die Augen. Es ist seltsam und aufregend und ein bisschen beängstigend zugleich, und ein Teil meines Gehirns schreit mich an wegzusehen. Einfach zurückzuweichen.

Ich habe mich heute von einem Berg gestürzt, Terrain befahren, das noch nie jemand befahren hat, und ich schwöre, das war tausendmal einfacher als das hier. Und dennoch bewege ich mich nicht. Ich atme kaum.

Ich kann es nicht. Denn was ich in ihren Augen sehe, was ich von ihr sehe, ist so faszinierend, so herzzerreißend, dass ich zum ersten Mal in meinem Leben mehr daran interessiert bin, etwas über sie zu erfahren, als an meiner eigenen Selbsterhaltung. Es ist ein seltsames Gefühl und ein verwirrendes zugleich.

Ich weiß nicht, wie lange wir einfach dasitzen und einander betrachten.

Lange genug, dass die Dämmerung vor ihrem Fenster in völlige Dunkelheit übergeht.

Lange genug, dass der Wind auffrischt und Schneegestöber die Luft blendend weiß färbt.

Mehr als lange genug, um mich zu fragen, was zum Teufel ich hier tue … und mir zu sagen, dass ich mich schleunigst aus dem Staub machen sollte.

Doch am Ende gehe ich nirgendwohin. Ich kann es nicht, nicht, wenn sie mich so ansieht, mit zitternden Lippen und großen, wilden Augen.

»Was machen wir hier?«, fragt sie schließlich leise.

»Ich habe keine Ahnung.«

»Ich auch nicht.«

Und dann lehnt sie sich vor, und ihre Lippen streifen zaghaft die meinen.

Ein Teil von mir möchte sie packen. Möchte die Hände in ihr Haar schieben und sie einfach festhalten, während ich jeden Zentimeter ihres Mundes erforsche. Jeden Zentimeter ihres Körpers.

Aber die Nacht von neulich ist ein Gespenst in meinem Kopf, und ich weiß – ich weiß –, wenn sie mir das noch einmal antut, wenn sie sich mittendrin ausklinkt, während sie mit mir zusammen ist, wird mich das fertigmachen.

Also ziehe ich mich sanft zurück, und diesmal nehme ich ihr

Gesicht in die Hände. Streichle mit meinen Fingern über ihren Kiefer. Verteile sanfte Küsse auf ihren Augen und Wangen und auf ihrem Nasenrücken.

»Ich sollte wohl besser gehen«, sage ich zu ihr, obwohl mich jeder meiner Instinkte anschreit, dass ich bleiben soll. »Denkst du, meine Klamotten sind fertig?«

»Was?« Sie sieht mich mit benommenen, erregten Augen an. »Du willst gehen?«

Mein Lachen klingt angespannt. »Ich *will* nicht gehen, aber ich sollte es wohl tun.«

»Warum?«

Ich zucke mit den Schultern, unsicher, wie ich meine Gedanken ausdrücken soll, ohne sie zu verletzen oder wie ein Arschloch zu klingen. Ich drücke ihr einen weiteren Kuss auf die Wange und stehe auf.

»Geh nicht.« Ophelia schlingt die Arme um meine Taille, und das ist so unerwartet, dass es mich aus dem Gleichgewicht bringt. Ich falle zurück aufs Bett.

Sie klettert über mich und setzt sich rittlings auf mich, während ihre Hände ihren Pullover hoch und über ihren Kopf ziehen. Darunter trägt sie ein abgetragenes, langärmeliges weißes T-Shirt, das sich an jede ihrer Rundungen schmiegt, und ich bin mir ziemlich sicher, dass ich den Schatten ihrer Brustwarzen durch ihren BH sehen kann.

Alles in mir spannt sich an – vor Verlangen, vor Bedürfnis, vor Sehnsucht –, und ich weiß, wenn ich nicht bald hier rauskomme, werde ich nicht mehr weggehen können. Ich will sie zu sehr.

»Baby, bitte.« Ich lege meine Hände über ihre und halte sie davon ab, meine Selbstbeherrschung mitsamt ihrem T-Shirt fortzureißen. »Du musst das nicht tun.«

»Du verstehst es nicht.« Als ihre Augen diesmal in meine blicken, sind sie groß und moosgrün und schimmern vor Tränen. »Ich möchte etwas fühlen. Irgendetwas, egal was. Ich habe mich so lange bemüht, gefühllos zu sein, dass ich glaube, ich habe vergessen, wie es sich anfühlt, etwas anderes zu sein. Bitte.« Sie zieht an der Decke, lässt Küsse auf meine Schultern, meinen Hals, meine Brust fallen. Fährt mit ihrer Zunge die unstrukturierten Linien meines Tattoos entlang. »Bitte, Z. Lass mich etwas fühlen. Lass mich irgendetwas fühlen.«

Die Worte brechen mit der Wucht eines Tsunamis über mich herein und ziehen mich in ihren Bann. Denn ich weiß, was sie meint. Scheiße, ich lebe jeden Tag damit, und ich würde es niemandem wünschen. Schon gar nicht diesem klugen, witzigen, wunderschönen Mädchen, das einen Weg findet, meine Welt aus den Angeln zu heben.

Doch als sie sich ihren Weg über meinen Bauch leckt, schaffe ich es, die Kraft aufzubringen, mich zurückzuziehen – auch wenn jede Zelle in meinem Körper darauf drängt, sie zu nehmen. Einfach in sie einzudringen und die Konsequenzen am nächsten Morgen auszubaden.

Aber so gehe ich mit allem um. Erst handeln, dann denken. Denn nichts war mir je wichtig genug, um mir Gedanken darüber zu machen, was danach kommt. Was als Nächstes kommt. Und obwohl ich Ophelia erst seit ein paar Tagen kenne, und obwohl es seltsame und steinige Tage waren, gibt es einen Teil von mir, der denkt – der weiß –, dass sie wichtig genug sein könnte. *Das hier* könnte wichtig genug sein, um mir Zeit zu nehmen und die Dinge zu durchdenken.

Weshalb ich meinen pochenden Schwanz und das Verlangen ignoriere, das wie ein führerloser Zug durch mich hindurchrast, und mich auf sie konzentriere. Nur auf sie.

»Wenn wir das hier tun, musst du bei mir sein«, sage ich zu ihr. »Bei jedem Schritt des Weges. Du kannst dich nicht ausklinken wie beim letzten Mal. Ich glaube nicht, dass ich damit noch einmal fertigwerde.«

Kapitel 14

Ophelia

Seine Worte scheinen im Zimmer ebenso widerzuhallen, wie sie in mir widerhallen und den ganzen leeren Raum ausfüllen, in dem ich so lange herumgeirrt bin. Ich blicke Z in die Augen, und da ist wieder diese Verletzlichkeit, die ich in jener Nacht wahrgenommen habe. Ich glaube nicht, dass er irgendjemand anderen nah genug an sich heranlässt, um sie zu sehen.

Ich sollte ihn gehen, ihn sofort hier rausspazieren lassen, bevor diese Sache so hässlich wird, wie ich weiß, dass sie es werden könnte. Aber so stark bin ich nicht. Nicht heute Abend, wenn die Leere in mir gähnt.

Ich habe mich so sehr angestrengt, Remi nicht zu vermissen, den Schmerz über seinen Verlust nicht zu spüren. Aber er ist da, ob ich ihn spüre oder nicht, und zerreißt mich von innen heraus. Warum sollte ich also nicht sagen: Zur Hölle damit? Warum sollte ich nicht zulassen, dass Z mir ein gutes Gefühl gibt, nur für eine Nacht?

Nur für eine einzige Nacht.

»Warum muss das hier so kompliziert sein?«, frage ich ihn. »Ich will dich. Ich glaube, du willst mich auch. Warum können wir nicht einfach gegenseitig dafür sorgen, dass wir uns gut fühlen?«

»Ist das alles?«, fragt er.

»Was meinst du?«

»Geht es hier nur um Sex? Nur darum, sich gut zu fühlen?«

Ich komme mir vor wie in der Twilight Zone, als ob alles auf dem Kopf stünde und von innen nach außen gekrempelt würde. Das hier ist Z Michaels – der schnellste Reißverschluss des Westens –, der diese Fragen stellt. Z Michaels, der wahrscheinlich mit mehr Frauen zusammen war, als wir beide aufzählen könnten, selbst wenn wir ein Jahr Zeit dafür hätten.

»Ich verstehe das nicht«, sage ich zu ihm. Meine Stimme zittert jetzt. *Ich* zittere, und ich weiß nicht, wie ich es in den Griff bekommen, wie ich es verbergen soll. Ich weiß nicht mehr, wie ich irgendetwas in den Griff bekommen soll. Ich will nur ... Ich will mich nur ausnahmsweise mal gut fühlen. Ich will nur ...

»Schhh, Baby. Ist ja gut. Ich verstehe es.« Z verlagert sein Gewicht und dreht uns, bis wir ausgestreckt auf dem Bett liegen. Dann haucht er sanfte Küsse an meinem Kiefer und meinem Hals entlang. »Ich werde dafür sorgen, dass du dich gut fühlst. Versprochen.«

Er drückt mir einen Kuss auf den Scheitel, dann einen auf jede meiner Wangen. Dabei murmelt er kaum hörbar etwas davon, Mitleid mit Hamlet zu haben. Ich kann es nicht ganz verstehen, aber mir steigt trotzdem Hitze in die Wangen.

Ich hasse meinen Namen und alle Schlussfolgerungen, die er mit sich bringt.

Hamlets labile Freundin, die durch Ränke und äußere Umstände in den Wahnsinn getrieben wird.

Die sich in den Forderungen und Machenschaften der Männer in ihrem Leben verliert.

Die einen schrecklichen Tod stirbt, weil sie sich der Realität dessen nicht stellen kann, was sie ihr angetan haben – was sie aus ihr gemacht haben.

Als ich *Hamlet* in der Schule zum ersten Mal las, fragte ich meine Mutter rundheraus, ob sie betrunken gewesen war, als sie mir den

Namen gab. Oder ob sie mich einfach nur hasste. Sie verstand es nicht, und wie sich herausstellte, hatte sie *Hamlet* nie gelesen. Ihr hatte der Klang von Ophelia gefallen – und die Idee, mich nach einer von Shakespeares Figuren zu benennen.

Toll gemacht, Mom.

Schade, dass sie sich nicht für Katharina aus *Der Widerspenstigen Zähmung* entschieden hatte. Mein ganzes Leben wäre vielleicht anders verlaufen.

Aber das hat sie nicht, und jetzt bin ich hier mit einem Kerl, der mich garantiert um den Verstand bringen wird, wenn ich es zulasse. Was ich nicht tun werde. Es geht nur ums Vergnügen, erinnere ich mich. Darum, mich für eine Weile zu verlieren. Etwas zu fühlen, nachdem ich so lange nichts gefühlt habe.

Z fährt damit fort, mir sanfte Küsse auf die Wangen, das Kinn, das Schlüsselbein zu drücken. Gleichzeitig wandern seine Hände zum Bund meiner Jeans, seine Finger tauchen unter den Stoff, um meinen Bauch, meine Hüften, meinen Hintern zu liebkosen.

Es sind einfache Berührungen, aber sie fühlen sich gut an. Wirklich gut. Erleichterung durchrieselt mich, während ich mich ihm entgegenwölbe, während ich die Arme um seinen Hals schlinge und seinen Mund zu meinem ziehe. Der Blick aus seinen Augen, diesen schönen, geheimnisvollen Augen, trifft auf meinen, und da ist etwas in ihnen. Etwas, das ich nicht verstehe. Etwas, das Alarmglocken in meinem Kopf läuten lässt.

»Z, ich …«

Diesmal ist er derjenige, der seine Finger auf meinen Mund legt. »Es ist okay, Ophelia. Ich hab dich. Ich hab dich.«

Und dann küsst er mich und küsst mich und küsst mich. Alles, was ich denke, alles, was ich sagen will, verschwindet in einem Strudel des Verlangens, als ich mich ihm hingebe, dem hier hingebe.

In der Sekunde, in der sich unsere Körper berühren, sprühen Funken in alle Richtungen. Ich atme tief ein, versuche, auf dem Boden zu bleiben, aber das führt nur dazu, dass mich dieser Geruch nach würzigem Zimt und eisigem Schnee ausfüllt.

Z riecht gut, wirklich gut, und ich will nichts sehnlicher, als näher an ihn heranzukommen. Mein Gesicht in seiner Halsbeuge zu vergraben und ihn einfach tief in mich einzuatmen.

Mit einem halb lachenden, halb stöhnenden Laut schließt er die Augen und zieht mich enger an sich. Ich lasse mich bereitwillig darauf ein, auch wenn sich ein Teil von mir darüber wundert, wie gut sich das anfühlt. Sein Atem ist heiß an meiner Wange, sein Körper hart an meinem, und ihn zu berühren, fühlt sich so gut an wie schon lange nichts mehr.

»Was machst du mit mir, Ophelia?«, murmelt er nach ein paar Augenblicken.

»Ich weiß es nicht.« Die Worte kommen leise heraus, zitternd.

»Ja.« Er drückt einen sanften Kuss in mein Haar. »Ich auch nicht.«

Dann sind seine Hände überall, *überall,* und ich schnappe nach Luft, als er uns wieder umdreht, mich auf ihn zieht und mir hilft, mich aufzusetzen, mit meinen Knien zu beiden Seiten seiner Hüften. Ich lehne mich rüber, um das Licht auszumachen, doch er legt eine große, vernarbte Hand auf meine.

»Ich will dich sehen«, sagt er.

»Nein.« Ich schalte das Licht aus.

Er langt rüber und schaltet es wieder ein. »Okay, Ophelia. Du wirst mir sagen müssen, was los ist, denn dieses ganze Ich-kann-dich-nur-im-Dunkeln-berühren verstehe ich nicht. Wovor hast du solche Angst, dass ich es sehe?«

Mehrere Sekunden lang antworte ich nicht. Ich starre ihn nur an, auf meiner Unterlippe kauend, während ich überlege, wie viel ich ihm erzählen will. Oder, genauer gesagt, wie viel ich ihm verschweigen kann.

»Quäl dich nicht.« Er hebt die Hand und drückt auf meine

Lippe, bis ich sie zwischen den Zähnen herausgleiten lasse. »Du musst es mir nicht sagen.«

»Ich hatte einen Autounfall. Vor ungefähr einem Jahr. Ich habe ein paar Narben. Sie sind nicht … sie sind nicht besonders schön.«

»Bist du in Ordnung?«

Ich schließe die Augen gegen das plötzliche Brennen von Tränen. Natürlich ist er derjenige, der das fragt, dieser Mann, der so hart und gefühllos tut, aber einen geheimen verletzlichen Kern hat, den er niemanden sehen lässt.

»Es geht mir gut.«

»Gut.« Wieder führt er meine Hand an seine Lippen, drückt Küsse darauf. »Denkst du wirklich, deine Narben würden dich weniger attraktiv für mich machen?« Er führt meine Hand zu seinem Bauch, fährt mit ihr über seinen herrlichen Waschbrettbauch. »Spürst du die?«, fragt er, während er meine Hand über eine besonders glatte Stelle seiner Haut führt. »Ich habe viele Narben. Deine bedeuten nichts für mich, außer dass ich weiß, du hast ihretwegen gelitten, und mir das leidtut. Wirklich leid.«

Gott, ist dieser Typ echt? Ich dachte, das hier würde einfach werden, dachte, wir könnten vögeln und das wär's. Aber nichts an dieser Situation, nichts an Z, entpuppt sich so, wie ich es erwartet habe.

»Was willst du von mir?«

»Was ich will? Dich einfach nur sehen, dich berühren. Dafür sorgen, dass du dich gut fühlst. Ich denke, die Frage ist: Was willst du von mir?«

Ich dachte, ich wüsste, was ich will, aber er ist so anders als das, wofür ich ihn hielt, als ich neulich den Kaffee über ihn schüttete. Und jetzt, da ich hier mit ihm zusammen bin, wirkt alles auf den Kopf gestellt. Ich weiß nicht mehr, was ich von ihm will, nur *dass* ich ihn will.

Langsam und zaghaft ziehe ich mein T-Shirt über den Kopf. Es ist schwieriger, als ich dachte, nervenaufreibender, hier zu sitzen und auf sein Urteil zu warten. Die Narben sind nicht schrecklich, aber auch nicht toll. Ich hatte eine Operation an einer kollabierten Lunge und einer gerissenen Milz, zahlreiche Eingriffe an meinem Arm, der bei dem Unfall zertrümmert wurde, und eine Reihe tiefer Schnitte von herumfliegenden Scherben der Windschutzscheibe.

Die Ärzte sagen, es ist ein Wunder, dass ich von dem Glas nur eine kleine Narbe im Gesicht habe, aber mein Oberkörper ist eine andere Geschichte. Insgesamt sind es etwa fünfzehn Narben, kleine und große.

Z sieht mir einige Sekunden lang in die Augen, ohne sich auch nur die Mühe zu machen, seinen Blick auf meine Brust und meinen Bauch zu senken. Ich weiß, was er tut, weiß, dass er versucht, mir zu zeigen, dass es ihm wirklich nicht wichtig ist. Aber mir ist es wichtig, und ich will es nur hinter mich bringen.

Endlich, endlich sieht er hin. Sein Gesichtsausdruck ändert sich nicht, auch nicht, als er mit der Hand über die größte Narbe fährt – eine lange, rötlich violette Narbe, die von knapp unter dem Brustbein bis kurz unterhalb des Bauchnabels reicht. Die Ärzte haben mir versichert, dass sie mit der Zeit verblassen und zu dem sanften, homogenen Weiß aller Narben werden würde. Aber im Moment ist sie immer noch deutlich zu sehen, immer noch hässlich, und ich hasse es, sie zu betrachten. Hasse es noch mehr, dass ich mich über sie ärgere, da ich doch wenigstens noch mein Leben habe, was mehr ist, als Remi hat.

»Ich bin froh, dass es dir gut geht«, sagt er.

Ich nicke, schaue weg. »Ja, ich auch.« Und in diesem Moment bin ich es wirklich, wenngleich ich es manchmal vergesse.

Z legt eine Hand um meinen Nacken und zieht mich nach unten, bis meine Lippen auf seine treffen. Und er küsst mich, als wollte er mich. Als spielten die Narben keine Rolle. Als wäre ich die begehrenswerteste Frau der Welt für ihn.

Wir küssen uns gefühlt stundenlang, bis ich alles andere vergesse, außer ihn und das Gefühl, von ihm gehalten, berührt und geküsst zu werden.

Als ich keuche und zittere und mich nichts anderes mehr kümmert, als mit ihm zusammen zu sein, greift Z schließlich nach meinem BH, seine geschickten Finger öffnen ihn und ziehen ihn innerhalb eines einzigen Atemzugs aus. Ich erschrecke kurz, schlage die Hände über meine Brüste. Seit Remi hat mich niemand mehr so gesehen, und plötzlich macht mir das Angst. Wenn ich mit Z schlafe, bewege ich mich einen unwiderruflichen Schritt fort von meiner Vergangenheit, von dem, was ich einmal war und wen ich einmal geliebt habe. Das ist schwieriger, als ich dachte.

Vor allem, weil Z absolut gewillt zu sein scheint, mich nicht zu drängen oder mich zu irgendetwas zu zwingen. Ich kann spüren, wie er sich an meine Mitte presst – ganz hart und heiß und noch größer, als ich ihn in Erinnerung habe –, und ich weiß, dass er unbedingt loslegen will, besonders nach dem, wie ich ihn beim letzten Mal im Stich gelassen habe. Aber er bewegt sich nicht, versucht nicht, meine Hände wegzunehmen. Er tut nichts, als dazuliegen und mich aus Augen zu betrachten, die fast schwarz vor Verlangen sind, und vor etwas anderem, das ich nicht erkenne.

Langsam, so langsam, dass es sich fast wie ein Traum anfühlt, lasse ich die Hände sinken. Lege sie auf seine Brust.

Und dann warte ich. Warte einfach.

»Bist du sicher, dass du das hier tun willst?«, fragt Z schließlich, dabei hält sein Blick den meinen fest, während seine Hände meine Arme hinaufgleiten, um sich sanft um mein Kinn zu legen.

Ich will etwas sagen, Ja sagen, aber meine Stimme bricht, also nicke ich nur und bete, dass es genug für ihn ist.

Das muss es sein, denn nach langen Momenten des Schweigens, der Stille, gleiten seine Finger in mein Haar. Dann zieht er die Haarnadeln heraus, mit denen ich sie mir während der Arbeit aus dem Gesicht halte, und wirft sie auf den Boden, eine nach der anderen, bis meine Locken um meine Schultern, über meinen Rücken und meine Brüste fallen.

»Du bist so schön«, sagt er zu mir, während seine Hände denselben Weg folgen wie mein Haar, mich streicheln, beruhigen, *umschmeicheln,* auf eine Art und Weise, die ich nie von ihm erwartet hätte.

»Du auch«, antworte ich und lasse die Hände an seinem langen, schlanken Oberkörper auf- und abgleiten. »Deine Tattoos sind unglaublich sexy. Ich wollte sie praktisch schon vom ersten Moment an ablecken, als ich sie gesehen habe.«

»Wirklich? Da habe ich mich wohl getäuscht. Du schienst an diesem ersten Abend in der Kaffeebar äußerst unbeeindruckt zu sein.«

»Was hätte ich denn tun sollen?«, frage ich, während ich mich hinunterbeuge, um mit offenem Mund Küsse auf die Tinte an seiner Schulter und auf seinem Brustmuskel zu drücken. »Zu Boden sinken und dich anflehen, es mir an Ort und Stelle zu besorgen?«

»Das hätte viel Zeit gespart«, antwortet er, während er sich meinen Zuwendungen entgegenwölbt. »Wir hätten das hier schon vor Tagen machen können.«

»Vor der ganzen Lodge.«

»Ich hätte dich in die Umkleidekabine gebracht«, scherzt er, unmittelbar bevor er mit seinen Daumen über meine Brustwarzen fährt.

Ich stoße zischend den Atem aus, und nun bin ich an der Reihe, mich ihm entgegenzuwölben, meine Brüste in seine Hände zu drücken.

»Wow! Du hast wirklich Klasse«, necke ich.

Er lächelt dieses verruchte, wilde Grinsen, das mein Blut zu Lava und meine Willenskraft zu Brei werden lässt. »Ich tue, was ich kann.«

»Ach ja?« Ich bewege mich an ihm, wiege mein Becken gegen seinen Schwanz, bis wir beide mit einem leichten Schweißfilm überzogen sind. »Weil ich glaube, dass du mehr tun kannst.«

»Da könntest du recht haben.« Er legt einen Arm um meine

Schultern und einen anderen um meine Hüften, und dann dı er uns erneut um. Nur dass ich diesmal auf dem Bett liege und auf dem Boden zwischen meinen Knien ist. »Ich sollte wohl damit anfangen, dir diese Jeans auszuziehen.«

Er beginnt mit dem Knopf, dann zieht er den Reißverschluss herunter. Dabei drückt er sanfte Küsse auf meinen Bauch und folgt der Linie des Reißverschlusses, bis er auf den Rand meines Höschens trifft.

»Heb die Hüften«, sagt er, und als ich es tue, zieht er mir mit einem kräftigen Ruck die Jeans aus.

Und dann setzt er sich auf seine Fersen zurück und sieht mich an. Sieht mich einfach nur an. Zuerst stört es mich nicht, aber dann dauert es so lange, dass ich anfange, mir Sorgen zu machen, dass etwas nicht stimmt. Dass die Narben ihn mehr abstoßen, als er zugeben will. Dass ihm nicht gefällt, was er sieht.

Ich greife nach einer Decke, versuche mich zu verhüllen, aber er reißt sie alle vom Bett. Lässt sie auf den Boden fallen.

»Warum machst du das?«, frage ich ein wenig zitternd. Es ist fast ein Jahr her, seit ich das hier getan habe, und ich bin ängstlich, nervös, geil … und entschlossen, es dieses Mal wirklich durchzuziehen.

»Du versuchst ständig, dich vor mir zu verstecken. Das gefällt mir nicht.«

Aus irgendeinem Grund kommt mir der Gedanke, dass er über viel mehr als nur die Decken spricht. Aber das ergibt keinen Sinn, nicht, wenn das hier nur etwas für eine Nacht ist. Und nicht, wenn Z selbst ein Meister des Sichversteckens ist.

»Nun, dann solltest du wahrscheinlich aufhören, mich anzustarren. Das macht mir Angst.«

Er grinst, streut heiße, feuchte Küsse auf meinen Bauch. »Ich mag es, dich anzustarren. Du solltest dich wahrscheinlich daran gewöhnen – ich habe vor, das oft zu tun.«

Ich erstarre bei diesen Worten, die alles andere als beiläufig klingen. Fast so, als hätte er vor, das noch mal zu tun. Womit ich vielleicht einverstanden wäre – das heißt, wenn ich die nächste Stunde überstehe, ohne mich zu blamieren.

Falls Z meine plötzliche Reglosigkeit bemerkt, ignoriert er sie. Stattdessen fährt er mit seiner Zunge am Rand meines Höschens entlang und leckt langsam, langsam, langsam über meinen Venushügel, bis ich das Gefühl habe, ich könnte tatsächlich den Verstand verlieren.

Meine Hände verlassen seine Brust und verflechten sich in der kühlen Seide seines Haars, während ich ihn an mir festhalte. Ich stehe in Flammen, mein Körper presst sich ihm entgegen, sehnt sich nach ihm auf eine Art und Weise, wie ich es noch nie erlebt habe.

Mein Sexleben mit Remi war gut. Ich meine, er war ein rücksichtsvoller Liebhaber, der sich von Anfang an ebenso sehr um mich wie um sich selbst gekümmert hat. Und da er derjenige war, der mir die Jungfräulichkeit nahm, hatte ich nie jemanden, mit dem ich ihn vergleichen konnte. Was in Ordnung war. Ich war glücklich mit ihm. Vollkommen zufrieden.

Mit Z zusammen zu sein, ist jedoch nicht so. Dabei geht es nicht darum, glücklich oder zufrieden oder eines dieser anderen schönen Worte zu sein. Nein, mit Z zusammen zu sein, ist wie im Zentrum eines Gewitters. Mächtig, überwältigend, elektrisierend. Und gefährlich, so gefährlich ohne die entsprechenden Vorsichtsmaßnahmen.

Ich will diese Vorsichtsmaßnahmen treffen – habe gedacht, ich hätte sie getroffen, um ehrlich zu sein. Aber nichts hätte mich darauf vorbereiten können, wie es sich anfühlt, von Z geliebt zu werden. Seine Hände und seinen Mund und seinen Körper überall auf meinem zu haben.

Ü-ber-all.

»Hey.« Er hält inne, hebt den Kopf. »Wo bist du hin?«

»Ich bin doch hier.«

Irgendwie werden seine Augen noch dunkler. »Nein, bist du nicht.«

Ich denke, dass er noch etwas sagen wird oder vielleicht sogar gehen, und klammere mich verzweifelt an seine Schultern, weil ich weiß, wenn er mich verlässt – erneut –, dann werde ich das hier unmöglich ein drittes Mal versuchen können.

Aber ich irre mich. Dieses Mal geht Z nirgendwohin. Anstatt aufzustehen oder vorzuschlagen, dass wir aufhören, wählt er den entgegengesetzten Weg. Er zieht mir mit einer einzigen, schnellen Bewegung das Höschen herunter und vergräbt dann sein Gesicht zwischen meinen Schenkeln.

Bei der ersten Berührung seiner Zunge an meiner Klitoris bäume ich mich auf, und Sekunden später liegen meine Beine über seinen Schultern, und ich bin mitten in meinem ersten Orgasmus seit elf langen, schrecklichen Monaten. Ich klammere mich an ihn, halte ihn fest, während er andauert und andauert und andauert, dank Z und seiner ach so talentierten Zunge.

Als er endlich vorbei ist und ich wieder die Kontrolle über mein Gehirn und meine Gliedmaßen habe, setze ich mich mit der vagen Idee auf, mich zu revanchieren. Aber Z legt mir nur eine große Hand auf den Bauch und drückt mich wieder nach unten.

»Was …« Ich bin so benommen, so befriedigt, dass sich die Worte in meinem Kopf immer noch nicht richtig formen wollen.

Er lacht nur, ein tiefer, warmer, köstlicher Laut, der mir neue Schauer über den Rücken jagt. Und dann ist sein Mund wieder auf mir, und seine Zunge fährt durch meine Mitte und taucht in mich ein, einmal, zweimal, dann wieder und wieder.

»Z!«, rufe ich seinen Namen, als der Mahlstrom sich erneut aufzubauen beginnt, und er greift nach oben, verschränkt seine Finger mit meinen. Er verankert mich, gibt mir etwas, woran ich mich festhalten kann, während er mich bis an den Rand meiner Kontrolle bringt und mich dann ein zweites Mal darüber hinausschleudert.

Und ein drittes.

Inzwischen gehört mir mein Körper nicht einmal mehr. Z hat ihn für sich beansprucht, und er ist entschlossen, sein Versprechen einzulösen. Dafür zu sorgen, dass ich mich gut fühle, während er mir jedes erdenkliche Quäntchen Empfindung, jedes Quäntchen Lust entringt.

»Bitte«, wimmere ich, an ihn geklammert, während seine Zunge zu einem weiteren langen, gemächlichen Lecken in mich eintaucht. »Nicht mehr. Bitte nicht mehr. Ich brauche …«

Ich unterbreche mich selbst, bevor ich den Satz zu Ende bringe, bevor ich uns beide mit dem Geständnis verschrecke, wie sehr ich ihn brauche.

Aber Z lässt nicht zu, dass ich mich verstecke. Er reißt meine letzten Barrieren fort – und jeden Funken Selbstschutz, den ich noch habe –, und das genauso sicher, wie er mir meine Kleider ausgezogen hat.

»Was, Baby?«, fragt er mit einer Stimme voller schwarzer, von Sex getränkter Magie. »Was brauchst du?«

Ich will ihm nicht antworten, will ihm nicht dieses letzte Stück von mir offenbaren, wenn ich ihm schon so viel preisgegeben habe. Aber als er zärtliche Küsse auf meine Schulter und meine Brust haucht – Küsse, die mir sagen, dass er so viel mehr von mir will als nur den Spaß, auf den wir uns geeinigt haben –, kann ich mich nicht daran hindern, mit der Wahrheit herauszuplatzen.

»Dich«, flüstere ich und wölbe mich ihm entgegen, als er zwei Finger in mich gleiten lässt und meinen G-Punkt streichelt. »Ich brauche dich, Z.«

»Du hast mich, Ophelia.« Er murmelt die Worte an meiner Brust, zwischen langen, trägen Zungenschlägen um meine Brustwarze. »Ich gehe nirgendwohin.«

Zum ersten Mal wünsche ich mir, dass das wahr wäre. Dass wir genau hierbleiben und uns für immer vor der Außenwelt verstecken könnten. Oder zumindest so lange, bis unsere Körper vor Vergnügen schlappmachen.

Nur dass Z noch kein Vergnügen hatte. Er hat mich dreimal kommen lassen, und alles deutet darauf hin, dass er es noch ein viertes Mal versuchen will, aber das lasse ich nicht zu. Nicht jetzt, da ich in dem Verlangen ertrinke, das er erzeugt hat, und in meiner eigenen Entschlossenheit, ihm das gleiche gute Gefühl zu schenken, das er mir bereitet hat.

Also greife ich nach seinen Haaren und ziehe daran, bis sein Gesicht auf gleicher Höhe mit meinem ist und seine Hüften zwischen meinen Schenkeln liegen. »Jetzt«, sage ich zu ihm. »Bitte. Jetzt sofort.«

Nur dass er sich zurückzieht, sich aufrichtet. Mich verlässt. »Nein!«, keuche ich auf und klammere mich an ihn.

Ich bin noch nicht bereit dafür, dass das hier zu Ende geht, nicht bereit, dass er mich wieder verlässt. Noch nicht. Bitte, jetzt noch nicht.

»Schon okay«, sagt er, während er nach seiner Jacke greift und eine versteckte Tasche an der Innenseite öffnet. »Ich brauche ein Kondom.«

Richtig. Denn so ist er. Er ist der Typ, der Kondome in seiner Snowboardjacke hat. Und wahrscheinlich auch in seiner Hose, seiner Brieftasche und seinem Auto. Ich darf nicht vergessen, dass, egal wie verrückt er mich macht oder wie viel Vergnügen er mir bereitet, ich nur eine von vielen bin.

Was okay ist. Hier geht es nicht um Liebe oder für immer oder um irgendetwas von diesen anderen Dingen. Es geht darum, zu vergessen.

Dann ist er wieder bei mir, küsst mich, gleitet in mich hinein. Ich erwidere seinen Kuss, versuche, mich in den Empfindungen zu verlieren, die mich durchströmen. Aber es ist zu spät. Z mag zwar ein besserer Liebhaber sein als Remi – und ich fühle mich schon ein bisschen schuldig, dass ich das auch nur denke –, aber ich bin ihm egal.

Was neulich noch in Ordnung war, als er mir auch egal war. Aber jetzt … jetzt ist es nicht mehr so einfach. Denn er ist nicht mehr nur ein Typ, der eine Wette gewinnen will. Er ist der Typ, der mir fast jedes Mal geholfen hat, wenn er mich gesehen hat. Der Typ, der sich irgendwie hinter meine Schutzmauern geschlichen und mich dazu gebracht hat, ihn viel mehr zu mögen, als ich sollte.

»Ophelia.«

Seine Stimme bringt mich zurück in die Gegenwart. Ich öffne die Augen und stelle fest, dass sein Gesicht nur wenige Zentimeter von meinem entfernt ist. Seine Augen sind dunkel vor Verlangen, sein Kiefer angespannt von dem Bedürfnis, zu kommen.

»Es ist okay«, sage ich ihm. »Es geht mir gut.«

Z senkt den Kopf und beißt in meine Unterlippe. Fest.

»Hey!«, rufe ich aus und hebe die Hand, um den Schmerz zu lindern. »Wofür war das denn?«

Er antwortet nicht, aber das muss er auch nicht, denn ich spüre bereits, wie sich die Hitze in mir ausbreitet. Der Schmerz erdet mich, bringt mich sofort wieder an die Klippe des Verlangens, auf der ich noch vor wenigen Minuten balanciert habe.

Z beobachtet mich aufmerksam, und er muss zufrieden sein, denn er beginnt sich wieder zu bewegen, stößt unglaublich langsam in mich. Ich spüre jeden Zentimeter von ihm durch mich gleiten, und die Hitze baut sich in mir auf, um mein eigenes Verlangen emporzutreiben, höher und immer höher.

Es macht mir ein bisschen Angst. Wie leicht er mich dazu bringen kann, ihn zu wollen – und wie sehr. Ein Teil von mir möchte sich wieder ausklinken, einen Schritt zurücktreten, aus reinem Selbsterhaltungstrieb. Aber Z lässt das nicht zu. Er wählt diesen Moment, um seinen Mund auf meinen Hals zu senken und mich erneut zu beißen.

»Z!« Ich keuche seinen Namen, während Feuer an meinen Nervenenden entlangzischt und ich mich an seine Schultern klammere.

Er liebkost die kleine Verletzung mit seiner Zunge, während er eine Hand zwischen uns schiebt und meine Klitoris streichelt.

Das ist alles, was nötig ist. Ich zerstiebe noch einmal in seinen Armen, und dieses Mal kommt er mit mir.

Kapitel 15

Z

Dieses Mädchen wird noch mein Tod sein. Es kommt mir dumm vor, das zu sagen, es überhaupt zu denken, wenn man bedenkt, was ich in meinem Leben getan habe und was ich weiterhin tun werde, aber ich schwöre, es ist die Wahrheit. Was jahrelanges Snowboarden nicht geschafft hat, wird Ophelia mit einem einzigen Blick erledigen. Einem Lächeln. Einer Berührung.

Draußen pfeift ein starker, böiger Wind durch die Bäume und rüttelt an den Fensterrahmen. Ophelia schläft noch, aber ein Teil von ihr muss es spüren, denn sie vergräbt sich tiefer unter der Decke und kuschelt sich enger an mich, bis sich ihr Hintern direkt an meinen Schwanz presst.

Ich möchte in sie hineingleiten, das Erste sein, was sie fühlt, wenn sie aufwacht. Das Erste, was sie aus diesen wunderschönen grünen Augen sieht, Augen, von denen ich jetzt weiß, dass sie sich in ein tiefes, leuchtendes Dschungelgrün verwandeln, wenn sie kommt. Wir haben letzte Nacht viermal Lie…

Ich erstarre, bevor sich die Worte vollständig in meinem Kopf gebildet haben, zwinge mich, sie umzuformulieren. Wir waren letzte Nacht viermal zusammen (denn zu sagen, wir hätten gefickt, passt nicht besser, als zu sagen, wir hätten Liebe gemacht). Sie muss wund und müde sein, und ich muss Rücksicht nehmen.

Aber einem Teil von mir ist das völlig egal. Es ist derselbe Teil von mir, der es nicht erträgt, wenn sie mir entgleitet, wenn ich sie im Arm halte oder liebe und sie verschwindet. Einfach in ihrem Kopf woanders hingeht. Dieser Teil von mir will sie wieder und wieder vögeln, bis sie nichts anderes mehr fühlt, riecht oder schmeckt als mich. Bis sie versteht, dass ich sie nicht einfach so davonschlüpfen lassen werde. Nicht jetzt. Noch nicht.

Schon allein die Tatsache, dass ich so denke, macht mir Angst. Ich date nicht. Ich sehne mich nicht nach einem Mädchen. Ich tue nichts, außer zu ficken – und selbst dabei geht es mehr darum, Druck abzulassen, etwas zu fühlen, selbst wenn es nur für eine Minute ist, als je um die Person, mit der ich gerade zusammen bin. Nur ging es letzte Nacht nicht um den Versuch, etwas zu fühlen – zumindest für mich. Letzte Nacht und heute Morgen fühle ich viel mehr, als ich jemals wollte.

Entschlossen, ein wenig Abstand zu gewinnen – oder zumindest ein wenig Perspektive –, rolle ich mich von ihr weg, um aus dem Bett zu steigen. Aber sie folgt mir, indem sie im Schlaf übers Bett hinter mir herrutscht, um weiter an meinen Körper geschmiegt zu bleiben.

Das bringt mich zum Lächeln, bringt mich dazu, sie in den Arm nehmen und bei ihr bleiben zu wollen, bis sie aufwacht. Aber als sie sich bewegt, erhasche ich einen Blick auf die lebhaften Blutergüsse an ihren Armen. Blutergüsse, die Harvey ihr zugefügt hat. Blutergüsse, für die er bezahlen wird.

Mit diesem Gedanken im Hinterkopf hauche ich Ophelia einen Kuss auf das Haar und steige aus dem Bett. Ich nehme eine schnelle Dusche. Dann, nichts als meine Boxershorts und das Lächeln tragend, das ich mir anscheinend nicht aus dem Gesicht wischen kann, folge ich den Schildern zur Waschküche im Erdgeschoss, um meine Klamotten zu holen. Ich hoffe wirklich, dass niemand sie mitgenommen hat, denn eine Nachricht über den Verlust meiner Kleidung ist so gar nicht das, was ich Ash heute Morgen schreiben möchte.

Er ist auch so schon sauer, dass ich gestern Abend das Bildmaterial der Kamera nicht hochladen und ihm schicken wollte, damit er es sich ansehen konnte. Wenn ich mein Glück überstrapaziere, wird er Luc einspannen, einen Weg zu finden, um es mir heimzuzahlen – wahrscheinlich einen, der Cayennepfeffer in meiner Unterhose beinhaltet. Lucs Streiche sind legendär.

Meine Klamotten sind noch da, aber jemand hat sie aus dem Trockner genommen und in einem Haufen auf die Ablage an der Seite gelegt. Rasch schlüpfe ich hinein, wobei ich ein wenig darüber fluche, wie kalt alles ist. Das hat mich bisher noch nie gestört, aber ich habe auch noch nie eine Nacht an Ophelia gekuschelt verbracht.

Eigentlich verbringe ich die Nacht nicht mit einem Mädchen, es sei denn, ich bin total besoffen und weggetreten, so wie ich es bei Stacy war. Die Tatsache, dass ich das gestern Abend getan habe, erschüttert mich mehr, als ich irgendjemandem eingestehen möchte, vor allem mir selbst.

Ich mache mich auf den Weg zurück zu Ophelias Zimmer und hoffe, dass sie schon wach ist, damit ich sie zu einem Frühstück und einer Fahrt zu mir nach Hause überreden kann. Aber sie schläft immer noch tief und fest, und als ich einen Blick auf ihren Wecker werfe, stelle ich fest, dass er erst in ein paar Stunden klingeln wird. Entweder hat sie ihren freien Tag, oder sie arbeitet heute Spätschicht.

Wie dem auch sei, es gibt einige Dinge, um die ich mich kümmern möchte, und da ich auf keinen Fall zurück ins Bett gehen werde, kann ich es genauso gut jetzt tun. Ich ertrage es nicht, was ihr letzte Nacht fast passiert wäre, hasse die Tatsache, dass ich, wenn ich nicht aufgrund meiner eigenen Dummheit zurückgewandert wäre, nicht da gewesen wäre und sie sich allein gegen Harvey hätte wehren müssen. Noch mehr hasse ich die Tatsache, dass sie vielleicht nicht dazu in der Lage gewesen wäre. Als ich auf die beiden stieß, verteidigte sie sich tapfer, aber er ist ein großer Kerl. Wer weiß, was hätte passieren können.

Schon allein der Gedanke, dass Ophelia vergewaltigt und/oder geschlagen wird, lässt die Wut in mir hochschießen, und einen Moment lang kann ich fast den Hals des Bastards unter meinen Händen spüren. Männer, die Frauen auf diese Weise verletzen, verdienen es nicht zu leben.

Ich schüttle es ab oder versuche es zumindest und setze einen weiteren Punkt auf meine mentale To-do-Liste. Dann beuge ich mich vor, küsse Ophelia auf die Wange und murmle: »Ich bin bald wieder da.«

Stöhnend schiebt sie mein Gesicht weg, und ich kann mir ein Grinsen nicht verkneifen. Wie es aussieht, ist mein Mädchen definitiv ein Morgenmuffel. Es ist irgendwie niedlich, dass sie morgens so mürrisch ist. Andererseits sollte mich das nicht wirklich überraschen, wenn sie auch zu allen anderen Tageszeiten mürrisch ist.

Ich hole mein Handy heraus und schreibe Ash und Luc eine kurze Nachricht, bevor ich meine Jacke anziehe und mich auf denselben Weg mache, den Ophelia gestern gegangen ist, nur in die andere Richtung. Wenn ich mich beeile, kann ich zurück sein, bevor sie aufwacht.

Ich jogge so ziemlich den ganzen Weg zum Resort – es ist ein großartiger Morgen dafür. Die Luft ist so klar und rein, dass es beinahe wehtut zu atmen. Luc und Ash sind allerdings schon vor mir da. Ich finde sie auf dem Hauptparkplatz, wo sie an meinem Range Rover lehnen und über einige der anderen Snowboarder quatschen.

»Na, wie es aussieht, bist du noch in einem Stück«, sagt Luc und mustert mich kritisch, sobald er mich erblickt hat.

»Ich habe euch doch gestern schon gesagt, dass es mir gut geht.«

»Ja nun, wir waren nicht besonders geneigt, dir zu glauben – vor allem, als du uns nicht zu dir rüberkommen lassen wolltest.«

»Du wirst langsam wie eine alte Oma, Luc. Dieses ständige Sich-Sorgen-Machen. Du solltest vielleicht mehr rausgehen. Das wird dir guttun.«

Er zeigt mir den Mittelfinger, aber es steckt kein Ernst dahinter. »Tja, du solltest dich vielleicht mal flachlegen lassen. Das könnte dich davon abhalten, von einem verdammten Berg zu springen.«

Bei seinen Worten muss ich unweigerlich an Ophelia denken und daran, was wir fast die ganze Nacht gemacht haben. Nicht, dass ich Luc und Ash davon erzählen würde. Manche Dinge gehen niemanden sonst etwas an.

»Wo sind meine Schlüssel?«, frage ich und strecke die Hand aus.

»Wo ist meine Kamera?«, kontert Ash und streckt ebenfalls die Hand aus.

»Hier.« Ich hole sie aus der Tüte, die ich aus Ophelias Wohnung mitgenommen habe.

»Wie ist das Material geworden?«

»Ich weiß es nicht. Hab's mir noch nicht angesehen.«

Sie starren mich an, als ob ich verrückt wäre. »Willst du mich verarschen? Wie konntest du es dir nicht ansehen?«, will Ash wissen. »Wolltest du nicht sehen, was du getan hast?«

»Alter, ich hab es erlebt. Was soll es mir bringen, es noch einmal durchzugehen?«

Luc schüttelt den Kopf über mich. »Du bist ein hoffnungsloser Fall. Weißt du das?«

»Das war ich schon immer.«

Ash wirft mir einen Blick zu, aber er ist zu sehr damit beschäftigt, das Filmmaterial aufzurufen, um etwas zu sagen. Natürlich habe ich völlig vergessen, dass sie auch während des kleinen Gesprächs zwischen Cam und mir auf dem Gipfel des Berges aufgezeichnet hat, also darf ich es mir – ich Glückspilz – ein zweites Mal anhören. Während meine besten Freunde zusehen und zuhören.

»Na Scheiße«, sagt Ash und hält das Video an, kurz bevor ich über die Kante droppe. »Ich nehme den ganzen Mist zurück, den ich gesagt habe. Wenn sie mich so anschnauzen würde, würde ich mich wahrscheinlich auch von einem Berg stürzen.«

Wir lachen alle drei, und dann drückt Ash auf »Play« und wir können meine Fahrt den Berg hinunter beobachten. Es kommt mir immer ein bisschen surreal vor, Aufnahmen von einer Brustkamera zu sehen – zumindest von mir selbst und etwas, was ich getan habe –, aber Ash und Luc scheinen kein Problem damit zu haben.

Sie johlen und brüllen ein bisschen, während das Video abläuft, und Luc flucht, als ich diesen Monster-Drop mache, aber ansonsten sagt niemand etwas, bis wir zum Ende des Materials kommen. Und selbst dann dreht sich Ash um und fängt an zurückzuscrollen, damit wir uns das Ganze noch einmal ansehen können.

»Alter, wie hoch war dieser Drop?«, will Luc wissen. »Der ging ja ewig, verdammt!«

»Es hat sich jedenfalls so angefühlt. Mittendrin dachte ich, dass es wahrscheinlich sechzig Meter wären, aber als ich unten war und wieder nach oben schaute, schienen es eher achtzig Meter oder so gewesen zu sein.«

»Ernsthaft?«

»Ja. Das war das einzige Mal bei dem ganzen Run, dass ich dachte, ich könnte tatsächlich sterben. Es fühlte sich an, als wäre der Boden so weit weg.«

»Er *war* so weit weg.« Ash schüttelt staunend den Kopf. »Mann, das ist verdammter *Art of Flight*-Scheiß«, sagt er und bezieht sich dabei auf die geniale Snowboard-Dokumentation, in der Boarder eine ganze Reihe von Dingen tun, die nicht aussehen, als wären sie menschenmöglich.

»Da hast du recht«, stimme ich ihm zu. »Travis Rice ist nichts gegen mich.« Dann lache ich, denn der Mann ist ein Genie, während ich nur ein Versager bin. Zweifellos ein glücklicher Versager gestern, aber trotzdem ein Versager.

»Auf keinen Fall, Mann. Das ist episch. Ernsthaft episch. Wusstest du, dass der längste Drop, der je geschafft wurde …«

»… einhundertsieben Meter war. Dreihunderteinundzwanzig

Fuß«, beenden Luc und ich den Satz für ihn in Stereo. Ash ist ein lebendes, atmendes Snowboard-Wikipedia, und wir haben das alles schon tausendmal gehört.

»Ganz genau. Ich wette, du warst nah dran.«

»Nee.«

»Ich weiß nicht, Mann.« Er scrollt das Filmmaterial zurück zu meinem Drop und zählt die Sekunden. »Wenn du mit einer Fallgeschwindigkeit von …«

»Okay, okay, genug Snowboard-Nerdzeug«, sage ich zu ihm. Ich weiß nicht, wie weit ich gefallen bin, und es ist mir auch egal. Für mich ging es nie darum.

»Na schön, okay.« Er scrollt weiter, bis er zu einem meiner Tricks kommt. »Ist das wirklich ein Triple …«

»Ja.«

»Und ein 1440 …«

»Jepp.«

»Wo hattest du diese Dinger versteckt?«, will Luc wissen. »Wir fahren jeden Tag mit dir, und obwohl du ziemlich extremen Scheiß machst, habe ich dich noch nie welche von diesen Tricks machen sehen.«

Ich zucke mit den Schultern. »Wir üben nicht immer zusammen.«

»Nein, natürlich nicht. Nur praktisch jeden Tag.«

»Er hat neulich den 1440 gemacht, als du und Cam noch geschlafen habt«, sagt Ash. »Das war total sick.«

»Ja, darauf wette ich.« Luc schüttelt erneut den Kopf. »Mann, du wirst die X-Games dieses Jahr neu definieren. Keiner wird dir das Wasser reichen können.«

»Vergiss die X-Games. Das da ist Olympiamedaillen-Scheiß«, sagt Ash zu ihm.

»Nein, Mann. Die Olympischen Spiele sind *dein* Ding. Dieses Jahr geht es nur um dich. Na ja, dich und diesen Jungen aus Colorado«, sage ich zu ihm.

»Ja, klar. Weder Luc noch ich schaffen einen Inverted 1440.«

»Verdammt, an den meisten Tagen kriege ich gerade mal einen 1080 hin«, pflichtet Luc ihm bei. »Das ist der Wahnsinn, Z.«

»Die Leute werden durchdrehen bei diesem Material«, sagt Ash. »Ich kann es kaum erwarten, es hochzuladen.«

»Was das angeht ...«

Er weiß bereits, wie der Satz enden soll. »Oh nein, auf gar keinen Fall. Wage es nicht, mir zu sagen, du willst nicht, dass ich es benutze.«

»Ich habe nur gedacht, vielleicht ...«

»Nein! Nein! Du bist ständig zu bescheiden. Du willst nie, dass jemand sieht, was du draufhast, und normalerweise spiele ich da mit, aber das hier ist *unglaublich*. Und es ist fast Zeit für die Auswahlwettkämpfe der Olympischen Spiele. Du musst das unbedingt an die Öffentlichkeit bringen.«

»Ich habe dir doch schon gesagt, dass ich kein Interesse an den Olympischen Spielen ...«

»Ja nun, wir aber schon«, wirft Luc ein. »Dieses Material wird uns mordsmäßig viele Klicks und Aufmerksamkeit auf YouTube und der Website einbringen. Und wenn die Leute erst mal da sind, stöbern sie vielleicht eine Weile herum, um zu sehen, was wir sonst noch so draufhaben. So gewinnt man die Aufmerksamkeit des olympischen Auswahlkomitees.«

»Man bekommt deren Aufmerksamkeit, wenn man bei den Auswahlwettkämpfen hammermäßig abliefert. Die Dew Championship ...«

»Quatsch! Du weißt so gut wie ich, dass es in diesen paar Wochen genauso viel um Prahlerei geht wie um deine tatsächliche Leistung.«

»Du zählst nicht. Du wärst mit allem einverstanden, wenn es bedeutet, dass du das Material auf die Website stellen kannst.«

»Das stimmt zwar, aber ich stehe trotzdem zu dem, was Luc sagt. Was du in diesem Video gemacht hast, ist zu großartig, um es zu ignorieren. Es wird hochgeladen.«

Ich setze an, weiter mit ihm zu diskutieren, aber sein Gesichtsausdruck verrät mir, dass ich ihm die Kamera aus der kalten, toten Hand werde reißen müssen, wenn ich eine Chance haben will, meinen Ride aus dem Internet herauszuhalten.

Und scheiß drauf, was ist im Grunde schon dabei? Ich habe heute Morgen Besseres zu tun, als hier herumzustehen und Zeit mit diesen beiden zu verschwenden.

»Na schön, was auch immer. Macht einfach nur keine große Sache draus, okay?«

»Wir sind nicht diejenigen, die eine große Sache draus machen werden«, sagt Luc.

Ich schneide eine Grimasse und sage dann: »Ich muss los. Danke, dass ihr mein Auto hochgebracht habt.«

»Die Aufnahmen machen das mehr als wett.« Ash verstaut die Kamera in seinem Truck, der direkt neben meinem Range Rover parkt. »Kommst du mit uns in die Halfpipe?«

»Später. Ich muss noch was erledigen.«

»Etwas, was mit deinen kaputten Knöcheln zu tun hat?«, fragt Ash.

Ich blicke hinunter auf meine Hände. Obwohl sie immer noch ein wenig schmerzen, habe ich sie so gut wie vergessen. Sonst hätte ich meine Handschuhe anbehalten.

»Vielleicht.«

»Brauchst du Verstärkung?«

Ich denke an Ophelia, die eingekuschelt in ihrem Bett liegt. »Äh, nein. Ich schaff das schon.«

»Darauf wette ich«, sagt Luc und wirft mir einen wissenden Blick zu. »Ach, und da wir gerade von Wetten sprechen, du vergisst besser die Schneehäschen und konzentrierst dich darauf, mit Ophelia zusammenzukommen, sonst fahre ich dein Burton beim Wettbewerb dieses Wochenende.«

Verdammt, diese blöde Wette habe ich ganz vergessen. Jetzt wäre der perfekte Zeitpunkt, um ihnen zu sagen, dass ich gewonnen habe, aber ich kriege die Worte nicht raus. Ich weiß nicht, was zwischen Ophelia und mir läuft oder wie es weitergehen wird. Aber was gestern Abend passiert ist, hat nichts mit einer Wette zu tun gehabt, und wenn das bedeutet, dass ich mein Lieblingsboard aufgeben muss, dann bin ich einverstanden damit. Nicht glücklich, natürlich, aber einverstanden. Ich hätte nie gedacht, dass ich das mal über irgendein Mädchen sagen würde, aber Ophelia ist mir wichtiger.

* * *

Ein paar Minuten später lasse ich meine Freunde endlich zurück. Was perfektes Timing ist, denn die Restaurants des Resorts haben gerade geöffnet, und ich habe noch eine weitere Sache zu erledigen. Ich visiere das Hauptfrühstücksrestaurant an und gehe dann durch den Speisesaal direkt zu der Tür, die zur Hauptküche führt, welche die drei verschiedenen Restaurants hier oben auf dem Berg versorgt.

»Hey, Z, du darfst hier hinten nicht sein.«

Ich halte einen Moment inne, als eine Brünette mit großen Augen und noch größeren Brüsten mich am Arm packt. Ich erkenne sie als ein Mädchen wieder, mit dem ich vor zwei Monaten ein paar Stunden verbracht habe, aber ich will verdammt sein, wenn ich mich an ihren Namen erinnere. Scheiße! Nur ein weiterer Beweis dafür, dass ich ein so großes Arschloch bin, wie Luc und Cam behaupten.

»Ich bleibe nicht lange«, sage ich zu ihr mit einem kurzen Lächeln. »Ich muss nur kurz mit jemandem reden.«

Sie verdreht die Augen. »Du kannst nicht in der Küche nach deinem nächsten Date Ausschau halten, Alter. Wenn du den Service durcheinanderbringst, gibt's richtig Ärger. Wir bereiten uns gerade auf den Frühstücksansturm vor.«

Sie will mich zurück zur Tür schieben, die in den Speisesaal führt, aber ich bin noch nicht bereit zu gehen. Nicht einmal annähernd.

Ich beuge mich hinunter, sodass meine Lippen nur wenige Zentimeter von ihrem Ohr entfernt sind, und sage: »Ich werde nichts durcheinanderbringen. Versprochen.«

»Ja, als ob ich das glauben würde«, sagt sie mit einem leichten Erschauern. Aber sie lässt mich ohne Widerspruch los.

Ich gebe ihr einen kurzen Schmatz auf die Wange und nutze dann die Gelegenheit, zwischen zwei langen Edelstahltischen auszuweichen, die sich in der Mitte der Küche befinden, bevor sie ihre Meinung ändert. Das Letzte, was ich brauche, ist, dass sie einen Aufstand macht und mich rausschmeißen lässt – zumindest nicht, bevor ich das tue, weswegen ich hergekommen bin.

Da die Küche drei Restaurants versorgt, ist sie riesig und hektisch, mit Kellnern, Hilfskräften, Köchen und Mitgliedern des Managements, die auf jedem Quadratzentimeter des offenen Raumes herumwuseln.

Trotzdem dauert es nicht lange, bis ich finde, wen ich gesucht habe, in seiner kleinen Nische abseits des Hauptgeschehens. Er ist größer und kräftiger als die meisten Leute in der Küche, und obwohl er mir den Rücken zuwendet, würde ich ihn überall wiedererkennen. Natürlich ist die Tatsache, dass er sich bewegt, als wäre er ein neunzigjähriger Arthritiker, dabei hilfreich, ihn zu identifizieren.

Vielleicht sollte ich mich wegen der Schmerzen schuldig fühlen, die ich verursacht habe, aber um ehrlich zu sein, ist in mir nur das eiskalte Brennen von Bedauern. Ich habe offensichtlich nicht genug Schaden angerichtet, sonst könnte der Typ nicht mehr stehen, geschweige denn eine Spülmaschine einräumen.

Ich trete hinter ihn, lege ihm eine Hand auf die Schulter und drücke zu. »Hey, Harvey. Wie geht's?« Die Worte sind zwar absolut höflich, aber der Tonfall, in dem ich sie ausspreche, ist es nicht. Er zuckt zusammen, versucht zu fliehen. Aber er kann nirgendwohin. Zwischen dem Tresen und mir ist er gefangen. Verwundbar. Ungeschützt – genau wie Ophelia es war, als er beschloss, grob mit ihr zu werden.

»Lass mich in Ruhe, Z. Ich arbeite.« Seine Stimme ist laut, panisch.

»Das kann ich sehen.« Ich lehne mich näher zu ihm und halte meine Stimme im direkten Gegensatz zu seiner tief und ruhig. »Keine Sorge. Ich bin nicht hier, um viel von deiner Zeit in Anspruch zu nehmen.«

»Wenn du mich noch mal schlägst, rufe ich die Polizei.« Er greift nach einem Topf und hält ihn wie eine Waffe vor sich.

»Soll mir das vielleicht Angst machen?«, frage ich mit einem höhnischen Grinsen. »Du bist derjenige, der gestern versucht hat, ein Mädchen zu vergewaltigen. Alles, was ich getan habe, war, es zu verhindern.«

»Ich hätte ihr nicht wehgetan ...«

»Ich habe Neuigkeiten für dich, Schwachkopf. Du *hast* ihr wehgetan.« Ich packe sein Shirt. Reiße ihn nach vorne, sodass wir uns Auge in Auge und Nase an Nase gegenüberstehen. »Du hast ihr Blutergüsse verpasst, die tagelang nicht verblassen werden. Das ist alles andere als okay für mich.«

»Woher sollte ich das wissen?«, jammert er. »Sie schien interessiert zu sein. Sie hat versucht ...«

»Sie hat versucht, von dir wegzukommen. Ich war vier- oder fünfhundert Meter weit weg, und sogar ich konnte das sehen.«

»Das ist nicht wahr ...«

»Oh doch, das ist es.« Ich trete mit dem Absatz meines Stiefels auf seinen in Tennisschuhen steckenden Fuß, während ich ihn mit einem Bodycheck gegen die metallene Arbeitsplatte in seinem Rücken ramme. »Und willst du wissen, was noch wahr ist?«

»Nein.« Er beobachtet mich argwöhnisch.

»Tja, blöd für dich, weil ich es dir trotzdem sagen werde.« Ich werfe einen Blick hinter mich, nur um sicherzugehen, dass niemand auf uns achtet. Sie tun es nicht. Wir sind hier drüben in unserem eigenen kleinen Teil der Küche, der durch eine halbe Wand und ein paar hohe Regale voller Küchengeräte vor Blicken geschützt ist. Das heißt, solange ich leise bin, kann ich mit diesem Stück Scheiße machen, was ich will, und niemand wird es merken.

Der Gedanke ist verlockend – zu verlockend –, und mein Griff um seinen Kragen verstärkt sich. Sein Gesicht fängt an, sich rot zu verfärben, als er es endlich begreift. Ich könnte ihn erwürgen, genau hier in seinem kleinen Abwaschbereich, und niemand würde sich darum scheren. Zumindest nicht, bis sich das Geschirr zu stapeln beginnt.

»Ich werde das jetzt nur ein einziges Mal sagen, und du wirst mir ganz genau zuhören. Verstanden?«

Er nickt hektisch.

»Gut.« Ich lockere meinen Griff ein wenig – sehr wenig –, bevor ich fortfahre. »Ophelia ist eine Freundin von mir. Eine *gute* Freundin von mir. Also wenn du irgendetwas über mich wissen solltest, dann, dass ich es nicht mag, wenn man sich mit meinen Freunden anlegt. Daher wirst du Folgendes tun.«

Ich verstärke meinen Griff wieder und ziehe ihn näher zu mir. Seine Augen sind weit aufgerissen, seine Pupillen geweitet von der Angst, die Schweißflecken auf seinem Shirt entstehen lässt. Aber er versucht nicht einmal, sich zu wehren, obwohl er gut fünfundzwanzig Kilo mehr wiegt als ich. Stattdessen klammert er sich an sein Shirt und versucht, es mir aus den Händen zu reißen, während er wimmert wie die kleine Bitch, die er ist.

»Du wirst dich von Ophelia fernhalten. Du wirst nicht mit ihr reden. Du wirst sie nicht ansehen. Du wirst nicht an sie denken. Du wirst nicht einmal daran denken, an sie zu denken. Denn wenn du das tust, wenn du auch nur ihren Namen sagst, werde ich zurückkommen. Und ich werde dich fertigmachen. Hast du mich verstanden?«

Er nickt, und ich lockere seinen Kragen ein wenig mehr, lasse ihn zum ersten Mal wieder richtig Luft holen, seit ich ihn gepackt habe.

Keuchend saugt er den Atem ein. Er zittert so heftig, dass er den Topf fallen lässt, den er zur Selbstverteidigung gegriffen hat. Er fällt mit einem dumpfen Schlag auf die Matte unter ihm.

»Jetzt möchte ich hören, wie du es aussprichst. Zeig mir, dass du verstehst, was ich dir sage.«

»Ich hab's verstanden, Z. Mein Gott, ich hab's verstanden. Ich wusste nicht, dass sie dir gehört.«

Wut, weißglühend und hässlich, durchfährt mich aufs Neue. »Es sollte keine Rolle spielen, ob sie mir gehört oder nicht, du Arschloch. Man fasst keine Frauen an, die nicht angefasst werden wollen. Sie verdienen etwas Besseres als das. Ophelia hat ganz sicher Besseres verdient, als von irgendeinem Loser vergewaltigt zu werden, der keinen hochkriegt, wenn er ihr nicht wehtut. Kapiert?«

Er antwortet nicht.

Ich ziehe das Shirt wieder enger. »Ich brauche jetzt eine Antwort, Harvey, oder ich werde deinen Arsch nach draußen schleifen und dich verprügeln, bis du mir die Antwort gibst, die ich will. Hast. Du. Verstanden?«

»Ich hab es verstanden«, sagt er schließlich. Er ist verbittert, nachtragend, aber klug genug, um zu wissen, dass ich nicht scherze.

Ich lasse ihn los. Gleichzeitig gebe ich ihm einen Schubs, der ihn gegen das Waschbecken hinter ihm schleudert. Das Wasser schwappt auf die Arbeitsfläche, tropft auf die Schränke, den Boden, seine Schürze. Über seinem Schritt ist jetzt ein großer nasser Fleck, der aussieht, als hätte er sich eingenässt.

Harvey hält sich an der Arbeitsplatte fest, um nicht tatsächlich ins Waschbecken zu fallen, als ein paar Hilfskellner mit riesigen Tabletts voller Geschirr um die Ecke kommen.

»Hey«, sagt einer von ihnen, als sie Harveys Gesichtsausdruck bemerken. »Alles in Ordnung hier hinten?«

»Ich weiß es nicht.« Fragend sehe ich ihn an. »Ist alles in Ordnung, Harvey?«

Er funkelt mich finster an, und einen Moment lang denke ich, dass ich eine eindringlichere Warnung aussprechen muss. Aber schließlich nickt er, während er die ganze Zeit an seinem Kragen zerrt. Ich kann die roten Flecken sehen, die der enge Stoff dort hinterlassen hat, und weiß, dass sie sich in Kürze in Blutergüsse verwandeln werden. Er wird einen schönen schwarz-blauen Kreis um seinen Hals haben, ähnlich wie der Ring aus Blutergüssen, den Ophelia um ihre Oberarme hat.

Schon allein bei der Erinnerung will ich ihn noch mehr verprügeln. Dieses Arschloch ist wirklich viel zu glimpflich davongekommen.

»Alles in Ordnung«, sagt er mit rauer Stimme. »Z wollte nur nach meinem Sturz nach mir sehen.«

Er deutet auf die blauen Flecken in seinem Gesicht und an den Armen. Das ist es also, was er den Leuten erzählt hat. Besser, als ihnen zu sagen, dass er das neue Mädchen angegriffen hat, schätze ich.

Verdammter Feigling.

Ich schenke den Hilfskellnern, die meine Anwesenheit immer noch unbehaglich zu machen scheint, ein dreistes Lächeln. Dann zeige ich mit einer Zwei-Finger-Geste auf Harvey, die sowohl eine Drohung als auch ein Versprechen ist. »Wir sehen uns, Harvey.«

»Nein, das werden wir nicht«, sagt er abfällig und viel mutiger, jetzt, da er Verstärkung hat. »Du wirst viel zu beschäftigt damit sein, Frauen *richtig* zu behandeln – sie zu *ficken*, sie zu benutzen und dann fallen zu lassen –, als dass du Zeit für mich haben würdest. Oder für Ophelia. So läuft das doch bei dir, oder nicht, Z?«

Einige Sekunden lang kann ich an nichts anderes denken, als mich auf ihn zu stürzen und ihm ein für alle Mal den selbstgefälligen Ausdruck aus dem Gesicht zu prügeln. Ein paar fehlende Zähne sollten dafür ausreichen. Aber wir haben inzwischen eine Menschenmenge angelockt – zu den Hilfskellnern haben sich drei Bedienungen und ein Küchenhelfer gesellt –, und ich will Harvey nicht die Genugtuung geben, zuzusehen, wie mein Arsch ins Gefängnis wandert, wenn ich in der Küche der Lodge eine Schlägerei anfange. Auch wenn es das auf jeden Fall wert wäre.

Außerdem gibt es mehr als eine Weise, um meinen Standpunkt zu vertreten. Und, was wichtiger ist, um Ophelia zu schützen.

Ich mache einen Schritt vorwärts, baue mich noch einmal dicht vor ihm auf. Keiner der feigen Hilfskellner versucht, mich aufzuhalten – welche Überraschung –, und ich bin nah genug dran, dass ich sehen kann, wie Harvey das klar wird.

Nah genug, dass ich die Panik an ihm riechen kann.

Mehr als nah genug, dass er weiß, ich werde der Sache nicht den Rücken kehren. Nicht Ophelia und auch nicht dem, was er versucht hat, ihr anzutun.

»Wenn du ihr noch einmal wehtust – sie noch einmal *anfasst* –, dann wirst du *ganz genau* herausfinden, wie es läuft. Denn das nächste Mal, wenn du ihr zu nahe kommst, schneide ich dir den Schwanz ab und stopfe ihn dir ins Maul. Dann wird sich keine Frau je wieder Sorgen machen müssen, dass du sie vergewaltigen willst.«

Ich achte darauf, dass der letzte Satz laut genug ist, um durch die Küche zu schallen. Dann, als das Geflüster um uns herum einsetzt, drehe ich mich um und gehe weg.

Mission ausgeführt.

Kapitel 16

Ophelia

Ich wache auf, weil mein Wecker schrillt. Tief in die Decke eingekuschelt warte ich eine Sekunde, in der Hoffnung, dass Z ihn abstellt.

Fehlanzeige.

Schließlich strecke ich den Arm danach aus und klatsche mit der Hand drauf, um ihn auszumachen, dann setze ich mich auf und streiche mir die schweren Haare aus dem Gesicht. Das ist der Moment, in dem mein Zimmer richtig in mein Blickfeld rückt, und mich trifft die Erkenntnis: Z ist nicht da. Er ist nicht einfach nur vor mir aus dem Bett gekrochen. Er ist tatsächlich gegangen, bevor ich aufgewacht bin.

Der Arsch.

Noch während mir der Gedanke kommt, schiebe ich ihn weg. Schließlich wusste ich ja, worauf ich mich einlasse, als ich mit ihm geschlafen habe. Keiner von uns beiden hat so getan, als wäre es etwas anderes als das, was es war. Es gibt keinen Grund, ihm jetzt die Schuld zu geben, nur weil er genau das getan hat, wovon ich wusste, dass er es tun würde. Es ist ja nicht so, als wäre ich nicht vorgewarnt gewesen.

Außer … außer dass sich die letzte Nacht für mich nach mehr angefühlt hat. Das hört sich dumm an, vor allem, wenn man bedenkt, dass ich hier alleine liege und Z wer weiß wohin gegangen ist, ohne sich zu verabschieden – aber es ist trotzdem wahr. Was beweist, was für eine Idiotin ich bin.

Ich lege mich zurück ins Bett und überlege, ob ich wieder schlafen soll – schließlich habe ich heute frei –, aber jetzt bin ich wach, und mein Verstand dreht sich im Kreis, während er versucht, diese neue Realität zu verarbeiten.

Ich habe mit jemandem geschlafen.

Ich habe mit jemandem geschlafen, der nicht Remi war.

Ich habe mit jemandem geschlafen. Nein, nicht mit jemandem.

Ich habe mit *Z* geschlafen.

Es ist seltsam, das zu denken, und noch seltsamer, dass es wahr ist. Bis jetzt war Remi – mein Highschool-Freund und die Liebe meines Lebens – der einzige Mann, mit dem ich je zusammen war. Im Großen und Ganzen gefiel mir das auch so. Es machte es leichter für mich, auf unsere Beziehung zu blicken und zu wissen, dass sie richtig, gut und rein war, ungeachtet dessen, was die Leute seit dem Unfall gesagt haben. Es machte es auch einfacher zu akzeptieren, dass diese Jahre mit Remi alles waren, was ich jemals haben würde.

Jetzt ist diese Akzeptanz fort, und ich habe keine Ahnung, was irgendetwas bedeutet.

Nicht mehr.

Der altbekannte Kummer drückt mich nieder, der Schmerz, der mir so vertraut ist, dass er sich wie eine Erweiterung meines eigenen Körpers anfühlt. Eine zusätzliche Gliedmaße, die ich ständig mit mir herumtrage. Und doch ist es auch anders.

Mehr Bedauern, weniger Verzweiflung. Ein Abschwächen all dieser verworrenen Gefühle in mir.

Vielleicht haben die Leute recht. Vielleicht heilt die Zeit – und großartiger Sex – wirklich alle Wunden.

Schon allein der Gedanke, so sarkastisch er auch war, lässt Schuldgefühle in mir aufsteigen. Ich sperre sie weg, verdränge sie tief in meinem Innern, so wie ich es mit allem tue, mit dem ich mich nicht auseinandersetzen will. Dann steige ich aus dem Bett und gehe unter die Dusche. Es hat keinen Sinn, den ganzen Tag hier herumzusitzen und

Trübsal zu blasen, wenn ich nicht arbeiten muss. Vielleicht fahre ich mit dem Bus in die Stadt und schaue mir die Sehenswürdigkeiten an. Gehe ins Kino. Es muss hier doch irgendetwas geben, was man machen kann und was nichts mit Schnee zu tun hat.

Auf dem Weg zum Badezimmer verbinde ich mein Handy mit der Stereoanlage und wähle eine zufällige Playlist aus, und als der Refrain von »Radioactive« von Imagine Dragons ertönt, fühle ich mich ziemlich gut. Schließlich gibt es keinen Grund, sich aufzuregen. Ich wollte mit Z schlafen, um etwas zu fühlen und um den ganzen Druck loszuwerden, der damit einherging, dass Remi der einzige Typ war, mit dem ich je geschlafen hatte. Das habe ich getan, und ich habe auch wirklich Spaß dabei gehabt. Es gibt nichts, worüber ich mich beschweren könnte.

Und wenn ich diese Worte oft genug wiederhole, glaube ich sie vielleicht sogar.

Ich weigere mich, länger darüber nachzudenken, und konzentriere mich darauf, meine Haut zu peelen. Meine derzeit nicht vorhandenen Beinhaare zu rasieren. Meine Locken in Conditioner zu ertränken. Auf alles Mögliche, nur nicht darauf, wie es sich angefühlt hat, von Z gehalten, geküsst und geliebt zu werden.

Meine Augen sind geschlossen, mein Kopf ist nach hinten gebeugt, um den letzten Rest Conditioner aus meinem Haar zu spülen, als ich höre, wie der Duschvorhang zurückgezogen wird. Ich schreie laut und lange auf, während ich nach der einzigen Waffe greife, die ich habe – der Flasche Conditioner –, und mich darauf vorbereite, dem Eindringling damit eins überzubraten.

»Hey! Mach mal halblang!« Z wirft die Hände in die Höhe, um sich vor meinem drohenden Angriff zu schützen. »Tut mir leid. Ich wollte dich nicht erschrecken.«

»Z?« Der Conditioner fällt mit einem dumpfen Plumps in die Wanne. »Was machst du denn hier?«

»Ich habe dir Frühstück mitgebracht. Ich dachte, wir könnten zusammen essen.«

»Oh, richtig. Frühstück.« Ich starre ihn sekundenlang an, während ich versuche, diese unerwartete Entwicklung zu verarbeiten. »Du bist rausgegangen, um Frühstück zu holen.«

Er sieht eine Sekunde lang verwirrt aus, aber dann verschwindet das Lächeln aus seinem Gesicht. »Du dachtest, ich sei gegangen.«

»Du *bist* gegangen«, verweise ich auf das Offensichtliche, während ich das Wasser abstelle und nach dem Handtuch greife, das ich über die Duschvorhangstange gehängt habe.

»Ich hab dir doch gesagt, dass ich bald zurück bin.«

Er tritt zurück in mein Zimmer, während ich aus der Wanne steige. Das Badezimmer hat ungefähr die Größe einer Briefmarke, und die einzige Möglichkeit, sich gleichzeitig darin aufzuhalten – wenn nicht gerade einer von uns unter der Dusche steht –, erfordert, dass wir uns viel dichter aneinanderdrängen, als wir es momentan tun.

»Ich muss noch geschlafen haben. Ich kann mich nicht erinnern, dass du etwas gesagt hast.«

Er nickt, sein Gesicht ist ausdruckslos, auch wenn sein Blick meinen sucht. »Willst du, dass ich gehe?«

»Nein!« Die Antwort kommt schnell, bevor ich überhaupt eine Chance habe, darüber nachzudenken. Es ist ein bisschen peinlich, wie schnell, wenn man bedenkt, welchen Mist ich mir unter der Dusche gerade selbst eingeredet habe.

»Ich meine, Frühstück hört sich gut an. Ich habe Hunger.«

Sein Lächeln ist wieder da, und zum ersten Mal merke ich, dass es nicht das Lächeln ist, das ich gewohnt bin. Nicht dieses halbe Schmunzeln und halbe Grinsen, das er der Welt sonst schenkt. Nein, dieses Lächeln erhellt sein Gesicht. Es kräuselt seine Wangen und die Haut um seine Augen. Es ist ein echtes Lächeln, stelle ich mit einer Mischung aus Unbehagen und Freude fest. Zum ersten Mal, seit ich ihn kenne – abgesehen von der letzten Nacht im Bett –, glaube ich, den echten Z zu sehen. Den, den eigentlich nur Luc, Ash und Cam kennen.

»Gut. Du ziehst dich an, und ich mache Kaffee.« Er drückt mir einen schnellen Kuss auf die Stirn, bevor er sich abwendet.

Ich sehe ihm hinterher, dabei klebt mein Blick an seinem schönen Hintern, während ich mich frage, wer in einer dicken Snowboardhose tatsächlich so gut aussieht. Die Antwort lautet: niemand. Das heißt, niemand außer Z Michaels.

Während ich das Duschen endlos ausgedehnt habe, beeile ich mich jetzt damit, mich fertig zu machen. Ich weiß nicht, wie lange Z vorhat zu bleiben – wahrscheinlich nicht lange –, und ich möchte keine Minute der Zeit verpassen, die ich mit ihm verbringen kann. Mir ist klar, dass das eine schlechte Idee ist, mir ist klar, dass ich enttäuscht sein werde, wenn ich auch nur die geringste Hoffnung in diese Sache zwischen Z und mir setze.

Was dumm ist, sage ich zu mir, während ich in Leggings und einen flauschigen grünen Pullover schlüpfe. Es ist ja nicht so, als ob ich irgendetwas von ihm will außer Frühstück. Es ist nur so, dass es vielleicht ganz nett wäre, mit ihm befreundet zu sein. Ich habe keine Freunde, und er hat nicht viele …

Keine Ahnung. Es scheint einfach weit mehr in ihm zu stecken, als er die Leute sehen lässt. Ich möchte wissen, was das ist.

Während ich mich ein bisschen geschminkt und meine Haare mit dem Diffusor getrocknet habe – was ewig dauert –, hat Z inzwischen das Frühstück auf meinem winzigen Tisch vorbereitet. Schokoladencroissants, Frühstückssandwiches mit Ei, Käse und Speck, frischer Winterobstsalat.

»Das ist eine Menge Essen«, sage ich mit großen Augen zu ihm.

»Ich wusste nicht, was du magst, also habe ich verschiedene Dinge besorgt. Außerdem esse ich viel, also …«, endet er mit einem Achselzucken.

»Richtig.« Jäh dämmert mir die Erkenntnis. »Die Snowboard-Sache.«

»Ja. Die Snowboard-Sache.«

Ich schnappe mir einen der Teller, die er auf den Tisch gestellt hat, häufe Obst und ein großes Schokocroissant darauf, nehme dann eine Gabel und meinen Kaffee und gehe zum Bett.

»Willst du dort essen?«, fragt er mit hochgezogenen Augenbrauen.

»Weißt du das denn nicht? Es gibt nichts Besseres als Frühstück im Bett.«

»Nichts? Verdammt! Offensichtlich habe ich gestern Nacht was falsch gemacht.«

»Nach Komplimenten zu fischen, ist *so* unattraktiv«, sage ich grinsend zu ihm. »Vor allem, wenn du weißt, wie *richtig* du gestern Nacht alles gemacht hast.«

»Ach ja?« Er nimmt sich einen Teller und schaufelt eine erstaunliche Menge an Essen darauf. »Du findest, ich habe alles richtig gemacht?«

»Ich bin schließlich ungefähr neunmal gekommen.« Ich beobachte, wie er sich neben mir auf dem Bett niederlässt. »Und dann hast du mir Schokolade zum Frühstück gebracht. Ich bin mir nicht sicher, was es noch gäbe, um deine Leistung zu beurteilen.«

»Die Schokolade ist der Schlüssel, hm?«

»Ich will nicht lügen. Sie hilft.«

»Das werde ich mir merken.« Er lehnt sich vor und haucht sanfte Küsse auf meinen Kiefer und meinen Hals entlang. »Und nur fürs Protokoll, du bist zehnmal gekommen.«

Das entlockt mir ein überraschtes Lachen. »Du hast mitgezählt? Wow, Z, du bist ein echter Romantiker.«

Er sieht mich mit hochgezogener Augenbraue an. »In manchen Kreisen könnte man zehn Orgasmen als romantisch betrachten.«

»In manchen Kreisen könnte man einen Orgasmus als romantisch betrachten.«

»Nun, dann liege ich bei dem Spiel vorne.«

»Was genau das ist, was du magst.«

»Exakt«, sagt er mit einem Nicken. »Aber wenn du willst, können wir es auch mit elf versuchen, nur um sicherzugehen.«

Mit schmalen Augen sehe ich ihn an. »Wie kommt es, dass ich denke, elf ist eigentlich der Geheimcode für zwanzig?«

»Weil du ein kluges Mädchen bist.« Er streckt eine Hand aus und reibt mit seinem Daumen fest über meine Brustwarze. Hitze schießt durch mich hindurch, und gegen meinen Willen wölbe ich mich seiner Berührung entgegen. »Und sexy.«

Mir stockt der Atem, als er unsere Teller auf den Boden stellt, bevor seine Hand über meinen Bauch und in meine Leggings gleitet. Trotz spontaner Atemnot schaffe ich es noch zu fragen: »Du findest mich sexy?«

»Wer fischt jetzt nach Komplimenten?«, flüstert er, während er sanft kreisend um meine Klitoris streicht.

Der Junge weiß, was er tut – Gott, und *wie* er weiß, was er tut –, und es dauert nur ein, zwei Minuten, bis ich bebend über die Klippe von Orgasmus Nummer elf taumle.

»Und nur fürs Protokoll«, flüstert er zwischen langen, berauschenden Küssen an meinen Lippen, »ich finde dich sehr sexy. Ich finde außerdem, dass du letzte Nacht auch alles richtig gemacht hast.«

Ich verdrehe die Augen, während ich an seiner Unterlippe knabbere. »Na, offensichtlich.«

Er lacht. »Du hast ein ganz schönes Ego.«

»Eigentlich nicht«, erwidere ich, während ich mich zwischen seinen Knien niederlasse. »Schließlich bist du noch hier, oder? Ich denke, das ist alles, was ich an Leistungsbeurteilung brauche.«

»Ja.« Er wird schnell ernst. »Ich bin noch hier.«

»Falls ich es vorhin nicht gesagt habe, ich bin wirklich froh, dass du das bist.« Ich ziehe ihm die Hose bis zu den Knien herunter. »Und da du schon mal da bist …« Ich fahre mit einem langen, sinnlichen Lecken über seinen sehr erregten Schwanz, dann sauge ich ihn tief in den Mund.

Er sagt eine ganze Weile nichts mehr, aber andererseits, ich auch nicht.

* * *

»Ich werde das nicht tun.«

»Komm schon, Ophelia. Versuch es einfach.«

»Ich brauche es nicht zu versuchen.« Ich verschränke die Arme vor der Brust und sehe überallhin, nur nicht zu Z. »Daraus wird nichts.«

»Oh doch.«

Ich gebe einen frustrierten Laut von mir, der tief aus meiner Kehle kommt. »Nur weil wir ein paarmal Sex hatten, heißt das nicht, dass du das Recht hast, mir zu sagen, was ich tun soll.«

»Stimmt«, pflichtet er mir bei. »Aber die Tatsache, dass ich gestern ein Arschloch verprügelt habe, das versucht hat, dich im Wald zu vergewaltigen, schon. Es ist nicht sicher für dich, wenn du weiterhin diesen Weg zwischen der Lodge und deinem Zimmer gehst. Schon gar nicht nachts.«

»Ich habe dich nicht um Hilfe gebeten.«

»Das ist ein Teil des Problems, nicht wahr?« Er lehnt sich gegen das Auto und steckt die Hände in die Taschen, während er die langen Beine übereinanderschlägt. »Du weißt nicht, wie man um Hilfe bittet.«

»Ich bitte um Hilfe, wenn ich sie brauche.«

»Du brauchst sie jetzt.« Er nimmt die rechte Hand aus der Hosentasche, und in seinen Fingern liegt der Schlüssel zu seinem Range Rover. Er drückt ihn mir in die Hand. »Setz dich auf den Fahrersitz, Ophelia.«

»Nein.«

»Sieht so aus, als würden wir dann eine Weile hierbleiben.«

»Nein, *du* wirst noch eine Weile hierbleiben. Ich nehme den

Bus. Ich will einkaufen gehen.« Ich schwinge zwar große Worte, setze mich aber nicht in Bewegung. Es ist, als wäre ich wie erstarrt, während der Schlüssel, den er mir gegeben hat, meine Handfläche verbrennt wie eine lodernde Flamme.

»Ich habe dir gesagt, dass ich mit dir einkaufen gehen werde. Aber zuerst möchte ich dir eine Fahrstunde geben.«

»Ich weiß, wie man fährt. Wahrscheinlich bin ich sogar eine bessere Fahrerin als du.« Remi hat Monate, *Jahre* damit verbracht, sicherzustellen, dass ich in jeder Situation mit einem Auto umgehen kann. Das war seine große Bedingung, bevor er mich je hinters Lenkrad ließ, um ein Drag Race zu fahren.

»Natürlich weißt du, wie man fährt. Aber du kommst aus New Orleans. Wann bist du das letzte Mal auf Eis oder Schnee gefahren?« Als ich nicht antworte, schiebt er hinterher: »Ja. Das habe ich mir gedacht. Aber du kannst dich nicht ewig davor verstecken. Du lebst in einer der schneereichsten Städte des verdammten Landes. Du musst wissen, wie man bei dem Wetter zurechtkommt.«

»Ich *komme* damit zurecht.«

»Nein, du läufst davor weg. Aber das hört jetzt auf.«

Unsere Blicke treffen sich, und ich starre ihn an, verärgert darüber, dass er mein Täuschungsmanöver durchschaut hat, und noch verärgerter, dass er die Sache erzwingen will. Wer hätte gedacht, dass Z, der die meiste Zeit seines Lebens damit verbringt, von einer Party zur nächsten zu flattern, so hartnäckig sein könnte? Aber das ist er, und ich habe das Gefühl, dass wir den ganzen Tag hier stehen werden, wenn ich ihm nicht nachgebe.

Fast hätte ich Lust, das zu tun, einfach hier stehen zu bleiben und darauf zu warten, dass die Hölle zufriert oder Z aufgibt. Aber gleichzeitig weiß ein Teil von mir, dass er recht hat. Ich kann nicht mein ganzes Leben lang das Autofahren meiden. Der Schnee und das Eis haben mir bisher eine Ausrede geliefert, aber irgendwann ... irgendwann muss ich es einfach tun.

Dieser Zeitpunkt kann ebenso gut jetzt sein, vor allem, da Z gerade das Paradoxon »Unbewegliches Objekt trifft auf unaufhaltsame Kraft« nachspielt. Wie auch immer, ich bin schlau genug, um zu wissen, dass ich geliefert bin.

»Na schön«, sage ich und stampfe um das Auto herum zur Fahrerseite. »Ich mach's.« Aber falls er anfängt, damit anzugeben, dass er mich dazu bringen kann, alles zu tun, was er will, oder wenn er sich auf irgendeine andere Weise arrogant aufführt, bin ich so was von raus.

Z ist jedoch überraschend zurückhaltend, als er auf den Beifahrersitz rutscht, fast so, als wüsste er, wie bereit ich bin, die Flucht zu ergreifen. Und vielleicht weiß er es auch. Er hat das mit dem Autofahren herausgefunden, während es sonst niemand getan hat, nicht einmal meine Mutter oder meine Freunde zu Hause. Was bedeutet, dass er viel genauer hinschaut, als ich dachte, und weit mehr von mir sieht, als ich preiszugeben glaubte.

»Auf Schnee zu fahren, ist nicht viel anders als bei Regen«, sagt er, nachdem wir uns beide angeschnallt haben. »Bei Regen musst du an Aquaplaning denken. Bei Schnee ist es dasselbe, vor allem, weil zwischen dem Auto und der Straße tatsächlich eine Schicht aus Wasser liegt. Um das also zu kompensieren, musst du lernen, die eigene Vorwärtsdynamik des Autos zu nutzen, anstatt ständig aufs Gas zu treten.«

»Was meinst du damit?«, frage ich, schon jetzt verwirrt.

»Stell den Hebel auf zwei statt auf D«, sagt er mir. Er hat den Range Rover vorhin neben dem Bordstein geparkt, damit ich mich fürs Erste nicht darum sorgen muss, rückwärts aus einer Lücke zu fahren. »Und lass ihn einfach langsam vorwärtsrollen. Tritt weder aufs Gas noch auf die Bremse, lass das Auto einfach von selbst fahren.«

Ich tue, was er sagt, und wir fangen an, uns mit etwa einem Stundenkilometer zu bewegen. Nach einer Minute sehe ich ihn aus den Augenwinkeln an. »Mit dieser Geschwindigkeit werden wir nicht weit kommen.«

Er verdreht die Augen. »Bist du jetzt schon gelangweilt?«

»Nein. Nur …« Ungeduldig. Ungeduldig, endlich anzufangen, ungeduldig, fertig zu werden. Ungeduldig, mein Leben zurückzubekommen. Oder zumindest diesen kleinen Teil davon.

»Ich verstehe«, sagt er, wobei er eine Hand auf mein Knie legt, und ich denke, dass er es vielleicht wirklich versteht. Gott weiß, dass er alles andere zu verstehen scheint. Seltsam, noch vor ein paar Tagen hätte ich geglaubt, dass er nichts versteht.

Als wir uns dem Ende des Parkplatzes nähern, fährt er fort: »Jetzt kannst du in den dritten Gang schalten. Aber bieg noch nicht auf die Straße ab. Ich möchte, dass du hier ein paarmal im Kreis fährst, bevor wir uns auf die Straße rauswagen.«

Jetzt bin ich an der Reihe, die Augen zu verdrehen. »Du hörst dich an wie Remi bei meiner allerersten Fahrstunde.«

»Remi?«, fragt er. »Ist das dein Bruder?«

Ich schlucke, verärgert über mich selbst wegen meines Ausrutschers. Ich spreche nie über Remi. Niemals. Aber Z weiß das nicht. Er weiß nichts über mich, außer dem, was er hier in Park City gesehen hat. Und obwohl diese Tatsache etwas sehr Ansprechendes hat, ist sie auch nicht ganz fair. Nicht, wenn es hier so viele Quellen gibt, aus denen ich etwas über sein Leben erfahren kann.

»Er war mein Freund. Wir sind zusammengekommen, als ich fünfzehn war, also hat er mir das Autofahren beigebracht.«

»Er hat es dir beigebracht? Also war er älter als du?«

»Zwei Jahre, ja.«

Er nickt, und obwohl er nichts sagt, weiß ich, dass ihm die Parallelen zwischen ihm und Remi nicht entgangen sind. Und dabei weiß er nicht mal die Hälfte.

Aber ich schon, und trotzdem bin ich hier, in diesem Auto, mit ihm.

Trotzdem habe ich mit ihm geschlafen.

Ich habe mir eingeredet, dass es keine Rolle spiele. Dass ich es tun würde, um über den Schmerz hinwegzukommen, der damit einherging, dass Remi der Erste und Einzige für mich war. Aber jetzt hier zu sein, mit Z … ihm genug zu vertrauen, mir diese Fahrstunde zu geben … mit ihm gelacht zu haben, in meinem Zimmer vor einer Weile … Das lässt mich denken, dass hier mehr ist, als ich mir eingestehen will, sogar mir selbst gegenüber. Vor allem mir selbst gegenüber.

Der Gedanke ist unvorstellbar, vor allem, wenn man bedenkt, wer Z ist. Was er tut. Auf seine Art ist Snowboarden genauso gefährlich wie Drag Racing, und Z ist nicht gerade für seine Vorsicht auf der Piste oder in der Halfpipe bekannt. Ich habe ihn nie boarden sehen, also weiß ich es nicht, aber die Geschichten, die hier im Resort kursieren, lassen darauf schließen, dass er mehr Risiken eingeht, als nötig ist. Der Erfolg ist größer, aber auch die Möglichkeit, dass etwas schiefgeht.

Ich kann nicht anders, als mich zu fragen, ob mit mir auf krankhafte Weise etwas nicht stimmt, weil die einzigen beiden Männer, an denen ich je interessiert war, so sind. Remi hatte immer das Gefühl, etwas beweisen zu müssen, und tat dafür sehr oft verrückte Dinge. Und obwohl ich Z noch nicht annähernd so gut kenne, habe ich den Eindruck, dass es bei ihm genauso ist.

Schon allein der Gedanke lässt meine Hände am Lenkrad zittern.

»Ist dir kalt, Baby?« Z streckt die Hand aus und dreht die Heizung hoch.

Weil mir plötzlich tatsächlich kalt ist, lächle ich ihn an. »Ja. Danke.«

Er lächelt zurück, und es ist wieder dieses echte Lächeln. Das, bei dem mir beinahe das Herz stehen bleibt.

»Was ist mit Remi passiert?«, fragt er, als wir meine erste volle Runde um den Parkplatz abschließen – was sowohl einfacher als auch schwieriger war, als ich dachte. Ich merke es an seiner Stimme, dass er es weiß oder glaubt, es zu wissen, aber er muss trotzdem fragen.

Ich sehe ihn nicht an, als ich antworte. »Er ist gestorben. Bei demselben Unfall, bei dem …« Ich zeige auf meinen Bauch.

»Das tut mir leid, Ophelia.« Ich kann es an seiner Stimme hören, dass ihm mehr als nur Remis Tod leidtut. Es tut ihm leid, dass er mich zu dieser Fahrstunde gedrängt hat. »Es tut mir so leid.«

»Nicht deine Schuld. Ich …«

Ich bin mir nicht sicher, was ich sagen wollte, aber was auch immer es war, es bleibt ungesagt.

Denn als wir das Ende des Parkplatzes erreichen und ich eine Linkskurve fahren will, gerät das Auto ins Rutschen, und das Heck fängt wild an zu schlingern.

»Lenk leicht nach rechts«, sagt Z mit fester, autoritärer Stimme. »Noch ein bisschen, noch ein bisschen … genau so.«

Ich treffe den idealen Punkt, fange uns wieder ein und tue so, als würde mein Herz nicht mit tausend Schlägen pro Minute klopfen. Es bestand keine wirkliche Gefahr – wir sind so langsam gefahren, und es sind keine Autos in der Nähe, mit denen wir zusammenstoßen könnten –, trotzdem ist es auf törichte Weise furchterregend für mich gewesen. Genau wie letztens im Auto mit Z habe ich an nichts anderes denken können als an jene Augenblicke, bevor Remi und ich verunglückten. Als alles lustig und ausgelassen und toll war …

»Ophelia!«, bellt Z meinen Namen, und das reißt mich aus meiner Benommenheit, lässt mich instinktiv zu ihm herumfahren.

»Es geht mir gut«, sage ich zu ihm.

»Das weiß ich«, antwortet er. »Ich wollte nur sichergehen, dass du es auch weißt.«

Das ist so eine typische Z-Antwort und doch eine so perfekte, dass ich nicht anders kann, als darauf zu reagieren. Ich bremse den Wagen ab, bis er zum Stehen kommt, lehne mich rüber und presse meinen Mund auf seinen.

Funken schießen durch mich hindurch, als Z meinen Kuss erwidert. Seine warme Hand legt sich an meine Wange, während er an meiner Oberlippe knabbert. Aber gerade als ich darüber nachdenke, die ganze Fahrstunde abzubrechen und stattdessen mit ihm auf mein Zimmer zu gehen, zieht er sich zurück.

»Versuchen wir es noch einmal«, sagt er zu mir. »Wenn du zur nächsten Kurve kommst, möchte ich, dass du den Fuß vom Gas nimmst und ein bisschen nach innen lenkst. So hast du, wenn du ins Schleudern gerätst, mehr Spielraum, den Wagen wieder unter Kontrolle zu bringen, bevor du befürchten musst, die Bergkante runterzustürzen oder so was.«

»Wir sind nicht mal in der Nähe einer Bergkante«, antworte ich ein wenig schmollend, weil ich jetzt wirklich gerne etwas anderes tun würde.

»Du weißt, was ich meine.«

Und die Sache ist die: Ich weiß es wirklich. Obwohl ich gerade lieber überall sonst wäre als in diesem Geländewagen, liebt ein Teil von mir seine Entschlossenheit, dafür zu sorgen, dass ich auf Schnee fahren kann. Mehr noch, dass ich nicht länger Angst vor etwas so blödsinnig Wichtigem habe. Und deswegen verdränge ich alles andere und konzentriere mich darauf, genau das zu tun, was Z mir sagt.

Wir drehen schließlich noch drei weitere Runden um den Parkplatz, bevor er entscheidet, dass es sicher ist, mich raus auf die Straße zu lassen, die zur Lodge führt. Es ist eine Nebenstraße, keine der Hauptstraßen, aber trotzdem bin ich nervös, als ich auf sie abbiege.

Z ist die ganze Zeit geduldig mit mir, erklärt mir, wann ich Gas geben muss und wie viel, wie man auf Schnee bremst und wie man abbiegt. Er erklärt mir sogar, was zu tun ist, wenn ich bei höherer Geschwindigkeit ins Rutschen komme, und demonstriert es mir – natürlich mit ihm am Steuer. Für irgendetwas anderes ist er zu beschützerisch.

Am Ende verbringen wir den ganzen Tag zusammen. Das Fahrtraining dauert ein paar Stunden, dann machen wir uns auf den Weg in die Stadt – wobei ich die ganze Strecke den Berg hinunterfahre –, um dort zu Mittag zu essen, was zu einem Schaufensterbummel und Abendessen und Kino und schließlich zu einem Dessert in dem kleinen Laden wird, in dem wir vor ein paar Tagen waren. Diesmal esse ich meine Eistüte wie ein normaler Mensch – sinnlos, ihn zu quälen, da er doch schon weiß, wie es ist, meinen Mund auf ihm zu haben.

Wir verbringen so viel Zeit damit, dazusitzen und zu reden – über alles und nichts –, dass wir erst spät wieder zu mir nach Hause zurückkommen. Natürlich fährt er uns den Berg hoch, weil es so dunkel ist, aber zum ersten Mal habe ich das Gefühl, mit dem Auto womöglich doch nicht in einen Abgrund zu stürzen.

Z hat mir diese Sicherheit gegeben, und das ist etwas, was ich nicht so schnell vergessen werde. Um ehrlich zu sein, werde ich nichts von diesen letzten vierundzwanzig Stunden vergessen. Vielleicht erklärt das, warum ich ihn hereinbitte, als wir an meiner Tür ankommen – trotz der Tatsache, dass diese Sache zwischen uns eigentlich ganz zwanglos sein sollte.

Was jedoch nicht erklärt, warum er Ja sagt.

Kapitel 17

Z

»Alter!« Ash kommt mir entgegen, als ich aus dem Lift steige, das Handy in der Hand und mit einem Ausdruck absoluter Freude im Gesicht. »Es ist viral gegangen, Mann. Über eine Million Aufrufe in weniger als vierundzwanzig Stunden. Alle reden über dich!«

»Was ist viral gegangen?« Um ehrlich zu sein, achte ich nicht besonders auf das, was er sagt.

Stattdessen denke ich an die letzte Nacht mit Ophelia und frage mich, wie lange es noch dauert, bis sie Feierabend hat. Es ist schon verrückt. Normalerweise vergeht die Zeit wie im Flug, wenn ich auf meinem Board bin. Kann auch kaum anders sein, wenn das Adrenalin durch die Adern pumpt und ich hart shredde.

Aber heute hat sich jede Sekunde hingezogen. Alles, woran ich denken konnte, war sie und wie es war, bei ihr zu sein. Sie zu halten und zu küssen, in ihr zu sein. Ich war schon mit vielen Mädchen zusammen, mehr als ich gerade zählen könnte. Das ist nichts, worauf ich stolz bin, aber es ist mir auch nie peinlich gewesen. Es ist einfach so.

Sex ist für mich bloß eine weitere Möglichkeit, um abzuschalten. Nur dass es sich mit Ophelia nicht so anfühlt, als würde ich abschalten. Es fühlt sich anders an. Nicht dauerhaft oder irgend so was, weil ich das absolut nicht vorhabe, aber … es fühlt sich gut an. Als ob ich mit etwas anderem verbunden wäre als mit dieser totalen Katastrophe, die meine Vergangenheit ist. Die mein Leben ist.

Ich greife in meine Jacke und ziehe das Handy aus einer der Reißverschlusstaschen mit der vagen Idee, ihr eine Nachricht zu schreiben, um zu fragen, ob sie nach der Arbeit mit mir essen gehen möchte. Aber bevor ich recht viel mehr tun kann, als mit dem Finger über den Bildschirm zu streichen, fängt das Ding an zu klingeln. Ich sehe hinunter auf die Nummer, in der Hoffnung, dass sie es ist. Sie ist es nicht, also lasse ich es auf die Mailbox gehen.

Das einzige Problem ist, dass meine Mailbox voll ist. Und als ich zu den Nachrichten wechsle, sehe ich, dass ich einhundertsiebenundachtzig neue habe – von anderen Boardern, von drei meiner Sponsoren und von einer Reihe von Snowboard-Seiten und -Magazinen.

Zum ersten Mal achte ich wieder auf das, was Ash sagt. »Was zum Teufel ist hier los?«, will ich wissen. »Mein Handy ist in den letzten sechs Stunden regelrecht explodiert.«

»Das versuche ich dir ja zu sagen. Das Video von dir, wie du den Berg runterfährst, ist verdammt noch mal durch die Decke gegangen.«

»Du hast es schon gepostet?«

Er sieht mich an, als wäre ich verrückt, und vielleicht bin ich das auch, aber es fällt mir schwer mitzukommen.

»Und ob ich das habe! Ich habe den Anfang bereinigt und es dann gestern Nachmittag auf die Plattformen und die Website gestellt. Das ist alles, was ich getan habe, Mann. Einfach nur hochgeladen, zu ein paar Stellen verlinkt und es gut sein lassen. Und die Leute drehen durch deswegen. Du solltest die Kommentare sehen – jede Menge der Großen haben es sich angesehen und Nachrichten hinterlassen. Und sie teilen es weiter. Niemand kann glauben, welche Tricks du rausgehauen hast, ganz zu schweigen von den Eiern, die es braucht, um einfach so wie du den Berg runterzushredden.«

Er reckt eine Faust in die Luft. »Du bist eine verdammte Legende, Mann.«

Ich starre ihn an und kann kaum begreifen, was er da sagt. »Ich will keine Legende sein.«

»Zu spät dafür«, sagt Luc, der zu uns kommt und mir auf den Rücken klopft. Er ist gerade aus dem Lift gestiegen und hat sein Handy in der Hand. »Sie haben das Video auf jeder größeren Snowboard-Website der Welt eingebettet. Die Pingbacks kommen alle paar Sekunden.«

»Scheiße! Ist das dein Ernst?«

Er drückt mir sein Handy in die Hand und zeigt mir die neuesten Statistiken unserer gemeinsamen Website – und die sind der Wahnsinn. Absolut der Wahnsinn. Seitenaufrufe, Besucher, Kommentare. Und ja, Pingbacks. Hunderte, manchmal Tausende davon, jede Stunde.

What. The. Fuck?

»Passiert das gerade wirklich?«, frage ich. Aber bevor irgendjemand antworten kann, klingelt mein Handy erneut, gefolgt von ein paar Pieptönen, die bedeuten, dass ich weitere Textnachrichten erhalten habe.

Scheiße! Wer hätte gedacht, dass ein kleiner Ausflug einen Berg runter so viel verdammten Ärger verursachen kann? Wenn ich das gewusst hätte, dann hätte ich die GoPro zertrümmert, anstatt sie Ash zu überlassen.

»Wir brauchen einen Plan, Mann.« Ash reibt sich fast schon die Hände vor Freude. »Du musst Mitch anrufen, überlegen, wie du da Kapital rausschlagen kannst. Ich hab's dir gesagt, so kurz vor den Auswahlwettkämpfen wird das *riesig.*«

»Und ich hab dir gesagt, dass mir die Auswahlwettkämpfe scheißegal sind.«

»Wissen wir, wissen wir.« Cam boxt mich gegen die Schulter. »Aber lass uns doch mal für eine Minute so tun, als wärst du normal und würdest solche Dinge wichtig nehmen, okay? Du musst nicht begeistert darüber sein, aber kannst du wenigstens uns darüber begeistert sein lassen? Das ist absolut fantastisch!«

Es ist etwas. Ich bin mir nicht ganz sicher, ob ich es mit dem Wort *fantastisch* beschreiben würde. Aber es ist etwas.

Mein Handy klingelt wieder, und ich werfe einen Blick auf die Anrufer-ID. Es ist Mitch, der Agent, den Ash, Luc und ich uns teilen. Zum siebten oder achten Mal, wie es aussieht. »Ich glaube, Mitch weiß es schon.« Ich halte mein Handy hoch und winke leicht damit.

»Ja!« Ash boxt in die Luft. »Ich schlage vor, wir nehmen uns den Rest des Tages frei von der Piste und fangen an zu planen, wie wir das nutzen können, um dir mehr Werbeverträge zu verschaffen – und eine Chance auf olympisches Gold.«

Ich schüttle den Kopf, setze an, mit ihm über die Tatsache zu streiten, dass ich nichts von alledem will.

Aber das spielt keine Rolle. Ash ist schon voll auf Touren, seine Vision für uns – für mich – ist sogar noch größer, als sie jemals zuvor war. Für den Moment lasse ich es einfach laufen, lasse ihn die Energie rauslassen. Danach können wir darüber reden, was ich will, verglichen mit dem, was er und die anderen für mich wollen.

»Ja, lass uns gehen«, stimmt Luc zu, beinahe ebenso aufgedreht wie Ash. »Kriegsrat bei Ash und mir zu Hause. Zuerst rufen wir Mitch an, mal hören, was er zu sagen hat, und dann sehen wir weiter.«

Juhu! Ich bin so verdammt aufgeregt, dass ich mich kaum zurückhalten kann. »Ich schaue zuerst noch bei der Lodge vorbei. Ich möchte Ophelia sehen.«

»Im Ernst?«, fragt Cam. »Du bist immer noch an ihr dran? Ich dachte, du hättest das inzwischen hinter dir gelassen.«

»Hinter sich gelassen? Sein verdammtes Burton steht auf dem Spiel. Natürlich hat er es nicht hinter sich gelassen«, sagt Luc zu ihr.

»Er muss sie vögeln, bevor der Wettbewerb am Freitag anfängt, oder er verliert sein bald schon legendäres Snowboard.«

Wenn ich sicher sein könnte, dass er über die blöde Wette die Klappe halten würde, dann würde ich ihm das Ding jetzt sofort geben, auch wenn es mein Lieblingsboard ist. Ich wollte kein respektloses Arschloch sein, als ich die Wette abschloss, aber nun, da ich mit Ophelia zusammen bin – irgendwie zumindest –, kommt es mir absolut schrecklich vor.

Natürlich könnte ich alles beenden, indem ich ihnen sage, dass ich die Wette gewonnen habe, aber das scheint mir sogar noch schlimmer. Was bedeutet, dass mir im Moment nichts anderes übrig bleibt, als den ganzen Mist zu ertragen, den Luc von sich gibt. Doch als er durch die riesige Eingangstür ins Hauptgebäude der Lodge geht, gebe ich mir das Versprechen, dass die Rache heftig sein wird.

Es ist spät am Tag, also ist die Kaffeebar überfüllt, als wir dort ankommen. Ophelia arbeitet mit drei anderen Leuten hinter dem Tresen, und die Schlange ist immer noch völlig außer Kontrolle.

»Vielleicht kann das warten«, sagt Ash. »Wir haben zu tun.«

»Ihr könnt ja schon gehen«, erwidere ich, ohne den Blick von dem schönen Mädchen abzuwenden, mit dem ich die letzten zwei Nächte verbracht habe. »Ich komme dann später nach.«

»Ja, das habe ich schon mal gehört. Wir lassen dich nicht aus den Augen.«

Ash schlängelt sich durch den überfüllten Raum und ergattert einen Tisch in der hintersten Ecke für uns. »Ich habe Mitch gerade eine Nachricht geschickt, und er hat in den nächsten zwei Stunden sowieso noch ein Meeting. Wir haben ein wenig Zeit totzuschlagen, und das können wir genauso gut hier tun.« Er lässt sich in der Sitznische nieder und streckt die Füße aus, als gehörte ihm das ganze Ding. »Ich nehme ein großes Power O.«

»Ich auch«, stimmt Cam mit ein, während sie auf die Bank gegenüber von Ash rutscht.

»Ich auch«, fügt Luc hinzu und setzt sich neben Cam.

Ich überlege, ob ich ihnen sagen soll, dass sie sich ihre verdammten Getränke selbst holen sollen, aber wem mache ich etwas vor? Zu diesem Tresen zu gehen, ist der einzige Grund, warum ich hier bin.

»Denkt ihr, er wird sich diesmal besser schlagen als letztes Mal?«, höre ich Luc fragen.

»Keine Ahnung«, sagt Cam. »Ophelia scheint eine harte Nuss zu sein, aber er ist Z.«

Ich lege die Hände hinter den Rücken und zeige ihnen die Mittelfinger, dann gehe ich weiter, als ihr Lachen ertönt. Die Schlange ist lang, und ich mache mich auf eine ziemliche Wartezeit gefasst, aber ich stehe erst ein paar Minuten an, als mein Handy mit einer weiteren Nachricht piepst.

Beinahe ignoriere ich sie, denn die, die ich bisher bekommen habe, handelten alle von irgendwelchem Mist, der mich nicht interessiert. Aber ich habe sonst nichts zu tun, also denke ich mir, ich könnte sie mir ebenso gut ansehen. Wie sich herausstellt, ist sie von Ophelia.

Meine Pause ist in zehn Minuten. Dann bringe ich euch eure Drinks raus. Drei Power O und einen …?

Hast du dich schon entschieden?

Ich weiß, dass sie sich auf das ganze »Gib mir etwas Süßes«-Debakel vom letzten Mal, als ich hier war, bezieht, und ich muss laut lachen. Meine Kleine ist clever.

Großen Kaffee, schwarz. Wie sich herausstellt, mag ich stark und bitter viel lieber als süß.

Ich schicke die Nachricht ab und bleibe dann, wo ich bin, weil ich so ihr Gesicht gut sehen kann. Sie macht noch ein paar Getränke, bevor sie ihr Handy zückt und die Nachricht liest. Als sie es tut, dreht sie sich zu mir um und streckt mir die Zunge raus.

Ich kann mir ein Lachen nicht verkneifen, dann schicke ich eine letzte Nachricht ab.

Immer diese Versprechungen. Glaub bloß nicht, dass ich dich nicht darauf festnageln werde.

Ich bin gerade auf dem Weg zurück zum Tisch, als ihre Antwort eintrifft.

Ich freue mich schon darauf.

Ich stolpere und stoße fast mit einer armen Frau zusammen, die ein Tablett mit Getränken trägt. Scheiße! Ich bin nie ungeschickt, aber ein paar Tage mit Ophelia, und ich falle praktisch über meine eigenen Füße. Das verheißt nichts Gutes für meine Zukunft als Snowboarder, doch wenn man bedenkt, wie verdammt glücklich ich mich gerade fühle, würde ich sagen, es ist ein fairer Tausch.

Als ich zum Tisch zurückkomme, sehen mich meine idiotischen besten Freunde alle an, als wäre ich verrückt.

»Was denn? Du hast schon aufgegeben?«, fragt Luc. »Das ist ja, als würdest du mir das Snowboard einfach so schenken.«

»Entspann dich. Die Getränke kommen gleich.«

Cam sieht verärgert aus. »Welches der anderen Mädchen hast du überredet, unsere Bestellung aufzunehmen?«

»Schätze, ihr werdet einfach abwarten müssen.«

Das scheint Luc und Ash zu besänftigen, obwohl Cam immer noch sauer aussieht, während die Jungs sich wieder der Website widmen, um die Statistiken zu überprüfen und herauszufinden, ob sie was an der Homepage ändern müssen, um maximale Aufmerksamkeit zu bekommen.

Ich verbringe die Zeit damit, kaum zuzuhören – die Website hat mich noch nie wirklich interessiert – und alle neunzig Sekunden oder so nachzugucken, ob Ophelia endlich Pause hat. Es scheint eine Ewigkeit zu dauern, bis ich sie auf uns zukommen sehe, ein volles Tablett mit Getränken auf einem Arm balancierend.

Ich kann mir das Grinsen nicht verkneifen, als ich aufspringe, um ihr auf halbem Weg entgegenzukommen. »Hey, lass mich dir dabei helfen.«

Eine Sekunde lang sieht sie aus, als wollte sie sich mit mir darum streiten, aber dann lässt sie mit einem sanften Lächeln los. »Was hältst du davon, wenn du deinen Freunden die Getränke bringst und mich dann draußen am Hintereingang triffst? Ich habe zwanzig Minuten Zeit, bevor ich wieder zur Schicht muss.«

»In zwanzig Minuten kann ich eine Menge tun.«

»Ja, darauf verlasse ich mich auch.«

Sie beißt sich auf die Lippen und sieht mich unter ihren Wimpern hervor an.

Und fast hätte ich das ganze verdammte Tablett auf den Boden fallen lassen.

Scheiße! Ich bin kaum noch funktionsfähig. Ophelia geht vor mir, wobei sie ein kleines bisschen stärker mit ihren üppigen Hüften wackelt, und ich bin völlig gebannt von dieser koketten, sexy Seite an ihr. Plötzlich kann ich es kaum erwarten, ein wenig Privatsphäre zu finden und die nächsten zwanzig Minuten damit zu verbringen, sie kommen zu lassen.

Als ich den Tisch erreiche, werfe ich meinen Freunden die Getränke nahezu entgegen, bevor ich nach Ophelias Hand greife. Aber nachdem sie mich völlig scharfgemacht hat, hat sie anderes im Sinn. Sie will tatsächlich mit meinen Freunden reden, was ich normalerweise in Ordnung fände. Doch ich kann regelrecht spüren, wie die ihr zustehenden zwanzig Minuten tickend verstreichen, und ich bin mir nicht sicher, ob ich bis zum Ende ihrer Schicht warten kann, um sie allein zu erwischen.

Was meine Freunde betrifft, sehen sie alle überrascht aus, dass Ophelia so nah bei mir steht.

»Ich wusste gar nicht, dass ihr euch angefreundet habt«, sagt Luc und beäugt mich misstrauisch.

Als ich nichts sage, dreht sich Ophelia um und sieht mich stirnrunzelnd an. Ich zucke nur mit den Schultern, weil ich mich nicht in eine Diskussion darüber verwickeln lassen will, warum ich meinen

Freunden nichts von ihr erzählt habe, aber dann scheint es ihr plötzlich zu dämmern.

Anstatt jedoch einfach mitzuspielen, zieht sie die Augenbrauen hoch und sagt: »Du hast ihnen nicht erzählt, dass du die Wette gewonnen hast, oder?«

Fuck! »Nein.« Ich schüttle den Kopf. »Habe ich nicht.«

»Das hättest du wirklich tun sollen. Schließlich hast du sie ziemlich spektakulär gewonnen.« Sie klimpert mit den Wimpern, total flirtend und kokett, und ich muss mich stark zusammenreißen, sie nicht hier vor allen Leuten zu küssen.

Das Einzige, was mich davon abhält, ist: »Was wir tun, geht keinen was an.«

Luc und Ash klappt buchstäblich die Kinnlade runter, während Cam nur dasitzt und mürrisch in die Tiefen ihres Getränks starrt.

»Sie weiß von der Wette?«, fragt Ash ungläubig.

»Du hast die Wette *gewonnen* und mir nichts davon gesagt?«, fügt Luc hinzu. »Wann ist das passiert?«

»Noch mal, das geht euch nichts an.« Ich hatte noch nie Probleme damit, wenn meine Freunde über die anderen Mädchen gesprochen haben, mit denen ich im Bett war, aber mir gefällt nicht, wie dieses Gespräch verläuft. Ich mag nicht, dass sie überhaupt sexuell an Ophelia denken, geschweige denn darüber reden, was wir wann gemacht haben.

»Da bin ich anderer Meinung. Wenn ich schon mein Flow aufgeben soll …« Er bricht ab, als Ash ihm den Ellbogen in die Seite rammt.

Hart.

»Ich brauche dein Snowboard nicht, Mann«, sage ich zu ihm.

Er jauchzt erleichtert auf, aber Ophelia will nichts davon wissen. »Tut mir leid, aber Wettschulden sind Ehrenschulden«, sagt sie. »Ich würde gerne glauben, dass ich zumindest ein Snowboard wert war.«

»So viel mehr als das«, versichert Lucas ihr. »Da bin ich mir sicher.«

Ich strecke den Arm aus und versetze ihm einen Stoß. »Was zum Teufel soll das heißen?«

»Hey! Warum hast du das gemacht? Ich habe Ophelia ein Kompliment gemacht.«

»Sie braucht deine Komplimente nicht.«

Jetzt sehen mich alle vier an, als ob ich verrückt wäre. Verdammt, vielleicht bin ich das auch. Ich weiß, dass ich mich noch nie bei jemandem so gefühlt habe – glücklich und beschützerisch und geil und mit einer Scheißangst, dass ich es verkacken werde wie alles andere in meinem Leben auch. Das ist keine gute Kombination, und ich kann nicht anders, als mich zu fragen, ob wir nicht alle besser dran wären, wenn ich einfach aussteigen würde. Aber das würde bedeuten, Ophelia den Rücken zu kehren, und dazu bin ich noch nicht bereit. Nicht einmal annähernd.

»Noch mal, da muss ich widersprechen«, sagt Ophelia mit ihrer hochmütigsten Stimme. »Ich werde alle Komplimente annehmen, die ich kriegen kann.« Als ich zu einer Antwort ansetze, hebt sie die Hände. »Das ist ein Frauending. Du würdest das nicht verstehen.«

»Du könntest es mir draußen erklären«, sage ich, während ich ihre Hand nehme und sie an meine Seite ziehe.

»Könnte ich«, stimmt sie zu und verschränkt die Finger mit meinen.

Ausgezeichnet! Ich will sie gerade wegziehen, doch mein Handy vibriert auf dem Tisch, wo ich es hingelegt habe, und verkündet, dass eine weitere Nachricht eingegangen ist. Ich ignoriere sie – ich habe Besseres zu tun, als mir Gedanken darüber zu machen, wer etwas von mir will –, aber Ash lässt sich davon nicht beeindrucken. Er entsperrt das Handy und sieht sich die letzte Nachricht an. Als er sie liest, weicht ihm die Farbe aus dem Gesicht.

»Was ist los?«, frage ich und reiße ihm das Handy aus der Hand.

»Mitch hat gerade geschrieben. Sie wollen dich auf das Februar-Cover der *Sports Illustrated* bringen.«

»Ernsthaft? Deswegen siehst du so erschrocken aus?« Genervt fahre ich mir mit der Hand durch die Haare. »Ich dachte schon, es wäre was passiert.«

»Es ist für die Olympia-Ausgabe, Z. Sie wollen dich auf dem Cover der *Sports Illustrated* für die Olympischen Winterspiele.«

Bevor ich noch etwas dazu sagen kann, springt Ophelia vor Freude fast auf und ab. »Oh mein Gott, Z! Das ist ja fantastisch.«

Nicht so fantastisch, wie die nächsten fünfzehn Minuten damit zu verbringen, mit ihr rumzumachen. Ich will ihr das gerade sagen, aber sie greift schon nach meinem Handy.

»Ich möchte es sehen«, sagt sie zu Ash.

Er übergibt es ihr bereitwillig, aber als sie es lesen will, muss sie die zig anderen Nachrichten bemerken, die heute eingegangen sind, denn sie wendet sich zu mir um. »Was ist passiert? Es sieht so aus, als ob dein Handy heute total verrücktspielt.«

»Das ist nichts.«

»Nichts?«, protestiert Luc. »Es ist alles. Sieh dir das an.«

Dann ruft er das Video auf seinem Handy auf und gibt es Ophelia.

Sie schaut es sich schweigend an, aber ich merke, wie ihre Hände zittern und wie sie mit dem Knie wippt. Die anderen haben sich um uns gedrängt, um es sich noch einmal anzusehen – sogar Cam, obwohl sie so weit wie möglich von Ophelia entfernt bleibt –, und ich glaube nicht, dass sie es bemerken, aber ich kann auf nichts anderes achten.

Als das Video zu Ende ist, fragt Ophelia: »Bist du das?« Ihre grünen Augen wirken riesig in ihrem weißen Gesicht, und sie haben wieder dieses Malachitgrün. Die Farbe, die bedeutet, dass sie nur mit Mühe die Nerven behält. »Du hast das getan?«

»Das ist schon okay«, sage ich zu ihr. »Das war keine große Sache …«

»Keine große Sache?« Luc schon wieder. »Das war der Wahnsinn, Mann. Du hast nicht mal hingesehen. Du bist einfach den Berg runtergedroppt, kein Trail, kein Garnichts, und hast ihn geritten!«

Seine Stimme ist voller Stolz, trotzdem denke ich darüber nach, ihn an Ort und Stelle zu ermorden. Ich schleudere ihm einen Blick zu, der ihm sagt, dass er die Klappe halten soll, denn er ist nicht gerade hilfreich. Ich glaube, er kapiert es, denn er macht den Mund zu, aber der Schaden ist bereits angerichtet.

Ophelia sieht mich an, als hätte ich den Verstand verloren. Oder ihr das Herz gebrochen. »Du hast dich von einem verdammten Berg gestürzt? Du hast nicht einmal nachgesehen, ob es da überhaupt einen Weg gibt? Du hast dich buchstäblich einfach den Berg runtergestürzt?« Ihre Stimme wird mit jeder Silbe ein wenig höher.

Ich zucke mit den Schultern. Ich bin hier in völlig unbekanntem Gewässer und habe keine Ahnung, was ich sagen soll.

»Ich kann nicht …« Ihre Stimme bricht, und plötzlich wendet sie sich ab. »Ich muss zurück an die Arbeit«, ruft sie über ihre Schulter, obwohl es erst zehn Minuten waren und sie in die falsche Richtung läuft.

»Hey, Ophelia, warte«, sage ich und eile ihr hinterher. Das Mädchen kann sich wirklich bewegen, wenn sie will, ihre langen Beine legen die Strecke zwischen unserem Tisch und dem Pausenraum der Mitarbeiter im Nu zurück. »Rede mit mir.«

»Ich kann nicht«, sagt sie zu mir, und ihre Stimme klingt gedämpft, obwohl sie direkt vor mir steht. »Nicht jetzt. Ich kann es einfach nicht.«

Sie zieht ihre Schlüsselkarte über den Sensor, und die Tür zum Pausenraum entriegelt sich. »Wir sehen uns später«, sagt sie, stößt sie auf und geht hinein.

»Warte kurz.« Ich schiebe den Fuß in die Tür und halte sie auf dieselbe Weise auf, wie ich die Tür zu ihrer Wohnung an jenem ersten

Abend, als wir aus waren, aufgehalten habe. Ich bin mir nicht sicher, was es bedeutet, dass dieses Mädchen ständig versucht, Barrieren zwischen uns zu errichten – genauso wenig wie ich weiß, warum ich so entschlossen bin, sie daran zu hindern. »Das ist alles? Du gehst einfach weg, ohne mit mir darüber zu reden, warum du so aufgebracht bist? Das ist doch Blödsinn!«

»Oh nein«, flüstert sie scharf und senkt die Stimme, damit das Ganze unter uns bleibt. Ich hätte ihr sagen können, dass es dafür zu spät ist – schon jetzt sehe ich, wie die anderen Mitarbeiter im Raum die Ohren spitzen, um zu hören, worüber wir streiten. »Du verdrehst das hier nicht zu deinen Gunsten. Du weißt ganz genau, was mich so aufgebracht hat, also tu nicht so, als wüsstest du es nicht.«

»Es geht mir gut«, sage ich zu ihr, breite die Arme aus und drehe mich, als ob sie dadurch die Wahrheit in ihren Dickschädel bekommen würde. »Ich bin völlig okay.«

»*Dieses* Mal«, schießt sie zurück. »Aber was ist mit dem nächsten Mal oder dem übernächsten oder dem überübernächsten? Irgendwann wirst du etwas Dummes, etwas Leichtsinniges tun, und du wirst es nicht überleben. Du wirst sterben und …«

»Gottverdammt!« Wut überkommt mich, als ich begreife, worum es hier wirklich geht, und ich schlage mit der Faust gegen die Wand neben ihrem Kopf, den Schmerz ignorierend, der durch meine bereits zerschundenen Knöchel schießt. »Hier geht es überhaupt nicht um mich. Es geht um Remi und diesen Autounfall.«

»Nein!«

»Doch, verdammt, das tut es.« Ich ziehe die Hand zurück und will erneut gegen die Wand schlagen. Aber der Ausdruck auf ihrem Gesicht ist so gequält, so aufgewühlt, dass ich sie stattdessen tief in meine Tasche schiebe.

»Nur weil ihm etwas Schlimmes passiert ist, heißt das nicht, dass es mir auch passieren wird«, sage ich zu ihr, denn ich muss es ihr begreiflich machen.

»Nur weil du denkst, dass du unbesiegbar bist, heißt das nicht, dass du es auch wirklich bist«, kontert sie.

Suchend mustere ich ihr Gesicht, versuche herauszufinden, wie ich sie erreichen kann. Aber sie hat sich mir völlig verschlossen. Das versetzt mich in Panik und macht mich zugleich sauer.

»Du wusstest, dass ich ein Snowboarder bin, als du mit mir geschlafen hast. Daran hat sich nichts geändert.«

Sie will etwas sagen, scheint es sich dann aber anders zu überlegen. »Vielleicht hast du recht. Vielleicht hat sich nichts geändert – außer meiner Wahrnehmung. Ich wusste, dass du in der Halfpipe fährst, ich wusste, dass du die wirklich fortgeschrittenen Runs hier machst. Aber was ich in dem Video gesehen habe …« Sie schüttelt den Kopf. »Das ist etwas völlig anderes. Ich bin mir nicht sicher, ob ich damit umgehen kann.«

»Ja nun, das wirst du müssen. Denn daran, dass ich im Backcountry boarde, wird sich nichts ändern. Darauf kann ich nicht verzichten.«

»Ich weiß.« Sie nickt und legt ihre Hand an meine Wange. »Ich bitte dich nicht darum, aufzuhören. Ich sage nur, dass ich nicht glaube, ein Teil davon sein zu können. Nicht, wenn ich bei Verstand bleiben will.«

Dann stellt sie sich auf die Zehenspitzen und drückt mir einen sanften Kuss auf den Mund. »Du musst gehen, Z.«

»Gehen?« Dieser Nachmittag hat sich so anders entwickelt als erwartet, dass ich ganz benommen bin. Verwirrt. »Jetzt? Aber wir sind noch nicht fertig mit Reden.«

Zumindest glaube ich nicht, dass wir das sind. Ich habe noch nie wirklich eines dieser Beziehungsgespräche geführt, aber es fühlt sich nicht so an, als wären wir auch nur annähernd fertig.

»Ich muss gleich zurück zur Arbeit. Und ich brauche ein paar Minuten für mich, bevor ich das kann.« Sie schiebt mich sanft zurück, und ich gehe, weil ich nicht weiß, was ich sonst tun soll. Was ich sonst sagen soll.

»Ich rufe dich an«, sagt sie zu mir. Aber ich habe diese Worte schon oft gehört – verdammt, ich habe sie selbst schon eine Million Mal gesagt –, und sie bedeuten nie das, was die Leute behaupten.

Ich will ihr das gerade sagen, ihr sagen, dass sie sich nicht einfach von dieser Sache zwischen uns entfernen kann, aber sie hat es bereits getan. Ich kann es in ihren Augen sehen. Und selbst wenn ich es nicht sehen könnte, kommt mir die Tür, die sie zwischen uns schließt, verdammt endgültig vor.

Kapitel 18

Ophelia

Die Tür vor Z zu schließen, war eines der schwierigsten Dinge, die ich je getan habe. Vor allem bei der Art und Weise, wie er mich ansah, als hätte ich es durch meinen Versuch, auf mich selbst zu achten, geschafft, ihn völlig zu zerreißen.

Schon allein bei dem Gedanken muss ich mir mit den Händen über die Wangen fahren und die heißen Tränen auffangen, die ohne mein Wissen oder meine Erlaubnis zu fließen beginnen. Wer hätte das gedacht? Sieht aus, als wäre ich selbst ziemlich zerrissen.

Was dumm ist. Ich kenne den Kerl nicht mal eine Woche. Wie konnte er mir so schnell unter die Haut gehen? Wie konnte er mich ohne jede Erklärung völlig umkrempeln? Es ist nicht so, als hätte ich es nicht gewusst, als wäre ich nicht gewarnt worden. Durch Cam. Durch meinen Onkel. Durch all die vielen, vielen Geschichten, die ich in den zwei Wochen, seit ich hier arbeite, über ihn gehört habe.

Und es ist nicht so, als hätte ich diesen Weg nicht schon einmal beschritten, mit Remi. *Remi.* Sein Fehlen ist elf Monate später immer noch ein schwarzes Loch in mir. Man sollte meinen, ich hätte daraus gelernt, doch hier bin ich und fordere mit Z erneut das Unglück heraus.

Z, von dem ich schon jetzt sagen kann, dass er das Potenzial hat, so viel mehr zu sein als eine emotionale Leere.

Z, der sich nicht einfach nur in ein schwarzes Loch verwandeln wird, wenn es schiefgeht. Er wird zu einer Supernova werden und alles um sich herum verbrennen. Sogar mich.

Vor allem mich.

Ich schaue auf die Uhr und stelle fest, dass meine Pause fast zu Ende ist. Ich habe gerade noch genug Zeit, mir im Bad das Gesicht zu waschen, dann muss ich zurück. Was beschissen ist. Das Letzte, was ich will, ist, in den nächsten drei Stunden Kaffee zu machen, vor allem, wenn ich jedes Mal, sobald ich die Augen schließe, dieses Lächeln von Z sehe, wie er zu Hause neben meiner Kaffeemaschine steht und zwei Morgen hintereinander Kaffee für mich brüht.

Wie erwartet, zieht sich der Rest des Nachmittags hin, und als ich zu meinem Auto gehe, bin ich völlig fertig. Ja, ich bin heute Morgen hergefahren, und obwohl es nervenaufreibend war, mich wieder hinter das Steuer meines Autos zu setzen, habe ich es geschafft – dank Z, der mich nicht nur dazu gebracht hat, mich meiner Angst zu stellen und zu fahren, sondern der meinen Wagen heute Morgen auch noch in die Werkstatt gebracht hat, um Winterreifen und Schneeketten aufziehen zu lassen.

Schon allein der Gedanke daran zerreißt mich erneut. Remi hätte dafür gesorgt, dass ich weiß, dass ich Winterreifen brauche; er hätte mich so lange genervt, bis ich zur Werkstatt gefahren wäre, und er hätte natürlich erwartet, dass *ich* es tue.

Nicht wie Z, der es einfach für mich getan hat. Nicht weil er mich für unfähig hält, sondern weil er halt so ist. Er kümmert sich um mich, wenn ich gar nicht weiß, dass ich umsorgt werden will.

Noch nie im Leben hat mich jemand so behandelt, nicht wirklich, und die Tatsache, dass Z – der verrückte, kaputte Z – derjenige ist, der an mich denkt, der mit mir umgeht, als wäre ich wertvoll, haut mich um. Es bringt mich auch dazu, mich zu fragen, ob ich vorhin zu hart war. Ob ich so in meiner Sorge wegen dieses Runs gefangen war, dass ich darüber meine Fähigkeit, rational zu denken, vergessen habe.

Ich weiß es nicht, und im Moment will ich nicht darüber nachdenken. Alles, was ich will, ist, zurück in meine Wohnung zu gehen, in meinen Pyjama zu schlüpfen und vor dem Fernseher einzuschlafen. So habe ich es zwar nicht geplant, den Abend zu verbringen, aber es wird schon genügen. Besser, als die ganze Nacht wegen etwas Trübsal zu blasen, das wahrscheinlich sowieso keine Chance hätte zu funktionieren.

Aber sobald ich zu Hause und in meinem Pyjama bin, komme ich nicht zur Ruhe. Ich denke ständig an Z und dieses Video und frage mich, ob ich überreagiert habe. Also setze ich mich schließlich, weil ich nicht anders kann, vor meinen Laptop und google seinen Ride. Doch in der Sekunde, in der ich das tue, schwöre ich, explodiert das ganze verdammte Netz vor meinen Augen.

Kein Wunder, dass die *Sports Illustrated* angerufen hat, zusammen mit allen anderen, die einen Namen haben.

Das Ding ist erst seit eineinhalb Tagen online und hat bereits eineinhalb Millionen Aufrufe. Und die Kommentare sind irre. Völlig irre. Ich wusste, dass Z talentiert ist – alle sagen es immer wieder, also muss es wohl stimmen –, aber was er in diesem Video macht, ist absolut unglaublich.

Ein paar Nachforschungen ergeben, dass es nur ein oder zwei andere Fahrer auf der Welt gibt, die solche Tricks wie er draufhaben, und das in der kontrollierten Umgebung der Halfpipe. Die Tatsache, dass er es im Backcountry geschafft hat – nachdem er sich buchstäblich einen Berg hinuntergestürzt hat –, ist ziemlich einmalig.

Also habe ich ihn vielleicht wirklich zu hart beurteilt. Diese Art von Talent muss Vertrauen erzeugen. Vielleicht wusste er genau, was er tat. In welchem Fall er ein Adrenalinjunkie ist, aber kein totaler Schwachkopf.

Noch während ich versuche, mir das einzureden, verfolgt mich Cams Schrei am Anfang. Er verrät mir auch, dass es hier keinerlei Vorbereitung gab. Z hat sich ohne Vorwarnung, ohne Planung, ohne irgendetwas von diesem Berg gestürzt. Und das ist schlimmer, als ein Junkie oder ein Idiot zu sein. Es zeigt einen völligen Mangel an Sorge um seine persönliche Sicherheit. Ich weiß das, weil ich das schon einmal mit Remi erlebt habe. Ich erkenne es wieder.

Nachdem ich mir das Video etwa fünfzehn Mal angesehen habe – und dabei nichts anderes fühle als Todesangst –, suche ich nach anderen Videos von Z. Wie er im Backcountry fährt oder bei Wettkämpfen oder einfach auf den Pisten hier in Park City. Wie sich herausstellt, gibt es da draußen jede Menge Material über ihn – er ist in der Snowboardwelt berühmter, als ich es mir je hätte vorstellen können. Über die verschiedenen Social-Media-Plattformen, die großen Snowboard-Websites und die Website, die er, Ash und Luc gemeinsam betreiben, erfahre ich mehr über ihn, als ich jemals wissen wollte. Vor allem die Tatsache, dass in jedem einzelnen Video ein anderes Mädchen zu sehen ist – oder drei –, die Z anhimmeln, als wäre er der Allergrößte.

Andererseits, wenn er jeder von ihnen zehn Orgasmen in einer Nacht verschaffen konnte, ist es dann ein Wunder, dass sie ihn für unglaublich halten? Auch wenn er sie am Morgen danach einfach abserviert hat. Gott weiß, zwei Nächte in seinen Armen, und ich bin ihm selbst ziemlich heftig verfallen.

Ich schaue mir alles über Z an, was ich finden kann. Wettkampfausschnitte, GoPro-Material, Handy-Videos. Und was ich finde, erschrickt mich – und macht mir mehr Angst, als ich mir je hätte vorstellen können. Denn wenn es ums Snowboarden geht, gibt es zwei sehr unterschiedliche Typen: den Z, der Vollgas gibt, weil er Spaß haben und seinen Adrenalinspiegel in die Höhe treiben will, und den Z, der es macht, weil er sich bestrafen will.

Es dauert eine Weile, bis ich es wahrnehme, aber beim vierten oder fünften Mal, als ich das Gesicht sehe, fange ich an, es wiederzuerkennen. Noch bevor er sich vom Rand der Pipe oder dem Hügel abstößt, kann ich sagen, wie der Run laufen wird. Und ich liege jedes Mal richtig.

Anfangs gelingt ihm alles, was auch immer er macht, er kriegt richtig viel Air, schafft große Tricks, und es sieht großartig aus. Die Kommentatoren sind begeistert, sie sprechen davon, dass er es dieses Mal schaffen wird, dass er den Fluch brechen wird, dass er auf jeden Fall Aussichten aufs Podium hat … und dann vermasselt er es. Er überstreckt oder überdreht oder landet falsch – und am Ende verletzt er sich zwangsläufig.

Eine gerissene Rotatorenmanschette. Eine Gehirnerschütterung. Gebrochene Rippen. Sogar ein gebrochener Kiefer vor achtzehn Monaten.

Alles ganz normale Verletzungen für Snowboarder, das Ergebnis normaler Fehler, die von normalen Fahrern ständig gemacht werden. Aber Z ist kein normaler Fahrer, und wenn er gut drauf ist, ist er verdammt noch mal makellos. Er macht keine Fehler. Er verschenkt keinen Viertelpunkt. Und ganz sicher überdreht er nicht. Das Problem ist, dass diese Tage sehr dünn gesät sind. Viel häufiger kann man vor dem Run den Selbsthass in seinen Augen sehen und vorhersagen, dass es schlecht laufen wird.

Und unvermeidlich tut es das. So sehr, dass die Kommentatoren schon darüber sprechen, er sei verflucht.

Wegen seiner schweren Kindheit und der schwierigen Zeit, die er seitdem durchmacht. Keiner sagt mehr als das, aber alle scheinen zu wissen, was mit ihm los ist. Das heißt, alle außer mir.

Ich stöbere noch etwas mehr herum, um herauszufinden, was es mit seiner frühen Jugend auf sich hat, dass die Leute ihm alles nachsehen. Ich meine, ja, er ist wirklich charmant, wenn er will. Und ja, er ist klug und witzig, charismatisch und sehr gut aussehend (was, wie ich weiß, für viele Leute ausreicht, um ihm alles zu verzeihen).

Aber ist das wirklich die Wahrheit? Spielt es keine Rolle, dass er sein Talent wegwirft, dass er absichtlich versucht, sich zu verletzen? Oder ist da noch etwas anderes, etwas, was selbst das unverzeihlichste Verhalten verzeihlich macht?

Es muss Letzteres sein, es muss etwas geben, was ich nicht weiß. Aber wenn es so schlimm ist, dann sollte er derjenige sein, der es mir erzählt. Ich würde es hassen, wenn er im Internet herumwühlt und Geschichten darüber findet, was mit Remi passiert ist, anstatt mich einfach danach zu fragen, also denke ich, dass ich ihm den gleichen Anstand entgegenbringen muss, egal, wie sehr ich die Wahrheit wissen möchte.

Weshalb ich den Laptop zuklappe, obwohl ich unbedingt herausfinden will, was Z quält. Ich lege ihn weg und versuche, mich auf etwas anderes zu konzentrieren. Irgendetwas anderes.

Das ist nicht so einfach, wie es sich anhört, und als ich zwei Stunden später einschlafe, geschieht es mit Erinnerungen an Z – was ich beobachtet habe und was ich vermute, vermischt zu einem beklemmenden Albtraum, der sich stark danach anfühlt, wie ich mir die Hölle vorstelle.

Kapitel 19

Z

Ich will nicht lügen. Ich denke darüber nach, mich in den Schlaf zu saufen. Ich denke darüber nach, eine Flasche Herradura aus der Bar zu holen und sie mitzunehmen, als ich die Treppe hinauf in das große Schlafzimmer gehe, in dem ich seit Jahren schlafe, seit ich dieses Haus von meinem Vater »geerbt« habe. Oh, es ist nichts Offizielles, aber er weiß es, und ich weiß es, dass er nie wieder einen Fuß in dieses Haus setzen wird. Als er zu meinem Highschool-Abschluss zurückkehrte – nachdem er mich hier allein gelassen hatte, seit ich sechzehn war –, übernachtete er in einem Hotel.

Dann fragte er mich, ob ich es verkaufen und eine andere Immobilie kaufen wolle. Beinahe hätte ich Ja gesagt, weil ich nicht sicher bin, ob es gesund für mich ist, an diesem Ort zu leben. Genau so, wie ich nicht sicher bin, warum ich darauf bestehe hierzubleiben. Liegt es daran, dass ich mich ihnen an diesem Ort näher fühle und das Gefühl nicht verlieren möchte, oder weil ich meine, bestraft werden zu müssen, und hierzubleiben diesen Zweck ganz gut erfüllt? Ich habe keine Ahnung, aber in Nächten wie dieser fühlt es sich eher wie ein zehn Millionen Dollar teures Mausoleum an als das Zuhause, für das meine Mutter so hart gearbeitet hat, um es für uns zu schaffen.

Allerdings spricht mich der Tequila nicht an. Genauso wenig wie der Vorrat an Gras, den ich auf dem Rückweg hierher mitgenommen habe. Um ehrlich zu sein, nichts tut das, außer mit Ophelia zusammen zu sein, und das ist das Einzige, was im Moment wirklich nicht infrage kommt.

Am Ende tue ich gar nichts. Ich sitze einfach nur auf der Terrasse, die einen Großteil von Park City überblickt, und starre stundenlang auf die Lichter. Es ist eiskalt draußen – eigentlich unter dem Gefrierpunkt –, aber ich spüre die Kälte nicht. Nicht, wenn mein Kopf auf halbem Weg zwischen Vergangenheit und Gegenwart feststeckt.

Ich denke darüber nach, in die Halfpipe zu gehen und ein paar Runs hinzulegen, um mich auszupowern. Aber zum vielleicht ersten Mal überhaupt bin ich nicht in der Stimmung, zu boarden. Wie könnte ich auch, wenn mich alles an Ophelia erinnert und daran, warum sie mich heute verlassen hat, ohne uns jemals eine echte Chance zu geben?

Was okay ist. Mehr als okay eigentlich. Das Letzte, was ich brauche, ist eine Frau, die alles in mir durcheinanderbringt. Weiß der Teufel, die Dinge sind da drin schon mehr als genug durcheinander. Es waren nur ein paar Tage, und trotzdem denke ich mehr an sie, als ich sollte. Trotzdem setzt es mir zu, dass sie mir heute die Tür vor der Nase zugeschlagen hat – im wörtlichen und im übertragenen Sinne. Wenn es mich nach einer Woche bereits so mitnimmt, wie wäre es dann, wenn ich mich wirklich in sie verliebt hätte und sie mich in einem Monat rausschmeißen würde? Oder in sechs Monaten?

Nicht, dass ich vorgehabt hätte, so lange mit ihr zusammenzubleiben. Eine Woche ist mehr an Bindung, als ich einem Mädchen, irgendeinem Mädchen, je geschenkt habe, sodass es mir verrückt vorkommt, an noch mehr zu denken – selbst wenn es mit Ophelia ist. Und doch, wenn ich auf all die Lichter unter mir schaue, Lichter, die sich so unglaublich weit weg anfühlen, obwohl sie es in Wirklichkeit gar nicht sind, kann ich nicht anders, als mir zu wünschen, sie wäre hier. Ob ich sie nun verdiene oder nicht.

Es wird Mitternacht. Ein Uhr früh. Zwei Uhr. Drei Uhr, und

immer noch sitze ich draußen und starre in die Dunkelheit. Schließlich sage ich mir, zum Teufel damit. Ich werde noch verrückt, wenn ich den Rest der Nacht hierbleibe. Ich muss etwas tun, irgendetwas, um mich abzulenken. Selbst wenn es nichts gibt, was ich tun *will*.

Ich gehe hinunter in die Garage und überlege, ob ich den Range Rover oder meine Harley heraushole, um auf den frisch gestreuten Straßen einen schnellen Ausflug nach Nirgendwo zu machen. Aber auch das reizt mich nicht, also ziehe ich meine Jacke zu, schnappe mir einen Schal und ein Paar Handschuhe und mache mich zu Fuß auf den Weg, direkt den steilsten Bergpfad hinauf, den ich finden kann.

Es ist immer noch dunkel draußen, die Morgendämmerung noch nicht mal am Horizont zu erahnen. Es dauert nicht lange, bis der Schein meiner Gartenbeleuchtung verblasst, und dann wandere ich im Dunkeln, mit nichts als den Sternen und meiner Ortskenntnis als Orientierung. Was okay ist. Ich bin diesen Weg in den letzten Jahren schon Hunderte, ja, Tausende Male hochgegangen, meistens nachts. Ein weiteres Mal wird mich nicht umbringen, auch wenn ich es mir wünsche. Aber von einer Unterkühlung bin ich weit entfernt, obwohl ich mir den Arsch abfriere.

Der Wind ist heftig und pfeift durch meine Kleidung hindurch, als wäre sie gar nicht da. Wenn ich in meiner Ausrüstung den Berg hinuntershredde, spüre ich es nicht so sehr, aber meine Jeans und diese Jacke sind bei Weitem nicht ausreichend. Ich sollte umkehren, aber ich weiß, wenn ich in diesem Zustand in das Haus zurückkehre, werde ich völlig durchdrehen. Schon jetzt ist das Bedürfnis, etwas zu zerstören, wie eine Rasierklinge in mir.

Aber nicht dort. Nicht vor Luc oder Ash oder Cam, die alle nach unserer nächtlichen Planungssession mit Mitch im Wohnzimmer eingeschlafen sind. Eine Planungssession, mit der ich nichts zu tun haben wollte, zu der ich aber irgendwie überredet wurde. Mitch und Ash brüten über einer Million neuer Pläne für mich, an denen ich nicht das geringste Interesse habe. Pläne, die neue, größere

Sponsoren für mich und die anderen beinhalten, was der wahre Grund ist, warum ich nicht rundheraus Nein sage. Ich bin der Einzige aus der Gruppe, der nicht von seinen Snowboard-Sponsorings und Werbeverträgen lebt. Der Einzige, der auf ein fettes Familienvermögen (dank der Tech-Industrie) und ein paar Treuhandfonds (dank des Todes meiner Mutter und der Entschlossenheit meines Vaters, nichts mit mir zu tun haben zu wollen) zurückgreifen kann. Und da eine größere Unterstützung für mich eine größere Unterstützung für die anderen bedeutet – wir haben von Anfang an klargestellt, dass wir ein Team sind –, ist es für mich fast unmöglich zu sagen, was ich sagen möchte. Und das ist nicht einfach nur Nein, sondern Nein, auf gar keinen Fall.

Aber noch mal, das kann ich nicht sagen. Das kann ich nicht bringen. Ich kann im Moment nicht tun, was ich will, nicht wenn meine Freunde glauben, dass es endlich besser läuft, dass es mit *mir* endlich besser läuft. Ich weiß, was sie denken, weiß, dass sie glauben, diese Höllenwoche – diese eine Woche im Jahr, in der ich völlig durchdrehe – sei so gut wie vorbei, und es sei an der Zeit für mich, wieder zur Normalität zurückzukehren.

Inzwischen weiß ich genauso gut wie sie, was sie denken, und habe die letzten Jahre mit dem Versuch verbracht, ihre Erwartungen an mich zu erfüllen, weil das einfacher ist. Und weil es funktioniert, weil es mich so aussehen lässt, als wäre ich nicht in dem Maße kaputt, wie ich es bin.

In letzter Zeit jedoch ist mir danach, stattdessen ihre Ängste zu erfüllen. Alles wäre so viel einfacher. Denn die Wahrheit ist, dass es mir nicht besser geht. Ich werde nur immer besser darin, zu verstecken, wie kaputt ich bin, wozu das auch immer gut sein mag. Oder zumindest war ich das. Komisch, dass mich Ophelia, die mich erst seit einer Woche kennt, klarer zu sehen scheint als meine engsten Freunde. Sie durchschaut meine Schauspielerei, die ich jahrelang perfektioniert habe.

Weil mir dieser Gedanke zusetzt, versuche ich, ihn zu verdrängen. Oder ihn, da ich ihn nicht völlig verschwinden lassen kann, wenigstens zu ignorieren.

Der Weg, auf dem ich mich befinde, verengt sich plötzlich, und trotzdem wandere ich noch ein paar Hundert Meter weiter bergauf, auf einem Pfad, dem nur eine Bergziege mühelos folgen könnte. Ich rutsche mehrmals aus, weil meine Stiefel die Bodenhaftung verlieren, stoße mit der Schulter hart gegen einen Baum und schlage mir das Knie an einem großen Felsen an. Aber der Schmerz bringt es für mich – das hat er schon immer getan –, und ich kämpfe mich durch. Mache weiter.

Als ich ein ordentlich großes Plateau erreiche, halte ich schnaufend und keuchend eine Minute inne, um wieder zu Atem zu kommen. In diesem Moment fegt ein starker Windstoß über das Gelände, rüttelt an den Ästen und biegt einige der jüngeren Bäume fast zu Boden. Ich wappne mich dagegen, den Kopf gesenkt, die Schultern gekrümmt, die Füße fest auf dem Boden, und trotzdem wirft er mich beinahe um.

Ich kämpfe darum, auf den Beinen zu bleiben – ich hasse es, von irgendetwas anderem als meiner eigenen Dummheit umgeworfen zu werden –, und klettere weiter, als es mir gelingt.

Ich weiß nicht, wohin ich gehe. Weiß nicht, wo ich bin oder auch nur, wo ich war. Ich weiß nur, dass ich keine Sekunde länger sein will, wer ich bin, *was* ich bin.

Ich weiche von dem mir bekannten Weg ab – er ist zu einfach, gibt mir zu viel Zeit zum Nachdenken – und fange an, eine steile Felswand hochzuklettern, die fast völlig senkrecht ist. Es ist eine dumme Entscheidung, denn es gibt nicht viele Griffe, und die paar, die ich finde, sind rutschig vor Eis und Schnee, aber das ist mir egal.

Ich verliere auf meinem Weg nach oben ein paarmal fast den Halt und kralle mich schließlich öfter, als ich zählen kann, nur noch mit den Fingerspitzen und meiner Willenskraft an der Klippe fest. Das war eine dumme Idee, und für eine Sekunde, nur eine Sekunde, überlege ich, wieder runterzuklettern. Aber ich bin an diesem seltsamen Punkt, an dem ich etwas mehr als die Hälfte des Weges zurückgelegt habe und es nun einfacher und sicherer ist, weiterzuklettern anstatt umzukehren.

Also tue ich das, einen riskanten Griff nach dem anderen. Ich klettere und klettere und klettere.

Ich bin nur noch wenige Meter von der Spitze entfernt und balanciere gefährlich auf einem schmalen Vorsprung, als die Katastrophe zuschlägt. Ich stehe auf den Zehenspitzen und ziehe mich mit der linken Hand hoch, während ich nach einem Platz für die rechte suche, als der Eisbrocken, an dem ich mich festhalte, abbricht und hinunterkracht. Ich beginne zu fallen, und irgendwie – ich weiß nicht, wie – gelingt es mir, einen Halt für meine rechte Hand zu finden.

Aber ich bin ein Stück hinuntergerutscht, und egal, wie sehr ich versuche, Halt für meine Stiefel zu finden, da ist nichts. Nur eine steile, schlüpfrige Wand aus Eis, die den Berg überzieht und es meinen Füßen unmöglich macht, etwas anderes zu tun, als daran abzurutschen.

Was bedeutet, dass ich nichts habe, worauf ich mich abstützen kann.

Was bedeutet, dass das Einzige, was zwischen mir und einem zehn Meter tiefen Fall auf das harte, felsige Plateau steht, der prekäre Griff meiner halb erfrorenen Finger an einem eisigen Felsen ist.

Der Gedanke erschrickt mich nicht annähernd so sehr, wie er sollte.

Dennoch, der Kampf des menschlichen Körpers um Selbsterhaltung ist nicht einfach zu ignorieren. Mein Herz schlägt wie das Schlagzeugsolo einer Rock-and-Roll-Hymne, Adrenalin rast durch meinen Körper. Dieses ganze Kampf-oder-Flucht-Ding setzt voll ein, nur habe ich niemanden zum Bekämpfen und nichts, wohin ich flüchten kann.

Ich verbringe ein paar verzweifelte Sekunden damit, nach einem anderen Griff für meine linke Hand zu suchen – irgendetwas, woran ich mich festhalten kann. Aber noch während ich das tue, noch während ich verzweifelt nach einem Weg suche, am Leben zu bleiben, wird mir bewusst, wie einfach alles wäre, wenn ich keinen finden würde.

Wie einfach alles wäre, wenn ich aufhören würde zu kämpfen.

Ich bin müde. Ich bin es so gottverdammt müde zu kämpfen. Und das muss ich nicht. Ich könnte hier aufhören. Gleich jetzt.

Ich habe mir schon tausendmal gesagt, wenn ich mich einfach zusammenrollen und sterben könnte, würde ich es tun. Ich habe mir die Pistole meines Vaters an den Kopf gehalten, bin die gefährlichsten Pisten hinuntergefahren, die ich finden konnte, bin mit meinem Geländewagen oder auf meinem Bike viel zu schnell auf verlassenen, vereisten Straßen unterwegs gewesen. Ich habe Jahre damit verbracht, russisches Roulette mit meinem Leben zu spielen, habe den dümmsten Scheiß gemacht, den man sich vorstellen kann, um mich einfach auszulöschen, ohne tatsächlich Selbstmord zu begehen. Ohne den egoistischen Ausweg zu wählen.

Vielleicht ist es also jetzt so weit. Vielleicht hat mich diese ganze Scheiße endlich eingeholt, und das hier ist mein Moment. Diese eine verdammte Situation, aus der ich einfach nicht mehr rauskomme.

Es erscheint so einfach, so perfekt.

Vor allem, weil ich nicht wirklich etwas *tun* muss. Ich könnte eine Weile hier hängen und der Schwerkraft ihren Lauf lassen. Niemand würde es erfahren. Niemand würde es wissen außer mir, und ich werde es ganz sicher niemandem sagen.

Meine Hand rutscht ein bisschen weiter, und ich lasse es zu. Ich atme tief ein, schließe die Augen und konzentriere mich darauf, einfach loszulassen.

Aber Ophelias Gesicht blitzt vor meinen Augen auf, und meine Finger weigern sich nachzugeben. Und ich kann sie nicht dazu bewegen. Kann sie nicht dazu zwingen, sosehr ich es auch will. Selbstmord ist der Ausweg eines Feiglings, und das ist etwas – vielleicht das Einzige –, was ich nicht bin. Ich bin ein Arschloch, ein Loser, ein unvorsichtiger, rücksichtsloser Freak, der sich einen Dreck um sich selbst oder andere schert, aber ich bin *kein* Feigling.

Außerdem wäre das viel zu einfach, und wenn ich etwas nicht verdiene, dann ist es, so leicht davonzukommen. Nicht, wenn April diese Möglichkeit nie hatte.

Ein Bild von ihr – meiner süßen, bezaubernden kleinen Schwester in ihrem pastellrosa Kleid und ihren Steppschuhen – tanzt vor meinen Augen, so real, dass ich schwöre, ich könnte es berühren. Aber es ist nur eine Illusion, nur eine Hoffnung, die sich nie erfüllen wird, und ich verdränge sie tief in meinem Innern, wo sie weiter schwären kann.

Meine Finger verkrampfen sich, und ich weiß, dass mir in einer, höchstens zwei Minuten die Entscheidung aus den Händen gleiten wird. Buchstäblich.

Scheiß drauf. Ich strecke die Linke aus und taste damit rasch über die Felsen. Schließlich finde ich eine kleine Vertiefung etwa sechzig Zentimeter über meinem Kopf. Es ist nicht viel, aber sie ist schräg nach unten geneigt, und ich kann mich mit drei Fingern einigermaßen gut festhalten. Also tue ich das, während ich die Knie beuge und meine Füße ein paar Zentimeter hochziehe, um einen Platz zu finden, an dem ich auch sie abstellen kann.

Ich stoße auf einen winzigen Vorsprung ein paar Zentimeter rechts von mir, stelle den Fuß darauf und drücke mich, so fest ich kann, nach oben. Dann greife ich hoch, finde einen weiteren Griff und ziehe. Hände, Füße. Hände, Füße.

Das mache ich noch dreimal, bevor ich die Spitze der Klippe erreiche. Ich ziehe mich über die Kante und breche auf dem schneebedeckten Boden zusammen. Ich drehe den Kopf, atme tief ein und aus, während das Adrenalin endlich aufhört, durch meine Adern zu schießen, dann rolle ich mich auf den Rücken und starre in den Himmel.

Ich fange an zu lachen, ein tiefes, schmerzhaftes Brüllen – aus Erleichterung oder Qual oder purer, unverfälschter Hysterie, ich weiß es nicht. Aber sobald ich damit angefangen habe, kann ich nicht mehr aufhören.

Ich weiß nicht, wie lange ich da liege, zum Nachthimmel hochstarre und mich kaputtlache.

Lange genug, um das kalte Nass des Schnees durch meine Jeans sickern und in meine Knochen eindringen zu lassen.

Lange genug, um die Sterne langsam verblassen zu sehen, während sich die roten und violetten Ranken der Morgendämmerung über den Himmel strecken.

Mehr als lange genug, um Gedanken an Ophelia in mein Bewusstsein zurückschleichen zu lassen. Ein Bild von ihr, mit einer leeren Kaffeetasse in der Hand und grünen, triumphierenden Augen, schießt mir durch den Kopf, und ich höre auf zu lachen. Fange an, mich zu fragen: Was macht sie jetzt gerade? Woran denkt sie wohl?

Dann schnaube ich über meine eigene Dummheit. Es ist noch nicht mal halb fünf Uhr morgens. Sie schläft, warm eingekuschelt und behaglich in ihrem Bett. Ein weiteres Bild arbeitet sich in mein Gehirn, diesmal von Ophelia in einem sexy Nachthemdchen zusammengerollt unter der Decke. Oder noch besser, auf dem Bett ausgestreckt, die Beine gespreizt und das Nachthemd an ihren Schenkeln hochgerutscht, sodass ich … alles sehen kann.

Ihr langes Haar auf dem Kissen ausgebreitet.

Ihre sahnig zarte Haut, rosig vor Hitze.

Ihre perfekten Brüste, die sich gegen die enge Spitze ihres Nachthemds drängen, während ihre …

Lust überrollt mich mit der Finesse eines Schneepflugs bei hoher Geschwindigkeit. Sofort bin ich steinhart und bereit, meine Hände zittern vor der Wucht des Verlangens, das mich durchzuckt.

Was zum Teufel ...?

Ich bin halb erfroren und erst vor wenigen Minuten einer der tödlichsten Situationen entgangen, in der ich je gesteckt habe, und trotzdem will ich dieses Mädchen so sehr, dass ich kaum atmen kann. Ich hatte sie – immer und immer wieder hatte ich sie – und bin ihretwegen völlig fertig. Immer noch sehne ich mich nach mehr. Es gibt tausend Mädchen da draußen, die ich mit nichts weiter als einem Lächeln rumkriegen kann. Was hat Ophelia an sich, dass ich sie so sehnlichst will?

Korrektur – dass ich sie so sehnlichst ficken will? *Sie* zu wollen ... das ist eine ganz andere Geschichte und eine, mit der ich nichts zu tun haben will. Nicht, wenn es für sie so einfach ist, mich aus ihrem Leben zu werfen.

Ein Wolf heult in der Ferne, ein langer, trauriger, einsamer Laut, der mich auf eine Weise frösteln lässt, wie es der gefrorene Boden nie könnte. Ich setze mich auf, stemme den zitternden Körper auf die Beine und fange an loszugehen. Während um mich herum langsam die Dämmerung aufsteigt, ist es leicht zu erkennen, wohin mich der neue Weg – und der Aufstieg – geführt haben. Ich befinde mich auf dem Gelände der Lost Canyon Lodge, weniger als eine Meile vom ersten Skilift und der Angestelltenunterkunft entfernt.

Ich frage mich, ob Ophelia wirklich schläft oder ob sie auch hellwach ist.

Sobald mir der Gedanke in den Kopf kommt, werde ich ihn nicht mehr los. Und obwohl ich mich absichtlich in die andere Richtung wende, ertappe ich mich dabei, dass ich in einem Bogen zurück zur Lodge gehe. Zurück zu ihr. Es ist, als hätte ich eine Schnur um die Taille, die mich zu ihr zieht, selbst wenn ich überall sonst sein möchte.

Ich beginne, dagegen anzukämpfen, mich umzudrehen und woanders hinzugehen, aber am Ende stehe ich im Flur vor ihrer Tür – jemand muss die Außentür für einen mitternächtlichen One-Night-

Stand, der nie aufgetaucht ist, offen gelassen haben – und sage mir, dass ich weggehen soll. Einfach weggehen.

Ich weiß nicht, wie lange ich dort stehe, nachdenke, warte, herauszufinden versuche, was das Richtige ist. Weggehen oder anklopfen. Anklopfen oder weggehen.

Und am Ende tue ich genau das, was ich immer wusste, dass ich es tun würde, das, was ich tun muss, um bei Verstand zu bleiben.

Ich drehe mich um und gehe weg.

Kapitel 20

Ophelia

Es ist kurz nach halb fünf Uhr morgens, als ich die letzte Wäsche zusammenlege und mich mit dem Wäschekorb auf den langen Weg zurück zu meinem Zimmer mache. Es ist die perfekte Zeit, um Wäsche zu waschen – alle schlafen, und ich hatte sämtliche Maschinen für mich allein –, aber gleichzeitig wird es ein langer Tag werden. Die zwei Stunden Schlaf, die ich kriegen konnte, werden mir nicht viel nützen, sobald nachmittags die Stoßzeit in der Kaffeebar einsetzt.

Ich bin auf der Treppe, auf dem Treppenabsatz zwischen dem ersten und zweiten Stock, den Wäschekorb vor meinem Gesicht, als ich gegen eine massive Wand aus ... irgendetwas stoße. Eine Sekunde lang flippe ich vor Angst aus, als Bilder von Harvey durch meinen Kopf zucken. Doch bevor ich mehr tun kann, als meine Angst zu bemerken, greifen zwei starke, *kalte* Hände nach meinen Schultern, um mich zu stützen. Und obwohl ich immer noch nicht sehen kann, wer es ist, erkenne ich an der Art, wie er mich berührt, dass es Z ist, der vor mir steht.

»Hey, Ophelia. Bist du okay?« Der schwer beladene Korb wird mir sanft aus den Armen genommen, und ich blicke in das besorgte Blau seiner Mitternachtsaugen.

»Es geht mir gut«, sage ich zu ihm. Was auch stimmt, wenn man von der Tatsache absieht, dass mein Herz wie ein Metronom auf

Hochtouren schlägt. Es ist, als würde die Tatsache, ihm so nahe zu sein, tatsächlich bewirken, dass mein Körper völlig durchdreht.

»Bist du sicher?« Er balanciert den Korb mit einem Arm, die andere Hand legt sich um meinen Ellbogen, während er mich die letzte Treppe hinaufführt. »Ich habe dir nicht wehgetan?«

Ich lächle ihn an. »Es geht mir gut, Z.«

Er ist gekommen. Er ist gekommen. Ich kann nicht glauben, dass er gekommen ist. *Ich kann nicht glauben, dass er gekommen ist.* Obwohl ich es nicht wollte, obwohl ich ihm gesagt habe, dass ich Abstand brauche. Er ist trotzdem gekommen.

Die Worte sind ein glückliches Mantra in mir, während wir den kurzen Weg durch den Flur zu meiner Tür gehen. *Er ist gekommen. Er ist gekommen. Er ist gekommen.*

Als wir mein Zimmer erreichen, bleiben wir verlegen stehen, während ich den Schlüssel aus der Tasche meiner Jogginghose fummele. Sobald ich die Tür aufbekomme, gibt er mir meinen Korb und macht ein paar Schritte rückwärts, als könnte er nicht schnell genug von hier verschwinden.

Das ist der Moment, in dem mir bewusst wird, dass er vielleicht gar nicht meinetwegen hier ist. Vielleicht ist er gerade aus dem Zimmer eines der anderen Mädchen gekommen, und ich bin zufällig zum denkbar ungünstigsten Zeitpunkt die Treppe hochgestiegen. Vielleicht bin ich in ihn hineingelaufen, weil er hier war und Sex hatte mit einer anderen.

Schon allein der Gedanke daran macht mich krank. So krank, dass ich nur mit Mühe verhindern kann, in Tränen auszubrechen, bevor ich auch nur unbeholfen die Tür schließen kann. Aber ich habe schon genug wegen dieses Kerls geweint. Ich habe in der letzten Woche mehr um ihn geweint als um Remi in den vergangenen elf Monaten. Irgendetwas stimmt da nicht, und es ist an der Zeit, dass ich das in Ordnung bringe. An der Zeit, dass ich mich nicht mehr um Z Michaels, sondern um *mich* sorge.

Nur dass er jetzt, da ich ihn ansehe, wirklich ansehe, nicht so wirkt, als wäre er gerade aus irgendeinem Bett gekrochen. Er ist tropfnass und zittert so sehr, dass ich seine Zähne beinahe bis hier klappern hören kann.

Ich stelle den Korb hinter der Wohnungstür ab und strecke dann die Hand nach ihm aus. »Was ist mit dir passiert?«, will ich wissen, während ich ihn hineinziehe und die Tür hinter ihm schließe. Zum ersten Mal bemerke ich, wie kalt sein Körper ist.

»Nichts.«

»Nichts?«, frage ich mit hochgezogenen Augenbrauen. »Siehst du deshalb so aus, als wärst du nur noch einen kleinen Schritt von einer Unterkühlung entfernt?«

Ich gehe zum Thermostat hinüber und drehe es auf siebenundzwanzig Grad hoch. Dann komme ich zurück und fummle ihm die Jacke von den Schultern. »Du musst aus deinen Klamotten raus. Die sind klatschnass.«

Er lächelt mich an, als ich ihm das T-Shirt über den Kopf ziehe. Es ist bei Weitem nicht so nass wie seine Jeans und seine Jacke, aber trotzdem kann er es nicht anbehalten. Nicht, wenn er schon einige Erfrierungen hat.

»Wie es scheint, verbringe ich die Hälfte meiner Zeit damit, dich aus deinen Klamotten zu befreien«, sage ich, während ich das Hemd auf einen Stuhl in der Nähe werfe, bevor ich mich an seine Gürtelschnalle mache. Er versucht ungeschickt, sie selbst zu öffnen, aber seine Finger sind so kalt, dass sie ihm nicht gehorchen. »Wenn du so darauf aus bist, in meiner Nähe nackt zu sein, solltest du einfach fragen. Das erspart dir eine Menge Verschleißerscheinungen an deinem Körper.«

Er grinst, und es ist dasselbe »Lass mich dir aus deinem Höschen helfen«-Grinsen, mit dem er mich bei unserer ersten Begegnung ansah. Jetzt wirkt es viel besser als an jenem Tag.

»Wo bleibt da der Spaß?«, fragt er mit klappernden Zähnen.

Ich ziehe eine Augenbraue hoch. »Ich dachte, du hattest in den letzten zwei Nächten reichlich Spaß.«

Er schlüpft mit ein wenig Hilfe aus seiner Jeans, dann zieht er mich eng an sich. »Das hatte ich. Willst du drei draus machen?«

»Was ich will«, sage ich ihm, während ich ihn nur mit seinen Boxershorts bekleidet ins Bad schiebe, »ist, dass du eine heiße Dusche nimmst. Wärm dich auf, und dann reden wir.«

»Mir würde schneller warm werden, wenn du mit mir duschen würdest.«

»Vielleicht«, erwidere ich, »aber ich werde mir die Zeit nehmen, deine Klamotten wieder einmal in den Trockner zu stecken.«

»Ich habe dich schon nackt gesehen, weißt du?«

»Ich weiß. Aber ob du mich noch einmal nackt siehst oder nicht, liegt ganz in meinem Ermessen, und im Moment habe ich mich noch nicht entschieden.«

»Komm näher«, sagt er mit einem sündigen Blick, den nicht einmal sein Zähneklappern abschwächen kann. »Ich wette, ich könnte dich überzeugen.«

Ich wette, das könnte er, und genau deshalb bleibe ich auf dieser Seite des Zimmers stehen.

Ich greife in den Wäschekorb und werfe ihm ein warmes, frisches Handtuch zu. Er fängt es dankbar auf und drückt es fröstelnd an seine Brust. Armes Baby!

»Geh duschen«, befehle ich ihm. »Wir reden weiter, wenn du wieder rauskommst.«

Während Z sich vom heißesten Wasser überströmen lässt, das der menschliche Körper ertragen kann, laufe ich nach unten und stecke – zum zweiten Mal in dieser Woche – seine Kleidung in den Trockner. Dann gehe ich wieder nach oben und versuche herauszufinden, was ich dem Kerl zu essen geben kann. Nach dieser Art von Unterkühlung braucht er Kalorien, und zwar jede Menge davon. Leider hat mein sehr begrenzter Vorratsschrank nicht viel zu bieten. Und was er zu bieten hat, ist größtenteils Essen für Mädchen – ein paar Äpfel, eine halbe Packung Müsli, etwas Erdnussbutter. Nichts, was einem jungen männlichen Athleten schmecken würde, da bin ich mir sicher.

Ich habe noch ein paar Reste vom Abendessen von vorgestern – chinesisches Essen –, also kippe ich alles auf ein paar Teller und wärme es in der Mikrowelle auf.

Als es fertig ist, kommt Z aus der Dusche und lümmelt sich auf mein Bett, bekleidet mit nichts anderem als dem flauschigen pinkfarbenen Bademantel, den ich letztes Jahr im Ausverkauf erstanden habe. Ich bin mir nicht sicher, was es über uns beide aussagt, dass er ihm besser steht als mir.

Er setzt sich auf, als er mich sieht, bleibt aber auf dem Bett. Ich weiß nicht, ob das daran liegt, dass er mir Freiraum geben will und das so ziemlich die größte Entfernung ist, die mein Zimmer hergibt, oder ob es einfach daran liegt, dass er ein Scheißkerl ist und mich an alles erinnern will, was wir in den letzten zwei Tagen in diesem Bett getrieben haben.

Falls das sein Ziel ist, funktioniert es. Denn flauschiger pinkfarbener Bademantel hin oder her, alles, was ich sehe, ist Z, der zwischen meinen Beinen kniet, die Augen dunkel und intensiv, während er mich leckt. Die Erinnerung lässt mich erröten, und ich weiß, dass er es bemerkt, denn er richtet sich auf, und sein Blick schärft sich vor Zielstrebigkeit.

Außerdem liegt ein Bewusstsein in der Luft, eine Elektrizität, die den ganzen Raum zu durchdringen scheint, wann immer wir uns am selben Ort befinden. Ich habe es jedes Mal gespürt, wenn wir zusammen waren, und heute früh ist es nicht anders. Genau genommen ist die Anziehungskraft gerade so stark, dass ich mich zusammenreißen muss, um nicht auf ihn zu klettern und ihn in mich aufzunehmen.

Aber was gestern passiert ist, ist noch nicht geklärt – ich bin mir nicht sicher, ob es überhaupt geklärt werden *kann* –, und ich beschließe, dass ich bis dahin auf meiner Seite des Zimmers bleibe.

Das ist der Moment, in dem Z – der verdammt gut aussehende, sexy und unwiderstehliche Z – die Hand nach mir ausstreckt und sagt: »Komm her.«

Ich fange an, genau das zu tun, da mein Körper so in seinen Bann geschlagen ist, dass er ohne bewusste Anweisung meines Gehirns reagiert. Ich mache drei volle Schritte, bevor es mir gelingt, mich selbst aufzuhalten. »Ich glaube nicht, dass das eine gute Idee ist.«

»Ich schon.«

Ich verdrehe die Augen. »Darum geht es nicht wirklich, oder?«

»Ich schätze nicht.« Daraufhin setzt er sich auf. »Warum hast du um vier Uhr morgens Wäsche gewaschen?«

»Ich konnte nicht schlafen. Warum bist du um vier Uhr morgens durch den Flur hier gelaufen?«

»Ich konnte dich nicht aus dem Kopf bekommen, also bin ich spazieren gegangen.« Er versucht, es so zu sagen, als spielte es keine Rolle, aber ich kann die Verletzlichkeit in seinen Augen sehen, und das berührt mich, auch wenn ich es nicht zulassen sollte. »Und dann bin ich hier gelandet.«

»Spazieren gegangen?« Ich beäuge ihn skeptisch. »Ein Spaziergang endet nicht damit, dass du so klatschnass wirst.«

Er zuckt mit den Schultern. »Vielleicht war es eher eine Wanderung.«

»Findest du?« Mein Sarkasmus ist heute voll in Form, aber nach den Videos, die ich von ihm gesehen habe, ist das Einzige, was ich mir vorstellen kann, wie er mitten in der Nacht einen Berg erklimmt. Der Gedanke macht mir Angst.

»Das ist nicht wichtig.«

»Da bin ich anderer Meinung.«

»Warum?«, fragt er, und zum ersten Mal sieht er völlig verzweifelt aus. »Was spielt es für eine Rolle, wie ich hergekommen bin, solange ich hier bin? Können wir wenigstens darüber reden, was dich so aufgeregt hat?«

»Irgendwie bist du mir nie sonderlich gesprächig vorgekommen.«

»Ich bin auch nicht gesprächig. Was dir alles sagen sollte, was du darüber wissen musst, warum ich hier bin. Weil ich dich …« Bei seinen Worten sinkt mir das Herz in die Kniekehlen. Er fängt sich jedoch wieder und sagt: »Weil ich dich mag, Ophelia. Ich mag dich wirklich, und das ist etwas, was ich auch nicht sehr oft sage. Können wir also bitte einfach nur reden?«

Ich will es nicht.

Ich will es wirklich, wirklich nicht.

Meine Wunden von allem, was in New Orleans passiert ist, was Remi und mir passiert ist, haben gerade erst angefangen zu verheilen, und das Letzte, was ich tun möchte, ist, den Schorf wieder abzureißen. Gleichzeitig weiß ich, dass Z recht hat. Dass ich ihm das schulde. Weil er mich mag und gut zu mir ist und, was am wichtigsten ist, weil ich ihn auch wirklich mag.

»Ich habe etwas Essen von vorgestern aufgewärmt«, sage ich, um Zeit zu gewinnen, während ich meine Gedanken ordne. »Warum kommst du nicht und holst dir einen Teller?«

»Ernsthaft?« Er steigt aus dem Bett und pirscht auf mich zu. Es ist ein Beweis für seine Männlichkeit, dass er das Pirschen nicht nur hinkriegt, während er einen pinkfarbenen Bademantel trägt, sondern dass er dabei auch noch bedrohlich aussehen kann. »Ich schütte dir mein Herz aus, und du bietest mir chinesisches Essen an?«

»Zu meiner Verteidigung: Es ist wirklich gutes chinesisches Essen.«

Er lächelt nicht einmal über meinen Scherz. Er sieht mich nur an, und es ist, als könnten diese wahnsinnig schönen Augen tief in mich hineinblicken. Mehr noch, es ist, als ließen sie mich zum ersten Mal in sein Inneres sehen. Und plötzlich wird mir klar, dass ich ihn verletzt habe. Nicht mit dem chinesischen Essen, sondern dadurch, dass ich ihn zuvor, als ich meinen kleinen Panikanfall hatte, ausgeschlossen habe.

Und während ich damit umgehen kann, dass er sich über mich ärgert oder wütend auf mich ist oder mir gegenüber sogar gleichgültig reagiert, kann ich den Gedanken nicht ertragen, dass er durch mich verletzt sein könnte. Durch etwas, was ich getan habe. Also vergesse ich den Versuch, die richtigen Worte zu finden, und begnüge mich damit, es einfach auszusprechen.

»Du hattest heute recht. Du weißt schon, als du sagtest, dass du für Dinge bezahlst, die Remi getan hat. Ich glaube nicht, dass mir das bewusst war, aber ich habe dich absolut an ihm gemessen.«

»Lass mich raten.« Sein Mund verzieht sich zu einem hämischen kleinen Lächeln, das mich vielleicht verletzt hätte, wenn ich nicht vor einer Minute meinen Geistesblitz gehabt und erkannt hätte, dass er nur versucht, mich davon abzuhalten, ihn noch mehr zu verletzen, als ich es bereits getan habe. »Ich war nicht gut genug.«

»So habe ich das nicht gemeint …«

»Du brauchst nicht zu lügen, Ophelia. Ich werde es immer vorziehen, dass du mir die Wahrheit sagst anstatt das, von dem du glaubst, dass ich es hören will.«

»Dann musst du auch auf das hören, was die Wahrheit ist, anstatt immer gleich die miesesten Schlüsse über dich zu ziehen.«

»Ich ziehe nicht …«

»Doch, das tust du. Ich kenne dich erst seit einer Woche und habe es dich schon sieben- oder achtmal tun hören. Ich wette, wenn ich Ash oder Cam fragen würde, könnten sie mir eine Million Gelegenheiten nennen, in denen du das Schlimmste von dir denkst und versuchst, andere Leute dazu zu bringen, es ebenfalls zu tun.«

Er verlagert seine Haltung ein wenig, schaut zur Seite statt in meine Augen, und ich merke, dass ich einen Nerv getroffen habe, was mich am Ende erschreckt. Was für ein Leben hat Z geführt, dass es ihm so viel leichter fällt, das Schlechte zu glauben, wirklich zu glauben, statt das Gute?

Gott! Ich seufze schwer und beschließe, meine Worte wieder mit

Bedacht zu wählen. Das wird viel schwieriger, als ich gedacht habe, und es ist nicht so, als ich hätte ich je gedacht, dass es leicht werden würde.

»Komm her«, sage ich zu ihm, während ich zum Bett gehe und ihm eine Hand hinhalte, damit er sich zu mir setzt.

Er tut, worum ich ihn bitte, lässt sich nieder, und ich rolle mich auf seinem Schoß zusammen, die Arme um seine Taille und meinen Kopf an seiner Brust. Sein Herz klopft schnell und heftig, und wieder wird mir bewusst, dass er wirklich genauso nervös ist wie ich.

»Ich habe Remi kennengelernt, als ich fünfzehn und er siebzehn war«, sage ich und beschließe, dass es besser ist, es schnell hinter mich zu bringen, so wie ein Pflaster abzureißen. »Ich habe mich sofort in ihn verliebt. Es war schwer, das nicht zu tun, weil er so ziemlich der feuchte Traum jedes Teenager-Mädchens war.«

Z nickt, und er wirkt so ernst, wie ich ihn noch nie erlebt habe. »Solche Typen kenne ich.«

Ich kann nicht anders, ich lache prustend.

»Was ist so lustig?«, fragt er beleidigt.

»Natürlich kennst du solche Typen!«, sage ich zwischen Kicheranfällen. »Du bist so ziemlich der König dieses Typs. Durch und durch knallhart und attraktiv, mit einem schmutzigen Mundwerk und einem überraschend weichen Herzen unter all den Tattoos und Piercings. Ja, du kennst diesen Typ definitiv.«

Halb amüsiert, halb beleidigt zieht er eine Augenbraue hoch. »Ich bin mir nicht ganz sicher, ob ich mich so beschreiben würde.«

»Glaub mir, das ist wahrscheinlich die beste Beschreibung von dir, die es je gegeben hat.« Ich verstumme kurz und tue so, als würde ich nachdenken. »Vielleicht sollte ich die *Sports Illustrated* anrufen und dafür sorgen, dass sie es für den Artikel verwenden.«

Er zieht stirnrunzelnd an einer meiner Locken. Zuerst denke ich, dass er widersprechen wird, aber dann beschließt er wohl, sich auf das Wesentliche zu konzentrieren, denn er fragt: »Also war Remi keiner dieser sauberen College-Jungs, der sein ganzes Leben schon durchgeplant hatte?«

»Gott, nein! Remi war ein Drag Racer.«

»Ein Drag Racer? Du warst mit einem Drag Racer zusammen?«

»Jepp. Und einem verdammt guten noch dazu. Bis vor zwei Tagen hat er mir alles beigebracht, was ich übers Autofahren weiß.«

»Ein Drag Racer«, wiederholt er, als könnte er es nicht fassen.

»Warum siehst du so überrascht aus?«, will ich wissen. »Ich bin schließlich mit einem Snowboarder zusammen, oder nicht? So unterschiedlich ist das nicht.«

»Ist es das, was wir sind?«, fragt er. »Zusammen?«

Ich erstarre, weil ich fürchte, ins Fettnäpfchen getreten zu sein. »Ich weiß es nicht«, sage ich, während ich ein paar Fussel von seinem/meinem Bademantel zupfe. »Was denkst du, das wir sind?«

Er legt zwei Finger unter mein Kinn und drückt es nach oben, bis ich keine andere Wahl habe, als ihm in die Augen zu sehen. »Da ich nicht derjenige bin, der dir eine Tür vor der Nase zugeschlagen hat, nachdem er dir gesagt hat, dass du verschwinden sollst, bin ich wahrscheinlich nicht derjenige, der das entscheidet.«

Ich wusste, dass er mich früher oder später zur Rede stellen würde, und ich nicke einfach. Aber ich schaue weg, als ich zugebe: »Ich habe Angst, Z. Ich habe wirklich Angst.« Die Worte schmecken bitter in meinem Mund. Verletzlich zu sein, ist nichts, was ich jemals genossen habe.

»Das verstehe ich. Du hattest einen Unfall mit Remi und hast ihn sterben sehen, wärst beinahe selbst gestorben. Natürlich wärst du nervös ...«

»Remi hatte Todessehnsucht.«

Er erstarrt mitten im Satz, mit weit aufgerissenen Augen und offenem Mund. »Was hast du gesagt?«

»Er hatte Todessehnsucht. Ich hätte ihn nicht aktiv selbstmordgefährdet genannt, aber er war ein Adrenalinjunkie mit einer wirklich harten Vergangenheit. Zuerst dachte ich, dass das alles war. Dass er es manchmal zu weit trieb auf der Suche nach dem Kick und dann Schlimmes passierte.«

Z fühlt sich sichtlich unbehaglich und verlagert unter mir seine Haltung. Und in diesem Moment weiß ich, dass ich recht habe. Dass das, was ich in diesen Videos gesehen habe, kein Zufall war. Es bricht mir das Herz, auch wenn es mir die Kraft gibt weiterzureden.

»Aber dann begann ich, ein Muster zu erkennen, weißt du? Wir waren drei Jahre zusammen, und es gab definitiv Zeiten, in denen er unvorsichtiger war, törichter in dem, was er tat. Welches Auto er fahren würde, wie er es fahren würde. Ich habe versucht, mit ihm darüber zu reden, und er hat mir immer gesagt, dass ich aus einer Mücke einen Elefanten machen würde. Dass er okay sei und ob er etwas dafürkönne, dass er ständig auf der Suche nach dem nächsten großen Kick sei.«

Ich verstumme, gegen meinen Willen gefangen in den Erinnerungen. Ich habe Remi geliebt, das habe ich wirklich, und ein Teil von mir wird ihn immer vermissen. Aber es gibt noch einen anderen Teil von mir, den ich mir nicht oft eingestehe, weil es nichts bringt, und der böse auf ihn ist. Wütend. Weil er den leichten Ausweg nahm und es mich ausbaden ließ.

»Du musst – du musst mir nicht mehr erzählen, wenn du nicht willst.« Z klingt aufrichtig, aber ich kann die Anspannung in seinem Körper spüren und weiß, dass jede Sekunde, die ich zögere, das Erzählen dieser Geschichte nur noch schlimmer für ihn macht.

Ich weiß auch, dass er sich darin wiedererkennt, ich erkenne es daran, wie starr er dasitzt, wie seine Hände sich in der Bettdecke verkrampfen, statt mich zu umarmen. Mir bricht das Herz bei dieser Erkenntnis – ein weiterer Beweis dafür, dass Z in all den Dingen wie Remi ist, in denen er es für mich nicht sein sollte.

»Es war Dezember, was in New Orleans ganz anders ist als hier. Die Hälfte der Zeit hat es noch zwanzig, fünfundzwanzig Grad, und es ist unglaublich schwül. Der Dezember war immer ein schlechter

Monat für ihn. Ich weiß nicht, warum – er hat es mir nie erzählt. Aber je länger sich der Monat hinzog, desto verrückter wurden die Stunts, die er ablieferte. Alle anderen fanden das toll, weil sie es nicht verstanden. Sie hielten ihn einfach für wild und lustig, und vieles von dem, was er tat, ging auf bestmögliche Weise gut aus – weil er so talentiert war, weißt du? Ich habe noch nie jemanden getroffen, der ein Auto so fahren konnte wie er.

Jedenfalls, es war der zwanzigste Dezember, und ich konnte spüren, wie sich die Spannung in ihm aufbaute. Er war bissiger als sonst. Und die Dinge, die er tat, die Rennen, die er fuhr, die Risiken, die er einging – sie bedeuteten Ärger. Sie waren nicht nur gefährlich, sondern richtig *gefährlich*.

An dem Tag bekam er dieses Rennen angeboten. Zwei Uhr morgens, über die Huey Long Bridge und zurück. Und er nahm es an. Er nahm es verdammt noch mal an. Es war absoluter Selbstmord, vor allem, weil der Kerl, gegen den er fuhr, einer von der ganz üblen Sorte war, weißt du? Er gewann oft, aber er gewann deshalb, weil er schmutzig fuhr. Keiner konnte es beweisen, aber wir alle wussten es. Trotzdem hatte er es noch nie geschafft, Remi zu schlagen. Das machte ihn wütend.

Ich habe Remi angefleht, das Rennen nicht anzunehmen, weil ich wusste, dass er alles dafür riskieren würde, um zu gewinnen. Er würde alles tun, um Kye zu schlagen. Alles. Und diese Brücke ist so schmal, so eng, dass man sich keine Fehler erlauben kann, selbst wenn man das Tempolimit einhält. Und wenn man Gas gibt … Ich hatte Angst, dass er sich am Ende umbringt.«

»Also bist du zu ihm ins Auto gestiegen.« Seine Stimme ist völlig emotionslos, ohne Vorwürfe, ohne Urteil. Aber Z hat die Zähne fest zusammengebissen, und seine Hände … Sagen wir einfach, meine Bettdecke wird nie wieder dieselbe sein.

»Es war dumm von mir. Aber ich dachte …« Ich breche ab und seufze laut. »Ich weiß nicht, was ich dachte, ehrlich gesagt.«

»Du dachtest, wenn du dort wärst, könntest du ihn davon abhalten, etwas absolut Dummes zu tun. Du dachtest, du könntest ihm das Leben retten.«

Ich nicke, denn er hat recht. »Das ist genau das, was ich dachte. Remi war schon immer ziemlich beschützerisch mir gegenüber. Nicht so wie du, aber trotzdem. Er hat sich gut um mich gekümmert, und ich bin nie auf die Idee gekommen, dass es keine Rolle spielen würde, wenn ich dabei bin. Dass es ihm wichtiger war zu sterben, als dass ich lebe.«

Ich schüttele den Kopf, will die Augen schließen, aber falls ich es tue, sehe ich das Wrack, höre das Knirschen von Metall. Spüre den Fall, dann das kühle Rauschen des Wassers.

»Das ist das Schlimmste, weißt du?«, fahre ich fort.

»Dass er versucht hat, auch dich zu töten?« Seine Stimme ist kälter, als ich sie je gehört habe.

»Dass ich nie wissen werde, ob er es getan hat oder ob er einfach die Kontrolle verlor. Wir hatten das Rennen schon im Sack. Wir hatten es. Wir hatten den größten Teil der Strecke hinter uns – die Brücke, das Viertel auf der anderen Seite. Alles, was wir tun mussten, war, es nur noch zurück über die Brücke zu schaffen. Remi war dabei zu gewinnen. Ich wusste es. Ich konnte es spüren. Kye war nicht mal in unserer Nähe. Und dann, plötzlich, reißt Remi einfach das Lenkrad nach rechts. Wir heben ab und … Er ist ertrunken. Ich meine, er war wirklich schwer verletzt, also hätte er es vielleicht ohnehin nicht geschafft. Aber er war im Auto eingeklemmt, und das Wasser kam zu schnell herein. Ich konnte ihn nicht rausholen …«

»Warte kurz«, unterbricht mich Z. »Du bist mit ihm von der Brücke gestürzt? Du warst in diesem Auto im verdammten Mississippi eingeschlossen?« Seine Hände liegen jetzt auf meinen Schultern, sein Gesicht ist dicht vor meinem, die Augen sind von so vielen Emotionen erfüllt, dass ich sie nicht einmal ansatzweise sortieren kann. »Er ist von der Brücke gefahren, und du warst mit ihm im Auto?«

»An den meisten Tagen glaube ich nicht, dass es Absicht war.«

»Mein Gott, Ophelia! Mein Gott!« Er zieht mich an seine Brust und hält mich so fest, dass ich kaum atmen kann. Aber ich beklage mich nicht, denn wie sich herausstellt, ist es das, was ich all die Monate gebraucht habe – auch wenn ich es nicht wusste.

So lange Zeit haben mir meine Freunde zu Hause Vorwürfe gemacht – dafür, dass ich in das Auto gestiegen bin, Remi dieses Rennen habe fahren lassen, dass ich nicht mehr getan habe, um ihn aufzuhalten. Oh, sie sprechen es nie direkt aus, aber ich kann es in ihren Stimmen hören, spüre es, wenn sie mich ansehen. Sie verstehen nicht, dass ich alles getan habe, was ich konnte, um ihn zu retten. Doch sie sehen nur, dass er tot ist, und sie denken, dass ich ihn dazu ermutigt hätte zu verunglücken, indem ich mit ihm fuhr.

Ich weiß nicht – vielleicht denkt ein Teil von mir ja dasselbe.

Aber nicht Z. Er flucht kaum hörbar, langsam, ruhig, wütend. Nicht über mich, sondern *für* mich. Ich ertappe mich dabei, dass ich noch stärker an ihn sinke. Es fühlt sich so gut an, gehalten zu werden, als wäre ich das Wertvollste auf der Welt. Remi hat mich nie so gehalten und auch sonst niemand.

Niemals.

Weil er da ist und weil ich es kann, schlinge ich die Arme ebenso fest um ihn. Und halte mich mit allem fest, was ich habe.

Kapitel 21

Z

Scheißkerl.

Bastard.

Gottverdammter, elender Hurensohn. Wenn Remi jetzt vor mir stünde, würde ich das Arschloch selbst umbringen. Langsam. Qualvoll. Bewusst, damit er wüsste, dass ich es ernst meine.

Was zur Hölle dachte er sich dabei? Was *zur Hölle* dachte er sich dabei?

Ophelia mit ihm in dieses Auto steigen zu lassen? Mit ihr ein Rennen zu fahren, obwohl er wusste, wie saugefährlich das war? Mit ihr im Auto diesen verdammten Unfall zu bauen? So völlig irrational es auch ist, es macht mich fertig, dass er bereits tot ist. Dass ich den Wichser nicht in Stücke reißen kann.

Ich muss laufen, muss mich bewegen. Muss etwas tun, bevor mir noch die Schädeldecke wegfliegt. Aber da ist Ophelia, an die ich denken muss. Ophelia, an die er *nie* gedacht hat, liegt zusammengerollt in meinen Armen, ihr ganzer Körper um meinen geschlungen.

Ich glaube nicht, dass sie merkt, wie sie zittert, und zwar so heftig, dass davon sogar das Bett wackelt. Ich ziehe sie noch enger an mich, schlinge die Arme fester um sie … und in diesem Moment wird es mir bewusst. Sie ist nicht diejenige, die zittert.

Ich bin es.

Gottverdammter, elender, verfickter Hurensohn von einem Scheißkerl. Wie konnte er ihr das nur antun?

Wie konnte er ihr sagen, dass er sie liebt, und ihr dann so etwas antun? Ich habe ihre Narben gesehen. Ich habe sie berührt, geküsst und gestreichelt. Ich weiß, wie schwer sie verletzt war, und der Gedanke, dass irgendein Wichser mit Todessehnsucht ihr das angetan hat … Ich kann es einfach nicht fassen.

Ich mag zwar vielleicht kurz davorstehen, mich selbst zu zerstören, aber wenn das passiert, werde ich auf keinen Fall jemanden mitnehmen. Auf keinen Fall werde ich das Risiko eingehen, jemals wieder einen Menschen zu verletzen, der mir etwas bedeutet. Remi hätte es besser wissen müssen. Er hätte es verdammt noch mal besser wissen müssen. Wenn du jemanden wie Ophelia hast, beschützt du sie. Du bringst sie verdammt noch mal nicht in die Schusslinie. Du hütest sie verdammt noch mal wie einen Schatz.

Bastard.

Das Bedürfnis, die Scheiße aus irgendetwas rauszuprügeln, quält mich heftig, ebenso wie der rote Schleier der Wut, der alles ist, was ich sehen kann. Alles, woran ich denken kann. Aber das ist nicht das, was sie im Moment von mir braucht. Egal, wie sehr ich wüten will. Egal, wie sehr ich in die Vergangenheit zurückreisen und diesem Wichser in den Arsch treten will, ich muss mich in Zaum halten. Weil Ophelia mir hier etwas anvertraut hat. Sie hat mir gesagt, warum sie Angst hat, und jetzt ist es meine Aufgabe, sie zu halten und zu trösten und ihr die Angst zu nehmen. Ich mag vielleicht nicht viel über Beziehungen wissen, aber das weiß ich.

Das einzige Problem ist nur, dass ich keine Ahnung habe, wie man das macht. Ich habe in meinem Leben noch nie jemanden getröstet.

Noch nie auch nur darüber nachgedacht. Aber sie braucht es von mir, also werde ich es verdammt noch mal herausfinden.

Hier und jetzt. Ich weigere mich, nur ein weiteres Arschloch zu sein, das sie im Stich lässt.

Unsicher, was ich sonst tun soll, streichle ich mit einer Hand sanft über ihren Rücken und mit den Fingern durch ihr Haar. Drücke den Mund an ihr Ohr und flüstere einen Haufen unsinniger Worte, die nicht viel Sinn zu ergeben scheinen, außer dass sie sie beruhigen. Sie schmiegt sich an mich, und ich kann spüren, wie ihr Herzschlag endlich wieder langsamer wird, während sie sich noch enger an mich kuschelt.

Ich will sie für immer so halten. Will ihr all den Schmerz und den Mist nehmen, den sie in der Vergangenheit durchmachen musste, und alles wiedergutmachen. Sie verdient mehr als das, was dieser Bastard ihr angetan hat, verdient so viel mehr als die Karten, die ihr zugeteilt wurden.

Verdammt, sie verdient so viel mehr als mich – ein egoistisches Arschloch, das zu viel Zeit damit verbringt, mit seiner eigenen Todessehnsucht herumzuspielen. Aber das ist halt verdammtes Pech, denn ich werde sie nicht aufgeben. Es ist offensichtlich, dass sie einen lächerlich beschissenen Männergeschmack hat – Anwesende total eingeschlossen –, also ist es nicht so, als könnte ich sie auf die Welt loslassen und hoffen, dass sie klarkommt.

Denn das wird sie offensichtlich nicht. Was bedeutet, dass ich mehr tun muss. Ich werde etwas Besseres sein müssen. Weil Ophelia es verdammt noch mal verdient. Sie verdient verdammt noch mal alles.

»Deshalb habe ich dich heute weggeschickt«, sagt sie, als ob ich das nicht schon längst kapiert hätte. »Ich habe das Video gesehen und bin ausgeflippt. Es war, als würde ich Remi unmittelbar vor seinem Tod sehen. Voller Zuversicht und Wildheit und mit vollem Einsatz. Du gehst ans Limit, wie er es tut, an die Grenze, die so schmal ist, dass Leben und Tod zu verschmelzen beginnen.«

Ich räuspere mich, um zu einer Antwort anzusetzen. Aber was kann ich schon sagen? Sie hat recht. Wir wissen beide, dass sie recht hat.

»Es tut mir leid. Ich weiß, dass du nicht er bist. Ich weiß, dass ich euch nicht vergleichen sollte, aber ich habe heute Nacht so viele Videos von dir gesehen. Gesehen, wie du so irre gut warst und dann einfach alles weggeworfen hast. Immer und immer wieder ...«

»Ich liebe dich.« Die Worte rutschen mir heraus, bevor ich überhaupt weiß, dass ich sie sagen werde. Aber sobald sie ausgesprochen sind, will ich sie nicht mehr zurücknehmen, denn sie sind wahr. Irgendwie, auf irgendeine Weise, habe ich es geschafft, mich in dieses schöne, schöne Mädchen zu verlieben, obwohl ich es nicht für möglich gehalten hätte, dass ich irgendjemanden lieben könnte. Niemals.

»Was hast du gesagt?«, fragt sie nach einer Minute mit gebrochener Stimme und vor Schock geweiteten Pupillen.

»Ich sagte, ich liebe dich. Und es tut mir leid, dass ich so ein verdammtes Arschloch bin.«

»Das bist du nicht.«

Ich lache. »Doch, das bin ich. Es ist nur so, dass seit meiner ...« Ich breche ab, weil ich mir nicht sicher bin, ob ich schon bereit bin, darüber zu sprechen. Nicht sicher bin, ob ich jemals bereit sein werde, darüber zu sprechen.

»Ich weiß von deiner Schwester.«

»Wirklich?« Scheiße! Woher? Hat Cam es ihr erzählt, zusammen mit der Wette? Oder Ash vielleicht?

Mein verdammtes Herz fühlt sich an, als würde es mir gleich aus der Brust springen, und ich schwöre, ich bin zwei Sekunden davor, ohnmächtig zu werden wie eine totale Pussy.

»Es tut mir leid, dass sie und deine Mutter gestorben sind.«

Oh, richtig. Sie kennt die geschönte Version, die PR-Version, die Mitch in Umlauf gebracht hat, seit ich Profi-Snowboarder geworden bin. Sie hat keine Ahnung von der Wahrheit. Wenn sie die wüsste, würde sie wahrscheinlich so schnell vor mir davonlaufen, wie sie nur könnte. Ein zerstörerischer Hurensohn in ihrem Leben ist eindeutig genug.

Wenn ich ein besserer Mensch wäre, würde ich es ihr erzählen. Nur damit sie weiß, worauf sie sich einlässt. Aber ich bin es nicht und habe auch nie behauptet, es zu sein, also sage ich kein verdammtes weiteres Wort. Stattdessen benutze ich meinen Mund für etwas Besseres.

Ihre Lippen öffnen sich unter meinen, als wären sie für mich bestimmt, ihre Zunge streichelt über meine, während ich die Tiefen ihres Mundes erkunde. Sie schmeckt so gut, nach Karamell und Kaffee und süßer, süßer Schlagsahne. Ich knabbere an ihrer Oberlippe, sauge sie zwischen meine Lippen. Lache ein wenig, als sie aufkeucht und an mir erzittert. Wenn ich könnte, würde ich für immer hierbleiben. Genau hier, in diesem Moment, mit meinem Mädchen in meinen Armen und den Albträumen in mir still und verstummt.

Sehnsüchtig nach mehr von ihr, nach allem von ihr, vertiefe ich den Kuss. Ich fahre mit der Zunge an ihrem Gaumen entlang, spiele mit der fast unmerklichen Lücke, wo einer ihrer Zähne ein klein wenig schief steht. Dann, weil ich es kann – weil sie mir gehört –, fahre ich mit meiner Zunge unter ihre und spiele mit ihrem Zungenbändchen.

Sie keucht auf, zittert, ihre Hände umklammern mein Shirt, um mich näher an sich zu ziehen. »Was machst du da?«, flüstert sie.

»Gefällt es dir?«

»Ja.« Ihr Kopf sinkt mit einem Stöhnen zurück, als ich es ein zweites Mal tue und dann ein drittes Mal.

Ich habe gerade angefangen, an ihrer Unterlippe zu saugen, an ihr zu knabbern und den kleinen Schmerz mit meiner Zunge zu lindern, als sie sich zurückzieht.

»Was ist los, Baby? Was brauchst du?«

Sie sieht mir direkt in die Augen. »Ich weiß, es sind erst ein paar Tage, aber ich muss es dir sagen. Ich liebe dich auch, Z.«

Ihre Worte treffen mich mit der Wucht eines Vorschlaghammers, auch wenn ich mir sage, dass ich sie nicht glauben soll. Dass sie nur versucht, nett zu sein. Dass sie mich nicht hängen lassen will. »Das musst du nicht sagen.«

»Doch.« Sie nimmt mein Gesicht in ihre Hände und drückt mir einen heftigen Kuss auf den Mund. »Weil es wahr ist.«

»Wie kann das sein? Ich bin ...« Ein Loser. Ein Mistkerl. Ein Versager, dem man nichts anvertrauen kann. Ich bin ein Säufer und ein Aufreißer und all die anderen Dinge, die die Leute über mich sagen, ganz zu schweigen von einem Haufen Dinge, die sie nicht sagen. Ich weiß es. Ich habe es immer gewusst. Warum weiß sie es nicht?

Ich öffne den Mund, um es ihr zu sagen. Ich *muss* es ihr sagen – sie hat ein Recht darauf, es zu wissen –, aber ich kann es einfach nicht. Denn wenn ich es sage, wird sie gehen, genau wie alle anderen auch. Alle außer Luc und Cam und Ash. Und ich kann sie nicht gehen lassen. Nicht jetzt. Noch nicht.

»Du bist eine Nervensäge, das bist du«, sagt sie, während sie mir Küsse auf den Hals drückt. »Zu arrogant. Zu talentiert. Zu sehr daran gewöhnt, deinen Willen zu bekommen. Zu impulsiv. Zu gut aussehend. Zu beschützerisch.« Sie schüttelt den Kopf, dann küsst sie mich direkt hinter dem Ohr. »Zu nett. Wer zur Hölle weiß, was ich in dir sehe.«

Sie will sich zurückziehen, aber ich umfasse ihren Hinterkopf und presse ihren Mund für weitere Küsse zurück an meinen Hals. »Ich glaube, du verwechselst mich mit jemandem.«

»Nein, ich bin mir ziemlich sicher, dass du der einzige Egomane hier bist.«

»Wow, halt dich bloß nicht zurück«, sage ich mit einem überraschten Lachen. Dann ziehe ich an ihren Haaren, bis sie den Kopf hebt, damit ich ihr Kinn mit Küssen übersäen kann. »Sag mir ruhig, was du wirklich fühlst.«

»Was ich wirklich fühle? Ich habe, ungefähr sechzig Sekunden nachdem ich den Kaffee auf deine Hose gekippt hatte, angefangen, mich in dich zu verlieben.«

Ich grinse, denn das könnte tatsächlich meine liebste Erinnerung aller Zeiten sein. »Es waren die Bauchmuskeln, nicht wahr?«

Sie verdreht die Augen. »Gott, du bist so arrogant. Nein, es waren nicht die Bauchmuskeln. Es war die Art, wie du gelacht hast. Ich hatte gerade vor allen Leuten einen Kaffee über dich gekippt, und du warst nicht mal sauer. Du hast nur gelacht und weiter mit mir geflirtet. Das war … nett.«

»Nett, hm?« Ich rolle sie unter mich. »Weißt du, was noch nett ist?«

»Was?«, fragt sie und ist jetzt ein bisschen atemlos – genau so, wie ich sie mag.

Ich schiebe ihren Pullover zurück, ziehe ihr Tanktop aus dem Bund ihrer Hose und schiebe es hoch, höher, noch höher, bis ihre Brüste direkt vor meinem Gesicht sind. Voll und wunderschön und mit rosigen Spitzen. »Das.«

Ich beuge den Kopf und lecke über und um eine süße Brustwarze herum. Dann puste ich darauf, um durch die Kombination aus warmer Zunge und kühler Luft Hitze durch sie hindurchzucken zu lassen. Es muss funktionieren, denn sie greift mit den Händen in mein Haar, wölbt ihre Brust meinem Mund entgegen. Genau dorthin, wo ich es mag.

»Mehr«, raunt sie, und der Klang – so heiser und erregt – schießt direkt zu meinem Schwanz.

Ich gebe ihr mehr, sauge ihre Brustwarze in meinen Mund und fahre mit der Zunge hart darüber, so wie ich gelernt habe, dass es ihr gefällt. Ophelia stöhnt und zieht mich enger an sich, und ich werde wieder mit der Erkenntnis konfrontiert, dass ich mich bei ihr in einen grünen Jungen verwandle, der keine Chance hat, seinen eigenen Körper zu kontrollieren. Wenn sie die Hüften bewegt, wenn sie auch nur ihre Pussy an meinem Schwanz reibt, bin ich erledigt.

Mit diesem Gedanken im Hinterkopf hebe ich sie von meinem Schoß und setze sie aufs Bett. Sie stöhnt ein wenig, klammert sich an mich, und ich hauche sanfte Küsse über ihre Brüste und ihren Bauch, um sie zu beruhigen. Und um mich selbst zu beruhigen.

Es klappt nicht. Sie ist so wunderschön, wie sie da liegt, ihre weiche, duftende Haut fühlt sich so seidig an, dass es mein Verlangen nur noch mehr steigert, bis es in meinem Blut pulsiert. In meinem Kopf. In meinem Herzen.

Ich liebe sie.

Ich liebe dieses Mädchen.

Die Worte und die Erkenntnis, was sie bedeuten – was sie wirklich bedeuten –, arbeiten sich durch mich hindurch. Sie machen mein verzweifeltes Bedürfnis, in ihr zu sein, zu spüren, wie sich ihre Pussy um mich herum zusammenzieht, nur noch wilder. Und, seltsamerweise, auch zärtlicher.

Ja, ich will sie ficken. In sie eindringen und alles nehmen, was sie mir zu geben hat. Aber gleichzeitig will ich nichts mehr, als sie zu beschützen, für sie zu sorgen, auf welche Weise sie mich auch immer lässt.

»Z, bitte«, murmelt sie, während ihre Hände an meinem Haar zerren, an meinen Schultern. »Ich brauche …« Ihre Stimme bricht.

»Ich bin für dich da, Baby«, flüstere ich an ihrem Bauch, während ich am Fuß des Bettes auf den Boden rutsche. »Ich bin für dich da.«

Die Bedeutung dieser Worte trifft mich zum ersten Mal, lässt meine Hände zittern, als ich nach ihrer Hose greife und sie sanft über ihre Beine streife. Sie gehört zu mir. Ophelia gehört zu mir.

Eine Sekunde lang – nur eine Sekunde – brennen Tränen hinter meinen Augen. Ich blinzle sie fort, bevor sie sehen kann, in was für ein verdammtes Weichei ich mich verwandle, aber die überwältigenden Gefühle, die die Tränen verursacht haben, bleiben. Ich kann kaum atmen, kaum denken wegen des Bedürfnisses, der Freude, des absoluten Horrors, der damit einhergeht, sie so zu lieben.

Sie muss den verrückten Mahlstrom in mir spüren, oder vielleicht gelingt es mir auch nur verdammt schlecht, zu verbergen, wie unglaublich überfordert ich gerade bin. Wie dem auch sei, Ophelia weiß es – sie weiß es immer –, und sie schlüpft durch meine Arme und vor mir auf den Boden.

Wir knien jetzt, unsere Gesichter nur Zentimeter voneinander entfernt, unsere Blicke ineinander verschmolzen, ihre Brust an meiner Brust, und es ist der intensivste Moment meines verrückten, beschissenen Lebens. Eine Sekunde lang denke ich daran, den Blick abzuwenden, aber sie lässt mich nicht. Ihre wunderschönen grünen Augen halten die meinen fest, und ich kann nicht wegsehen.

»Ich bin auch für dich da, Z«, sagt sie und nimmt mein Gesicht in ihre Hände. »Das verspreche ich. Ich bin für dich da.«

Und dann küsst sie mich, ihre Lippen bewegen sich mit einer Intensität über meine, die alles und jedes zwischen uns auslöscht, was vorher war.

Der Kuss dauert ewig, und als er endet, sind wir beide wie im Fieber. Rasend. Sie reißt mir den Bademantel von den Schultern, während ich an ihrem Oberteil zerre und in meiner verzweifelten Eile, Haut an Haut zu sein, die Knöpfe abreiße.

Dann schubst sie mich auf den Boden und klettert über mich. »Ich brauche dich«, keucht sie, während sie sich direkt über meinem Schwanz herabsenkt. »Ich brauche ...«

Wir stöhnen beide auf, als sie über mich gleitet und mich in sich aufnimmt. Ich war noch nie mit einem Mädchen so zusammen, war noch nie in jemandem ohne Kondom, und es fühlt sich unglaublich an. Für eine einzige lange Sekunde schließe ich die Augen und erschauere, während sie sich auf mir hebt und senkt. Ich möchte für immer hierbleiben, genau hier, so wie jetzt. Möchte in Ophelia und ihrer feuchten Hitze ertrinken, die sich besser anfühlt als alles andere, was ich je erlebt habe oder jemals erleben werde.

Aber sie ist mein Mädchen, und ich muss sie beschützen. Muss für sie sorgen. Obwohl es mich fast umbringt, packe ich mit beiden Händen ihre Hüften und halte ihre fieberhaften Bewegungen an.

»Nein!«, ruft sie klagend aus, während sie sich verzweifelt gegen mich stemmt. »Bitte …«

»Kondom«, keuche ich und verfluche meine gottverdammte Jacke dafür, dass sie ganz am anderen Ende des Zimmers ist. Und dennoch, während ich uns voneinander trenne, während ich mich bereit mache, loszustürzen, um es zu holen, kann ich mich nicht davon abhalten, ihre Brüste zu umfassen und mit meinen Daumen über ihre herrlich harten Brustwarzen zu fahren.

»Ich nehme die Pille«, sagt sie verzweifelt, während sich ihr Körper an meinem reibt. »Seit drei Jahren.«

Die Pille. Oh, Gott sei Dank!

Ich habe noch nie einem Mädchen in dieser Hinsicht vertraut. Aber keines dieser Mädchen war Ophelia.

Keine von ihnen gehörte mir. Ich hebe sie an den Hüften hoch und positioniere sie erneut über mir. Aber ich muss fragen, nur um sicher zu sein, dass sie wirklich damit einverstanden ist. »Bist du sicher?«

»Ja. Verdammt, ja. Z!« Sie schluchzt jetzt geradezu, ihre Hände umklammern meinen Bizeps so fest, dass sich ihre Fingernägel in meine Muskeln graben.

Dieser kleine schmerzende Stich ist der letzte Strohhalm. Er schickt mich direkt über den Rand der Vernunft, krampft sich um mich herum zusammen.

Ophelia keucht auf, und ich erstarre für einen Moment, aus Angst, dass ich sie verletzt habe. Dass ich zu grob gewesen bin. Gottverdammt! Ich weiß es besser …

Aber dann bewegt sie sich, ihre Hüften heben und senken sich auf mir in einem Rhythmus, bei dem sich meine Augen verdrehen und mir der Atem in rauen, abgehackten Zügen entweicht. Sie ist bereits kurz davor. Ich höre es an der Art, wie ihr der Atem in der Kehle stockt, ich spüre es an der Art, wie sie um mich herum erzittert. Gott sei Dank, denn ich glaube nicht, dass ich noch lange durchhalten kann. Nicht jetzt, wenn sie sich um mich herum so anfühlt.

Ich hebe eine Hand zu ihrer Brust, kneife ihre Brustwarze zwischen Daumen und Zeigefinger. Sie stöhnt, ein erstickter, kleiner Laut tief in ihrer Kehle, der all meine Nervenenden in Aufruhr versetzt.

Das Bedürfnis, zu kommen, ist ein wilder Schneesturm in mir, das Einzige, was mich zurückhält, ist das Bedürfnis, dafür zu sorgen, dass sie ebenfalls kommt.

Ich führe meine andere Hand zu ihrer süßen Pussy, reibe kreisend mit meinem Daumen um ihre Klitoris, während sie bebt und erschauert. Sie beugt sich vor und neigt ihren Körper so, dass ich eine andere Stelle in ihr treffe. Die Veränderung der Position lässt sie wimmern und mich fluchen, während all die Hitze und Begierde und Lust – verdammt, die überwältigende Lust – durch uns hindurchpeitschen.

Und dann kommt sie, ihre feuchte Hitze krampft sich in einem Rhythmus um mich zusammen, der mir das letzte bisschen Kontrolle raubt. Ich packe ihre Hüften, stoße einmal, zweimal in sie hinein. Dann komme ich ebenfalls, der Orgasmus überrollt mich wie eine Lawine und begräbt mich in einer Lust, die so intensiv ist, dass es schmerzt.

Begräbt mich in Zufriedenheit. Begräbt mich in Liebe, bis Ophelia alles ist, was ich sehe, fühle oder schmecke.

Bis sie ebenso sicher in mir ist, wie ich in ihr bin.

Sie bricht auf mir zusammen, und für lange Sekunden, Minuten tun wir nichts anderes, als eng ineinander verschlungen dazuliegen, während wir verzweifelt versuchen, wieder zu Atem zu kommen.

»Ich habe gelogen«, murmelt sie, als sich unser Herzschlag endlich normalisiert hat. Sie hat sich auf ihrem schmalen Bett an mich gekuschelt, die Bettdecke fest um uns geschlungen.

Mein Magen macht einen Satz, als hätte ich gerade den besten Trick meines Runs verpasst. »Wobei?« Ich versuche, nicht so verzweifelt zu klingen, wie ich mich fühle.

Ihr Gesicht ist an meine Brust gepresst, und ich kann spüren, wie sich ihre Lippen zu einem Lächeln verziehen. »Ein bisschen war es wegen der Bauchmuskeln.«

Meine Anspannung entlädt sich in einem Lachen, und ich ziehe sie enger an mich, bis ihr Herz an meines gedrückt ist.

»Ich wusste es.«

»Nun, zu meiner Verteidigung«, sagt sie, während ihre Hände über die fragliche Stelle gleiten, »es sind wirklich gute Bauchmuskeln.«

Kapitel 22

Ophelia

Mein Handy vibriert, während ich zwei Caffè Latte serviere. Ich werfe einen kurzen Blick über die Schulter zu Melanie, der Kollegin, mit der ich zusammenarbeite. Ich signalisiere ihr, dass ich meine Pause mache, und sie nickt mir zu. Ich warte schon seit einer gefühlten Ewigkeit auf diesen Anruf von Z.

»Hi«, gehe ich dran, während ich nach draußen trete und versuche, die Tatsache zu ignorieren, dass es jetzt noch kälter ist als heute Morgen, als ich zur Arbeit kam.

»Hey, Baby. Du hörst dich an, als würdest du frieren.«

»Ich weiß nicht, warum. Vielleicht liegt es daran, dass ich jetzt in der Arktis lebe.«

»Ich glaube, du bist verwirrt. Die Arktis liegt ein paar Hundert Kilometer nördlich von Park City.«

»Ja nun, das kannst du mir nicht beweisen.«

Er gibt ein mitfühlendes Geräusch von sich. »Nächstes Jahr wird es besser, sobald dein Blut ein bisschen dicker geworden ist.«

»Gott, ich hoffe es. Denn schlimmer kann es nicht werden.«

»Wirklich? Schlimmer kann es nicht werden?«

Er scherzt, aber ich höre ein wenig Sorge hinter dem Witz, daher stelle ich klar: »Das Wetter, nicht Park City.«

Er lacht, also wechsle ich das Thema. »Wie ist es in Aspen?«

»Kälter als in Park City«, antwortet er. »Hast du genug Schichten eingepackt?«

»Ich denke schon. Meine Tante hat mir beim Packen geholfen, ich sollte also startklar sein.«

»Ich kann es kaum erwarten, dich zu sehen. Ich vermisse dich wie verrückt.«

Ich kann mir ein Augenrollen nicht verkneifen, auch wenn er es nicht sehen kann. »Du bist erst seit zwei Tagen weg, Z. Ich denke, du kommst damit klar.«

»Ich dachte auch, dass ich das könnte, aber wie sich herausstellte, habe ich mich an dich in meinem Bett gewöhnt.«

Es ist komisch, denn ich habe mich auch an ihn gewöhnt. Wir sind erst seit zehn Tagen zusammen – richtig zusammen –, aber es fühlt sich länger an. Als ob es endlich richtig wäre. Was verrückt klingt, wenn man bedenkt, dass ich von Z spreche, aber es ist wahr. Er ist fantastisch. Wie der perfekte Freund, so besorgt und interessiert und unterstützend. Er ist sogar nach Salt Lake City gefahren und mit einigen Broschüren der dortigen Colleges zurückgekommen. Er setzt sich sehr dafür ein, dass ich am Ende der Saison in Park City bleibe, und während das vor zwei Wochen noch gar nicht infrage gekommen wäre, kann ich mir jetzt nicht mehr vorstellen, woanders zu sein. Irgendwo, wo er nicht ist.

»Das sind große Worte von einem Kerl, der sich früher immer sofort rausgeschlichen hat, sobald sein Date schlief.«

»Hey! Ich dachte, wir waren uns einig, dass du nicht mehr auf Gerüchte über mich hören würdest.«

»Ich höre nicht auf Gerüchte, Baby. Was ich hier höre, ist die reine Wahrheit.« Ich kann das leise Lachen nicht aus meiner Stimme verbannen. Er wird so nervös, wenn ich seine Vergangenheit anspreche, was ich urkomisch finde.

Es ist ja schließlich nicht so, dass ich nicht gewusst hätte, worauf ich mich einlasse, als ich anfing, mit ihm auszugehen. Ich weiß sogar von Stacy, der rothaarigen Krake, die in seinem Bett übernachtet hat. Und obwohl das zwar ein bisschen wehtut, ist es nicht so, dass ich es ihm verübeln könnte. Wir waren zu der Zeit nicht zusammen, und ich *hatte* ihn ziemlich seiner Männlichkeit beraubt, als ich ihn vor die Tür setzte. Und er schlief nicht einmal mit ihr, was sowohl schockierend als auch ein bisschen charmant ist, nach allem, was ich über ihn weiß.

»Also, wann fährst du los?«

Das ist ein so unverhohlener Themenwechsel, dass ich einfach lachen muss. Aber ich spiele mit, denn so viel Spaß es auch macht, Z zu triezen, es macht mehr Spaß zu hören, wie seine Stimme ganz tief und süß und heiser wird, wenn er mit mir spricht. »Ich habe in einer Stunde Feierabend. Wir brechen gleich danach auf.«

»Du fährst doch mit Ashs Eltern hoch, richtig?«

»Und seinem Bruder, ja.« Ich mag vielleicht sicherer darin geworden sein, hier in der Gegend herumzukurven, aber ich fahre auf keinen Fall sieben Stunden durch die verschneiten Berge, die zwischen hier und Aspen liegen. »Danke, dass du das arrangiert hast. Seine Familie scheint toll zu sein.«

»Sie sind toll. Seine Eltern sind der einzige Grund, warum ich die Highschool überhaupt überstanden habe.«

»Wie meinst du das?«

Aber ich weiß bereits, dass er nicht antworten wird. Die Geräusche im Hintergrund sind plötzlich viel lauter geworden, was bedeutet, dass er gerade aus dem Skilift gestiegen ist. Erstaunlich, wie zehn Tage mit Z mich zu einer Expertin für die verschiedenen Geräusche auf dem Berg gemacht haben. Ganz zu schweigen von den ganzen Snowboardtricks.

»Ich muss los, Baby. Ich habe noch einen Typen vor mir, und dann bin ich an der Reihe, einen weiteren Trainingslauf hinzulegen.«

Nervosität flattert in meinem Bauch, aber ich ignoriere sie. Z ist Snowboarder, schon sein ganzes Leben lang, und wenn man mit ihm zusammen ist, muss man damit klarkommen. Was in Ordnung ist, erinnere ich mich, solange er keine kolossalen Dummheiten macht. Ich bin auf Verrücktheiten vorbereitet – schließlich ist das Z –, aber nicht auf offensichtliche Selbstmordaktionen. Bis jetzt hat er seinen Teil der Abmachung eingehalten, was bedeutet, dass ich meinen Teil, mich nicht wegen jeder Kleinigkeit zu sorgen, ebenfalls einhalten muss.

»Viel Spaß!«, sage ich zu ihm. »Wirble schön ein paarmal herum.«

Er stöhnt. »Weißt du, du musst wirklich die Begriffe lernen. Denn ›ein paarmal herumwirbeln‹ reicht einfach nicht aus.«

Was einer der Gründe ist, warum ich es immer wieder sage, sogar jetzt noch, obwohl ich viele der Begriffe kenne. Es macht einfach zu viel Spaß, ihn aufzuziehen. »Also was soll ich dann sagen?«

»Du solltest sagen: ›Hau einen krassen Run raus‹ oder ›einen nicen Ride‹.«

»Okay. Ich wünsch dir einen nicen Ride.«

»Dir auch. Wir sehen uns in etwa acht Stunden.«

Ich lache. »Wir müssen vielleicht anhalten, um zu essen, weißt du? Oder pinkeln oder so was.«

Er seufzt. »Also gut. Neun Stunden. Aber keine Minute später.«

»Ich werde sehen, was ich tun kann.«

»Gut«, sagt er mit einem leicht sündigen Lachen. »Und sobald du hier bist, werden wir sehen, was *ich* tun kann.«

Jetzt bin ich an der Reihe zu stöhnen. »Auf Wiedersehen, Z.«

»Bye, Ophelia. Ich liebe dich.«

Mein Herz bleibt eine Sekunde lang stehen, bevor es mit doppeltem Tempo weiterschlägt. Er sagt es ständig, jedes Mal, wenn wir miteinander sprechen, und trotzdem geht es mir immer noch unter die Haut. Stellt mich völlig auf den Kopf. Ich fange an zu glauben, dass das immer so sein wird. »Ich liebe dich auch.«

Die letzte Arbeitsstunde zieht sich hin, zum einen, weil es

Mittagszeit ist und alle im Restaurant sind, zum anderen, weil ich ständig auf die Uhr sehe und darauf warte, endlich loszufahren. Ashs Eltern, Gemma und Todd, tauchen mit seinem vierzehnjährigen Bruder Logan etwa eine halbe Stunde vor meinem Feierabend auf, also stelle ich ihnen Kaffee hin und beginne, die Sekunden zu zählen.

Ich kann gar nicht glauben, wie aufgeregt ich bin. Nicht nur, weil ich Z sehen werde, was bestimmt lustig wird, obwohl es eigentlich erst zwei Tage her ist, dass er nach Aspen gefahren ist. Aber ich freue mich auch darauf, einen echten Snowboard-Wettbewerb live zu erleben, bei dem er, Ash und Luc mitmachen. Und Cam – Cam wird bei den Frauen antreten, worauf ich genauso gespannt bin.

Ich habe hin und wieder Snowboard-Wettkämpfe im Fernsehen gesehen, meistens bei den X-Games oder den Olympischen Spielen, aber ich habe mich noch nie wirklich für einen interessiert. Nie jemanden gekannt, der daran teilnimmt oder ihnen vorher beim Üben ihrer Tricks zugeschaut.

Z hat in den letzten anderthalb Wochen nichts anderes getan, als zu trainieren. Na ja, zu trainieren und mit mir abzuhängen. Aber ich war schon ein paarmal mit ihm draußen, und obwohl mir die Dinge, die er macht, regelmäßig Angst einjagen, weiß ich, dass er viel Schlimmeres tun könnte. Zum Beispiel, sich von einem Berg zu stürzen oder bei den Tricks, die er übt, unüberlegt vorzugehen.

Ash sagt, dass sie das rocken werden, dass sie die Chance haben, alle in die Top Ten zu kommen, was total abgefahren wäre. Zugegebenermaßen drücke ich Z am meisten die Daumen. Bei all der Presse und den zusätzlichen Sponsorenverträgen, die nach diesem Backcountry-Run reinkamen, und dem vielen Training, das er in letzter Zeit absolviert hat, möchte ich wirklich, dass er gut abschneidet. Möchte wirklich, dass er sieht, es ist okay, wenn die Dinge gut für ihn laufen.

Die Uhr, die sich weigert, ihre Zeiger zu bewegen, schlägt schließlich eins, und ich renne fast in den Pausenraum der Angestellten, wo ich meine Übernachtungstasche gebunkert habe. Und dann sind wir unterwegs, Gemma, Todd, Logan und ich, und lachen und plaudern über die Jungs, als wären wir alte Freunde. Logan ist wirklich cool für einen Vierzehnjährigen, und wir verbringen die meiste Zeit der Fahrt damit, über Musik und Filme und – natürlich – Snowboarden zu quatschen.

Wie sich herausstellt, ist er entschlossen, in die Fußstapfen seines großen Bruders zu treten. Was keine Überraschung ist.

Ich bin erst seit ein paar Wochen mit den Freunden von Z zusammen, und schon jetzt kann ich sagen, was für ein toller Typ Ash ist. Natürlich nicht so toll wie Z, aber immer noch ziemlich großartig.

»Ich bin so froh, dass du und Z zusammen seid«, sagt Gemma nach ein paar Stunden Fahrt, als wir zum Tanken und für Snacks anhalten. »Ich kenne den Jungen, seit er fünf Jahre alt war, und ich habe ihn noch nie so glücklich erlebt wie jetzt mit dir.«

»Noch nie?«, erwidere ich. Dabei frage ich mich, wie er war, bevor seine Mutter und seine Schwester starben.

»Noch nie«, sagt sie entschieden, während wir zum Auto zurückgehen. »Wenn du mich fragst, war bei dem armen Jungen zu Hause schon immer etwas nicht ganz in Ordnung, auch bevor das alles passiert ist. Die Art und Weise, wie sein Vater reagiert hat, beweist mir das nur.«

»Sein Vater?« Z erwähnt seinen Vater fast nie, und die wenigen Male, in denen ich den Mut hatte, nach ihm zu fragen, wich er immer aus. Was einfach nur seltsam ist. Meine Mutter und ich stehen uns nicht besonders nahe, aber wir reden trotzdem alle paar Tage miteinander, und ich habe Z alles über sie erzählt.

Gemma schnaubt. »Einen größeren Mistkerl hat die Welt noch nie gesehen«, sagt sie. »Der Mann ist ein egoistisches Monster, das sich selbst und sein eigenes Leid über das eines kleinen Jungen gestellt hat, und das schon zu viele Jahre lang. Ich kann mir gar nicht vorstellen, was aus dem armen Z geworden wäre, wenn er nicht das Snowboarden und Luc, Cam und Ash gehabt hätte.«

»Genau genommen hat er mir erst heute Morgen gesagt, dass er glaubt, Sie und Ihr Mann wären dafür verantwortlich, dass er sich so gut entwickelt hat.«

Ihre Augen füllen sich mit Tränen, und obwohl sie sie schnell wegblinzelt, kann ich sehen, wie sehr die Worte sie berührt haben. »Ich liebe diesen Jungen so sehr, als wäre er mein eigener Sohn. Und ich hasse es, was er durchgemacht hat.«

Ich weiß, dass es mies ist, aber Z spricht nie über seine Familie und schon gar nicht darüber, wie seine Mutter und seine Schwester gestorben sind. Ich möchte es wirklich wissen – nicht aus reiner Neugierde, sondern weil ich auf keinen Fall etwas tun oder sagen möchte, was ihn aus Unwissenheit verletzen könnte.

Aber Todd und Logan sind mit dem Tanken fertig und steigen zurück ins Auto, bevor ich fragen kann, und dann, während die drei darüber plaudern, welche Snacks Gemma gekauft hat, verstreicht die Gelegenheit. Aber ich weigere mich, die Sache vollständig aufzugeben. Irgendwann wird mir jemand etwas über seine Vergangenheit erzählen müssen. Ich möchte, dass er es ist, aber inzwischen wäre es für mich in Ordnung, es von jemand anderem zu hören. Solange ich weiß, wie ich es vermeiden kann, Z wehzutun, spielt die Quelle keine Rolle.

* * *

Als wir vor dem Resort ankommen, in dem der Wettbewerb stattfindet, herrscht heilloses Durcheinander. Überall sind Reporter, Snowboarder und Fans und auch einige ziemlich berühmte Gesichter – sowohl aus dem Sport als auch anderweitig –, die wegen der Veranstaltung hergekommen sind. Ich schreibe Z eine Nachricht, als wir auf den Parkplatz fahren, und als wir mit unserem Gepäck ins Hotel gehen, ist er schon da.

»Ophelia!« Er reißt mich in die Arme und gibt mir einen Kuss, der wahrscheinlich angemessener wäre, wenn wir zwei Monate statt zwei Tage getrennt gewesen wären. Überall um uns herum gehen Blitzlichter los, und als er schließlich den Kopf zurückzieht und ich wieder klar denken kann, stelle ich fest, dass eine Menge Presseleute ihre Kameras auf Z und mich gerichtet haben.

»Wer ist dein Mädchen, Z?«, ruft einer der Reporter.

»Können wir noch ein Foto kriegen?«, schreit jemand anderes.

»Nur eins noch? Eins noch!«

Z ignoriert sie alle, während er den linken Arm um meine Schultern legt und mich an seine Seite zieht. Schnell schüttelt er Todd die Hand, gibt Gemma einen Kuss auf die Wange und murmelt ihnen ein kurzes Dankeschön zu, während er Logan mit Ghetto-Faust begrüßt.

Gemmas Augen sind groß, als sie die Menge betrachtet. »Wow! Das ist heftig.«

Z zuckt mit den Schultern, dabei wirkt er unbehaglich. »Das ist nur wegen dem Olympia-Zeug.«

Sie sieht ihn wissend an. »Wohl eher deinetwegen.«

»Und wegen Ash. Er kann keinen Schritt machen, ohne überfallen zu werden. Es ist total verrückt, seit wir hier sind.« Er umarmt sie kurz. »Danke noch mal, dass ihr Ophelia mitgenommen habt. Das weiß ich zu schätzen.«

»Überhaupt kein Problem«, sagt Todd. »Also, irgendeine Idee, wo wir unseren Sohn finden können?«

»Ich glaube, er ist in seinem Zimmer, 927.« Er flüstert die Nummer, und ich kann verstehen, warum. Das Letzte, was sie brauchen, ist, dass die Menschenmenge um uns herum die Zimmernummern in die Finger bekommt.

»Toll. Wir werden hochgehen, sobald wir eingecheckt haben.«

Z nickt, dann zieht er mich enger an sich, während wir uns darauf vorbereiten loszurennen.

»Ist das immer so?«, flüstere ich ihm ein paar Minuten später zu, während er für uns einen Weg durch die Meute bahnt. Ich schaffe es, Gemma und Todd ein letztes Mal zuzuwinken, bevor Z mich in einen Aufzug und weg von der Menge zieht.

»Entschuldige. Ich hätte dich vorwarnen sollen. Diesmal ist alles total verrückt für mich. Dadurch, dass die Auswahlwettkämpfe für die Olympischen Spiele in ein paar Wochen beginnen, und durch dieses blöde Video will sich jeder Reporter im Land mit mir zusammensetzen und mich interviewen.«

»Und, setzt du dich mit ihnen zusammen?«

Der Blick, den er mir zuwirft, ist Z pur, Arroganz und Verachtung, gemischt mit einem Hauch von Verletzlichkeit. »Sieht es so aus, als würde ich mich mit ihnen zusammensetzen? Ich habe Besseres zu tun.«

»Ach ja? Was zum Beispiel?« Wir steigen aus, als der Aufzug im obersten Stockwerk ankommt. Sieht so aus, als würde Z in der Wertschätzung seiner Sponsoren wirklich aufsteigen.

Wir schaffen es kaum einen Meter aus dem Aufzug, bevor weitere Blitzlichter losgehen. Und dann sind wir plötzlich von Leuten umgeben, die uns Handys und Kameras ins Gesicht halten. Fans, wird mir bewusst, als Z nicht davonstürmt, wie ich es erwarte. Keine Reporter diesmal, sondern Fans, die Z einfach nur treffen oder mit ihm reden oder ein Selfie mit ihm machen wollen.

Es ist schon verrückt. Ich meine, in Park City reden die Leute die ganze Zeit über ihn, aber selten versucht jemand, ein Foto mit ihm zu machen. Hier ist er wirklich eine Berühmtheit. Jeder will ein Autogramm, jeder will ein Foto und eine Minute, um mit ihm zu reden.

Ich bin so geschockt, dass ich wie eine Idiotin dastehe, während die Menge um mich herum wogt und strömt. Am Ende werde ich angerempelt und herumgeschubst, und das reißt mich schließlich aus meiner überraschten Benommenheit.

Z jedoch geht mit allem wie ein Profi um, und ich frage mich, ob ihm das bei jedem Wettbewerb passiert oder ob das neu ist und er einfach nur Zeit hatte, sich daran zu gewöhnen, da er schon ein paar Tage hier ist.

So oder so legt er einen Arm um meine Taille und zieht mich aus der immer größer werdenden Menge heraus. Im Moment sind etwa fünfunddreißig Fans um uns herum, aber als der Aufzug klingelt und noch ein paar Leute mehr aussteigen – die alle wegen Z hier zu sein scheinen –, wird mir klar, dass diese Sache sehr schnell eskalieren kann.

Das macht mir ein bisschen Angst, und ich rücke näher an Z heran, bis ich direkt an ihn gepresst bin. Er legt seinen Arm enger um mich, dann beugt er sich herunter und murmelt: »Keine Sorge, Baby. Ich pass auf dich auf.«

»Wenn ihr mir nur kurz eine Minute Zeit geben könntet«, sagt er zu der Menge. »Lasst mich meine Freundin aufs Zimmer bringen, und dann komme ich wieder raus und gebe Autogramme. Versprochen.«

Er muss es ein paarmal sagen, aber schließlich scheint es zu den Leuten durchzudringen, und sie machen einen Weg frei, sodass wir durchgehen können. Z bleibt auf halbem Weg den Flur entlang stehen und scannt eine Schlüsselkarte, bevor er die Tür aufstößt. Dann sind wir in etwas, das sich als eine wirklich schöne Suite herausstellt, und ich starre ihn mit großen Augen an, während mich alles, was gerade passiert ist, irgendwie überrollt.

»Ist das normal?«, frage ich flüsternd, obwohl ich mir nicht sicher bin, warum. »Ist das immer so, wenn du Park City verlässt?«

Er zieht eine Grimasse. »Nein. Das ist alles nur wegen diesem verdammten Video – ich schwöre, ein Teil von mir möchte Ash für den Mist erwürgen. Ich meine, klar, wenn ich an Wettkämpfen teilnehme, gibt es immer ein paar Fans, die mit mir reden oder ein Autogramm haben wollen, aber ich bin noch nie durch ein Hotel verfolgt worden.«

Er stellt meine Tasche auf den Gepäckständer, dann geht er zu dem kleinen Kühlschrank im Barbereich, holt ein Dr. Pepper heraus und reicht es mir. »Hier. Die habe ich für dich besorgt, zusammen mit ein paar Tüten Gummibärchen und Äpfeln.«

Mein Herz schmilzt noch ein bisschen mehr, zusammen mit dem letzten Rest meiner Sorge wegen der Menschenmenge in der Halle. Natürlich wollen sie Z treffen. Wer würde das nicht wollen? Wenn man über sein Auftreten hinwegsieht, ist er ein toller Mensch. Ganz zu schweigen von einem wirklich tollen Freund, muss ich gestehen, als er zur Tür geht, nachdem er mir einen weiteren schwindelerregenden Kuss gegeben hat. »Ich gebe nur ein paar Autogramme«, verspricht er, während er nach dem Türknauf greift. »Und dann bin ich wieder da.«

»Mach dir um mich keine Sorgen. Gib so viele, wie du willst. Ich werde duschen und dann hier auf dich warten. Nackt. Im Bett.«

»Das ist nicht fair«, sagt er zu mir. »Ich habe es kaum erwarten können, dass du herkommst.«

»Wer hat Zeit dafür, fair zu sein?«, frage ich ihn mit einem Lächeln. »Vor der Tür steht eine Menschenmenge, die immer größer und größer wird. Wenn man bedenkt, wie früh der Morgen kommt, denke ich mir, dass ich mir meinen Anspruch auf deine Zeit auf jede mir mögliche Weise sichern muss.«

Er grinst, dann kommt er zu mir und gibt mir einen weiteren Kuss. Am Ende klammere ich mich an ihn, mit schwindeligem Kopf und weichen Knien. »Glaub mir«, flüstert er mir ins Ohr, bevor er zur Tür hinausgeht, »ich betrachte deinen Anspruch definitiv als gesichert.«

Ich lächle ihn an, während ich ihm hinterhersehe, denn was gibt es da noch zu sagen? Als ich ein paar Minuten später unter die heiße

Dusche steige, kann ich nicht anders, als mir zu wünschen, dass alles genau so bleibt, wie es jetzt ist. Denn in diesem Moment, zu diesem Zeitpunkt, ist es absolut perfekt.

Kapitel 23

Z

Sie ist hier. Sie ist wirklich hier. Und ja, mir ist bewusst, dass die Freude darüber, dass Ophelia bei mir ist – dass sie mir zuschauen und dann später mit mir feiern wird –, total albern ist, aber um ehrlich zu sein, ist mir das scheißegal. Ich hatte noch nie, nicht ein einziges Mal in meinem ganzen Leben, jemanden auf der Tribüne, der zu mir gehört. Der mich anfeuert.

Oh, Ashs Eltern sind da gewesen. Cam auch. Aber das ist nicht dasselbe wie Ophelia, die wirklich nur meinetwegen da ist. Nur für mich.

Zum ersten Mal in meinem Leben gehe ich mit dem Vorsatz in einen Wettbewerb, zu konkurrieren, wirklich zu konkurrieren. Es ist seltsam, wie ihre Anwesenheit die Art und Weise verändert hat, wie ich an diese Dinge herangehe. Früher war ich nur wegen Luc und Ash hier, ich habe an Wettkämpfen teilgenommen, weil es einfach dazugehörte, mit ihnen abzuhängen und ihr Freund zu sein, aber es war nie etwas, was mich wirklich interessiert hat. Nie etwas, was ich eigentlich wollte. Und meistens habe ich es vermasselt, nur um sicherzugehen, dass sie besser abschneiden. Nicht weil ich je dachte, dass sie das brauchen, sondern weil sie meine Freunde sind und es ihnen wichtig ist. Warum sollte ich nicht alles tun, was ich kann, um ihnen zu helfen, gut abzuschneiden?

Sie sind immer noch meine Freunde, und ich will immer noch, dass sie gut abschneiden, aber zum ersten Mal will auch ich gut abschneiden. Ich möchte mich vor Ophelia nicht blamieren, die mich noch nie auf nationaler Ebene hat antreten sehen.

»Hey, ihr werdet es da draußen richtig rocken«, sagt unser Agent Mitch zu Ash und mir, als wir Richtung Lift gehen, der uns auf den Berg bringt. In etwa fünfzehn Minuten beginnt die erste Slopestyle-Runde, und ich bin mehr als bereit, loszulegen.

»Wissen wir«, antwortet Ash mit einem Grinsen. »Erster und zweiter Platz. Und Luc wird es später in der Halfpipe reißen.«

»Verdammt richtig«, stimmt Mitch zu. »Ich erwarte, dass ihr euch diesmal alle drei platziert.« Er sieht mich fest an. »Keine Ausreden. Keine dummen Fehler. Du schaffst das.«

»Okay, okay. Mal sehen, was ich tun kann.«

»Nicht ›mal sehen‹. Tun.« Er gibt erst mir, dann Ash eine Ghetto-Faust, bevor er auf die Tribüne zugeht.

»Plant der eine neue Laufbahn als Motivationsredner?«, frage ich mit einem Schnauben, während wir ihm hinterhersehen.

»Er ist einfach nur aufgeregt. All seine Pläne gehen auf.«

»Meinst du nicht eher Intrigen? Ihr zwei seid wie verrückte Wissenschaftler, die sich vor Vergnügen gackernd die Hände reiben, während sie ihren nächsten bösen Plan aushecken.«

»Hey, irgendwer muss ja die Weltherrschaft an sich reißen«, sagt Ash grinsend. »Warum sollten das nicht wir sein?«

»Du machst mir Angst«, sage ich mit einem Kopfschütteln. »Das machst du wirklich.«

»Gehört alles zum Plan, Mann. Gehört alles zum Plan.«

Wir gehen weiter zum Lift, der uns direkt zur Startlinie bringen wird. Dabei erhasche ich in der Menge einen Blick auf Ophelias pink-violett gestreifte Mütze. Ich starre sie angestrengt an, in der Hoffnung, dass sie sich umdreht. Endlich tut sie es, und ich winke ihr zu. Ich kann ihr Gesicht nicht sehen, aber ich weiß, dass sie es ist, an der Art, wie sie sich bewegt. Und an der Art, wie sie zurückwinkt.

Ich kann nicht verhindern, dass sich ein, wie ich sicher bin, albernes Grinsen auf meinem Gesicht ausbreitet.

»Ernsthaft?«, sagt Ash und verdreht die Augen. »Das Mädchen hat dich voll um den Finger gewickelt.«

Ich versuche gar nicht erst, mich zu verteidigen. Wie könnte ich auch, wenn er recht hat? Ich verwandle mich in ein totales Weichei, was sie angeht. Die Sache ist die, es ist mir scheißegal.

»Warum hörst du nicht auf, dich um mein Liebesleben zu sorgen, und fängst an, dich um dein eigenes zu kümmern? Ach ja, richtig. Weil du keins hast.«

»Aus eigener Entscheidung. Ich konzentriere mich im Moment auf die Olympischen Spiele.«

Ich schnaube. »Ja, wer von uns beiden ist hier das Weichei?«

Er zeigt mir den Mittelfinger, aber ich lache nur. Das mache ich in letzter Zeit ziemlich oft.

»Bist du bereit?«, fragt Luc wenige Minuten später und klopft mir auf den Rücken, als er herkommt und sich zu uns gesellt.

»Und ob«, erwidere ich, meine Standardantwort auf diese Frage, aber dieses Mal grinse ich, als ich es sage. Weil ich es ernst meine, und das macht den Unterschied.

»Genau das will ich hören.« Er sehnt sich nach dem Kick. Das erkenne ich daran, wie er herumzappelt, wie seine Hände immer wieder alles überprüfen, weil er einfach nicht stillhalten kann. Ich habe das auch schon erlebt – wir alle haben das – und kenne die Symptome.

Grinsend remple ich ihn beim Gehen mit der Schulter an. »Alles gut, Mann?«

Er nickt. »Verdammt, ja, Mann. Zeigen wir's dieser Bitch, damit wir zum guten Stoff kommen können.«

Er meint die Halfpipe, denn dort hat er schon immer am besten abgeschnitten.

Als wir den Lift erreichen, steht eine Gruppe von Medienvertretern hinter einem Absperrband. Sie machen Fotos von allen auf dem Weg nach oben, in der Hoffnung, ein paar Zitate zu bekommen, und das alles für den Fall, dass einer von uns der Gewinner sein wird.

Normalerweise sind diese Wettkämpfe nicht so medienlastig, aber es ist ein olympisches Jahr, und dies ist der letzte große Wettkampf in Nordamerika vor dem Dew – und damit vor den olympischen Auswahlwettkämpfen. Also schaut natürlich jeder zu und versucht herauszufinden, wer besonders hervorsticht. Versucht, im Kopf bereits das nächste siegreiche Olympiateam zusammenzustellen.

Noch mal, nicht wirklich mein Ding – ich bin nur wegen des Adrenalinkicks dabei –, aber vielen Leuten ist die Auswahl verdammt wichtig. Weshalb die Medien, die Fans und alle anderen heute in heller Aufregung sind. Nun, deswegen und wegen des dummen Videos, das mich in der Snowboardwelt über Nacht zu einer großen Nummer gemacht hat.

Ein Teil von mir wünscht sich, ich hätte Ash nie erlaubt, irgendetwas von dieser Fahrt den Berg hinunter zu verwenden. Ich hätte es nicht getan, wenn ich gewusst hätte, dass es zu diesem Tumult führen würde, zu Reportern und Fans und Sponsoren, die mir ständig auf die Pelle rücken und alle etwas von mir wollen. Und während es mir nichts ausmacht, mit den Fans zu reden und ein paar Autogramme zu geben, sind die Medien etwas ganz anderes. Solange sie sich auf die Snowboard-Fragen beschränken, ist es okay. Aber wenn sie zu den persönlicheren Dingen kommen, macht mich das fertig, macht mich das nervös. Es gibt eine Menge Scheiße in meiner Vergangenheit, die in der Vergangenheit bleiben muss, und das Letzte, was ich will, ist, sie einem Haufen Arschlöcher zu erklären, die mich nicht kennen und nichts als die oberflächlichen Aspekte des Sports wissen.

Ash und Luc winken, als wir an den Reportern vorbeikommen,

also tue ich dasselbe. Ash lässt sich sogar dazu herab, ein paar Fragen zu beantworten – etwas, woran ich nicht im Geringsten interessiert bin. Aber als Luc und ich dort stehen und auf ihn warten, fällt es mir schwer, die Rufe zu ignorieren, die auf mich gerichtet sind. Letztendlich gehe ich rüber, und wir drei posieren gemeinsam für die Kameras, während wir die Fragen beantworten, die sie uns immer wieder entgegenwerfen.

Die meisten davon sind ziemlich easy. *Welche Tricks habt ihr vor? Fühlt ihr euch vorbereitet? Dieses Video war der Wahnsinn, Mann. Wie kommt ihr mit dem Druck zurecht, nachdem ihr das veröffentlicht habt? Fühlt ihr euch bereit dafür?*

Ich gebe meine Standardantworten und warte, während Luc und Ash das Gleiche tun. Aber gerade als ich langsam ungeduldig werde, auf den Gipfel dieses verdammten Berges zu kommen, damit ich meine erste Line fahren kann, ruft einer der Reporter etwas, was ich nicht ganz verstehe.

Aber ich merke, dass es übel ist, merke es an der Art, wie Ash reagiert und wie sich auch die anderen Reporter alle irgendwie versteifen. Das lässt mich den Rücken straffen, und tief in mir weiß ich, dass ich jetzt einfach gehen sollte. In den Lift steigen, auf den Gipfel des Berges fahren und den besten Run meiner Profikarriere hinlegen.

Und doch ist da ein anderer Teil von mir, dieser selbstzerstörerische Kern, der direkt unter der Oberfläche nur danach lechzt herauszukommen, der mir sagt, dass ich nicht davor weglaufen soll. Dass ich mich sofort darum kümmern muss, bevor es außer Kontrolle gerät.

Ich suche die Gesichter der Reporter ab, bis ich denjenigen finde, der mich mit einem eindringlichen, selbstgefälligen Blick anstarrt. Ich kenne diesen Blick – verdammt, ich habe ihn oft genug selbst eingesetzt –, also gehe ich auf ihn zu, auch wenn Ash neben mir flucht.

»Komm schon, Z.« Luc packt mich am Arm und versucht, mich wegzuziehen. »Lass uns gehen.«

»Gleich.« Ich schüttle ihn ab, dann nicke ich dem Reporter zu. Wir sind uns jetzt nah, nur noch ein paar Meter trennen uns. »Was haben Sie gesagt?«

»Ich habe gefragt, ob Sie einen Kommentar zu Ihrer Rolle bei der Entführung und dem anschließenden Tod Ihrer Schwester haben.«

Obwohl ein Teil von mir diese Frage von der Sekunde an erwartet hat, als das Video viral ging – Reporter sind nichts anderes als ausgebildete Schnüffler –, trifft es mich trotzdem hart. Und falsch. Ich will ihm sagen, dass er sich zum Teufel scheren soll, dass er sich um seinen eigenen Scheiß kümmern soll, aber ein Teil von mir ist wie gelähmt von den Worten. Davon, sie so klar und deutlich ausgesprochen zu hören. Davon, dass mein schlimmster Albtraum, die schlimmste Sache in meinem Leben, ans Licht gezerrt wird, dass die ganze Welt es sehen kann.

»Fick dich, Mann!« Diesmal bin nicht ich es, der das sagt, sondern Ash, der wütend genug aussieht, um zu töten. »Recherchieren Sie Ihre Fakten richtig.«

»Oh, ich habe meine Fakten richtig recherchiert. Und ich werde im Lauf des Tages einen Artikel über diese Story rausbringen. Ich wollte Z nur die Gelegenheit geben, seine Sicht der Dinge darzulegen, bevor ich ihn veröffentliche.«

»Da gibt es keine Story, Mann. Z war zehn Jahre alt. Er hat nichts falsch gemacht.«

»Ist es das, was ich schreiben soll, Z? Dass Sie sich für das, was mit Ihrer Schwester passiert ist, nicht verantwortlich fühlen?«

»Du Wichser!« Luc stürzt mit der Faust voran auf die Absperrung zu.

Ich trete zwischen ihn und den Reporter und fange den Schlag mit meinem eigenen Gesicht ab, bevor er sich bremsen kann. Trotzdem bin ich froh, dass ich da war. Luc ist jähzornig, und das Letzte, was heute in den Nachrichten verbreitet werden sollte, ist, dass er einen Reporter angegriffen hat, der nur eine Spur zu einer Story verfolgt hat.

»Scheiße, Z. Bist du okay?« Ash versucht, einen Blick auf die Seite meines Kiefers zu werfen, wo Luc den Schlag gelandet hat.

»Es geht mir gut.« Ich stoße ihn weg. Überall gehen Kameras los, und ich will den verdammten Blutsaugern nicht noch mehr Munition geben, als sie ohnehin schon haben. Zumindest nicht über Ash und Luc, die mich nur beschützen wollen.

»Fuck! Es tut mir leid, Mann.« Luc sieht krank aus.

»Keine Sorge.« Sobald er sich beruhigt hat, vergewissere ich mich, dass mein Gesicht völlig ausdruckslos ist, als ich mich wieder diesem Widerling zuwende. »Drucken Sie, was immer Sie wollen. Es ist mir egal.«

»Darf ich Sie zitieren?«

»Wie Sie wollen.«

Und dann drehe ich mich um und gehe weg, mit Ash und Luc dicht auf den Fersen.

»Hey, Mann, hör nicht auf ihn«, sagt Luc zu mir. »Er versucht nur, dich aus der Reserve zu locken.«

Ich nicke und gehe weiter. Setze einen Fuß vor den anderen.

»Wir meinen es ernst.« Ash versucht anstrengt, mit mir Schritt zu halten, weil ich schnell gehe. »Er hat ins Blaue geraten. Er weiß nicht das Geringste.«

»Das spielt keine Rolle.«

»Genau«, stimmt Ash zu, als wir uns in den Lift setzen, um den Hügel hinaufzufahren. »Er spielt keine Rolle. Mach einfach dein Ding da oben, okay? Fahr einfach und …«

Er redet weiter, aber ich blende ihn aus. Alles, was ich sehen kann, ist, wie sich das Gesicht dieses Reporters mit einer Mischung aus Freude, gespieltem Bedauern und Triumph darüber verzieht, dass er die heiße Story bekommt. Alles, was ich hören kann, ist seine selbstgefällige Stimme, die meine verdammte Welt in Stücke reißt.

Ich hätte es Ophelia erzählen sollen. Das ist der erste Gedanke, der mir in den Sinn kommt, noch bevor ich an April und meine Mutter denke. Ich hätte es ihr erzählen sollen, damit sie nicht völlig überrumpelt wird, wenn es in den Nachrichten aufschlägt.

Aber ich habe es nicht getan. Ich habe mir eingeredet, dass alles okay sein würde, selbst nachdem dieses verdammte Video viral gegangen ist. Ich habe mich in der Gewissheit gewiegt, dass alles gut werden würde, obwohl ich es besser wusste. Wann hat sich jemals etwas für mich zum Guten gewendet? Wann habe ich das je verdient?

Wann habe ich je irgendetwas von dem verdient, was ich habe?

»Tu das nicht, Z.« Ash legt mir eine Hand auf die Schulter. »Lass dich von ihm nicht fertigmachen. Er hat nur versucht, dich aus der Reserve zu locken.«

»Scheiß auf ihn! Es geht mir gut.« Ich schüttle seine Hand ab. Der Druck baut sich auf, füllt mich aus, reißt mich auf, bewirkt, dass ich mich schwach und verletzlich und klaustrophobisch fühle. So verdammt klaustrophobisch. Als würde sich die ganze verdammte Welt um mich herum zusammenziehen.

Oben auf dem Berg angekommen, steige ich aus dem Lift. Dann öffne ich den Reißverschluss meiner Jacke, ziehe sie aus. Mir ist schwindelig, so verdammt schwindelig, dass ich kaum stehen kann.

Scheiße! Ich laufe herum wie eine dumme, armselige kleine Bitch, die mit nichts umgehen kann. Es kotzt mich an, und ich versuche, mich durch Auf-und-ab-Marschieren abzureagieren, aber ich stolpere rum wie ein Trottel, der keine Ahnung hat, wie man in Snowboard-Boots läuft.

Scheiße! Ich beuge mich vor, stütze die Hände auf die Oberschenkel und versuche zu atmen, bevor ich noch ohnmächtig werde wie ein totaler Schwächling. Fast hätte es geklappt, aber mein Handy klingelt und brummt unaufhörlich, und die Story explodiert um mich herum.

Mein Leben explodiert um mich herum.

Ich fange an, die Anrufe zu blockieren, aber es kommen noch drei weitere Textnachrichten rein, direkt nacheinander.

Scheiß drauf! Ich hole aus und schleudere das verdammte Ding so weit von mir weg, wie ich nur kann.

Ash und Luc sind beide hinter mir, und ich erwarte einen Chor aus »What the fuck«-Rufen, aber alles, was ich bekomme, ist Stille. Die Art von Stille, die darauf hindeutet, dass sie versuchen, meine Maße für eine Hightech-Zwangsjacke abzuschätzen.

Ich muss mich zusammenreißen. Denn hier oben sind nicht nur Ash und Luc. Hier ist auch noch ein Haufen anderer Boarder und Wettkampfrichter, und ich spüre, wie mich einige von ihnen anstarren. Verfluchte Scheiße! Ich werde auf keinen Fall vor der ganzen verdammten Welt durchdrehen. Sie können alles von mir haben – mein Blut, meine gebrochenen Knochen, vielleicht sogar eines Tages meinen Tod –, aber das kriegen sie nicht. Weder jetzt noch jemals.

Ich kann Lucs und Ashs Sorge spüren – sie ist regelrecht greifbar, und das hat zur Folge, dass ich mich noch beschissener fühle. Sie sollten sich gerade auf ihre eigenen Runs konzentrieren und sich nicht um mich Gedanken machen oder darum, wie mein Run laufen wird. Aber ist es in dieser Freundschaft nicht immer so? Sie machen sich Sorgen um mich, und ich verzapfe immer wieder irgendwelchen Mist, der sie dazu bringt, sich Sorgen zu machen.

Was für ein verdammter Witz ich bin. Was für ein verdammter Witz das alles ist. Ich weiß nicht, was ich tun soll, weiß nicht, was ich dazu sagen soll, dass diese Story landesweit in den Nachrichten kommt und meinen Vater erneut verletzt, aber ich habe keine Wahl. Je mehr Leute das Video sehen, desto länger geht diese Scheiße weiter und desto wahrscheinlicher wird, dass ich in die Klapsmühle eingewiesen werde.

Das ist das Letzte, was ich verdammt noch mal will oder brauche. Wenn ich von diesem Berg runterkomme, werde ich Ash dazu bringen, das verfickte Video aus dem Netz zu nehmen. Das wird zwar nicht viel an dem Tumult ändern, der gerade abgeht, aber vielleicht eskaliert es dann wenigstens nicht.

Was den Rest betrifft, geht es mir gut. Es geht mir verdammt noch mal gut. Sobald sie merken, dass es hier keine Snowboard-Story gibt, werden sie sich etwas anderem zuwenden, egal, wie pikant meine Vergangenheit ist. Es wird nur ein paar Runden Spießrutenlauf geben, bis es so weit ist. Sobald jemand mit einem anderen Video oder einem anderen Trick rauskommt, wird sich niemand mehr an diese Geschichte hier erinnern. Sie wird einfach verschwinden, und ich kann mit ihr verschwinden.

Der Gedanke beruhigt mich, und es gelingt mir, durch den Druck hindurchzuatmen. Zumindest für eine Weile. Ich muss loslegen, muss bald etwas tun, wenn ich nicht wieder in diesen kleinen Ausflug Richtung Wahnsinn reingezogen werden will. Im Moment kann ich mich noch zusammenreißen. Oder tue zumindest so, als ob ich es könnte.

Ich bücke mich, hebe meine Jacke auf und schlüpfe wieder hinein. Dann bücke ich mich noch einmal und überprüfe meine Stiefel, um sicherzugehen, dass sie schön festsitzen. Danach drehe ich mein Snowboard um, wo ich es fallen gelassen habe, um es auf Schäden zu untersuchen.

Es sieht gut aus, bloß eine Schraube ist ein bisschen locker. Aber bevor ich auch nur daran denken kann, sie so zu lassen – oder nach dem kleinen Werkzeug zu greifen, das ich in meiner Tasche habe und das mir hilft, alle möglichen Snowboard-Probleme zu beheben –, hat Luc seins herausgeholt und zieht die Schraube für mich an.

»Danke, Bro.«

Er tut es mit einem Nicken ab, auch wenn er besorgt aussieht.

»Hey«, sagt Ash in der Annahme, dass der Sturm vorbei ist. Er weiß nicht, dass er sich mitten im Auge des Sturms befindet und dass es hier gleich verdammt verrückt werden wird. Sogar ich kann das spüren. »Ich habe Mitch schon geschrieben, und er kümmert sich darum. Auf keinen Fall wird dieser Arsch diese Story bringen. Konzentrieren wir uns also erst mal. Wir müssen heute die Vorrunden schaffen, also schieben wir den Scheiß erst mal weg und kümmern uns heute Abend beim Essen und einem Bier darum.«

»Hört sich gut an«, sage ich zu ihm. Nur habe ich für den Abend andere Pläne, und keiner davon beinhaltet, mit meinen Freunden zusammenzusitzen und was zu essen. Nein, ich habe anderes Zeug zu erledigen. Zeug, das mir helfen wird, wieder einen klaren Kopf zu bekommen – oder zumindest so klar, wie ich ihn kriegen kann.

»Ja?«

»Ja. Tut mir leid, dass ich ausgeflippt bin. Ihr wisst, wie ich mich fühle, wenn Leute nach Mist über mich suchen. Die Vergangenheit kommt immer wieder hoch, und ...« Ich mache ihm absichtlich ein schlechtes Gewissen, um zu bewirken, dass er mich in Ruhe lässt.

»Mein Gott, Z, ich habe gar nicht daran gedacht, dass die Presse irgendwas über April rauskramen könnte.«

Ja nun, jetzt kann *ich* an nichts anderes mehr denken. Selbst wenn Mitch diesen Wichser dazu bringt, sich zurückzuhalten, war heute ein Haufen Reporter da draußen. Irgendjemand wird die Story aufgreifen.

Garantiert. Das liegt in der Natur der Bestie. Und meine Schuld wird irgendwo schwarz auf weiß geschrieben stehen, damit die ganze Welt sie sehen kann. Genau so, wie ich es verdiene.

Aber mein Vater muss diese Scheiße nicht noch einmal sehen, muss sie nicht noch einmal durchleben, jetzt, da er endlich eine neue Frau hat, ein neues Kind. Ein neues Leben. Das Letzte, was er will, ist, dass irgendein Mist aus seinem alten Leben in dieses Leben hineinsickert. Und ich mache ihm keinen Vorwurf. Wenn ich die Vergangenheit so auslöschen könnte, wie er es getan hat, würde ich es tun. Einfach wegfliegen wie ein Phönix aus der Asche und alles hinter mir lassen.

Aber das habe ich nicht verdient. Ich werde es nie verdienen.

Deshalb bin ich hier und ertrinke in dem Drecksloch meines Lebens, egal, wie sehr ich versuche herauszuklettern.

Aber ich spreche nichts von alledem aus. Ich nicke nur, als ob ich dem, was sie sagen, Beachtung schenken würde.

»Es ist alles gut«, sage ich zu ihnen. »Keine große Sache. Wenn er keine Reaktion bekommt, wird sich die Lage wieder beruhigen.«

Ash sieht mich an, das Gesicht von Schuldgefühlen gezeichnet, und ich merke, dass er sich quält. Ich strecke die Hand aus und klopfe ihm auf die Schulter. »Mach dir keine Sorgen deswegen, Mann. Es wird schon gut gehen.«

»Mitch wird sich darum kümmern«, sagt er noch mal. »Er ist bereits dabei, PR-Gefallen einzufordern und so. Er wird diese Story verschwinden lassen.«

Dafür ist es verdammt noch mal zu spät. Vielleicht war es schon die ganze Zeit zu spät. »Ja, klar. Ich werde ihn später anrufen, um zu sehen, was los ist.«

»Wir könnten es gleich tun.« Luc hält sein Handy hoch. »Sehen, wie weit er ist.«

»Nein!« Das Letzte, was ich will, ist, die ganze verdammte Geschichte zu erzählen. Weder meinem Agenten noch irgendjemandem. Nie wieder. »Ich will einfach nur fahren, Mann. Okay?«

Er wirkt unsicher, aber dann nickt er und steckt das Handy zurück in seine Tasche. »Ja, klar. Legen wir los.«

»Ich habe dein Handy«, sagt Ash und drückt mir das kalte Gerät in die Hand. »Das Display hat einen Sprung, aber sonst scheint es zu funktionieren.«

»Danke.« Ich mache mir nicht einmal die Mühe, es anzuschauen. Ich bin so fertig damit.

So fertig mit der Vergangenheit.

So fertig mit dem Mist mit meinem Vater.

So fertig damit, derjenige zu sein, um den meine Freunde wie auf Eierschalen herumtanzen müssen.

So fertig damit, mir Sorgen zu machen, was Ophelia denken wird, wenn sie irgendwann die Wahrheit erfährt.

Und ich bin verdammt noch mal fertig damit, mir Sorgen machen zu müssen, dass ich Mist baue oder ausflippe und irgendetwas oder alles kaputtmache.

Ich bin einfach nur fertig.

Ich schaffe es, mich zusammenzureißen, bis ich an der Reihe bin. Ich fahre als Siebter, also sind nicht so viele Leute vor mir. Der Powder sollte noch gut sein, wenn ich raufkomme, und es sollte alles klappen. Der Slopestyle-Kurs ist nicht besonders groß. Nur Platz für vier Big-Air-Tricks, und die muss ich genau richtig treffen.

Ich sehe zu, wie die Nummer sechs, Brian Mitchell aus Calgary, den Kurs rockt. Er hittet die Rails hart, dann landet er ein paar Doubles und einen Triple. Es ist zweifellos ein guter Run, aber ich kann ihn mit geschlossenen Augen schlagen.

Dann bin ich an der Reihe und stoße mich ab. Ich slide über die Rails, als wären sie gar nicht da, nehme zwei sogar rückwärts, nur um zu zeigen, dass ich es kann. Der erste Sprung kommt ziemlich schnell, sobald ich von den Rails weg bin, und ich meistere ihn mit einem Triple Cab. Ich lande geschmeidig, nehme die zweite Rampe und haue den Inverted 1440 raus. Die Menge brüllt jetzt – ich kann sie hören –, und für eine Sekunde denke ich daran, wie leicht das Ganze auch anders ausgehen könnte. Wie leicht es einfach …

Ich nehme die dritte Rampe falsch. Ich kann es beim Hochfahren spüren, aber ich versuche, das Ganze noch zu retten. Ich mache einen weiteren Triple Cab, aber ich bin zu schnell und nicht in der richtigen Position. Das Adrenalin beginnt zu pumpen.

Ich überdrehe, komme zu schnell runter …

Mit einem harten Aufprall knalle ich im ungünstigsten Winkel auf den Boden und überschlage mich den halben verdammten Berg hinunter. Ich spüre, wie etwas in meiner Schulter knackt, dann schießt ein stechender Schmerz durch meinen Arm und meinen Rücken. Ich überschlage mich heftig, und plötzlich ist überall noch mehr Schmerz, in meinen Rippen, meiner linken Hüfte, meinem Handgelenk …

Ich rolle und rolle und rolle, bis ich schließlich am Fuß des Hügels ankomme. Mit dem Gesicht nach unten liege ich im Schnee und weiß, dass ich mich umdrehen sollte, um allen zu zeigen, dass es mir gut geht. Aber der Schmerz ist jetzt überwältigend, er kommt in Wellen, die immer größer werden, bis sie alles sind, was ich fühlen kann, alles, woran ich denken kann.

Dankbar ergebe ich mich ihnen und lasse mich von ihnen in die Tiefe ziehen.

Kapitel 24

Ophelia

Zuerst verstehe ich nicht, was los ist. Ich meine, ich habe gesehen, wie er den Trick gemacht hat, habe gesehen, wie er überdreht hat, falsch runterkam und mit der Schulter voran auf den Boden geknallt ist. Aber da ist ein Teil von mir, der es immer noch nicht wahrhaben will. Der immer noch nicht begreift, was passiert ist. Es war ein einfacher Trick für ihn – ein Triple Cab, den ich ihn in den letzten zehn Tagen buchstäblich schon hundertmal habe machen sehen. Er kann ihn im Schlaf. Warum also rollt er gerade kopfüber einen Berg hinunter, so schnell, wie ihn sein Schwung tragen kann?

Neben mir schnappt Gemma nach Luft und schlägt sich die Hände vor den Mund, während sie laut zu beten beginnt.

Auf meiner anderen Seite sitzt Cam still wie eine Statue und wartet darauf, dass es vorbei ist. Wartet einfach darauf, dass sein armer, misshandelter Körper endlich zum Liegen kommt.

Und ich, ich bin in der Mitte, ohne wirklich zu verstehen, was passiert, außer dass ich weiß, was auch immer es ist, es ist nicht gut. Bitte nicht sein Kopf. Nicht sein Hals. Bitte, bitte, bitte.

Ich werde jede andere Verletzung nehmen, mit allem anderen fertigwerden. Aber bitte, bitte, bitte, lass es keine Kopf- oder Halsverletzung sein.

Ich greife nach Cam und kralle mich in ihren Arm, als Z endlich zum Liegen kommt. »Ist er okay?«

Sie schüttelt grimmig den Kopf. »So, wie er gelandet ist, bezweifle ich das. Er hat sich wahrscheinlich wieder die Rotatorenmanschette gerissen, vielleicht auch das Handgelenk gebrochen. Das wird nicht gut ausgehen, so viel steht fest.«

Das ist alles, was ich hören muss. Ich kann mich nicht bewusst daran erinnern, mich bewegt zu haben, aber ich habe es getan, denn ich bin auf den Beinen und dränge mich durch die Menge, um von der Tribüne runterzukommen. Um zu Z zu kommen. Ein Teil von mir ist sich bewusst, dass Ashs Familie und Cam hinter mir herlaufen, aber ich achte nicht auf sie. Ich konzentriere mich voll und ganz auf diesen Körper, der auf dem Bauch am Fuße des Berges liegt, und auf die Sanitäter, die gerade zu ihm eilen.

»Z bewegt sich nicht. Warum bewegt er sich nicht?«

»Weil er sich die verdammte Schulter gebrochen hat«, sagt Cam angespannt. »Das tut höllisch weh.«

»Seine Schulter?« Ich klammere mich an die Worte wie an eine Rettungsleine, während ich mich von der Tribüne dränge und versuche, mich durch die Menge an Reportern und Fans am Fuße des Hügels zu schlängeln.

»Bist du sicher, dass es nur seine Schulter ist?«

»Ich bin mir wegen gar nichts sicher«, schnauzt sie mich an, genauso gestresst von der Situation wie ich. »Das ist nur meine Vermutung, weil ich solche Stürze schon mal gesehen habe.«

»Wie kommen wir zu ihm?«

»*Wir* gar nicht«, sagt sie, als wir es endlich an die Absperrung schaffen. »Du wartest hier, während ich nachsehe, was los ist.«

»Aber …«

»Warte hier.« Sie zeigt auf eine Stelle ganz vorne an der Absperrung. »Ich bin eine Teilnehmerin. Du nicht. Du kommst auf keinen Fall an der Absperrung vorbei.«

Sie hat recht. Ich weiß, dass sie recht hat, und trotzdem bringt es mich um, hier zu stehen und einfach nur zuzusehen, wenn Z gerade einen Unfall hatte.

Nein, keinen Unfall, sagt eine Stimme tief in meinem Kopf. *Er weiß, wie man diesen Trick landet, er kann ihn im Schlaf. Wenn er hier dabei gestürzt ist, dann, weil er es so wollte.*

Ich verdränge die Stimme wieder, weigere mich, ihr zu glauben. Er hat sich in letzter Zeit so gut gemacht, sich so viel Mühe gegeben. Warum hätte er mich zu dem Wettkampf einladen sollen, um ihn dann absichtlich zu vermasseln? Das ergibt keinen Sinn.

Noch während ich das denke, sehe ich all die Wettkämpfe vor mir, die ich mir angeguckt habe. All die Videos, in denen er einen Run meistert und ihn dann am Ende verkackt, immer und immer wieder. Fast so, als wüsste er gar nicht, dass er es tun wird, bis er es bereits getan hat.

Weshalb es ein Unfall ist, ermahne ich mich energisch.

»Es ist okay, Ophelia. Er kommt wieder in Ordnung.« Logan ist jetzt da und nimmt Cams Platz neben mir ein, während Cam den Wachleuten an der Absperrung ihren Ausweis vorzeigt.

»Woher willst du das wissen?«

Er schafft es, mich anzugrinsen, obwohl seine Augen groß und nervös sind. »Weil er Z ist. Er muss okay sein.«

Ich bin jetzt nah genug, um zu sehen, dass Z mit den Sanitätern spricht, was bedeutet, dass er lebt und hoffentlich bei klarem Verstand ist. Aber er bewegt sich immer noch nicht, und ich habe schreckliche Angst, dass Cam sich irrt. Schreckliche Angst, dass er viel schlimmer verletzt ist, als sie denkt.

Gemma streichelt beruhigend meinen Arm. »Er wird wieder, Liebes. Gott passt schon auf den Jungen auf, solange ich ihn kenne.«

Beides sind nicht die Antworten, die ich suche, bei Weitem nicht, aber sie sind alles, was ich im Moment habe, also beschließe ich, Trost anzunehmen, wo ich kann.

Sekunden später klingelt mein Handy. Es ist Ash, also gehe ich dran.

»Was ist los?«, fragen wir beide gleichzeitig.

Scheiße! Ich dachte, er hätte vielleicht etwas gehört, da er auf dem Gipfel des Berges steht und eine Menge Wettkampfverantwortliche um sich herum hat.

»Ich weiß es nicht«, sage ich zu ihm. »Cam glaubt, er hat sich die Rotatorenmanschette gerissen ...«

»Das glaube ich auch«, sagt er grimmig, »nur auf dem basierend, was wir gesehen haben, bevor sie die Bildschirme ausgeblendet haben. Bewegt er sich schon? Hat er sich aufgesetzt?«

Meine Panik wird größer. »Nein! Er liegt einfach nur da.«

Ich muss so verstört klingen, wie ich mich fühle, denn Ash schaltet plötzlich auf Trostmodus. »Er wird schon wieder, Ophelia. Versprochen.«

»Warum sagen mir das immer alle? Woher willst du das wissen?«

»Weil er Z ist.« Er sagt dasselbe wie sein Bruder.

»Was zur Hölle bedeutet das überhaupt?«, frage ich so kurz vor der Hysterie, dass ich mich nicht mehr darum schere, höflich zu sein. »Und was zum Teufel ist passiert? Ich habe ihn heute Morgen gesehen. Er wirkte total bereit für diesen Wettbewerb.«

»Das ist eine lange Geschichte«, murmelt Ash. »Irgendein Reporter hat ihn durcheinandergebracht ...« Seine Stimme verstummt, und in diesem Moment weiß ich, *ich weiß es,* dass meine hässlichen Vermutungen richtig waren. Z hat es mit Absicht getan. Er hat sich verdammt noch mal absichtlich beinahe umgebracht.

Er könnte jetzt gelähmt daliegen, weil ihn irgendetwas aus der Fassung gebracht hat. Weil er nicht damit umgehen kann.

Wut explodiert in mir, noch verstärkt durch den Schrecken, der mich durchströmt.

»Er hat das mit Absicht gemacht. Er hat das verdammt noch mal mit Absicht gemacht.«

»So einfach ist das nicht«, sagt Ash zu mir. »Beruhige dich, und wir reden, sobald wir wissen, dass es ihm gut geht.«

»Richtig. Sicher, dann reden wir.« Mein Kopf ist im Moment so durcheinander, dass ich kaum weiß, was ich sage. »Du könntest Cam anrufen. Sie ist durch die Absperrung, um zu sehen, ob sie mehr herausfinden kann.«

Ein plötzliches Brüllen der Menge sorgt dafür, dass ich mich gerade noch rechtzeitig umdrehe, um mitzubekommen, wie Z sich mithilfe der Sanitäter aufsetzt. Selbst von hier aus sieht seine Schulter kaputt aus, als wäre sie völlig schief, aber er lächelt. Schafft es sogar, mit seinem anderen Arm der Menge zu winken.

Dieser Bastard. Dieser verdammte Bastard. Er hat mir versprochen, dass er so etwas nie wieder tun würde. Ich habe ihm von Remi erzählt, ihm davon erzählt, was ich auf den Snowboard-Videos von ihm gesehen habe, und er hat mir geschworen, dass er so etwas nie wieder absichtlich tun würde. Und doch sind wir jetzt hier, beim letzten großen Wettkampf vor den Auswahlwettkämpfen für die Olympischen Spiele, und er geht her und sorgt dafür, dass die ganze Sache für ihn vorbei ist, bevor sie überhaupt begonnen hat.

Dieser Bastard. Er hätte sterben können. *Er hätte sterben können.* Das ist alles, woran ich denken kann, alles, was mir im Moment in den Kopf will. Dass es ihm relativ gut geht, aber dass er hätte sterben können. Der verdammte, verdammte, verdammte Bastard.

Sie bringen ihn jetzt auf einer Trage weg. Cam wartet am Rand auf ihn, sie nimmt seine Hand, hält sie fest, aber selbst aus dieser Entfernung kann ich Tränen in ihren Augen glitzern sehen. Dieser Scheißkerl. Er quält uns alle, hält uns als Geiseln seiner Stimmungsschwankungen und seiner verrückten Todessehnsucht.

Wieder klingelt mein Handy, und ich gehe dran, weil ich weiß, dass es Cam ist. »Wie schlimm?«, will ich wissen.

»Wir wissen es noch nicht. Die Sanitäter glauben, dass er sich die Schulter ausgekugelt hat, was eigentlich gut ist. Besser als ein Riss der

Rotatorenmanschette. Sie glauben, dass er sich auch ein paar Rippen geprellt oder gebrochen haben könnte, und sein Handgelenk ist ziemlich stark geschwollen. Sie bringen ihn ins Aspen Valley Hospital, und was sie dort herausfinden, wird darüber entscheiden, ob er woandershin verlegt werden muss.«

»Warum sollten sie ihn woandershin verlegen?«, frage ich besorgt.

»Aspen Valley ist ein kleines Krankenhaus. Fünfundzwanzig Betten. Die können eine ausgekugelte Schulter und so behandeln, aber wenn er operiert werden muss, wird das in einem größeren Krankenhaus geschehen.« Sie hält inne.

»Soll ich dich holen? Du kannst mit ihm im Krankenwagen mitfahren.«

Ich sollte Ja sagen. Ich weiß, dass ich das sollte. Aber alles, was ich sehen kann, ist Z, wie er die verdammte Strecke hinunterstürzt. Z – und Remi, wie wir über das Geländer hinausschossen und in freiem Fall in den Mississippi stürzten. Remi, als sie seinen leblosen Körper aus dem Auto zogen. Irgendwie vermischt sich das alles in meinem Kopf, und ich weiß, dass ich durchdrehen werde, wenn ich mit diesem Mist nicht schnell aufhöre.

»Fahr du nur«, sage ich zu ihr. »Ich werde woanders mitfahren. Aspen Valley Hospital.«

»Es ist das einzige Krankenhaus der Stadt.«

»Okay. Wir treffen uns dort.«

Ich lege auf und rufe Ash an. Er geht gleich beim ersten Klingeln dran, und ich erzähle ihm alles, was Cam gesagt hat. Ich höre Luc im Hintergrund Fragen stellen, aber ich habe keine Antworten. Ich habe nicht daran gedacht zu fragen. Ich beende das Gespräch, damit sie Cam anrufen können.

Todd legt seinen Arm um meine Schultern und sagt: »Komm, bringen wir dich zum Krankenhaus.«

Ich nicke, will mit ihm gehen. Aber dann erinnere ich mich. »Ash. Er ist gleich dran.«

Gemma lächelt. »Wir haben ihn schon fahren sehen, und wir werden ihn wieder fahren sehen. Er ist heute noch in der Halfpipe und morgen in der Endrunde. Wir können ihm da zusehen.«

»Nein«, sage ich zu ihr und trete zurück. »Sie bleiben hier und sehen Ash zu. Ich nehme mir ein Taxi zum Krankenhaus.«

»Das musst du nicht«, sagt Todd. »Wir fahren dich gerne hin. Wir wollen auch zu Z.«

Ja, aber sie sollten nicht darauf verzichten müssen, ihren Sohn zu sehen, nur weil mein Freund ein egoistisches Arschloch ist, das an niemanden außer sich selbst denkt. »Er wird immer noch da sein, nachdem Ash den Wettkampf bestritten hat. Bleiben Sie hier, sehen Sie ihm zu, und wir treffen uns dann im Krankenhaus.«

»Bist du sicher?« Gemma scheint zu zögern, aber Todd legt einen Arm um ihre Schultern und flüstert ihr etwas zu. Sie lächelt mich an. »Natürlich, Ophelia. Wir verstehen es, wenn du ein wenig Zeit mit Z allein verbringen willst, bevor die Horde anrückt.«

»Nein, das ist nicht …«

Aber Todd klopft mir auf die Schulter. »Brauchst du Geld fürs Taxi?«

»Nein! Nein, natürlich nicht. Danke, das ist nicht nötig.«

»Okay, dann …« Gemma umarmt mich fest und gibt mir einen Kuss auf die Wange. »Wir sehen uns nachher im Krankenhaus.«

Ich nicke, denn was kann ich im Moment sonst tun?

Benommen gehe ich zurück zum Hotel und nehme eines der wartenden Taxis, das mich zum Krankenhaus bringt.

Die ganze Fahrt über denke ich an Z und Remi, an Remi und Z. Ich denke an Remis Tod und daran, wie nah Z dem Tod ebenfalls immer wieder ist und ihm entkommt. Alles vermischt sich in meinem Kopf, bis ich kaum noch sehen, kaum noch denken kann. Remi. Z. Und ich, dazwischen gefangen. Schon wieder.

Als ich im Krankenhaus ankomme, sind meine Gefühle eine explosive Mischung aus Angst und Wut und Trauer und Schmerz und noch ein paar anderen Dingen, bei denen ich mir nicht einmal sicher bin. Mein Kopf ist völlig verwirrt, und ich möchte weinen. Ich möchte mich einfach auf den Bürgersteig vor dem Krankenhaus werfen und schluchzend darüber weinen, wie falsch das alles gelaufen ist.

Aber ich tue es nicht. Stattdessen bezahle ich ruhig den Taxifahrer. Betrete das Krankenhaus.

Erkundige mich am Empfang der Notaufnahme nach Z. Und dann, nachdem man mir versichert hat, dass man sich um ihn kümmert, und mir den Weg zu seinem Bett zeigt, drehe ich mich um. Und gehe direkt zur Vordertür des Krankenhauses hinaus.

Ich bin fertig.

Ich bin so verdammt fertig.

Kapitel 25

Z

Sie kommt nicht.

Ich sage mir, dass ich das gar nicht erwartet habe, dass ich es auch nicht wollte, aber tief drin kenne ich die Wahrheit. Seit ich hier bin, warte ich darauf, dass sie durch diese Tür tritt. Warte darauf, dass sie reinkommt und mir sagt, dass sie mich liebt, obwohl ich ein totaler und absoluter Versager bin.

Aber sie kommt nicht.

Cam kommt. Genauso wie Luc und Ash und Ashs Eltern. Logan. Mitch. Ein paar Leute aus dem Wettbewerb schauen vorbei, sobald er beendet ist. Sogar ein paar Pressevertreter campieren draußen und warten darauf, meine Prognose zu hören. Aber Ophelia taucht nicht auf.

Nicht, dass ich es ihr verdenken könnte. Ich habe genau das getan, wovon ich ihr versprochen hatte, es nicht zu tun, und sie ist gegangen, genau wie sie es versprochen hatte.

Nicht schlimm. Ich habe nur nicht erwartet, dass es so wehtun würde. Verdammt, ich habe nicht gewusst, dass es mir so wehtun *kann*. Jahrelang war ich überzeugt, innerlich völlig tot zu sein.

Als ich mich in Ophelia verliebt habe, bin ich eines anderen belehrt worden, aber trotzdem. Ich habe gedacht, dass ich nach allem, was mit April passiert war, gegen diese Art von Schmerz gefeit wäre. Es ist irgendwie beschissen, festzustellen, dass ich es nicht bin.

Das Positive ist: Trotz meiner absoluten Dummheit stellt sich heraus, dass ich nicht annähernd so viel Schaden genommen habe, wie ich sollte. So wie ich es in diesen paar verrückten Momenten, in denen ich völlig durchgedreht bin, wollte.

Ich habe mir die Schulter ausgekugelt – nicht das erste Mal, dass das passiert –, also haben sie sie wieder eingerenkt und mir ein paar Schmerztabletten gegeben, mit der strikten Anweisung, dass ich nach meiner Rückkehr nach Hause Physiotherapie machen soll. Außerdem habe ich mir ein paar Rippen gebrochen und das Handgelenk verstaucht, also bin ich ziemlich fest einbandagiert, während die Schmerzmittel wirken. Sie behalten mich zur Beobachtung hier, nur um sicherzugehen, dass sie nichts übersehen haben, aber ansonsten bin ich in recht guter Verfassung. Gut genug, dass ich, wenn ich auf mich aufpasse, in der Lage sein sollte, in ein paar Wochen an den Auswahlwettkämpfen für die Olympischen Spiele teilzunehmen.

Das ist mehr, als ich verdiene, mehr, als zu erwarten ich irgendein Recht habe. Ich habe Mist gebaut. Ich weiß, dass ich Mist gebaut habe. Ich habe zugelassen, dass dieser Reporter und der ganze Scheiß aus meiner Vergangenheit meine Gedanken bestimmt und mich fertiggemacht haben. Und jetzt habe ich Ophelia verloren, bevor ich überhaupt eine echte Chance hatte, sie zu haben. Die Auswahlwettkämpfe für die Olympischen Spiele scheinen ein wirklich verdammt schlechter Ersatz zu sein. Trotzdem, immer noch mehr, als ich verdiene.

»Z? Bist du okay?«

Ich drehe mich um und sehe, dass Ash und Luc mich besorgt ansehen, was bedeutet, dass ich wieder einmal nicht mitbekommen habe, was sie zu mir gesagt haben. »Tut mir leid, Leute. Das Zeug macht mich komplett benebelt«, erwidere ich und schiebe es auf die Schmerztabletten und nicht auf meine eigene grenzenlose Dummheit.

»Kein Problem.« Ash klopft mir auf die gesunde Schulter. »Ich denke, wir werden dann mal gehen. Dich ein bisschen schlafen lassen. Meine Eltern werden morgen früh herkommen und dich abholen.«

»Sie brauchen sich keine Umstände zu machen. Ich kann ein Taxi nehmen.«

»Klar, als ob das so laufen würde«, sagt er mit einem Augenrollen. »Sobald ich mit dem Wettbewerb fertig bin, werden sie herfahren.«

»Danke, Mann. Und viel Glück morgen. Für euch alle drei. Ihr werdet das rocken.«

Er streckt eine Faust aus und stößt sie mit meiner zusammen. Sekunden später tut Luc das Gleiche. Cam beugt sich herunter und umarmt mich. Dann gehen sie nacheinander hinaus, und ich bin wieder allein.

Wie immer.

Im Fernsehen läuft irgendeine alte Komödie, und obwohl sie lustig zu sein scheint, interessiert sie mich nicht. Andererseits interessiert mich auch sonst nichts besonders.

Außer Ophelia, und sie ist nicht gekommen.

Sie ist nicht gekommen.

Ich schließe die Augen, lasse die Gedanken schweifen. Und versuche, einen einzigen gottverdammten Grund zu finden, um weiterzuatmen.

Die Tatsache, dass mir keiner einfällt, ist nicht gerade ermutigend.

Es klopft an der Tür, und bei dem Geräusch fahre ich so jäh hoch, dass meine Schulter schmerzt. *Ophelia,* ist alles, was ich denken kann. *Sie ist hier. Sie ...*

»Hey, Mann. Tut mir leid, dass ich dich geweckt habe.« Mitch steht in der Tür, eine Tüte mit Essen in der Hand. »Ich lasse dir das da und schaue später wieder vorbei.«

»Nein, ist schon gut. Ich habe nicht wirklich geschlafen. Das sind nur die Medikamente.«

Er nickt und kommt herein. »Ich habe dir ein paar Tacos mitgebracht. Dachte mir, die sind besser als der Fraß, den sie einem hier vorsetzen.«

»Danke.«

Er zieht sich den Stuhl heran und verbringt ein paar Minuten damit, das Abendessen für uns beide aufzutischen. Er hat für mich eine Cola gekauft, er selbst trinkt Dr. Pepper. Der Anblick dieser verdammten rotbraunen Dose lässt eine neue Welle Schmerz durch mich hindurchwogen. Wodurch ich mich wie ein noch größeres Weichei fühle, was mich übelst ankotzt. Ophelia hat mich ruiniert. Und was noch schlimmer ist, ich habe es zugelassen.

Ich dränge die Gedanken an sie tief in mein Inneres, sperre diesen Mist entschlossen weg. Ich werde jetzt nicht an sie denken. Ich kann es nicht. Nicht bei all dem anderen Scheiß, der mir im Kopf herumschwirrt. Vielleicht später, wenn ich mich wieder im Griff habe, aber nicht jetzt. Noch nicht.

Ich greife nach einem Street Taco, auf den ich keine große Lust habe, und verdrücke ihn in drei Bissen. Mitch tut so ziemlich dasselbe und isst, ohne ein Wort über den verdammten Elefanten im Raum zu verlieren.

Irgendwann halte ich das erdrückende Schweigen jedoch nicht mehr aus und frage: »Also, was ist passiert?«

»Sie bringen die Geschichte nicht.«

Ich beobachte ihn, während ich darauf warte, dass das dicke Ende noch kommt. Als er nichts weiter sagt, frage ich: »Warum nicht?«

»Weil ich ihnen gesagt habe, dass ich jeden verdammt noch mal vernichten werde, der die Geschichte anrührt. Ganz zu schweigen davon, sie auf jeden Penny zu verklagen, den ihre verdammten Magazine und Zeitungen wert sind. Die meisten brauchten diese Drohung nicht mal. Es ist eine Scheißlügengeschichte, die sowieso nur die Klatschpresse anrühren würde. Und als mein Anwalt mit den

Drohungen fertig war, wollten selbst die nichts mehr davon wissen. Die Sache ist gestorben, Z. Sie geht nirgendwohin.«

Ich schließe die Augen und warte darauf, dass mich das überwältigende Gefühl der Erleichterung durchflutet, aber es kommt nicht. Ich habe es satt, mich zu verstecken, wegzulaufen, den verdammten Kopf in den Sand zu stecken und so zu tun, als wäre die Vergangenheit nie passiert. April ist gestorben. Sie ist auf eine Art und Weise gestorben, auf die verdammt noch mal niemand sterben sollte. Und ich habe die letzten elf Jahre damit verbracht, ein zu großes Weichei zu sein, um das anzuerkennen. Mich verdammt noch mal damit auseinanderzusetzen.

Eine Träne sickert unter meinen Wimpern hervor, und Mitch räuspert sich unbehaglich.

»Alles okay?«

Rasch wische ich sie mit dem Handrücken weg. Räuspere mich. »Ja, Mann. Danke.«

»Kein Problem.« Ich höre das Rascheln von Folie, öffne die Augen und sehe, wie er die Essensreste wegräumt. »Ich sollte dich wahrscheinlich etwas schlafen lassen. Wir reden morgen weiter, wenn du dich etwas besser fühlst.«

»Ja, okay. Sicher.«

Er wirft den Abfall weg und rennt dann fast aus dem Zimmer, nachdem er mir gesagt hat, dass ich ihn anrufen soll, falls ich etwas brauche. Nice. Es gehört schon einiges an Geschick dazu, seine Freundin und seinen Agenten innerhalb weniger Stunden zu vertreiben, wenn ich das mal so sagen darf.

Der Gedanke an Ophelia zerreißt mich erneut, und ich greife nach meinem Handy. Ich kann nicht anders. Ich überprüfe meine Nachrichten, meine Voicemails. Nichts. Sie hat nicht geschrieben, nicht angerufen.

Weil du ein Arschloch bist, sagt die kleine Stimme in mir. *Du bist ein Stück Scheiße, das es verdient hat, dass sie geht. Du hattest sie nie verdient. Hattest sie nie wirklich.*

Ich will das Handy wieder weglegen, verdammt, ich will das blöde Scheißding gegen die nächste Wand werfen. Aber am Ende kann ich es nicht. Weil ich sie immer noch will. So kaputt ich auch bin, so wertlos ich auch bin, ich brauche sie. Ich will gar nicht darüber reden, wie erbärmlich mich das macht.

Schließlich kann ich nicht anders. Ich rufe ihre Kontaktdaten auf und schreibe eine kurze Nachricht.

Dann, bevor ich es mir ausreden kann, drücke ich auf Senden.

Ich verbringe den Rest des Abends mit dem Handy in der Hand und warte darauf, dass sie zurückschreibt.

Sie tut es nicht.

Kapitel 26

Ophelia

Es klopft an der Tür – zum vierten Mal an diesem Abend –, aber ich ignoriere es genauso wie die anderen Male. Ich bin im Hotelzimmer, unsicher, wo ich sonst hingehen soll, und ich denke mir, jeder, der an diese Tür klopft, will sowieso nicht mit mir reden.

Das Klopfen ertönt erneut, diesmal härter, als schlüge eine flache Hand gegen die Tür.

Dann ruft Cams Stimme: »Ich weiß, dass du da drin bist, Ophelia. Mach die verdammte Tür auf.«

Vor Angst, dass Z etwas passiert ist – etwas Schlimmeres als das, was ihm bereits zugestoßen ist, meine ich –, haste ich zur Tür. Reiße sie auf. Und bekomme für meine Mühe eine Faust ins Gesicht.

»Du Miststück«, spuckt Cam aus, als ich unter der Wucht ihres Schlages nach hinten stolpere. »Ich sollte dir den Arsch aufreißen.«

Vorsichtig betaste ich mein Auge. Es tut weh, und ich glaube, ich kann spüren, wie es bereits anschwillt. Großartig!

»Ich bin mir ziemlich sicher, dass du das schon getan hast.«

»Das war noch gar nichts.« Aber sie schlägt mich nicht noch einmal. Stattdessen knallt sie die Tür hinter sich zu und sieht mich einfach nur an, die Arme vor der Brust verschränkt und mit einem hässlichen Hohnlächeln auf ihrem sonst viel zu süßen Gesicht.

»Wenn das alles war, was du tun wolltest, solltest du wahrscheinlich gehen.«

»Führ mich nicht in Versuchung«, knurrt sie. Aber sie macht keinen weiteren Schritt auf mich zu. Stattdessen tritt sie zur Minibar, holt eine kleine Flasche Wodka heraus und gießt ihn in ein Glas. »Weißt du, ich verstehe dich einfach nicht«, sagt sie, nachdem sie einen langen Schluck genommen hat.

»Das ist okay. Ich verstehe dich auch nicht.« Sie ist in Z verliebt, wahrscheinlich schon ewig. Mir ist das vor ein paar Tagen klar geworden, und da hat alles einen Sinn ergeben. Warum sie mir von der Wette erzählt hat, ihre plötzliche Feindseligkeit mir gegenüber, alles. Weshalb sie jetzt eigentlich eine Party schmeißen sollte. Ich bin von der Bildfläche verschwunden, und der Weg ist völlig frei für sie. Sie könnte versuchen, etwas mit Z anzufangen. »Ich dachte, du würdest an seinem Bett sitzen, seine Hand halten und so tun, als ob alles in Ordnung wäre.«

Noch während ich die Worte ausspreche, lassen sie mir das Herz schwer werden. Meine Hände ballen sich zu Fäusten. Nicht, dass ich irgendein Recht hätte, mich aufzuregen. Ich bin diejenige, die sich nicht die Mühe gemacht hat, im Krankenhaus aufzutauchen. Ich bin diejenige, die ihn ein zweites Mal abserviert hat.

Weil ich es musste, ermahne ich mich energisch. Remi zu verlieren, hat mich fast umgebracht. Z zu verlieren ... Zuzusehen, wie er sich langsam umbringt ... Das würde ich niemals überleben. Schon jetzt fühle ich mich, als wäre ich entzweigerissen worden, jeder Teil von mir in so kleine Stücke zerfetzt, dass ich Angst habe, ich werde sie nie wieder zusammensetzen können.

»Wow, sieh dich an. Wer hätte gedacht, dass du so gut darin bist, das Opfer zu spielen?«

»Ich spiele gar nichts.«

»Mich hättest du täuschen können.« Sie nimmt einen weiteren Schluck Wodka, verzieht bei dem Geschmack leicht das Gesicht.

»Weißt du, Z lässt niemanden an sich heran. Er lässt nicht zu, dass er jemanden braucht. Aber er braucht dich, und du gehst verdammt noch mal einfach weg, als wäre er nichts.«

»So ist es nicht.«

»Es ist ganz genau so. Du bist ein oberflächliches Miststück, genau wie alle anderen, die ihm je etwas bedeutet haben. Du magst ihn, wenn es gut läuft, aber sobald es ernst wird, bist du weg.«

Ich möchte ihr widersprechen, ihr sagen, dass das nicht wahr ist, aber wie kann ich das, wenn er im Krankenhaus liegt und ich hier an elf Monate alten Erinnerungen ersticke? »Geht es ihm gut?«

»Als ob dich das irgendetwas angehen würde. Du hast das Recht, eine Antwort auf diese Frage zu bekommen, in dem Moment aufgegeben, als du dir nicht die Mühe gemacht hast, zum Krankenhaus zu fahren.«

»Ich war dort.«

»Nein, warst du nicht. Ich war die ganze Zeit da und habe dich nicht gesehen.«

»Ich bin gegangen, nachdem ich mich vergewissert hatte, dass er okay ist. Ich konnte nicht …«

»Du konntest dich nicht damit befassen, stimmt's? Du konntest dich nicht mit der Tatsache befassen, dass dein superheißer, supertalentierter Freund ein echter Mensch ist. Dass er nicht einfach ist. Dass er Probleme hat, die tiefer gehen als alles, womit du dich befassen willst.« Sie schüttelt den Kopf, leert den Drink. »Ich verstehe einfach nicht, warum er sich in dich verliebt hat.«

»Statt in dich, meinst du?«, teile ich verbal aus, bevor ich weiß, was ich sage. Aber ich bin verletzt und wütend und traurig, so verdammt traurig. Das Letzte, was ich brauche, ist, dass Cam mir noch mehr Schuldgefühle aufbürdet.

»Verpiss dich.«

»Ich denke nicht.« Ich gehe zur Tür und öffne sie. »Warum verpisst du dich nicht?«

»Ich gehe erst, wenn du mir sagst, warum du Z so verarscht hast. Wolltest du dich wegen der Wette an ihm rächen? Fühlst du dich gut dabei, ihn dermaßen zu verletzen, obwohl heute eh schon die Scheiße aus ihm rausgeprügelt wurde?«

»Das hat er sich selbst angetan.«

»Gott!« Sie stößt ein sarkastisches kleines Lachen aus. »Du bist erbärmlich.«

»Was ist mit dir? Du trägst schon immer Scheuklappen, was Z angeht. Du willst die Wahrheit nicht wissen, weil du dann zugeben müsstest, dass du ihn nicht reparieren kannst.«

»Oh, ich bin die Erste, die zugibt, dass ich ihn nicht reparieren kann. Dass er kaputt ist, wahrscheinlich irreparabel. Du bist diejenige, die das nicht akzeptieren will. Die ihn nur will, wenn er ganz ist.«

Die Worte treffen mich wie Schläge. »Du verstehst das nicht. Ich habe gesehen, was heute passiert ist. Ich weiß, dass er es mit Absicht getan hat.«

Cam zuckt mit den Schultern. »Wer weiß schon, ob er es absichtlich getan hat oder nicht. Bei Z ist nie etwas so klar und eindeutig. Außerdem geht es nicht darum.«

»Das ist genau das, worum es geht. Du weißt, dass er zu gut ist, um so unterzugehen …«

»Was ich weiß, ist, dass es ihm gut ging und er sich zusammenreißen konnte. Er hat sich wahnsinnig drauf gefreut, bei diesem Wettbewerb mitzufahren. Und dann hat ihn ein verdammter Reporter kurz vor seinem Run aus der Fassung gebracht.«

»Also hat er alles weggeworfen?«

»Herrgott, Ophelia! Mach die Augen auf. Du siehst alles in Schwarz und Weiß, aber so einfach ist das nicht. Du bist noch nie Snowboard gefahren. Du weißt nicht, wie leicht es ist, für eine Sekunde die Konzentration zu verlieren und alles zu vermasseln.«

Meine Hände zittern, also stecke ich sie in die Vordertasche meines Hoodies. »Glaubst du, dass es nur ein Unfall war? Glaubst du, dass er einfach nur gestürzt ist?«

»Ich weiß es nicht. Vielleicht. Vielleicht auch nicht. Aber er hatte nicht vor, so unterzugehen. Dessen bin ich mir sicher.«

»Findest du nicht, dass das ein bisschen naiv ist? Du hast selbst gesagt, wie verkorkst er ist.«

»Er ist verkorkst, und glaub mir, ich weiß das besser als irgendjemand sonst. Auf jeden Fall weiß ich es besser als du. Ich habe die letzten zehn Jahre damit verbracht, ihn dabei zu beobachten, wie er sich selbst zerstört, und zusammen mit Luc und Ash versucht, ihn zusammenzuhalten. Ich war da, als sie April fanden. Ich war da, als er seine Mutter fand. Und seitdem bin ich jeden Tag da, um ihn aufzufangen, wenn die Welt zu verdammt hart für ihn wird. Außer heute, als er darauf zählte, dass du da sein würdest. Dass du ihn auffängst. Und was zum Teufel hat ihm das gebracht? Absolut gar nichts. Du bist nicht besser als sein Vater.« Sie stellt das Glas auf den Tresen und geht zur Tür. Aber sie bleibt ein paar Schritte davor stehen und dreht sich noch einmal zu mir um.

»Du hältst dich von ihm fern, hast du gehört? Du hast ihm schon genug wehgetan. Also bleibst du weit, weit weg von ihm.«

»Sonst passiert was?« Ich weiß nicht, warum ich sie deswegen herausfordere, warum es mich überhaupt kümmert, wenn sie mir sagt, dass ich genau das tun soll, was ich vorhabe – mich so weit wie möglich von Z fernzuhalten.

»Sonst wird dieses blaue Auge, das du zur Schau trägst, das geringste deiner Probleme sein. Ash und Luc werden dich nicht anrühren, weil du ein Mädchen bist. Aber ich werde dich verdammt noch mal in Stücke reißen.«

Ohne ein weiteres Wort stürmt sie hinaus, und ich bleibe in der Mitte einer Suite zurück, die sich ohne Z leblos und leer anfühlt. Und ich frage mich, ob ich gerade den größten Fehler meines Lebens gemacht habe, noch größer, als mit Remi in dieses Auto zu steigen.

Als ich es nicht mehr aushalte, als mein Kopf – und mein Herz – sich anfühlen, als würden sie unter dem Druck des Nichtwissens explodieren, gehe ich zu meinem Rucksack. Nehme das Tablet heraus, das Z mir gekauft hat, als er merkte, dass ich keines habe. Und fange an zu recherchieren.

Alle anderen wissen, was mit Z los ist. Ich glaube, es ist verdammt noch mal an der Zeit, dass ich es auch weiß.

Kapitel 27

Z

Ich muss eingeschlafen sein, denn bis auf ein Nachtlicht ist es dunkel in meinem Zimmer, als ich mit klopfendem Herzen und einem Albtraum in meinem Kopf hochschrecke.

»Alles okay. Du bist okay.« Eine sanfte Hand streichelt mein Haar, legt sich an meine Wange, und ich denke, dass ich wohl immer noch träumen muss. Nur fühlen sich die Finger, die mit meinem Haar spielen, verdammt real an. Sie sind zu kalt, um es nicht zu sein.

Ich zwinge mich, die Augen zu öffnen, und da ist sie, sitzt neben dem Bett. Ophelia. »Du bist gekommen.«

Sie nickt und beißt sich auf die Lippen. »Es tut mir leid, dass ich so lange gebraucht habe.«

»Das muss dir nicht leidtun.«

»Doch«, sagt sie mir. »Das muss es.«

»Nein.« Ich strecke die unverletzte Hand nach ihr aus. »Das muss es nicht. Ich habe es verstanden.«

»Wirklich? Ich muss dir nämlich sagen, dass ich mich selbst kaum verstehe.«

»Remi …«

»Hier geht es nicht um Remi«, sagt sie eindringlich. »Hier geht es um dich und mich. Er hat hier bei uns nichts zu suchen.«

»Das ist nicht wahr«, sage ich und drücke ihre Hand. »Ich verstehe es. Er ist deine Vergangenheit …«

»Du bist meine Zukunft.«

Ich erstarre, wende den Blick von ihr ab. Es fühlt sich an, als hätte ich mein ganzes Leben darauf gewartet, diese vier Worte zu hören, dabei kenne ich Ophelia erst seit ein paar Wochen.

»Du glaubst mir nicht«, sagt sie.

»Das ist es nicht.«

»Natürlich ist es das. Das ist die zweite Sache, um die es hier geht. Die Verletzungen. Das waghalsige Zeug. Du glaubst nicht, dass du eine Zukunft hast, und selbst wenn du eine hast, glaubst du nicht, dass du es verdienst, jemand eigenes *in* dieser Zukunft zu haben.«

»Das ist nicht wahr.«

»Wirklich?« Sie hält meinen Blick mit ihrem fest. Heute Abend haben ihre Augen eine Farbe, die ich noch nie gesehen habe. Ein kühles, klares Jadegrün, das ebenso entschlossen wie schön ist. »Beweise es.«

»Wie bitte?«

»Ich sagte, beweise es.«

»Wie soll ich das überhaupt machen?« Ich deute auf das Krankenhausbett und meine verletzte Schulter, noch während mein Herz heftig gegen meine Rippen zu pochen beginnt.

»Du weißt sehr wohl, wie.«

Panik steigt in mir hoch, als ich endlich verstehe, worum sie mich bittet. Nein, was sie verlangt.

»Du verstehst das nicht …«

»Du hast recht. Das tue ich nicht. Also lass es mich verstehen.«

Ich schüttle den Kopf. »Das ist nicht so leicht.« Ich kann es ihr nicht sagen. Ich kann die Worte nicht aussprechen.

»Hilft es, wenn ich dir sage, dass ich es schon weiß?«

Scheiße! »Du weißt es?«

Sie nickt. »Ja.«

Doppelte Scheiße! »Cam?«

»Nein. Deine Freunde würden dein Vertrauen niemals auf diese Weise missbrauchen.«

»Wie dann?«

Sie seufzt und lehnt den Kopf an das Geländer an der Seite meines Bettes. Ich nutze ihre Position, um mit meinen Fingern durch ihre Locken zu streichen. Ein Teil von mir glaubt, dass sie ihren Kopf wegnehmen wird, dass sie nicht wollen wird, dass ich sie berühre, jetzt, da sie weiß, was für ein Versager ich bin, aber sie tut es nicht. Sie sitzt einfach nur da und lässt sich von mir streicheln, so lange ich will. Ich kann nicht glauben, wie gut es sich anfühlt, sie einfach nur zu berühren, während das wenige, was von meiner Welt übrig ist, um mich herum zusammenbricht.

»Ich bin heute Nachmittag zum Krankenhaus gekommen, gleich nachdem du eingeliefert wurdest.«

»Das wusste ich nicht. Man hat mir gesagt ...«

»Schhh.« Sie legt ihre Finger sanft auf meine Lippen. »Ich bin nicht geblieben. Ich war ... Ich war ziemlich durcheinander. Und das tut mir leid. Es tut mir leid, dass du das alles ohne mich durchmachen musstest.«

»Schon okay. Ich erwarte nicht, dass ...«

»Siehst du, darum geht es. Du verstehst nicht mal, wie schrecklich das ist. Wie schrecklich es ist, dass du nicht erwartest, irgendjemand sollte jemals für dich da sein. Dass du denkst, es nicht zu verdienen. Und ich habe diese Überzeugung heute Nachmittag nur noch verstärkt. Es tut mir leid. Es tut mir so leid, dass ich so ein egoistisches Miststück bin.«

»Ich brauche deine Entschuldigung nicht, Ophelia. Und ich brauche dein Mitleid nicht.« Mitleid ist das Letzte, was ich von ihr will.

»Ist es das, wofür du es hältst? Wirklich? *Mitleid?*«

»Was zur Hölle sollte es denn sonst sein?« Plötzlich bin ich wütend. Richtig wütend, und ich weiß nicht einmal, warum. »Du hast mich verlassen wegen dem, was ich getan habe, und jetzt erfährst du plötzlich von meiner Vergangenheit und bist wieder da. Was ist das, wenn es kein Mitleid ist?«

»Verständnis. Mitgefühl. *Liebe.* Ich verstehe, dass du das nicht erkennst, denn es scheint, dass dir das noch nie wirklich jemand geschenkt hat.«

Ich schüttle den Kopf. »Das ist nicht wahr. Du hast auch vorher gesagt, dass du mich liebst, und trotzdem bist du …«

»Trotzdem bin ich weggegangen. Ich weiß. Aber glaub mir, wenn ich sage, dass ich einige Dinge in meinem Kopf klären musste. Wenn ich früher gekommen wäre, als ich so durcheinander war, wäre es für keinen von uns gut ausgegangen. Ich hätte dich noch mehr verletzt …«

»Denkst du, das schert mich auch nur einen Dreck? Schmerz kann ich ertragen.« Ich stemme mich in eine sitzende Position hoch, weil ich mich weigere, dieses Gespräch zu führen, während ich wie ein Invalide herumlungere, egal wie weh meine Schulter tut. »Ich bin ein verdammter Experte darin, diese Scheiße zu ertragen. Aber dass du weggehst, um mich zu beschützen? Das ist nicht okay. Wenn es dir schlecht geht, kommst du zu mir. Wenn du verletzt bist, redest du mit mir. Du lässt mich dir helfen …«

»Warum sollte ich?«

Wie bitte? »Was zum Teufel soll das bedeuten?«

»Es bedeutet, dass *du* nicht zu mir kommst, wenn es *dir* schlecht geht. Du redest nicht mit mir. Du lässt mich die Vergangenheit, die dich immer noch verfolgt, aus alten Zeitungsartikeln herausfinden.« Ihr Gesicht ist jetzt direkt vor meinem, ihre Sanftheit so schnell verschwunden, wie sie gekommen ist. »Warum zum Teufel sollte ich dir meine Mindfucks anvertrauen, wenn du mir deine nicht anvertraust?«

Ich lasse mich zurück aufs Bett fallen und bereue es sofort, als meine derzeit betäubte Schulter zu pochen beginnt. Verdammt! Ich bin ihr direkt in die Falle gegangen. »Das ist nicht dasselbe.«

»Das ist genau dasselbe, und das weißt du auch, sonst würdest du jetzt nicht schmollend daliegen.«

»Ich schmolle nicht.«

»Entschuldige. Es ist nur so, dass dieser grüblerische Ausdruck von hier aus sehr nach Schmollen aussieht.«

Ich starre sie wütend an, und sie starrt wütend zurück, als wäre sie die knallharte Type, die sie ist. Gott, das ist sexy. Und Gott, wie ich sie liebe.

Es ist dieser Gedanke, der mich mehr als jeder andere zum Reden bringt. Denn ich liebe sie wirklich, und ich möchte sie nicht verlieren, wie ich fast alles andere in meinem Leben verloren habe. Ich hätte nicht gedacht, dass sie bleiben würde, wenn sie es wüsste, aber hier ist sie. Sie weiß alles, und trotzdem sitzt sie mir direkt gegenüber und fordert mich geradezu heraus, den Versuch zu starten, sie wieder aus meinem Leben auszuschließen.

Ich wüsste nicht einmal, wie ich das hinkriegen sollte, wenn sie immer noch da ist. Trotzdem ist es nicht annähernd so einfach, mit ihr zu reden, wie ich es mir wünschte. Ich habe diesen Mist elf Jahre lang tief in mir verschlossen. Ihn jetzt wieder auszuspucken, fühlt sich ungefähr so an, als würde ich Rasierklingen verschlucken.

»Ihr Name war April.« Endlich schaffe ich es, den ersten Satz herauszubringen, dann schließe ich die Augen und lehne den Kopf zurück. »Meine Schwester. Sie war sieben Jahre alt, als sie ...« Meine Stimme bricht, als ich versuche, es zu sagen, also räuspere ich mich. Und fange noch einmal an.

»... als sie entführt und ermordet wurde.« Ophelia sagt es für mich, ihre Stimme ist stark und fest, als sie die Worte ausspricht, die ich nie über die Lippen bekommen habe.

»Ja.« Ich nehme ihre Hand in meine. »Mein Vater bekam einen geschäftlichen Anruf und fand, wir würden zu viel Lärm machen – er fand, *ich* würde zu viel Lärm machen. Also schickte er uns für eine Stunde in den Park die Straße runter. Er sagte mir, dass ich die

Verantwortung hätte, was ich ihr total unter die Nase gerieben habe wie der nervige ältere Bruder, der ich war. Eine ganze Weile war alles ganz normal. Wir spielten auf dem Klettergerüst, rannten rum und so weiter. Aber dann musste ich pinkeln, und ich sagte ihr, dass sie am Trinkbrunnen neben der Toilette warten soll, ich wäre gleich wieder da. Sie musste mir versprechen, dass sie nirgendwo hingehen würde, aber sie war erst sieben und …

Ich war nur ein paar Minuten da drin. Zwei. Vielleicht drei. Aber als ich zurückkam, war sie weg. Zuerst dachte ich, sie würde sich vor mir verstecken, also habe ich sie gesucht. Und ich wurde immer wütender, je länger ich suchte. Ich sagte ihr … ich rief ihr ein paarmal zu, dass ich aufgeben würde, aber sie zeigte sich nicht. Schließlich kam mein Dad, um uns zu suchen, und als er merkte, dass sie nicht da war, flippte er aus. Schrie mich an, dass ich dumm sei. Weil ich es nicht kapiert hätte. Und dann rief er die Polizei, und sie kamen und sprachen mit mir. Lange Zeit war ich der Hauptverdächtige. Sie dachten, ich hätte April etwas angetan und ihre Leiche irgendwo versteckt. Meine Eltern haben es nie gesagt, aber ich glaube, sie dachten es auch.«

Bei diesem Geständnis sickern mir heiße Tränen aus den Augenwinkeln, und ich wende das Gesicht ab, weil ich nicht will, dass Ophelia sieht, was für ein Weichei ich wirklich bin. Deshalb spreche ich auch nie darüber, denke nicht einmal darüber nach. Weil ich zu schwach bin, um damit fertigzuwerden.

Ophelia beugt sich vor und haucht Küsse über die Tränenspuren auf meinem Gesicht. »Es ist okay, Baby«, sagt sie zu mir. »Du musst dich niemals vor mir schämen. Niemals. Egal aus welchem Grund.«

»Ich hätte ihr nie etwas …«

»Ich weiß. Ich *weiß.*« Sie drückt meine Hand.

Ich nicke, dann fahre ich fort, denn wenn ich es jetzt nicht sage, weiß ich, dass ich es nie tun werde. »Man fand sie sechs Wochen später, etwa hundertfünfzig Kilometer entfernt. Sie war … Er hatte sie vergewaltigt. Dieser Bastard hatte ein siebenjähriges kleines Mädchen vergewaltigt und ermordet und sie dann weggeworfen, als wäre sie Müll. Als wäre sie nichts. Und das war sie nicht. Sie war alles. Sie war klug und lustig und erzählte die schlechtesten Klopf-Klopf-Witze auf der ganzen Welt. Es hat mich immer wahnsinnig gemacht, mir ständig diese lächerlichen Pointen anhören zu müssen.« Wieder bricht meine Stimme. »Sie trug Schleifen in ihren Schuhen statt Schnürsenkel und passte sie immer den Schleifen in ihrem Haar an. Sie …« Meine Stimme versagt völlig, und dieses Mal streichelt Ophelia mich nicht einfach nur tröstend. Sie klettert tatsächlich zu mir ins Bett und schmiegt sich an meine unverletzte Seite.

»Ich glaube, ich hätte sie gemocht.«

Ich fahre mit den Fingern durch ihr Haar, liebe ihren süßen Pfirsichduft. »Du hättest sie geliebt. Sie war frech, genau wie du.«

»Du hältst mich für frech?«

»Baby, ich habe versucht, höflich zu sein. Ich denke, du bist viel mehr als frech.«

Sie lacht. »Ich weiß nicht, ob ich beleidigt sein soll oder nicht.«

»Niemals.« Ich möchte sie küssen, aber meine Schulter macht es mir schwer, mich zu bewegen, also begnüge ich mich damit, sie noch fester an mich zu drücken. »Ich finde dich fantastisch.«

Sie drückt zurück. »Ich finde dich auch ziemlich fantastisch.« Sie wartet ein, zwei Minuten, in denen sie einfach nur an mich geschmiegt daliegt, bevor sie fragt: »Was ist mit deiner Mom?«

»Scheiße! Du reißt wirklich jede verdammte Wunde auf, die ich habe.«

»Das tut mir leid. Ich habe in der Zeitung nichts über sie gefunden, also …«

»Meine Mutter hat sich genau ein Jahr nach dem Verschwinden meiner Schwester umgebracht. Sie stieg in die Badewanne und schnitt sich die Pulsadern auf, während mein Dad auf einer Geschäftsreise war. Ich fand sie, als ich von der Schule nach Hause kam.«

»Mein Gott, Z!«

Ich sage nichts weiter. Und sie auch nicht. Zumindest eine Weile lang nicht. Es scheint nichts zu sagen zu geben.

Schließlich, als ich das Schweigen nicht mehr ertrage, sage ich zu ihr: »Das mit dem Wettbewerb tut mir leid. Es war dumm, das zu tun.«

Sie nickt, tut nicht einmal so, als würde sie widersprechen. Genau genommen sagt sie lange gar nichts mehr, so lange, dass ich denke, sie könnte eingeschlafen sein. Ich beginne selbst wegzudämmern, high von den Schmerzmitteln, als sie flüstert: »Es war nicht deine Schuld.«

Plötzlich bin ich wieder hellwach. »Nicht«, sage ich zu ihr.

»Warum nicht? Irgendjemand muss es tun. Was mit April passiert ist, war nicht deine Schuld. Es ist einfach passiert, Z. So wie schreckliche Dinge manchmal passieren. Es gibt alle möglichen Psychos auf der Welt. Du bist nicht dafür verantwortlich, was sie tun.«

»Meine Mutter ...«

»Deine Mutter war verloren. Ich war nicht dabei, aber ich kann mir vorstellen, wie verheerend der Tod von April für sie war. Sie war verloren und traurig und unglücklich und traf eine selbstsüchtige, egoistische Entscheidung. Sie ließ sich von ihrem Schmerz ertränken. Das ist alles. Trotzdem war es nicht deine Schuld.«

»Wenn ich nicht auf die Toilette gegangen wäre ...«

»Wenn du nicht auf die Toilette gegangen wärst, hätte dich dieser Bastard vielleicht auch erwischt. Dann wärst du auch tot, zusammen mit April. Ist es das, was du wirklich willst?«

»Ich wünschte, ich wäre es gewesen«, spreche ich flüsternd die Worte aus, die ich mich noch nie laut zu sagen getraut habe. Die Worte, die mein Mantra waren, die Worte, die so lange der Grund meines Daseins waren. Ich wünsche mir von ganzem Herzen, dass ich es an jenem Tag im November gewesen wäre und nicht April.

»Ich weiß. Aber so war es nicht.« Sie schmiegt sich an mich, küsst meinen Hals. »So war es nicht, und ich werde Gott jeden Tag dafür danken, dass es nicht so war. Ich liebe dich, Z. Ich liebe alles an dir, und der Gedanke, dass du hättest sterben können, dass es dich in dieser Welt nicht mehr geben könnte ... Ich kann es mir nicht einmal vorstellen.«

Jetzt ist sie an der Reihe mit Weinen, ich an der Reihe mit Trösten. Aber es stellt sich heraus, dass auch ich immer noch ein bisschen weine.

Elf Jahre lang habe ich nicht geweint, und jetzt, da ich dieses schöne, schöne Mädchen im Arm halte, kann ich offenbar nicht mehr damit aufhören.

Aber das scheint sie nicht zu stören, denn sie streicht mit ihren Lippen über meine Wangen, meinen Kiefer, meine Nase und meine Stirn. »Versprich mir etwas«, sagt sie zwischen den Küssen.

»Was immer du willst.«

Sie hält inne und sieht mir in die Augen. »Du hast doch gar keine Ahnung, worum ich dich bitten werde.«

»Das spielt keine Rolle. Weißt du nicht, dass ich alles für dich tun würde?«

»Versprich mir, dass du mit mir redest, wenn du anfängst, dich wieder so zu fühlen. Dass du mir sagst, was du fühlst, damit wir es gemeinsam durchstehen können.«

»Ich bin nicht ... Ich bin nicht sehr gut in diesem Zusammensein-Ding, falls du es noch nicht bemerkt hast. Oder im Reden.«

»Glaub mir«, sagt sie mit einem gespielt finsteren Blick, »das habe ich bemerkt. Aber ich bin bereit, dir einen Vertrauensvorschuss zu geben, wenn du versprichst, mich nie wieder auszuschließen. Was auch immer du fühlst, was auch immer du tun musst, um damit fertigzuwerden, ich werde mich ebenfalls damit auseinandersetzen. Das schwöre ich. Aber du musst mit mir reden. Du musst mir vertrauen, dass ich für dich da bin, so wie du es für mich bist.«

Ich gebe ihr nicht sofort ein weiteres voreiliges Versprechen, aber ich denke, das ist in Ordnung. Ich glaube, sie will, dass ich darüber nachdenke, was sie von mir verlangt. Denn wir wissen beide, dass es viel ist. Und ich weiß nicht, ob ich stark genug bin, es ihr zu geben. Ich weiß es wirklich nicht. Aber ich weiß, dass ich es versuchen will. Sie ist mein Ein und Alles, und wenn mich selbst zu verletzen bedeutet, auch sie zu verletzen, dann muss ich eine andere Möglichkeit finden, damit umzugehen. Denn ich will ihr nie wieder so wehtun.

»Du wirst es mir hin und wieder wahrscheinlich aus der Nase ziehen müssen.«

»Ich weiß.«

»Und ich werde ziemlich sicher verdammt mürrisch deswegen sein. Ich mag es nicht, verletzlich zu sein, falls du es noch nicht bemerkt hast.«

»Ja, das habe ich bemerkt.«

»Und ich werde wahrscheinlich nie ganz normal sein.«

Sie lacht. »Baby, diese Möglichkeit stand überhaupt nie außer Frage.«

»Und trotzdem bist du noch hier.«

»Das ist es, was du nicht verstehst, Z. Solange du es versuchst, solange du mich nicht ausschließt, werde ich nie *nicht* hier sein. Egal, wie schlecht oder gut es wird, ich werde *immer* an deiner Seite sein.«

Es ist ein großes Versprechen – ein riesiges Versprechen, eigentlich –, aber zum ersten Mal seit über einem Jahrzehnt habe ich jemanden gefunden, an den ich glauben kann. Jemanden, der an mich glaubt. Das ist mehr, als ich je zu haben glaubte, und für den Moment …

Für den Moment ist das mehr als genug.

Epilog

Z

»Du schaffst das, Baby.«

»Ich weiß.« Ich lächle Ophelia an und beuge mich hinunter, damit sie mir einen Kuss als Glücksbringer geben kann. Es ist der letzte Tag der Dew Tour, dem ersten von drei Olympia-Qualifikationsturnieren. Ich gehe als bestplatzierter Boarder in die Endrunde, Ash liegt auf Platz drei und Luc auf Platz zehn.

Cam hat gerade das Finale der Frauen mit einem dritten Platz abgeschlossen, also zu sagen, dass wir alle ein bisschen aufgeregt sind, wäre wahrscheinlich eine Untertreibung. Ophelia ist mindestens genauso aufgeregt wie wir alle, vielleicht sogar noch mehr. Ich weiß, dass sie auf jeden Fall nervöser ist. Nicht, dass ich es ihr verdenken könnte. Ein Teil von ihr wird wahrscheinlich immer darauf warten, dass ich es versaue. Andererseits könnte es auch sein, dass ich einfach nur meinen eigenen Mist auf sie projiziere.

Beinahe lache ich bei dem Gedanken. Nachdem ich so viele Jahre damit verbracht habe, mich nicht mit meinen eigenen Gedanken zu beschäftigen, tauche ich jetzt freiwillig in sie ein, dank Ophelia – und dank des verdammten Psychiaters, zu dem ich einmal in der Woche gehe, nachdem sie mich dazu überredet hat. Es ist nicht leicht, und ich bin verdammt schlecht darin, über meine Gefühle und so zu reden.

Aber trotzdem, ich versuche es. Für Ophelia. Und vielleicht, nur vielleicht, auch für mich.

Ich gebe ihr einen weiteren Kuss, diesen eher, weil ich meine Hände nicht von ihr lassen kann, als weil ich denke, dass ich Glück brauche. Zuerst glaube ich, sie wird sich wegducken – immerhin beobachten uns etwa eine Million Leute –, aber nicht meine Kleine. Anstatt sich zurückzuziehen, schlingt sie die Arme um mich und küsst mich, so fest sie kann. Ihr Körper verschmilzt mit meinem, ihre Brüste pressen sich an meine Brust, und plötzlich ist der Run, den ich in ein paar Minuten hinlegen muss, das Letzte, woran ich denke.

»Z. Wir müssen gehen.« Ashs Stimme dringt kaum zu mir durch.

Ich verflechte meine Finger mit Ophelias Haar und neige ihren Kopf zurück, damit ich den Kuss vertiefen kann. Sie schmeckt so süß wie immer – eine Mischung aus den allgegenwärtigen Pfirsichen und dem Kaffee mit Karamellgeschmack, den sie gerade getrunken hat.

Ich lasse meine Zunge an ihrer entlanggleiten, und sie stöhnt auf, ihre Arme legen sich fest um meinen Hals, bis unsere Körper so eng aneinandergepresst sind, wie es nur geht.

»Okay, im Ernst.« Hinter mir räuspert sich Ash. »Wir müssen jetzt rauffahren.«

Ich höre immer noch nicht zu, aber Ophelia seufzt, zieht sich zurück. »Geh«, sagt sie und schiebt mich zum Lift. »Mach ein paar Drehungen und so.«

»Ernsthaft? Immer noch?« Ich schüttle den Kopf. Es ist wirklich peinlich, wie wenig sie übers Snowboarden weiß. Dagegen muss ich definitiv etwas unternehmen.

»Was soll ich denn sagen?«, fragt sie. Bevor ich antworten kann, fährt sie fort: »Ach, richtig. Nicen Ride. Und wenn du schon dabei bist, will ich mindestens einen YOLO Flip und einen Triple Cork 1260 sehen. Verstanden?«

Mir bleibt der Mund offen stehen. »Wie hast du ...«

Sie lächelt nur. »Ich bin mit einem der besten Snowboarder der

Welt zusammen. Das Mindeste, was ich tun kann, ist, etwas über den Sport zu lernen.«

»Ja, aber ein YOLO-Flip? Weißt du überhaupt, was das ist?«

»Das ist ein Cab Double Cork 1440. Das bedeutet, dass du eine ganze Menge von diesen kleinen Schraubendingern machen darfst, die du so liebst.« Sie lehnt sich vor, drückt mir noch einen Kuss auf den Mund, dann dreht sie sich um und geht in Richtung Tribüne.

»Du willst einfach weggehen?«

Sie bleibt stehen, wendet sich um. »Ich glaube, du hast einen Wettkampf zu gewinnen, nicht wahr? Und ich muss Ashs Familie suchen.«

»Sie sind noch nicht da?«, fragt Ash und sieht überrascht aus, während er die Menge absucht.

»Wahrscheinlich schon. Ich habe sie nur noch nicht gefunden.«

»Kommt schon, Leute, gehen wir.« Luc schiebt uns zum Lift. »Wir haben was zu erledigen.«

Das haben wir. Das haben wir wirklich.

Mit einem letzten Winken zu Ophelia – ja, sie hat mich um den Finger gewickelt, und ja, es ist mir echt scheißegal – steige ich in den Lift und warte ungeduldig darauf, dass er uns nach oben bringt. Dieses Mal werde ich nicht versagen. Ich muss es mir selbst ebenso beweisen wie Ophelia und meinen Freunden.

Da ich an erster Stelle stehe, steige ich als Letzter ein, was bedeutet, dass ich zusehen darf, wie alle anderen fahren.

Jake, der Junge aus Colorado, legt ein gutes Ergebnis hin, und dann kommt Gage aus Taos wie aus dem Nichts und schießt mit einem Triple Cork 1440 direkt auf den ersten Platz. Er meistert ihn einfach. Luc legt einen guten Run hin, andererseits ist das hier nicht sein Wettkampf, darum ist er froh, als er auf dem sechsten Platz landet.

Dann ist Ash an der Reihe, und sein Run ist makellos. Verdammt makellos. Er macht zwar keinen 1440, aber seine 1260s sind perfekt und er schiebt sich an Gage vorbei auf Platz eins.

Danach bin ich dran. Der Druck ist noch nicht ganz da. Ich habe einen weiteren Durchgang, falls ich den hier versaue – das haben wir alle –, aber ich will ihn so dringend perfekt hinkriegen, dass ich es schmecken kann. Ich suche die Menge auf der Tribüne ab und entdecke Ophelias alberne rosa und lila gestreifte Mütze.

Dieser flüchtige Blick ist alles, was ich an zusätzlicher Bestätigung brauche, um meine Nervosität zu beruhigen, von der ich gar nicht wusste, dass ich sie habe. Er lässt mich zur Sache kommen. Ich stoße mich ab und springe auf das Dach des Müllcontainers, den sie für unseren Ride aufgestellt haben. Mit einem Spin springe ich davon ab, hitte die Rampe für einen soliden Double Back Rodeo. Die Landung ist perfekt, und ich slide rückwärts zwei Rails runter, wobei ich am Ende des zweiten Rails noch einen kleinen Flip einbaue, nur so zum Spaß.

Die Menge jubelt, aber ich kann sie vor lauter Adrenalin kaum hören. Ich schaffe das. Ich kann es in meinen verdammten Stiefeln spüren. Ich schaffe das.

Ich hitte die zweite Rampe, lege einen netten kleinen Triple Cork 1260 für mein Mädchen hin, nehme eine weitere Rail und erhöhe meinen Speed, als ich auf die große Rampe zusteuere, die das Ende des Runs markiert. Ich hitte sie hart, kriege ordentlich Airtime, und dann haue ich den YOLO-Flip raus. Eine Sekunde lang, nur eine Sekunde lang, denke ich, dass ich ihn nicht landen werde. Dass das alles nur ein Traum war und ich es verkacken werde, so wie ich schon so viele andere Dinge verkackt habe.

Aber dann blitzt Ophelias Gesicht vor mir auf, ihre Augen leuchten in einem hellen, strahlenden Smaragdgrün, und ich weiß, dass alles echt ist. Dass alles gut ist.

Ich lande wie ein Traum und fahre dann zum Fuß des Hügels hinunter, während die Menge völlig durchdreht.

Ash und Luc warten auf mich an der Absperrung und stürzen sich regelrecht auf mich.

»Heilige Scheiße!«, schreit Ash. »Heilige Scheiße!«

»Du hast es geschafft!«, brüllt Luc. »Du hast es verdammt noch mal geschafft!«

»Das Ergebnis steht noch nicht fest.« Aber das spielt keine Rolle. Es wird gut werden. Wir alle wissen es. Ich habe den Run gerockt. Ich habe ihn verdammt noch mal gerockt.

Instinktiv drehe ich mich zu den Tribünen und suche nach Ophelia. Sie und Cam kämpfen sich durch die Menge und versuchen, zu mir zu gelangen. Die Kommentatoren sagen etwas, aber alles, was ich hören kann, ist mein Mädchen, das meinen Namen schreit.

Sie kommt genau in dem Moment zu mir, als das Ergebnis verkündet wird. Es ist perfekt. Perfekte Punktzahl.

Ich habe gewonnen.

Heilige Scheiße! Ich habe gewonnen. Jeder hat noch einen Versuch, aber im ganzen Wettbewerb hat es keine weitere perfekte Punktzahl gegeben. Ich habe diesen Scheiß gewonnen, verdammt!

Die Menge dreht durch, und wir tun es auch – Luc und Ash, Cam und Ophelia. Ich versuche, mir wenigstens einen Hauch von Coolness zu bewahren, aber es nützt nichts. Ich kann nicht aufhören zu lächeln. Ich glaube nicht, dass ich irgendjemandem etwas vormache, und wisst ihr, was? Zum ersten Mal ist es mir egal. Nichts hat sich je so gut angefühlt.

Mein Mädchen liegt in meinen Armen.

Meine Freunde sind überall um mich herum.

Und auf der Tafel da oben steht eine verdammt perfekte Punktzahl.

Wenn ich nie wieder einen Tag wie diesen erleben werde, ist das auch okay. Denn ich habe diesen Moment, und das ist alles.

Mein Handy klingelt, aber ich ignoriere es. Nichts und niemand ist so wichtig wie dieser Moment.

»Wir müssen los«, sagt Luc nach ein paar Minuten, als mein Handy wieder klingelt. »Wir müssen rauf, bevor wir alle disqualifiziert werden.«

»Ich weiß, ich weiß«, erwidere ich, dann lehne ich mich hinunter und küsse Ophelia ein weiteres Mal.

»Danke«, flüstere ich an ihren Lippen. »Danke, dass du mir das geschenkt hast.«

Sie schüttelt den Kopf und nimmt mein Gesicht in ihre Hände, während ihr Tränen über die Wangen kullern. Bevor sie jedoch etwas sagen kann, packt mich Ash am Kragen und zieht mich zum Lift. »Später«, forme ich lautlos mit den Lippen und blicke noch mal zu ihr.

Sie nickt, ihr Lächeln ist so breit und strahlend, dass ich davon fast geblendet werde.

Wir sind fast am Lift, als Ashs Handy klingelt. »Das ist wahrscheinlich Mitch«, sagt er, während er danach greift. »Er wird dir gratulieren wollen, weil du nicht an dein Handy gehst.«

Aber er scheint verwirrt zu sein, als er die Nummer sieht.

»Wer ist es?«, frage ich mit einem plötzlich unguten Gefühl, das ich nicht einordnen kann.

Er zuckt mit den Schultern. »Keine Ahnung.«

»Geh nicht dran. Wenn es wichtig ist, werden sie zurückrufen.«

Aber es ist zu spät. Er ist bereits drangegangen. »Hallo?«

Lange Sekunden sagt er nichts sonst, aber die Farbe weicht ihm langsam aus dem Gesicht.

»Ash? Mann? Was ist los?«

Luc drängt sich ebenfalls dazu und sieht genauso besorgt aus wie ich.

Er antwortet nicht, doch das Telefon gleitet ihm aus der Hand und fällt hart auf den Boden. Sekunden später macht er dasselbe.

»Was zum Teufel ...?« Ich schaue Luc an, aber der ist genauso perplex wie ich.

»Ash?«, sage ich noch mal, während ich neben ihm in die Hocke gehe. »Was ist los?«

»Meine Familie«, krächzt er.

»Was?«

»Ein Unfall auf dem Weg hierher. Logan wird operiert, und meine Mom und mein Dad … Meine Mom und mein Dad sind tot.«

Danksagung

Wie immer habe ich so vielen Menschen für dieses Buch zu danken. Sue Grimshaw, die eine fantastische Lektorin ist und die ich ganz einfach vergöttere. Danke, dass du all mein Gejammer und meine Verzögerungen ertragen hast, wenn es um Z ging – ich hoffe, das war es am Ende wert.

Danke an Gina Wachtel und alle bei Random House, vor allem an die Grafikabteilung (ich weiß, dass ich wegen des Covers sehr genervt habe – danke, danke, danke) für eure Unterstützung und Begeisterung für meine Bücher. Das bedeutet mir alles.

Danke an Emily Sylvan Kim, unerschrockene Agentin und Brainstorming-Partnerin der Extraklasse. Du bist wunderbar.

Danke an Shellee Roberts, Emily McKay, Sherry Thomas und Julie Kenner für all die Brainstorming-Hilfe und das Händchenhalten, das nötig war, damit ich dieses Buch tatsächlich auf Papier bringen konnte. Ihr seid die besten Freundinnen, die sich eine Frau nur wünschen kann.

Danke an meine Mom, die mir immer dann hilft, die Verrücktheit meines Lebens zu bewältigen, wenn ich sie am meisten brauche. Ich liebe dich, Mom. Du bist die Beste!

Und schließlich möchte ich mich bei meinen Jungs bedanken, die ich mehr liebe, als ich je sagen kann. Ich bin jeden Tag dankbar für die Chance, eure Mom sein zu dürfen.

TRIGGERWARNUNG
(Achtung, Spoiler)

Dieses Buch enthält potenziell triggernde Inhalte zu folgenden Themen:

Entführung und Mord eines Familienmitglieds (in Rückblenden), Selbstmord eines Elternteils (in Rückblenden), Autounfall mit Todesfolge (in Rückblenden), Traumabewältigung, sexualisierte Gewalt